Pomponius in Rom

Peter Lukasch

Pomponius in Rom

Historischer Kriminalroman

Die Deutsche Nationalbibliothek verzeichnet diese Publikation in der Deutschen Nationalbibliografie; detaillierte bibliografische Daten sind im Internet über dnb.d-nb.de abrufbar.

© 2021 Peter Lukasch
Umschlaggestaltung: Peter Lukasch unter Verwendung eines Motivs von Cesare Mariani (1826 - 1901), Allegoria della Commedia
Herstellung und Verlag: BoD – Books on Demand, Norderstedt
ISBN: 9783754345184

Mein besonderer Dank gilt meiner Frau Theresia, die mich bei der Entstehung dieses Buches unterstützt und das Manuskript nicht nur kritisch gelesen, sondern auch korrigiert hat.

Soweit Persönlichkeiten, die tatsächlich gelebt haben, in dieser Geschichte eine Rolle spielen, habe ich mich bemüht, nahe an der historischen Überlieferung zu bleiben. Im Übrigen sind die Handlung und ihre Personen frei erfunden.

der Autor

CR SO

Vorbemerkungen

Die Göttin Vesta ist die Hüterin des heiligen Feuers. Sie gilt als Beschützerin von Heim und Herd. Die Ursprünge ihrer Verehrung reichen bis weit in vorrömische Zeit zurück. Nach der mythologischen Überlieferung waren schon damals jungfräuliche Priesterinnen für ihren Kult zuständig. Der Sage nach wurde eine dieser vestalischen Jungfrauen, Rhea Silvia, nachdem sie von dem Gott Mars geschwängert worden war, die Mutter der Zwillinge Romulus und Remus, denen die Gründung der Stadt Rom zugeschrieben wird. Rhea Silvia wurde nach einigen Versionen dieser Sage wegen des Verlustes ihrer Jungfräulichkeit und der dadurch erfolgten Kränkung der Göttin hingerichtet.

In Rom erlangte der Kult der Vesta staatstragende Bedeutung. Es herrschte die Überzeugung, das Wohl der Gemeinschaft hinge davon ab, dass das heilige Feuer im Tempel der Vesta nicht erlösche und ihre Priesterinnen ihre Jungfräulichkeit bewahrten.

Die Stellung der vestalischen Jungfrauen oder Vestalinnen, wie man die Priesterinnen der Vesta nannte, ist in mehrfacher Hinsicht einzigartig in der römischen Religiosität, die durch eine Vielzahl von verschiedenen Göttern,

Kulten und Priesterämtern gekennzeichnet ist. Diese Sonderstellung lässt sich zum großen Teil wohl nur auf die vorrömischen Traditionen des Vestakultes zurückführen.

Die Vestalinnen waren die einzigen Frauen, die im antiken Rom eigenständig ein hohes Priesteramt ausübten. Alle anderen Priesterinnen leiteten ihre Stellung von der ihres Gatten, dem eigentlichen Priester, ab.

Auch die streng geforderte Jungfräulichkeit der Vestalinnen ist ungewöhnlich, weil sexuelle Enthaltsamkeit bei den Römern zunächst keine besondere spirituelle Bedeutung hatte. Das ist eine Vorstellung, die erst mit dem Christentum in den Vordergrund trat.

Letztlich standen den Vestalinnen auch besondere gesellschaftliche und rechtliche Vorrechte zu. Mit Eintritt in die Priesterschaft erlangten sie die volle rechtliche Handlungsfähigkeit, die römischen Frauen ansonst oft versagt war, weil sie unter der Vormundschaft ihres Vaters oder der ihres Gatten standen. Vestalinnen konnten daher eigenes Vermögen besitzen, selbstständig darüber verfügen und Rechtsgeschäfte tätigen. Abgesehen von staatlichen Zuwendungen erlangten sie durch Schenkungen und Erbschaften oft einen erheblichen Wohlstand. Sie durften außerhalb ihrer priesterlichen Gemeinschaft soziale Kontakte pflegen und es stand ihnen im Theater eine eigene Loge in den Rängen der Senatoren zu. Zu Kulthandlungen durften sie in der Stadt mit einem Wagen fahren, ein Privileg, das Privatpersonen zur Vermeidung eines Verkehrskollapses weitgehend untersagt war. Außerdem wurden sie von einem Liktor begleitet, was ansonst nur hohen Amtsträgern zustand und der dafür zu sorgen hatte, dass man ihnen allerorts mit Respekt begegnete. Der Nimbus der Heiligkeit, der sie umgab, findet auch darin Ausdruck, dass ein Verbrecher, der auf seinem Weg zur Hinrichtung einer Vestalin begegnete, seine Freiheit erlangte. Voraussetzung dafür war, dass diese Begegnung von der Vestalin nicht absichtlich herbeigeführt wurde, sondern auf einen Zufall zurückzuführen war. Dies war auch der einzige Fall, in dem eine Vestalin verhalten werden konnte, einen Schwur abzulegen, um die Zufälligkeit des Zusammentreffens zu bezeugen.

Zur Vestalin wurde man im Alter zwischen sechs und zehn Jahren berufen. Dazu wählte der oberste Priester, der Pontifex Maximus, aus einer Anzahl von Kandidatinnen ein geeignetes Mädchen zwischen sechs und zehn Jahren aus. Das Amt des Pontifex Maximus wurde in der Kaiserzeit regelmäßig vom Kaiser selbst ausgeübt.

Die Dienstzeit einer Vestalin betrug dreißig Jahre. Während der ersten zehn Jahre wurde sie als Novizin ausgebildet, in der Folge übernahm sie priesterliche Aufgaben und widmete sich während der letzten zehn Jahre der Ausbildung des Nachwuchses. Danach konnte sie auf ihren Wunsch ins Privatleben zurückkehren. Das Erfordernis der Jungfräulichkeit entfiel dadurch und sie durfte sogar heiraten. Die wenigsten Vestalinnen machten von dieser Möglichkeit Gebrauch. Die meisten verblieben auch nach Ablauf ihrer verpflichtenden Dienstzeit in der priesterlichen Gemeinschaft.

Es gab insgesamt sechs Vestalinnen. Über die innere Struktur ihrer priesterlichen Gemeinschaft ist aber wenig bekannt. Da nicht anzunehmen ist, dass kleine Mädchen bald nach ihrer Aufnahme mit kultischen Handlungen von staatswichtiger Bedeutung betraut wurden, ist davon auszugehen, dass es sechs ,amtsführende' Priesterinnen gab, daneben Novizinnen, die ausgebildet wurden, und emeritierte Mitschwestern. Außerdem stand für Handreichungen und niedere kultische Handlungen sakrales Hilfspersonal zur Verfügung.

Die Vestalinnen wohnten in einem ausgedehnten, villenartigen Gebäude am Forum unweit des von ihnen betreuten Tempels der Vesta.

Sowohl vom Tempel als auch vom ,Haus der Vestalinnen' sind noch Überreste vorhanden und können besichtigt werden.

So geachtet, privilegiert und einflussreich die Vestalinnen auch waren, sie lebten dennoch gefährlich, denn es drohte stets der Vorwurf des freventlichen Verlustes der Jungfräulichkeit. Die Strafe dafür war exemplarisch. Die Täterin, die für schuldig befunden wurde, ob sie es nun tatsächlich war oder nicht, wurde bei lebendigem Leib in einer unter der Erde verborgenen Kammer eingemauert und ihrem Schicksal, das nur ein qualvoller Tod sein konnte, überlassen. Es sind aber auch Fälle belegt, in denen man der Verurteilten als besonderen Gnadenerweis gestattete, ihre Todesart frei zu wählen beziehungsweise sich selbst umzubringen. Der beteiligte Mann wurde in der Regel ebenfalls hingerichtet. In Zeiten, in denen der Staat von einem Unheil betroffen wurde, sei es nun eine Niederlage im Krieg, eine Naturkatastrophe oder auch nur eine Missernte, betrachtete man dies als Strafe für die einer Gottheit zugefügten Beleidigung. Auf der Suche nach der Ursache verfiel man nicht selten auf den Gedanken, diese in der Unkeuschheit einer oder auch mehrerer Vestalinnen zu suchen, und damit nahm das Unheil seinen Lauf. Es sind allerdings auch mehrere Fälle bekannt, in denen so ein Verfahren mit dem Freispruch der Beschuldigten endete.

Die letzte Hinrichtung einer Vestalin wegen Unkeuschheit fand vermutlich Ende des ersten nachchristlichen Jahrhunderts unter Kaiser Domitian statt, ein Vorfall, über den sich Plinius der Jüngere, dem wir auch einen minutiösen Augenzeugenbericht über den Ausbruch des Vesuvs und die Vernichtung der Städte Pompeji und Herculaneum verdanken, sehr kritisch in seinen Briefen äußerte.

Auch der indirekte politische Einfluss der Vestalinnen, die oft aus hochgestellten Familien stammten, wohlhabend waren und über entsprechende Kontakte verfügten, wurde so mancher zum Verhängnis. Entweder waren sie selbst in politische Aktionen verwickelt, was im antiken Rom stets gefährlich war oder was weit öfter der Fall war, sie dienten als Faustpfand im Kampf um die politische Macht. Etliche Vestalinnen wurden nämlich von politischen Widersachern ihrer Familie der Unkeuschheit bezichtigt, um so Druck auf ihre Familie aufzubauen.

Nicht unerwähnt bleiben soll der Frevel des Kaisers Elagabal, der zu Beginn des dritten nachchristlichen Jahrhunderts die Vestalin Iulia Aquilia Severa dazu zwang, ihre Jungfräulichkeit aufzugeben und seine Ehefrau zu werden. Die Empörung, die darüber in Rom herrschte, war so groß, dass sie die Stellung des Kaisers nachhaltig untergrub und wesentlich zu seinem Sturz und seiner Ermordung beitrug.

Ende des vierten Jahrhunderts wurde der Kult der Vesta im Zuge der konsequent durchgezogenen Christianisierung des Reiches abgeschafft. Die letzte Vestalin trat zum Christentum über.

CR SO

Das hoch entwickelte römische Recht, dessen Spuren sich in vielen modernen Rechtssystemen wiederfindet, wies vor allem auf dem Gebiet des Strafrechtes einige Besonderheiten auf, die es deutlich von modernen Rechtssystemen unterscheidet.

Es gab keine Polizei mit einer einheitlichen Organisationsstruktur, wie wir sie in unserer Zeit als erste Anlaufstelle kennen, wenn auch nur der Verdacht einer strafbaren Handlung besteht. In den Städten existierten als Ordnungskräfte zwar Militäreinheiten, deren Aufgabe sich aber darauf beschränkte, die öffentliche Sicherheit zu wahren. Sie schritten nur dann ein, wenn es zu Unruhen kam oder wenn sie zufällig einen Täter bei einem Kapitalverbrechen ertappten. Das Ausforschen von Tätern war nicht ihre Sache. Die Bürger waren sehr oft auf Selbsthilfe angewiesen, entweder unmittelbar oder indem sie die Hilfe des Gerichtes in Anspruch nahmen, was kostspielig war und überhaupt nur dann Sinn machte, wenn ihnen der Täter bekannt war. In erster Linie galt es daher, sich selbst und sein Eigentum möglichst gut zu schützen und dabei auch auf Nachbarschaftshilfe zu vertrauen.

Während der Kaiserzeit entstand in der Hauptstadt Rom eine militärisch organisierte Einheit, die sich noch am ehesten mit einer Polizei im heutigen Sinn vergleichen lässt: die Vigiles. Ursprünglich war das die Feuerwehr, die nicht nur Schadensfeuer löschte, sondern auch in der ständig von Bränden bedrohten Stadt die Einhaltung der zahlreichen und strengen Brandschutzvorschriften zu überwachen hatte. Zu diesem Zweck patrouillierten sie Tag und Nacht in der Stadt, woraus sich bald eine über ihre Kernaufgaben hinausgehende Ordnungsfunktion entwickelte. Sie schritten auch bei Straftaten ein, durften Festnahmen durchführen und notfalls auch Gewalt anwenden. Für bestimmte Formen der Kriminalität, insbesondere Brandstiftung, Plünderung, Einbruch und Hehlerei, wurde ihnen sogar die Gerichtsbarkeit zugewiesen. Den Vorsitz in diesen ‚Polizeiverfahren' führte der Kommandant der Vigiles, der Praefectus Vigilum. Eine aktive Ausforschung von Tätern erfolgte aber nur in den wenigsten Fällen, was vor allem daran lag, dass man über keine effizienten kriminalistischen Möglichkeiten verfügte.

Trotzdem war entgegen bisweilen geäußerten Behauptungen die Sicherheitslage in den Städten – vor allem in der Stadt Rom selbst – nicht wesentlich ungünstiger und oft sogar besser als in so mancher heutigen Großstadt oder zumindest in bestimmten Stadtvierteln moderner Städte.

Die Sicherheitslage auf dem Lande, besonders in dünn besiedelten Gebieten und auf Überlandstraßen, war schlechter. Entlang den römischen Staatsstraßen wurden sogenannte Stationes eingerichtet, in denen kleine Militäreinheiten stationiert waren, die auf den ihnen zugewiesenen Straßenabschnitten für Ordnung und Sicherheit zu sorgen hatten und die man am ehesten mit Straßenmeistereien, die auch polizeiliche Funktionen ausübten, vergleichen kann. Dennoch waren Fernreisen im Römischen Reich eine gefährliche Sache, sofern man keine bewaffnete Eskorte bei sich hatte.

Nur dann, wenn Räuberbanden einen Landstrich regelrecht tyrannisierten, schritt das Militär ein. Wurde so eine Bande gestellt, erübrigte sich allerdings meist ein Gerichtsverfahren.

Die städtische Bevölkerung litt vor allem unter den verschiedensten Formen der Kleinkriminalität. Denn viele Delikte, die wir heute als Straftaten ansehen, die von Amts wegen zu verfolgen sind, wie einfacher Diebstahl, Unterschlagung, Betrug oder Körperverletzung, waren im römischen Recht in den Bereich des Zivilrechtes verwiesen und der Geschädigte musste selbst gegen den Täter vor dem Zivilgericht Klage erheben. Tat er es nicht, entweder weil er den Täter nicht kannte oder weil er den Gang zu Gericht scheute, blieb die Tat ungesühnt. Denn ebenso wenig wie es eine Polizei im modernen Sinn gab, gab es einen institutionalisierten öffentlichen Ankläger, der dem des heutigen Staatsanwaltes vergleichbar wäre.

Von Amts wegen reagierte die Obrigkeit auf Straftaten nur dann, wenn die Sicherheit und Integrität des Staates unmittelbar bedroht erschien. Das galt unter anderem für Hochverrat, Verschwörung, Missbrauch der Amtsgewalt, Falschmünzerei, Brandstiftung, Raub und Mord. In diesen Fällen wurde das Strafverfahren durch die jeweils dafür zuständigen Beamten eingeleitet. Kaiser Marc Aurel wies beispielsweise die Provinzstatthalter, die in ihren Provinzen auch als oberste Gerichtsbeamte fungierten, nachdrücklich an, auch Räuber, Menschenräuber und Religionsfrevler aufzuspüren und zu bestrafen.

Parallel dazu bestand das althergebrachte Recht, wonach Privatpersonen wegen eines Kapitaldeliktes, auch wenn es sie gar nicht persönlich betraf, wie etwa wegen eines Mordes oder eines Amtsdeliktes, Anklage erheben konnten. Unterlag der Ankläger, weil der Angeklagte freigesprochen wurde, geriet er allerdings selbst in Gefahr, wegen Verleumdung oder schikanöser Prozessführung belangt zu werden.

Parteien (Angeklagter und privater Ankläger) konnten sich vor Gericht durch einen Anwalt vertreten lassen. Dabei handelte es sich um Männer, die als große Redner bekannt waren und die möglichst, aber nicht notwendigerweise über juristische Kenntnisse verfügten. Denn römische Gerichtsverfahren fanden öffentlich statt und waren ein Spektakel, bei dem die Kontrahenten wortgewaltig und mit theatralischen Einlagen die Geschworenen zu beeindrucken suchten. Nicht selten wurden solche Anwälte von Claqueuren begleitet, die ihre Ausführungen mit Beifall und zustimmenden Rufen kommentierten.

Eine spezielle Art von Anwälten, die besonders in der Kaiserzeit ihr Unwesen trieben, waren die sogenannten Delatores. Sie spionierten ein potenzielles Opfer aus, versuchten einen anfechtbaren Punkt in dessen Vergangenheit oder Gegenwart zu finden und erhoben dann (als Privatperson) Anklage wegen eines tatsächlich begangenen oder auch nur behaupteten Verbrechens. Da sie im Falle einer Verurteilung ein Viertel des Bußgeldes oder des an den Staat fallenden Vermögens des Angeklagten bekamen, war dies ein gewinnträchtiges Unternehmen. In anderen Fällen handelten sie nicht nur im eigenen Interesse, sondern im Auftrag Dritter, die meist politische oder geschäftliche Konkurrenten des Beschuldigten waren. Ein häufiger schwer widerlegbarer und streng verfolgter Anklagepunkt war dabei jener der Majestätsbeleidigung, die mit dem Tode bedroht wurde.

Ein anderes Betätigungsfeld dieser gewerbsmäßig agierenden privaten Ankläger war das Steuer- und Erbschaftsrecht. Sie brachten Steuersünder zur Anzeige und erlangten dafür eine Belohnung. Sie intervenierten auch in (fremden) Erbschaftsfällen, indem sie die Berechtigung des Erben bestritten, das Erbe anzutreten. Drangen sie mit ihrer Klage durch, fiel die Erbschaft an den Staat und sie bekamen einen erheblichen Anteil davon als Belohnung.

Obwohl sie dem Staat auf diese Weise Einnahmen verschafften, stellte dieses ausufernde Denunziantentum bald einen so schwerwiegenden sozialen Störfaktor dar, dass sich etliche Kaiser veranlasst sahen, gegen einige Delatores, die es allzu bunt trieben, vorzugehen und sie zu verbannen, ohne diese spezielle Entartung des römischen Rechtssystems allerdings ausrotten zu können.

Die Delatores waren wegen ihrer Skrupellosigkeit verhasst und gefürchtet. So äußert sich beispielsweise der jüngere Plinius in seinem überlieferten Briefverkehr ausgesprochen gehässig über den zu seiner Zeit bekannten und gefürchteten Anwalt und Delator Marcus Aquilius Regulus.

Prolog

An einem milden Frühlingstag jenes Jahres, in welchem Gnaeus Claudius Severus erster Konsul war (173 n. Chr.), bewegte sich eine bunt gemischte Menschenmenge zur Gemonischen Treppe, die vom Kapitol über das Forum zum Tiber hinabführte.

So unterschiedlich die einzelnen Gruppen waren und ihre Rollen in diesem Spektakel, so unterschiedlich war auch ihr Verhalten. Voran schritten Soldaten. Sie befleißigten sich eines zeremoniellen Gleichschrittes, ihre Mienen waren ausdruckslos und sie schufen allein schon durch ihr gebieterisches Auftreten Platz für die Folgenden: Das waren die Amtsträger in ihrer feierlichen Tracht. Sie schauten ernst und bekümmert, so als ob ihnen das Urteil, dessen Vollzug sie zu leiten hatten, Kummer bereite.

Ihnen folgte ein von vier Sklaven gezogener zweirädriger Karren, auf dem die eigentliche Hauptperson des Auflaufs hockte. Er war der Einzige, der gefahren wurde, nicht um es ihm bequem zu machen, sondern um ihn daran zu hindern, sich seinem Weg gewaltsam zu widersetzen und dadurch ein unwürdiges Schauspiel zu bieten. Er war ein junger Mann, dessen Gesicht durch den langen Aufenthalt im Gefängnis und wohl auch durch die Angst vor dem, was ihm bevorstand, bleich geworden war. Man hatte ihm die Hände auf dem Rücken zusammengebunden und ihn mit einem Bein eng an die Sprossen des Wagens fixiert, damit er nicht herunterspringen konnte. Er wirkte wie gelähmt und starrte mit geweiteten Augen um sich, als könne er das Ganze noch immer nicht fassen.

Hinter dem Wagen schritt ein einzelner Mann, der ganz in dunkles Leder gekleidet war und ein Schwert über die Schulter gelegt hatte. Die Klinge war von einer gleichfalls schwarzen Scheide verhüllt, um ihre Schärfe sorgsam für den einen entscheidenden Schlag zu wahren. Von Zeit zu Zeit lächelte der Scharfrichter der Menge leutselig zu, hob grüßend die Hand und wirkte dadurch noch furchtbarer, als wenn er sich nur teilnahmslos verhalten hätte. Die Römer waren an den Anblick des gewaltsamen öffentlichen Todes gewohnt, ja dieser bildete einen unverzichtbaren Teil ihrer liebsten Freizeitbeschäftigung, des

Besuches des Amphitheaters mit seinen öffentlichen Hinrichtungen und Gladiatorenkämpfen. Sie hatten auch keine Scheu davor, demjenigen zuzujubeln, der seinem unterlegenen Gegner auf allgemeines Verlangen den Todesstoß versetzte oder den Schädel zerschmetterte. In diesem Fall war es anders. Niemand erwiderte die Grüße des Schwarzgekleideten. Ein jeder wandte sich schaudernd von ihm ab, wenn sein Blick ihn streifte, als ob er ein Bote der Unterwelt wäre.

Dann kam eine Gruppe feierlich gekleideter Zivilisten, Männer, Frauen und Kinder. Sie verzichteten darauf, den Mann, der ihnen ihre Töchter und Schwestern geraubt hatte, zu verfluchen. Ihre Mienen und Blicke ließen aber keinen Zweifel daran, dass sie dem Akt der Gerechtigkeit, der stattfinden sollte, mit grimmiger Erwartung entgegensahen.

Den Schluss bildete wieder eine Formation Soldaten.

Umgeben war diese offizielle Prozession durch eine ständig wachsende Menschenmenge. Auch diese Leute verhielten sich unterschiedlich. Die einen ergingen sich in wüsten Schmähungen gegen den Verurteilten, teils aus verständlicher Empörung über seine Untaten, teils aus Prinzip, und auch weil sie ihre eigene Rechtschaffenheit durch die Verdammung eines Mitmenschen betonen wollten. Andere meinten, dass ihnen eine milde Besonnenheit gut anstünde, und sie äußerten sich mit tiefsinnigen Worten sowohl zum Unglück des Täters als auch zu dem seiner Opfer und deren Angehörigen. Wiederum andere betrachteten die Angelegenheit sachlich und diskutierten das Todesurteil, das nun vollzogen werden sollte, wobei nicht wenige meinten, dass der Delinquent in Wahrheit Opfer eines Justizirrtums sei.

Grundsätzlich war es aber so, dass sich alle unbeteiligten Zuschauer prächtig unterhielten. Der Anlass war ja auch ungewöhnlich genug. Denn üblicherweise wurden Hinrichtungen im Gefängnis in der Abgeschiedenheit eines dafür bestimmten Raumes vollzogen. In jenen Fällen, in denen man dies für angezeigt hielt, um dem Verurteilten auch noch nach seinem Tod Schmach zuzufügen und dem Volk die Gerechtigkeit der römischen Justiz vor Augen zu führen, brachte man danach den Leichnam zur Gemonischen Treppe, wo er zeremoniell hinuntergeworfen wurde. Dort blieb er auf den Stufen zu seiner eigenen Schande und zur Warnung des Volkes liegen, bis die heiße Sonne Italiens, was schon nach kurzer Zeit der Fall war, seine Entfernung notwendig machte. Anschließend wurde der Kadaver gänzlich die Treppe hinuntergeschleift und in den Tiber geworfen, auf dass ihm für immer ein Grab und damit der Zugang zur Unterwelt verwehrt bleibe. Dadurch war er dazu verdammt, auf Erden als ruheloser, schuldgequälter Lemur umherzuwandern, sich selbst und allen Lebenden ein Gräuel.

Die Hinrichtung unmittelbar auf der Gemonischen Treppe war eine Ausnahme und im vorliegenden Fall der großen öffentlichen Anteilnahme geschuldet, den der Prozess gegen den Delinquenten gefunden hatte.

Eine weitere Attraktion war die Tatsache, dass die Enthauptung mit dem Schwert vollzogen werden sollte. Wenngleich römische Bürger das Recht hatten, mit dem Schwert hingerichtet zu werden, so geschah dies doch meist mit der Axt. Die Delinquenten hatten keinen Grund, sich darüber zu beschweren. Denn wenn die Axt schwer und scharf geschliffen war, genügte meist ein kräftiger Hieb, um den Kopf abzuhacken. Letztlich war es auch egal, ob Axt oder Schwert, Hauptsache, es ging schnell. Eine kunstgerechte Enthauptung mit dem Schwert war hingegen viel kniffliger und bedurfte großer Sachkenntnis. Das Schwert, das man üblicherweise dazu verwendete, unterschied sich von den gebräuchlichen Kurzschwertern. Es war länger, schwerer und schärfer geschliffen als militärische Waffen, weil man die Schneide vor Beschädigungen durch Schläge gegen einen festen harten Widerstand nicht schützen musste. Im Augenblick der Wahrheit riss ein Helfer die auf dem Rücken zusammengebundenen Hände des Delinquenten hoch, sodass dieser in eine vorgebeugte Haltung gezwungen wurde und – ob er wollte oder nicht – den Nacken zum Schlag darbot. Ein zielsicherer Hieb mit dem hochgeschwungenen Schwert und der Kopf hüpfte über das Pflaster, während der Rumpf langsam zu Boden sank und Blutfontänen aus dem Hals vergoss.

Das also war es, was den Delinquenten erwartete, und was die meisten der Zuschauer in schauriger Erwartung zu sehen wünschten.

Zur gleichen Zeit und nicht weit entfernt standen zwei Menschen halb verborgen im Eingang eines Tempels und unterhielten sich leise. Der Mann war schon älter, weißhaarig und korpulent. Er trug die Toga eines Senators und wirkte sehr bedrückt, so wie er auf die Frau einsprach. Die Frau war etwa im gleichen Alter wie er. Sie war wie eine Matrone gekleidet, nur dass ihre Kleidung reinweiß war und sie auf jeden Schmuck und eine kunstvolle Haarpracht verzichtete. Der lange Seidenschal, den sie trug, verdeckte teilweise ihr Gesicht wie ein Schleier. Sie wirkte viel gelassener als ihr Gesprächspartner und legte ihm mehrmals die Hand besänftigend auf den Arm. Etwas abseits stand ein Tragsessel. Seine Träger, zwei muskulöse Sklaven, hatten sich in den Schatten der Säulenreihe zurückgezogen. In einigem Abstand von ihnen verharrte ein junger Mann, der ein kunstvoll verschnürtes Bündel von Stäben, die Ruten darstellen sollten, an die Wand gelehnt hatte. Sonst war niemand zu sehen, weil sich die Müßiggänger, die den Platz üblicherweise zu bevölkern pflegten, dem Hinrichtungszug angeschlossen hatten.

Dessen Stimmengewirr drang zuerst als leises Murmeln und dann immer lauter werdend zu den Wartenden. Ein junges Mädchen huschte über den Platz und flüsterte der Frau etwas zu.

„Es ist Zeit", sagte diese ruhig, berührte ihren Gesprächspartner noch einmal tröstend mit der Hand und winkte den Trägern zu. Sofort nahmen sie den Tragsessel auf und eilten zu ihrer Herrin. Der junge Mann, der das Amt eines Liktors ausübte, legte sein Rutenbündel vorschriftsmäßig über die linke Schulter und stellte sich vor den Tragsessel. Auf ein Zeichen der Frau setzte sich ihr kleiner Zug in Bewegung.

Wenige Minuten später trafen die beiden Gruppen aufeinander. Es geschah an der Stelle, wo sich beim Tempel der Concordia die Straßen kreuzten. Selbstverständlich hätte jeder Passant dem von Soldaten eskortierten Hinrichtungszug den Vortritt lassen müssen, aber nicht dieser. Als der Liktor vor ihnen auftauchte und selbstbewusst ihren Weg querte, zögerte die erste Reihe der Soldaten, geriet aus dem Tritt und kam schließlich zum Stillstand. Die Nachkommenden liefen auf ihre Kameraden auf und verursachten einiges

Durcheinander. Schließlich stand der ganze Zug. Auch der Tragsessel kam mitten auf der Straße zum Stillstand.

Der führende Beamte, den eine Ahnung von bevorstehenden Schwierigkeiten befiel, eilte nach vorne und sagte zu der Dame im Tragsessel: „Bitte, ehrwürdige Mutter, setze deinen Weg fort und beachte uns gar nicht." Dabei machte er Handbewegungen, die als höfliche Aufforderung gedacht waren, weil sie aber zu heftig ausgeführt wurden, so aussahen, als wolle er sie wegscheuchen. Der Liktor nahm sein Rutenbündel von der Schulter und stieß es dreimal klirrend gegen den Boden. Dabei schaute er den Beamten mahnend an. Dieser wich auf der Stelle drei Schritte von dem Tragsessel zurück.

„Was geht hier vor?", fragte die Dame mit milder Stimme.

Der Delinquent auf dem Karren hatte dank seiner erhöhten Stellung den Zwischenfall beobachten können und mit einiger Verspätung kapiert, was er für ihn bedeutete. So laut er konnte schrie er: „Rette mich, ehrwürdige Mutter! Hab Mitleid mit mir! Ich bin unschuldig!"

„Was geht hier vor?", wiederholte die Dame ihre Frage. „Warum schreit dieser Mensch so?"

„Dieser Mensch heißt Lucius Cäcilius", erwiderte der Beamte, „und wir führen ihn zur Hinrichtung, nachdem ihn ein Gericht ordnungsgemäß zum Tode verurteilt hat."

„Was hat er getan?"

„Er hat zwei junge Mädchen auf abscheuliche Art und zur Befriedigung seiner abartigen Gelüste ermordet, ehrwürdige Mutter. Es hat sich nicht etwa um ehrlose Dirnen oder Sklavinnen gehandelt, sondern um Töchter aus gutem Haus. Ihre trauernden Hinterbliebenen kannst du dort hinten sehen. Dieses Ungeheuer in Menschengestalt ist deiner Beachtung und deiner Gnade nicht würdig, Ehrwürdige."

„Gnade! Gnade!", brüllte der Delinquent verzweifelt.

Die Dame schüttelte sinnend den Kopf und sagte: „Es liegt nicht in meiner Macht, einen verurteilten Verbrecher zu begnadigen. Das ist auch gar nicht notwendig." Sie wandte sich an den Beamten: „Du kennst das Gesetz?"

„Welches Gesetz?", fragte der Beamte, obwohl er sehr genau wusste, was sie meinte.

„Jenes Gesetz, wonach einem Verurteilten die Strafe erlassen ist, wenn ihm auf dem Weg zur Hinrichtung eine Vestalin begegnet."

In der Menge, die dem Wortwechsel mit nahezu atemlosem Schweigen gefolgt war, erhob sich ein Murmeln. Einzelne empörte Rufe waren zu hören.

„Das ist ein altes Gesetz, das seit Menschengedenken nicht mehr angewandt wurde", entgegnete der Beamte verzweifelt. „Ich glaube auch gar nicht, dass es ein Gesetz ist, sondern eher nur ein alter Brauch."

„Und du meinst, dass die Sitten und Bräuche der Vorväter nicht wert sind, beachtet zu werden? Du glaubst, dass die uralte Macht, die den Dienerinnen der Göttin bereits in einer Zeit, die vor dem Gedächtnis der Menschen liegt, verliehen wurde, missachtet werden kann? Der Pontifex Maximus wird darüber urteilen, wenn es nötig sein sollte. Du kennst gewiss die Strafe, die jenen droht, die unrechtmäßig eine Hinrichtung durchführen. Es gibt Beispiele dafür in unserer Geschichte."

„Dieser Mensch hat furchtbare Verbrechen begangen", rief der Beamte. „Soll er ungestraft bleiben?"

„Er hat den Tod verdient", schrien etliche aus der Menge.

„Ich bin unschuldig", jammerte der Delinquent.

Die Stimme der Dame hallte plötzlich laut und deutlich über den Platz, so als ob sie ein geübter Volksredner wäre. Die Menge verstummte.

„Ich weiß nicht, ob dieser Mann schuldig ist oder nicht", erklärte sie. „Es ist auch gleichgültig. Die Dinge sind, wie sie sind. Er ist auf seinem letzten Weg einer vestalischen Jungfrau begegnet und dadurch ist ihm die Strafe erlassen, ob er sie nun verdient hat oder nicht."

Der Beamte war weit rechtskundiger, als er getan hatte. „Das gilt aber nur für den Fall, dass die Begegnung nicht absichtlich herbeigeführt wurde, sondern zufällig erfolgt ist", wandte er ein.

„Es gibt keine Zufälle", erwiderte die Dame. „So nennen die Menschen nur das Wirken der Götter, das sie nicht verstehen. Der Wille der Göttin hat mich hergeführt."

„Das mag so sein. Dennoch frage ich mich, wie dir die Göttin ihren Willen kundgetan hat, und was du dir dabei gedacht hast."

„Wagst du es, die Mysterien meines Dienstes an der Göttin zu erfragen?"

„Du weichst mir aus. Bist du bereit, jetzt auf der Stelle zu schwören, wie es das Gesetz, auf das du dich berufst, vorsieht?", fragte der Beamte, der glaubte einen wunden Punkt gefunden zu haben, listig. „Wenn nicht, so soll jeder seiner Wege gehen und niemand soll dem anderen etwas vorwerfen, aber dieser Verbrecher dort auf dem Karren wird noch zur selben Stunde sterben."

Die Menge murmelte halb drohend, halb erwartungsvoll.

Die Dame stieg von ihrem Tragsessel und hob beide Hände zum Himmel: „Ich, Aemilia, oberste Priesterin der Vesta", sprach sie mit tönender Stimme, „schwöre, dass die Begegnung mit Lucius Cäcilius auf dem Weg zu seiner Hinrichtung zufällig erfolgt ist. Der Wille der Göttin geschehe! Wenn ich einen falschen Schwur getan habe, so soll mich ihr Zorn auf der Stelle vernichten."

Sie ließ die Arme sinken. Aus der Menge war ein Stöhnen zu hören. Sonst geschah nichts.

Der Liktor stieß die tönenden Rutenbündel dreimal gegen den Boden.

Aemilia blickte den Beamten an. „Es ist geschehen, wie du es verlangt hast. Jetzt tu auch du deine Pflicht."

Der Beamte erkannte, dass er unterlegen war. „Bindet ihn los und lasst ihn gehen", befahl er resigniert.

Ein Soldat kletterte auf den Karren, zog sein Schwert und durchschnitt die Fesseln des Gefangenen. Dann stieß er ihn so derb vom Wagen, dass er hinfiel. Der junge Mann taumelte auf die Füße und sah die Vestalin an. „Ehrwürdige Mutter ...", begann er.

Sie schnitt ihm mit einer herrischen Handbewegung das Wort ab. „Ich habe mit dir nichts zu schaffen! Hebe dich hinweg, Unseliger!"

In der Menge wurden drohende Rufe laut. Selbstjustiz und auch Lynchmorde, wenn die staatlichen Institutionen versagten, waren in den Straßen Roms keine Seltenheit. Aemilia sah sich zum Eingreifen genötigt. Sie hob gebieterisch die Hand. Der Lärm verstummte. „Ihr sollt dies wissen", rief sie, „wer immer den

Sinn jenes Gesetzes missachtet, nach dem der Verurteilte verschont werde, den wird der Zorn der Göttin treffen, noch ehe die Sonne dreimal untergegangen ist!"

Ihre Worte blieben nicht ohne Wirkung. Vor Lucius öffnete sich eine Gasse in der Menge. Zuerst zögernd, dann immer rascher durchschritt er sie und rannte schließlich fort, wie von Furien gejagt. Niemand folgte ihm.

Die Vestalin bestieg wieder ihren Tragsessel. „Nach Hause", befahl sie mit müder Stimme.

Sobald sie verschwunden war, begann sich die Menge der Zuschauer in kleine Gruppen aufzulösen, wobei heftig diskutiert wurde. Der offizielle Teil des Hinrichtungszuges marschierte zum Forum zurück. Der Tritt der Soldaten war weit weniger forsch als beim Herkommen. Die Beamten steckten die Köpfe zusammen und berieten sich leise. Die Hinterbliebenen der Mordopfer klagten und manche weinten laut.

Ein bekannter Historiker, der den ganzen Vorfall beobachtet hatte, eilte nach Hause, um diesen exemplarischen Vorfall in sein Geschichtswerk aufzunehmen. Denn er hatte in den Büchern seiner Vorgänger keinen einzigen Fall gefunden, in dem dieser alte, aber allgemein bekannte Brauch, dessen Rechtsgrundlage im Dunklen lag, bisher auch tatsächlich zur Anwendung gekommen war.

I

Die folgenden Begebenheiten ereigneten sich im Jahr des Konsulates
des Lucius Aurelius Gallus in Rom, 174 n. Chr. (Frühsommer)

Der Anwalt Spurius Pomponius war erst vor wenigen Stunden in Rom
angekommen. Jetzt stand er am Fenster seines Quartiers im zweiten
Stock des kaiserlichen Palastes und sah auf die weitläufige Anlage des Circus
Maximimus hinunter. Der Obelisk, den einst Kaiser Augustus nach der
Unterwerfung Ägyptens hier aufstellen hatte lassen, warf in der Abendsonne
einen langen Schatten und verriet ihm, dass die letzte Stunde des Tages
angebrochen war.

Sein Zimmer, es war kaum mehr als eine bequem eingerichtete Kammer, war
ein protokollarischer Kompromiss. Er wurde zwar dem Gefolge der Kaisergattin
Faustina, die er auf ihrem Weg von Carnuntum in die Hauptstadt begleitet hatte,
zugerechnet, seine Stellung im Kreis jener, die dem Thron mehr oder weniger
nahestanden, war allerdings ungewiss. Weil die für die Unterbringung des
Hofstaates zuständigen Bediensteten aber gelernt hatten, auf kleinste Regungen
der Macht zu achten, war ihnen aufgefallen, dass Faustina mehrmals huldvoll das
Wort an Pomponius gerichtet hatte. Das war umso bemerkenswerter, als sie sich
in der Vergangenheit nicht nur sehr abfällig über Pomponius geäußert, sondern
sogar den Wunsch zum Ausdruck gebracht hatte, seinen Kopf auf eine Lanze
gespießt zu sehen. Die Gründe dafür waren allgemein bekannt: Vor einigen
Jahren war ein Spottgedicht in den Straßen Roms aufgetaucht, das sich mit der
Vorliebe Faustinas für kräftig gebaute Gladiatoren beschäftigte. Als die
Nachforschungen nach dem Übeltäter in kritische Bahnen gerieten, nahm der
aufstrebende Anwalt Pomponius die Schuld für diese Schmähschrift auf sich,
warf sich dem Imperator zu Füßen und flehte um Gnade. Marc Aurel verbannte
ihn zur Strafe kurzerhand an die äußerste Grenze des Reiches, nach Carnuntum
am kriegsgebeutelten Donaulimes. Diese Strafe wurde allgemein und im
Besonderen von Faustina als viel zu milde angesehen. Für die freventliche
Beleidigung der Kaisergattin, die man auch als Beleidigung des Imperators selbst

auffassen musste, hätte er vor das Senatsgericht gestellt und zum Tode verurteilt werden müssen. Er kam deswegen so glimpflich davon, weil der bestens informierte Kaiser längst wusste, dass das Gedicht in Wahrheit von Valeria, einer Vertrauten der Kaiserin, verfasst worden war. Diese Valeria war nun nicht nur die Geliebte des Pomponius, was diesen zu seiner dramatischen und gefährlichen Rettungsaktion veranlasst hatte, sondern auch die Tochter eines einflussreichen Senators, dessen Unterstützung der Kaiser für seine weitreichenden Kriegspläne wünschte. Also akzeptierte der Kaiser das falsche Geständnis des Pomponius, verschonte aber dessen Leben, weil er ein gerechter Mann war, und betrachtete die Sache als zufriedenstellend erledigt. Die Verbannung des Pomponius hielt er nämlich in jedem Fall für gerechtfertigt, weil Pomponius, auch wenn er an dem fraglichen Gedicht unschuldig war, seinen Imperator angelogen hatte.

Valeria, diese undankbare Person, folgte Pomponius allerdings nicht in die Verbannung, so wie er es erwartet hatte, sondern verließ ihn. In Carnuntum baute sich Pomponius eine neue Existenz als Schmuckhändler auf und kam ganz gut zurecht, bis ihn das Unheil in Gestalt Faustinas einholte. Marc Aurel hatte nämlich Carnuntum zu seinem militärischen Hauptquartier an der Donaufront gemacht und organisierte von dort seine Kriegszüge ins Barbaricum, um die unruhigen Germanenstämme, vor allem die Markomannen, die die Grenzen des Reiches bedrohten, in die Knie zu zwingen. Als Faustina ihren kaiserlichen Gatten in seinem Hauptquartier besuchte und erfuhr, dass auch Pomponius noch in der Stadt weilte, flammte ihr Zorn erneut auf, und es stand zu befürchten, dass sie früher oder später grausame Rache an ihm nehmen werde.

In dieser prekären Situation bot Masculus Masculinius, der einflussreiche Kommandant des militärischen Geheimdienstes, Pomponius an, als Agent für ihn zu arbeiten und versprach ihm dafür Schutz vor Faustinas Rachegelüsten. Pomponius sah keinen anderen Ausweg, als dieses Angebot anzunehmen und in den Dienst der Frumentarii zu treten. In der Folge löste er mehrere spektakuläre Fälle, die ihm anvertraut worden waren. Zur Belohnung wurde er vom Kaiser – sehr zum Verdruss Faustinas – begnadigt und hätte nach Rom zurückkehren können. Er tat es nicht, denn seine Geliebte Aliqua, die ebenfalls für die

Frumentarii arbeitete, wollte Carnuntum nicht verlassen, und ohne sie wollte Pomponius nicht gehen.

Im Frühling dieses Jahres war es aber zu Ereignissen gekommen, die das Leben des Pomponius erneut auf den Kopf stellten. Es war ihm gelungen, einen Fall, der ihn als verdeckten Ermittler ins Theatermilieu geführt hatte, aufzuklären. Aufklären bedeutet, dass er zwar die Wahrheit herausfand, aber dann mit Umsicht bemüht war, sie unter den sprichwörtlichen Teppich zu kehren, um weiteres Unheil zu vermeiden. Bei dieser Gelegenheit unterdrückte er auch einen an Faustina gerichteten Brief des Statthalters von Syrien, Avidius Cassius, dessen Inhalt für Faustina und Avidius fatale Folgen gehabt hätte, wäre er bekanntgeworden. Faustina war inzwischen zu der Überzeugung gelangt, dass Pomponius mit dem Spottgedicht, über das sie sich so geärgert hatte, wohl nichts zu tun hatte. Sie verfolgte ihn nur mehr aus Prinzip mit ihren Drohungen, weil er nun einmal als Täter galt. Als sie erfuhr, was Pomponius in der Briefaffäre für sie getan hatte, war sie nicht undankbar. Sie beschloss, ihm auch offiziell zu verzeihen und ihn künftig in Frieden zu lassen. Man kann wohl annehmen, dass auch ihre Vertraute Valeria erheblichen Einfluss auf diese für Pomponius so erfreuliche Entwicklung hatte.

Eine andere Sache war für Pomponius weit weniger erfreulich. Seine Geliebte Aliqua brach die Beziehung zu ihm ab und wandte sich einem anderen Mann zu. Wäre Pomponius je auf den Gedanken verfallen, seine Beziehungen zu Frauen, von denen es etliche in seinem Leben gegeben hatte, zu analysieren, so wäre ihm ein stets gleichbleibendes Muster aufgefallen: Es war nie er selbst gewesen, der seine Geliebten verlassen hatte, sondern es war stets er, der verlassen wurde. Die Ursache dafür ist einfach zu erklären: Er hatte nie den Wunsch gehabt, seine Liebschaften zu legalisieren und zu heiraten. Er betrachtete seine Verhältnisse stets als völlig zufriedenstellendes Provisorium. Darin unterschied er sich nicht sehr von vielen seiner Zeitgenossen. Niemand hätte etwas dabei gefunden, wenn er von Zeit zu Zeit und von sich aus seine Geliebten gewechselt hätte. Das tat Pomponius aber nicht. Denn im Grunde war er eine treue Seele und brachte es nicht übers Herz, eine seiner Geliebten zu verstoßen. Das führte – wie bereits gesagt – zwangsläufig dazu, dass regelmäßig er es war, der verlassen wurde, was ihm zwar vorübergehenden Kummer verursachte, ihn aber auch vor länger anhaltenden Gewissensbissen bewahrte. Bemerkenswert ist allerdings die Tatsache, dass etliche der Damen aus Gründen, über die wir nur spekulieren können, nach einer gewissen Zeit versuchten, wieder zu ihm zurückzukehren. Auch bei Valeria war es nicht anders. Kaum hatte sie mitbekommen, dass Aliqua beabsichtigte, sich von Pomponius zu trennen, unternahm sie alle Anstrengungen, um ihm wieder den Kopf zu verdrehen.

Dabei kam ihr ein glücklicher Umstand zu Hilfe. Masculus Masculinius hatte nämlich den Brief eines alten Bekannten aus Rom erhalten, der sich in eine gefährliche, wohl politisch motivierte Intrige verwickelt sah und um Hilfe bat. Masculinius hatte zu diesem Zeitpunkt die emotionalen Spannungen zwischen Aliqua und Pomponius bereits zunehmend als Störfaktor in seinem Agententeam wahrgenommen. Also entschloss er sich, wie man sagt, zwei Fliegen mit einem Schlag zu treffen. Er beurlaubte Pomponius von seinem Dienst bei den Frumentarii und bat ihn, nach Rom zu eilen und seinem Bekannten als Anwalt und erforderlichenfalls auch mit seinen Talenten als Ermittler beizustehen.

Pomponius seinerseits hatte das Gefühl, etwas Distanz von Aliqua würde ihm guttun. Also entsprach er dem Ansinnen seines Kommandanten und schloss sich dem Gefolge Faustinas an, die in diesen Tagen nach Rom zurückkehrte. Die gemeinsame Reise bot Valeria und Pomponius Gelegenheit, einander wieder näherzukommen, und es darf berichtet werden, dass Valeria bereits auf halbem Weg nicht nur die ehemalige, sondern auch die neue Geliebte des Pomponius war.

Das waren in Kürze erzählt die Ereignisse, die Pomponius nach jahrelanger Abwesenheit wieder nach Rom zurückgeführt hatten.

Pomponius hob den Blick von den in der Abenddämmerung verschwindenden Anlagen des Circus Maximus und ließ ihn über die im späten Licht schimmernden Dächer der Häuser am Aventin gleiten. Er seufzte tief. Erst jetzt kam ihm zu Bewusstsein, wie sehr er all die Jahre Rom vermisst hatte. Hinter ihm wurde leise die Tür geöffnet, ohne dass geklopft worden wäre, und Valeria trat ein. Sie blickte sich im Raum um und sagte: „Wie ich sehe, hat man dich halbwegs angemessen untergebracht. Bist du zufrieden?"

„Ich bin immer zufrieden, wenn ich in deiner Nähe sein darf", lächelte Pomponius, „wenngleich mir ein Quartier in der Stadt mehr Bewegungsfreiheit für meinen Auftrag geboten hätte."

„Das war leider nicht möglich", entgegnete Valeria, „weil Faustina darauf besteht, dass ich in ihrer Nähe und damit im Palast bleibe." Sie ging ganz selbstverständlich davon aus, dass daher auch Pomponius im Palast und damit in ihrer Nähe zu bleiben hatte. Aus diesem Grund hatte sie Faustina auch dazu bewegt, Pomponius, ohne ihn überhaupt nach seinen Wünschen zu fragen, ein Quartier im Palast anweisen zu lassen. Diese Geste kaiserlicher Huld konnte selbstverständlich nicht abgelehnt werden. „So übel ist deine Unterkunft gar nicht", fuhr Valeria fort. „Diese riesige Palastanlage besteht hauptsächlich aus Repräsentationsräumen. Abgesehen von den kaiserlichen Gemächern gibt es hier nur wenige Wohnräume. Die Bediensteten und Sklaven schlafen in Gemein-schaftsunterkünften. Sogar ich muss mir mein Zimmer mit einer zweiten Dame aus Faustinas Hofstaat teilen." Sie lachte. „Meine Zimmergenossin wird sich freuen, dass sie das Zimmer meist für sich allein hat. Ich hoffe, dein Bett ist genauso bequem, wie es aussieht."

Pomponius versicherte, dass dem so sei und machte sich unter vielen zärtlichen Worten und Liebkosungen daran, Valeria von der Qualität seines Bettes zu überzeugen.

An dieser Stelle wollen wir die beiden vorübergehend verlassen. Einerseits, weil es der Anstand gebietet und andererseits, weil das, was sie dann mit Hingabe und Leidenschaft taten, auf den weiteren Verlauf der Ereignisse keinen Einfluss hat. Viel interessanter ist, was sich zur selben Zeit an einem anderen Ort begab.

II

Die junge Frau kauerte auf dem Steinfußboden und veränderte nur von Zeit zu Zeit ihre Haltung, um ihre schmerzenden Knie zu entlasten. Die unbequeme Haltung half ihr dabei, wach zu bleiben. Das war wohl auch der Grund dafür, weshalb es hier keinen Sessel oder eine sonstige Sitzgelegenheit gab. Während des Dienstes einzuschlafen galt als schlimme Verfehlung. Noch schlimmer, geradezu katastrophal war es, wenn das heilige Feuer dabei erlosch. Die Flamme in dem eisernen Becken vor dem Standbild der Göttin musste nämlich ständig genährt werden. Dazu dienten kleine Scheite aus geweihtem Holz, die daneben aufgeschichtet waren.

Sie warf einen Blick in eine dunkle Ecke des Tempelraumes. Dort befand sich hinter einem losen Stein ein Hohlraum, in dem sie einen Feuerstein und ein geriefeltes Stahlstück verborgen hatte, mit dem man Feuer schlagen konnte. Sie hatte diese Dinge bisher noch nie gebraucht. Aber seit man ihr im letzten Jahr ihres Noviziates die nächtliche Wache vor dem Feuer anvertraut hatte, lebte sie in ständiger Angst, sie könne versagen und das Feuer erlöschen lassen. Sollte das je geschehen, so war sie nicht bereit, die Strafe dafür auf sich zu nehmen. Sie würde das Feuer einfach wieder anzünden und hoffen, dass niemand den Betrug merkte.

Es war ihr klar, dass solche Gedanken freventlich waren, und es war nicht der einzige Frevel, den sie begangen hatte. Sie war schon seit Längerem davon überzeugt, dass sie für den Dienst an der Göttin unwürdig war, aber sie sah keine Möglichkeit, den Weg, der ihr vorgezeichnet war, zu verlassen. Sie war die älteste der Novizinnen und im nächsten Jahr, wenn eine der amtierenden Priesterinnen ihre Dienstzeit vollendet hatte, würde sie aufrücken. Man würde ihr das rot gemusterte Wollband um die Stirn binden, sie weihen und in die letzten Geheimnisse des Kultes einführen. Dann war sie eine der sechs Priesterinnen der Vesta. Es würde sie gar nicht wundern, wenn bei der Weihezeremonie die Göttin durch unheilkündende Zeichen ihren Unmut über sie zum Ausdruck brachte. Sie hob den Blick zu dem Kultbild. Als Mädchen hatte sie oft den Eindruck gehabt, die Göttin schaue gütig lächelnd auf sie herab. Jetzt blickte das eherne Gesicht der Göttin im flackernden Schein des Feuers nur ernst und abweisend.

Es war neun Jahre her, seit ihr der Kaiser in seiner Eigenschaft als oberster Priester des Reiches die Hand auf den Kopf gelegt und sie für die Göttin in Besitz genommen hatte. Damals war sie ein unbeschwertes, glückliches Mädchen im Alter von neun Jahren gewesen. Ihre Eltern hatten sie dem Kaiser als angehende Vestalin angeboten und sie war für würdig befunden worden.

Die ersten Jahre ihres Noviziates waren ihr wie ein sonderbarer Traum erschienen. Aber je älter sie wurde, umso belastender empfand sie ihre Situation. Oh, sie lernte sich zu verstellen und wurde von ihren älteren Mitschwestern wegen ihrer vorgetäuschten Hingabe an die Göttin geschätzt. Sie hielt das für lebenswichtig und möglicherweise hatte sie recht damit. Wenn im Schlafraum der Novizinnen das Licht gelöscht wurde, flüsterten die Mädchen einander Geschichten zu, die sie irgendwo aufgeschnappt hatten. Unter anderem erzählten sie von einer Novizin, die sich als unwürdig erwiesen hatte und die eines Tages plötzlich spurlos verschwunden war. Eine der älteren Novizinnen glaubte zu wissen, was mit ihr geschehen war. Man habe sie, so raunte sie, erwürgt und ihren Leichnam nächtens in den Tiber geworfen.

Die junge Frau fragte sich, ob man in ihrem Fall nicht eine noch schwerere Strafe als Erwürgen für angemessen halten werde. Nachdem ihre Eltern gestorben waren, hatte sich nämlich die älteste Vestalin, Aemilia, die ihre Seelennot erkannte, ihrer angenommen. Sie war weit einfühlsamer, als es ihre leibliche Mutter gewesen war. Sie hatte ihr erklärt, dass die Formalismen des Kultes zwar streng einzuhalten waren, man aber im Übrigen auf die Güte der Göttin vertrauen solle. Das hatte ihr Hoffnung gegeben, bis zu jenem Tag, an dem sie sah, wie Aemilia einen falschen Eid schwor und die Göttin als Zeugin anrief. Die Göttin erwies sich nicht als verständnisvoll und gütig. Noch ehe ein Jahr um war, starb Aemilia. Ein Gewächs breitete sich in ihrem Körper aus und drückte ihr die Luft ab, sodass sie qualvoll erstickte. Die junge Frau zweifelte nicht daran, dass dies die Strafe der Göttin für den Meineid gewesen war, der einen verurteilten Verbrecher vor der Hinrichtung bewahrt hatte. Seither wartete sie darauf, wie die Göttin über sie selbst urteilen werde. Denn sie hatte gewusst, was Aemilia vorhatte, sie hatte dazu nicht nur geschwiegen, sondern sie sogar unterstützt. Und schließlich hatte sie das nachforschende Kollegium der anderen Priesterinnen angelogen, indem sie mit großen unschuldigen Augen erklärte, ihrer Überzeugung nach sei es tatsächlich nur ein Zufall gewesen, der Aemilia den Weg des Verurteilten kreuzen habe lassen. Es war ihr gar nichts anderes übrig geblieben. Denn jede andere Aussage hätte sie in den Verdacht der Komplizenschaft gebracht und ihren sicheren Tod bedeutet.

Danach hatte sie sich in Sicherheit gewähnt. Aber nun hatten sie ihre Verfehlungen erneut und völlig unerwartet eingeholt und den Menschen in Gefahr gebracht, den sie am meisten liebte. Ihr Bruder war einige Jahre älter als sie und in glücklichen Kindertagen ihr liebster Spielgefährte gewesen. Sie hatte ihn angehimmelt und er war während ihres Noviziates ihr einziger Bezug zur Realität und zum Leben außerhalb der priesterlichen Gemeinschaft gewesen. Das bloße Wissen um seine Existenz hatte sie an so manchem schwarzen Tag davor bewahrt, in verzweifelten Wahnsinn zu verfallen. Jetzt aber bedrohten ihn finstere Mächte mit einer Anklage wegen Majestätsbeleidigung, die sein Verderben sein konnte. Man hatte sie wissen lassen, dass nur sie in der Lage sei, ihn zu retten, wenn sie nur bereit wäre, ein klein wenig zu kooperieren.

Die Flamme im Becken begann stärker zu flackern. Sie stand auf, legte sorgsam mehrere Scheite nach und fachte das Feuer an, indem sie behutsam hineinblies. Dann kauerte sie sich wieder am Boden nieder. Sie hatte in langen Nachtwachen gelernt, die Zeit abzuschätzen. Es musste jetzt kurz vor Mitternacht sein. Ihre Mitschwestern lagen sicher schon in tiefem Schlaf.

Eine Hand legte sich leicht auf ihre Schulter. Mit einem erstickten Schrei fuhr sie in die Höhe.

„Nur ruhig, Tuccia", sagte die Frau hinter ihr und trat ins Licht der Flamme. Sie war etwa zehn Jahre älter als die Novizin, von exquisiter Schönheit und ganz schwarz gekleidet, sodass sie in der Nacht kaum mehr als ein flüchtiger Schatten war.

„Scantilla!", rief Tuccia verblüfft. „Wie kommst du hier herein? Weißt du nicht, dass es nur den Vestalinnen gestattet ist, den Tempel zu betreten?"

„Zwei Fragen und eine Antwort", entgegnete Scantilla. „Ich bin hier, weil ich dir versprochen habe, dich aufzusuchen, um mit dir über deinen Bruder zu reden. Weder eure lächerlichen Türschlösser noch eure Vorschriften können mich daran hindern."

„Sakrileg", flüsterte Tuccia mit zitternder Stimme.

„Aber nein. Ich bin nicht unehrerbietig deiner Göttin gegenüber. Ich glaube nur nicht, dass sie Interesse an dem hat, was du oder ich tun. Hast du bei dir, worum ich dich gebeten habe?"

Schweigend zog Tuccia ein Wachstäfelchen aus ihrem Kleid und reichte es der nächtlichen Besucherin. „Ich habe die wesentlichen Punkte aus Aemilias Testament zusammengestellt, so wie du es wolltest", erklärte sie.

„Sehr gut", sagte Scantilla und studierte das Täfelchen. „Wie ich sehe, hat sie dir einen erheblichen Teil ihres Vermögens vermacht. Seid ihr euch so nahe gestanden?"

„Sie hat nach dem Tod meiner Eltern praktisch Mutterstelle an mir vertreten."

„Wie rührend! Und sie hat ihrer Komplizin außerdem für deren Verschwiegenheit gedankt, nehme ich an." Tuccia fuhr empört in die Höhe. Scantilla machte eine besänftigende Handbewegung. „Nur keine Aufregung, Tuccia. Wir betreiben hier ein ernsthaftes Geschäft und sollten keine heuchlerischen Scheingefechte führen. Ich bin davon überzeugt, dass Aemilia einen Meineid geleistet hat, um Lucius Cäcilius zu retten, und ich bin ebenso davon überzeugt, dass du ihr dabei geholfen hast. Mich bewegt die Frage, warum Aemilia das getan hat. Wer hat sie dazu angestiftet?"

Tuccia schwieg.

„Das ist der Handel, den ich dir anbiete", versprach Scantilla. „Beantworte meine Fragen und sämtliche Anschuldigungen gegen deinen Bruder werden fallen gelassen."

Tuccia schwieg wiederum eine Weile, dann sagte sie mit leiser Stimme: „Tiberius Cäcilius."

„Fast dachte ich es mir schon", murmelte Scantilla. „Es war ja auch naheliegend, denn Lucius Cäcilius ist sein einziger lebender Verwandter. Tiberius wird ebenfalls in Aemilias Testament bedacht. Sie hat ihm hauptsächlich persönliche Besitztümer vermacht. Was verband Tiberius mit Aemilia? Was hat sie dazu veranlasst, sich gegen ihre Göttin zu versündigen?"

„Ich glaube, die beiden waren schon seit Jugendtagen miteinander befreundet."

„Es muss eine recht tiefe Freundschaft gewesen sein, wenn sich Aemilia zu einem Meineid bereitfand, um ihm gefällig zu sein. Ich vermute, dieser Eid war wohl nicht der einzige Frevel, der die beiden miteinander verband." Scantilla lächelte anzüglich.

„Ich weiß es nicht", sagte Tuccia schockiert, weil sie die Anspielung verstand und sich wohl auch schon selbst diese Frage gestellt hatte.

„Es ist auch gleichgültig. Ich habe von dir genug erfahren. Um die enge Verbundenheit – nennen wir es einmal so – zwischen Aemilia und Tiberius zu beweisen, werden sich andernorts Beweise finden lassen." Scantilla zog einen Dolch unter ihrem Kleid hervor.

„Bringst du mich jetzt um?", fragte Tuccia ganz ruhig und schicksalsergeben.

„Ganz gewiss nicht hier und jetzt", antwortete Scantilla. „Eine Vestalin im Tempel, im Angesicht der Göttin zu ermorden, würde einen ungeheuren Skandal verursachen und Aufsehen dieser Art können wir nicht brauchen. Du sollst bloß wissen, dass ich dich bei besserer Gelegenheit töten werde, wenn du nicht den Mund hältst."

„Ich werde schweigen, schon im eigenen Interesse."

„Denke immer daran. Es könnte nämlich schon bald ein Mann auftauchen, der dir ähnliche Fragen stellt wie ich. Er ist heute in Rom angekommen. Sein Name ist Spurius Pomponius. Nimm dich vor ihm in Acht. Er ist schlau und versteht sich auf die Kunst der Überredung und der Versprechen."

„Auch du hast mir ein Versprechen gegeben."

„Ich werde es halten. Dein Bruder hat von uns nichts mehr zu befürchten."

„Werde ich dich wiedersehen?"

„Das solltest du dir nicht wünschen", sagte Scantilla halb scherzend, halb drohend. Sie strich Tuccia mit einer zärtlichen Geste über die Wange und war augenblicklich in der Dunkelheit verschwunden wie ein Gespenst.

Als am Morgen die älteste Priesterin den Tempel betrat, fand sie Tuccia bäuchlings vor dem Standbild der Göttin liegen und Gebete murmeln. Das heilige Feuer brannte hell und ruhig.

„Du bist ein gutes Kind, Tuccia", sagte die Priesterin gerührt. „Ich bin froh, dass wir dich in unseren Reihen haben. Deine Wache ist zu Ende. Die Sonne steigt schon über den Horizont und deine Ablöse kommt gleich."

III

Wollte man das müßige Spiel fortsetzen und nach Gemeinsamkeiten in den Frauenbekanntschaften des Pomponius suchen, so wäre eine weitere aufgefallen: Sämtliche Frauen, die bisher sein Lager geteilt hatten, waren Frühaufsteherinnen gewesen, während Pomponius zu jenen Menschen gehörte, die es liebten, lange zu schlafen und die sich auch danach als rechte Morgenmuffel erwiesen.

Als Pomponius an jenem Morgen erwachte, fand er das Bett neben sich leer. Valeria war mit dem ersten Morgenlicht aufgestanden und hatte sich zu ihrem Dienst bei der Kaisergattin begeben. Pomponius rechnete es ihr hoch an, dass sie darauf verzichtet hatte, ihn zu wecken. Stöhnend rappelte er sich hoch, wankte zu dem kleinen Waschbecken und wusch sich das Gesicht. Das Wasser war lauwarm und abgestanden. Dennoch erfrischte es ihn leidlich. Dann stellte er sich die Frage, wie es weitergehen sollte. Zu Hause in Carnuntum hätte er jetzt laut nach seinem Sklaven Krixus geschrien, mindestens zwei-, meist dreimal. Krixus reagierte nämlich grundsätzlich nie auf den ersten Ruf. Dann wäre sein Sklave mit mürrischer Miene erschienen und hätte mit ungezogenen Bemerkungen nicht gespart. Aber immerhin hätte er alles Nötige unternommen, um seinen Herrn für die bevorstehenden Mühen des Tages fit zu machen. Hier war von einem dienstbaren Geist weit und breit nichts zu sehen. Herumzuschreien wäre wohl sinnlos und an diesem Ort sicher auch unpassend gewesen.

So wie Pomponius seine aktuelle Situation beurteilte, waren es vor allem drei Dinge, die nach einer Lösung verlangten: Der von seinem Volumen her nur für eine Person berechnete Nachttopf war nach dem Besuch Valerias nämlich so gut gefüllt, dass eine weitere Benutzung nicht ratsam erschien, wiewohl dies dringend nötig gewesen wäre.

Pomponius verfluchte sich, weil er sich am Abend zuvor mit der näheren Umgebung seines Zimmers nicht vertraut gemacht und keine Ahnung hatte, ob sich in der Nähe ein Abtritt befand, oder ob man es überhaupt für nötig befunden hatte, so eine segensreiche Einrichtung in diesem Teil des Gebäudes einzubauen.

Diese aufzusuchen, wäre allerdings auch problematisch gewesen, denn – und das war das zweite Problem – Pomponius musste feststellen, dass seine Kleider, die er am Abend zuvor von sich geworfen hatte, verschwunden waren, ebenso der Sack, in dem sich zwar verdreckte, aber zur Not noch brauchbare andere Kleidungsstücke befunden hatten. Vor seinen inneren Augen sah er sich bereits durch die Gänge des kaiserlichen Palastes eilen, ein Leinentuch um die Hüften gebunden, vielleicht sogar mit einem randvoll gefüllten Nachttopf in Händen, auf der verzweifelten Suche nach einer Toilettenanlage oder zumindest nach einem verschwiegenen Winkel, wo er sich heimlich erleichtern konnte. „So schmal ist der Grat zwischen der Existenz eines erfolgreichen Anwaltes und Geheimagenten und einer lächerlichen Figur, die aus einer schlechten Komödie stammen könnte", dachte er erbittert. Das dritte Problem, das – so wichtig es auch war – vorläufig zurückstehen musste, war die Frage nach einem Frühstück. Das Frühstück war die wichtigste Mahlzeit im Tagesablauf des Pomponius, denn es ermöglichte ihm erst, die drückende Last der Schläfrigkeit endgültig abzuschütteln.

Pomponius strebte der Tür zu, um vorsichtig hinauszuschauen, verheddert sich dabei im Bettlaken und plumpste zu Boden, wo er liegen blieb und Dinge sagte, von denen man nur hoffen kann, dass sie den dabei erwähnten missgünstigen Göttern nicht zu Ohren kamen.

Die Tür zu seinem Zimmer öffnete sich und ein Mann mittleren Alters trat ein. Ein etwa vierzehnjähriger Junge, der einen Stapel Kleidungsstücke auf dem Arm trug, folgte ihm. Der junge Mann verbeugte sich, sah ohne ein Zeichen der Verwunderung auf Pomponius hinunter und sagte: „Mein Name ist Demetrius, edler Spurius Pomponius, und dieser Junge heißt Corinthus. Wir sind kaiserliche Sklaven und stehen für die Dauer deines Aufenthaltes zu deiner Verfügung. Welche Befehle hast du für uns?"

Pomponius erhob sich, schlang das Bettlaken um die Hüften und fragte erleichtert: „Warum kommt ihr erst jetzt?"

„Die Dame hat gesagt, wir sollen dich ausschlafen lassen." Demetrius sagte nicht etwa ‚Valeria‘, obwohl er sie sicher kannte, er sagte auch nicht, ‚die Frau, mit der du die Nacht verbracht hast', nein, er sagte nur ‚die Dame' und bewies damit seine protokollarische Umsicht und Diskretion. „Die Dame hat uns auch befohlen, deine Kleider, die durch die Reise in Mitleidenschaft gezogen waren, auszubessern und zu reinigen. Wir bringen dir daher vorläufig andere, bescheidene Kleidungsstücke und hoffen, du findest sie brauchbar."

Pomponius warf einen Blick auf das, was Corinthus auf seinem Bett ausbreitete. Diese bescheidenen Ersatzkleider waren besser und schöner als alles was Pomponius bisher je besessen hatte.

„Ich danke dir, Demetrius", antwortete er und trat von einem Fuß auf den anderen. „Ich verspüre ein morgendliches Verlangen, mich zu erleichtern, sehe hier aber keine schickliche Möglichkeit dazu. Ich muss hinzufügen, dass die Sache inzwischen vordringlich geworden ist."

„Selbstverständlich, Herr", antwortete Demetrius ohne eine Miene zu verziehen. Er reichte Pomponius einen Hausmantel aus grün gefärbter Wolle. „Bitte lege diesen Mantel an und folge dem Knaben Corinthus."

Pomponius war Corinthus dankbar, weil dieser nicht bummelte sondern flott voranschritt und dabei in seinen ausgestreckten Händen den randvoll gefüllten Nachttopf trug, ohne auch nur einen Tropfen zu verschütten. Sie erreichten den gesuchten Raum. Er war nicht so luxuriös ausgestattet wie so manche öffentliche Toilettenanlage, aber sauber und gut durchlüftet.

Obwohl es sonst nicht üblich ist und als entbehrlich, ja geradezu für unpassend angesehen wird, in romanhaften oder gar lyrischen Erzählungen den Toiletten-gängen der Helden und ihrer Damen irgendeine Beachtung zu schenken, sodass man oft den Eindruck gewinnt, sie blieben von solchen Notwendigkeiten der menschlichen Existenz verschont und sie hätten zwischen ihren Abenteuern auch gar keine Zeit dafür, so soll an dieser Stelle doch angemerkt werden, dass Pomponius eine tiefe Erleichterung und Dankbarkeit empfand, als es ihm im letzten Moment gelang, auf einem der fünf Sitzlöchern zur Ruhe zu kommen und der Natur ihren Lauf zu lassen.

Corinthus entleerte inzwischen den Nachttopf, wusch ihn aus und gab einige Tropfen einer Essenz hinein, die nach Rosenblättern duftete. Dann nahm er einen zweiten Topf vom Regal, mit dem er ebenso verfuhr. Pomponius registrierte mit Verwunderung, dass einer der Töpfe mit dem Bildnis eines Athleten, der andere mit dem eines tanzenden Mädchens versehen war. Er hatte dergleichen noch nie gesehen, denn üblicherweise pflegte man Nachttöpfe nicht so aufwendig zu verzieren. Es war auch offensichtlich, dass einer der Töpfe für einen Mann, der zweite für eine Frau bestimmt war. Daran konnte man wieder die hervorragende Ausbildung des kaiserlichen Personals erkennen. Denn ohne dass ein Wort darüber verloren wurde, ging man davon aus, dass Pomponius auch in Hinkunft nächtlichen Damenbesuch haben werde, und traf dafür Vorsorge.

Als Pomponius seine körperliche Integrität und Würde wieder hergestellt sah, traten sie auf den Gang hinaus, und Pomponius sah sich zum ersten Mal genauer um. Der fensterlose Gang, in dem sie standen, erstreckte sich in beide Richtungen und verlor sich im Halbdunkel. Im Abstand von jeweils fünf Schritten steckten Fackeln in Wandhalterungen und bildeten Lichtinseln, an denen man sich orientieren konnte. Die Decke oberhalb der Fackeln war rußgeschwärzt, die Wände wiesen einfache ornamentale Bemalungen auf.

„Wo sind wir hier?", fragte Pomponius. „Als ich gestern Abend angekommen bin, hat man mich hergeführt, ohne dass ich mich umsehen konnte."

„Das ist der zweite Stock des Westflügels", antwortete Corinthus. „Hier werden Gäste der kaiserlichen Familie untergebracht. Dort vorne sind die Quartiere für besonders bevorzugte Personen. Von dort führt auch eine Treppe nach unten. Auf der anderen Seite sind die Kammern für weniger wichtige Personen. Sie werden meist von zwei, drei oder mehr Leuten bewohnt. Dazwischen befinden sich einige Einzelzimmer für Personen mit ungeklärtem Status."

„Zu denen offenbar auch ich zähle", meinte Pomponius, „bis man mich schließlich in ein Quartier dritter Klasse verbannt."

„Mach dir deswegen keine Gedanken", sagte Corinthus tröstend. „Deine Freundin wird das schon im eigenen Interesse nicht zulassen." Zum ersten Mal zeigte sich ein Riss in der Perfektion, mit der die kaiserlichen Bediensteten agierten. Corinthus merkte auch sofort, dass er mit seiner indiskreten

Bemerkung gepatzt hatte. Er schaute Pomponius erschrocken an und murmelte: „Verzeih meine unbedachten Worte, Herr."

„Du hast wahrscheinlich recht", entgegnete Pomponius lächelnd. „Jetzt sage mir, Corinthus, wo bekomme ich hier ein Frühstück?"

„Es wird inzwischen in deinem Zimmer angerichtet sein", antwortete Corinthus erleichtert, weil ihm Pomponius seine vorlaute Bemerkung nicht übel nahm. Er konnte ja nicht wissen, dass Pomponius von seinem treuen, aber wenig ehrerbietigen Sklaven Krixus noch ganz andere Ungezogenheiten gewöhnt war.

Tatsächlich hatte Demetrius bereits ein Tischchen beim Fenster aufgestellt und angerichtet. Das Frühstück war genau so, wie es Pomponius gerne hatte. Es bestand aus Brot, zwei weich gekochten Hühnereiern, Käse und Honig. Hierzu gab es frische Milch.

„Hast du weitere Befehle für uns, Herr?", fragte Demetrius und sah wohlwollend zu, wie sich Pomponius über die Speisen hermachte.

Pomponius war sich trotz dieser Frage nicht sicher, inwieweit er über die beiden Sklaven verfügen durfte. „Man hat mir in Carnuntum einen Brief mitgegeben, den ich in Rom seinem Empfänger zukommen lassen soll", antwortete er und sah Demetrius abwartend an.

„Selbstverständlich", erklärte Demetrius bereitwillig, „wenn du es wünscht, kann ich diesen Botengang erledigen. An wen soll der Brief zugestellt werden?"

„An einen gewissen Tiberius Cäcilius. Weißt du, wo der Mann wohnt?"

Pomponius, der ein scharfer Beobachter war, entging nicht, wie Demetrius kurz zusammenzuckte und ein Schatten über sein Gesicht zog. Dann hatte sich Demetrius gefangen und sein Gesicht erstarrte wieder in ausdrucksloser Dienstbeflissenheit. „Meinst du den Senator Tiberius Cäcilius?", fragte er.

„Ja, den meine ich."

Demetrius nickte. „In diesem Fall wird es besser sein, der Knabe Corinthus übernimmt die Zustellung."

„Warum das?"

„Nur zur Vorsicht. Es könnte mich jemand als kaiserlichen Sklaven erkennen. Das könnte von neugierigen Personen fehlgedeutet werden."

„Weshalb hältst du eine solche Vorsicht für notwendig?", fragte Pomponius erstaunt.

Demetrius geriet in Verlegenheit. In seinem gut einstudierten Repertoire protokollarischer Umgangsformen fand sich keine diplomatische Formulierung, um einer Antwort unverfänglich auszuweichen.

„Demetrius", fragte Pomponius mit milder Stimme, „weißt du, wer oder was ich bin?"

„Du bist der edle Spurius Pomponius, du bist Anwalt und du genießt das Wohlwollen der erhabenen Faustina."

„Ist das alles?"

Demetrius antwortete zögernd: „Als wir deine Sachen zur Reinigung vorbereitet haben, habe ich eine eigenartige silberne Fibel gefunden: Sie zeigt ein Schwert, um das sich zwei Schlangen winden."

„Muss ich dir erklären, was das bedeutet?"

„Nein, Herr", antwortete Demetrius ergeben. „Ein solches Abzeichen weist dich als Offizier der Frumentarii aus."

„Nun, da das geklärt ist, glaubst du nicht, dass du offen mit mir sprechen solltest? Diskretion ist eine Tugend, die nur noch von jener der Aufrichtigkeit Dienern des Staates gegenüber übertroffen wird."

„Tiberius Cäcilius gilt politisch und gesellschaftlich als unberührbar, Herr. Man rechnet damit, dass sich sein Schicksal bald erfüllen wird."

„Wie das?"

„Er gewährt seit fast einem Jahr in seinem Haus dem jungen Lucius Cäcilius, der sein Neffe ist, Asyl."

„Ich war lange von Rom abwesend. Der Name sagt mir nichts."

„Lucius Cäcilius wurde von einem ordentlichen Gericht zum Tode verurteilt, weil er zwei junge Mädchen aus guter Familie ermordet hat. Auf dem Weg zur Hinrichtung ist er aber einer vestalischen Jungfrau begegnet, was ihm das Leben gerettet hat. Frei ist er dennoch nicht, denn seither hält er sich im Haus seines Onkels verborgen und wagt es nicht vor die Tür zu gehen, aus Angst vor der Rache, die ihm die Familien seiner Opfer geschworen haben. Nicht genug damit, jetzt droht auch dem alten Tiberius Cäcilius selbst ein Verfahren. Auch wenn sein Neffe nicht mehr von einem Gericht belangt werden kann, so gilt das nicht für seinen Onkel. Wahrscheinlich wird man ihn verurteilen und das Schicksal, das seinem Neffen erspart geblieben ist, wird sich an ihm erfüllen. Aber diesmal wird man dafür sorgen, dass keine Vestalin seinen Weg kreuzt."

„Das ist ein verdammt heikler Fall", murmelte Pomponius. „Jetzt verstehe ich, weshalb man mich hergeschickt hat."

„Heißt das, der militärische Geheimdienst, die Frumentarii, ermittelt in dieser Angelegenheit?", fragte Demetrius mit aufgerissenen Augen.

„Was habe ich eben über die Tugend der Diskretion gesagt?", mahnte Pomponius. „Niemand darf erfahren, dass ich zu den Frumentarii gehöre. Hast du das verstanden, Demetrius?"

„Ja, Herr, selbstverständlich, Herr."

„Welche Behörde hat die Sache ins Rollen gebracht. Kannst du mir das sagen?"

„Es war keine behördliche Ermittlung, Herr. Ursprünglich hat auch niemand den jungen Lucius der beiden Morde verdächtigt. Aber dann hat der Anwalt Marcus Caecilianus Placidus Privatanklage gegen ihn erhoben und die Richter von der Schuld des Lucius überzeugt. Marcus Caecilianus Placidus ist ..."

„Ich kenne ihn", unterbrach Pomponius. „Er ist ein ausgezeichneter Jurist und Redner und einer der übelsten Delatoren, die Rom hat. Als ich noch selbst in Rom als Anwalt praktiziert habe, bin ich zweimal gegen ihn angetreten, und ich muss gestehen, dass ich in beiden Fällen unterlegen bin. Wurde er von den Familien der Opfer mit der Anklageerhebung betraut?"

„Nein, soweit mir bekannt ist. Er hat auf eigene Rechnung, vielleicht auch in fremdem Auftrag gehandelt. Man weiß es nicht."

„Und jetzt bereitet er eine Anklage gegen Tiberius Cäcilius vor?"

„So ist es, Herr. Tiberius ist ein sehr wohlhabender Mann. Wenn er zum Tode verurteilt wird, fällt sein Vermögen an den Staat und Placidus bekommt ein Viertel davon. Es sei denn, Tiberius bringt sich um, ehe er verurteilt wird. Dann wäre sein Neffe Lucius Erbe. Aber Placidus wird dann vor Gericht dessen Erbunwürdigkeit behaupten, weil er zwar nicht hingerichtet wurde, aber dessen ungeachtet ein verurteilter Lustmörder ist. Auch dann bekommt Placidus ein Viertel des Vermögens, wenn er mit seiner Klage durchdringt."

„Du bist außergewöhnlich gut informiert und verständig, Demetrius", sagte Pomponius. „Ich schätze mich glücklich, dass man einen vortrefflichen Mann wie dich zu mir geschickt hat."

„Ich danke dir für deine guten Worte, Herr", antwortete Demetrius geschmeichelt. „Es war die Dame", er meinte natürlich Valeria, „die mich ausgesucht hat. Sie meinte, du brauchst einen diskreten und gut informierten Diener, der dir bei dem beisteht, was du in Rom vorhast."

„Da hat sie sehr recht und sie hat eine gute Wahl getroffen. Der Knabe Corinthus soll also den Brief zustellen. Er soll warten, ob man ihm eine Antwort mitgibt." Pomponius wandte sich direkt an Corinthus: „Du hast mein Gespräch mit Demetrius mitgehört. Hast du verstanden worum es geht?"

„Ich habe vor allem verstanden, dass Diskretion eine hohe Tugend ist", antwortete Corinthus verschmitzt.

„Guter Junge! Hat jemand meine Börse gesehen?"

Corinthus griff dienstbeflissen in ein Wandregal und reichte Pomponius einen gut gefüllten Beutel. Pomponius gab Demetrius einen ganzen und Corinthus einen halben Aureus.

Seine Bedenken, ob es angemessen sei, einem kaiserlichen Sklaven Geld zuzustecken, erwiesen sich als unbegründet. Beide nahmen das Geschenk freudig an.

Nachdem Corinthus mit dem Brief, den Masculinius an Tiberius Cäcilius geschrieben hatte, fortgeeilt war, verkündete Pomponius, er beabsichtige in die Therme zu gehen, um sich gründlich zu säubern und rasieren zu lassen.

„Du wirst dich doch nicht einem mörderischen Barbier anvertrauen, der dir das Gesicht zerschneidet und zerkratzt und die Spuren seiner Untaten mit speichelgetränkten Spinnweben vertuscht!", rief Demetrius empört. „Erst unlängst wurde einer dieser Stümper aus der Therme geworfen, weil er einem Kunden fast die Kehle durchschnitten hat. Wir haben hier im Palast einige sehr schöne Badeanlagen und ich werde dich rasieren, dass du ein Gesicht hast, so zart wie ein Kinderarsch."

„Ist es mir denn gestattet, die Badeanlage des Palastes zu benutzen?", fragte Pomponius zweifelnd.

„Niemand wird daran zweifeln, wenn du in meiner Begleitung kommst", antwortete Demetrius selbstbewusst.

Pomponius kam zu der Auffassung, dass der Aureus gut angelegt war und er beschloss, Krixus, diesem Lümmel, nach seiner Heimkehr einen ausführlichen Vortrag über das richtige Benehmen eines guten Sklaven zu halten.

IV

Je weiter sie sich vom Quartier des Pomponius entfernten, umso prächtiger waren die Räume, Gänge und Treppen ausgeschmückt, die sie durchschritten. Sie bewegten sich aber noch immer in einem Bereich, welcher der Öffentlichkeit nicht zugänglich war, denn die Menschen, denen sie begegneten, gehörten offenbar zu den Bewohnern des Palastes.

„Wir haben drei Badeanlagen", vertraute Demetrius Pomponius an. „Die kaiserliche Familie verfügt natürlich über ein eigenes Bad. Weiter unten gibt es ein großes Bad für die Bediensteten und dort, wo wir hingehen, ist ein kleineres, aber sehr schönes Bad für höhere Beamte und bevorzugte Besucher."

Als sie einen Wandelgang betraten, durch dessen Säulen sich der Blick in einen Garten öffnete, kam ihnen eine kleine Prozession entgegen. Voran schritt ein etwa dreizehnjähriger Junge, begleitet von einem älteren würdigen Mann, der auf ihn einsprach. Dahinter kam ein Prätorianer, der die Hand an den Griff seines Schwertes gelegt hatte und aufmerksam um sich blickte. Den Schluss bildeten zwei Dienerinnen, eine ältere und ein junges Mädchen, die leise miteinander flüsterten.

„Commodus", zischte Demetrius, ohne die Lippen zu bewegen. „Versuche seiner Aufmerksamkeit zu entgehen." Er presste sich eng an die Wand und neigte tief den Kopf. Pomponius tat es ihm gleich.

Commodus, der Sohn des Kaisers, ging zunächst an ihnen vorüber, ohne sie zu beachten. Dann hielt er abrupt an, wandte sich um und kehrte zurück. Vor Pomponius blieb er stehen und musterte ihn.

„Ave, Cäsar Germanicus", sagte Pomponius ohne den Kopf zu heben. Zum Glück hatte er sich daran erinnert, dass Commodus schon als Kind mit dem Titel ‚Cäsar' und später mit dem wenngleich unverdienten Siegertitel ‚Germanicus' geehrt worden war.

„Wer bist du?", fragte Commodus. „Du kommst mir bekannt vor."

„Mein Name ist Spurius Pomponius, erhabener Cäsar."

„Spurius Pomponius? Jetzt erinnere ich mich an dich! Ich habe dich in Carnuntum gesehen, wie du als Anwalt vor dem Gericht meines Vaters aufgetreten bist. Meine Lehrer waren der Ansicht, ich könne etwas lernen, wenn ich dir zuhöre. Du bist ein gefährlicher Schwätzer, Pomponius, der es versteht, die Wahrheit mit Worten zu verdrehen. Das ist alles, was ich gelernt habe. Was machst du in Rom und wieso schleichst du durch mein Haus?"

„Ich hatte die Ehre, deine erhabene Mutter von Carnuntum nach Rom begleiten zu dürfen, o Cäsar. Sie hat mir die Gnade erwiesen, mir für die Dauer meines Aufenthaltes in Rom im Palast Quartier zu gewähren."

„Meine Mutter? Es hätte mich nicht gewundert, wenn meine Mutter deinen Kopf mitgebracht hätte, um ihn auf dem Forum auszustellen. Aber dass sie gleich den ganzen Pomponius mitgebracht hat und noch dazu lebend, das verwundert mich doch sehr."

„Deine verehrte Mutter ist voller Güte und Nachsicht, erhabener Cäsar."

„Wenn du dich da nur nicht täuschst. Ist dir klar, dass dein Kopf auf die Erde fällt, wenn er abgeschlagen wird?"

Pomponius schwieg erschrocken und wusste nicht, was er auf diese kuriose und bedrohliche Bemerkung antworten sollte.

„Du bist blass geworden, Pomponius. Nun, vielleicht war das Beispiel schlecht gewählt. Es trifft auf alle Dinge zu. Sie fallen alle auf den Boden, gleichgültig wie hoch man sie wirft. Dieser Anastasios neben mir, der mich in Philosophie unterrichten soll, behauptet, das wäre ein Phänomen, über das man nachdenken sollte." Commodus lachte. „Ich weiß aber nicht recht, wozu das gut sein soll. Gleichgültig wie viele Köpfe ich abschlagen lasse, alle werden zu Boden fallen! Kein einziger wird uns dadurch überraschen, dass er zum Himmel aufsteigt."

Pomponius schwieg weiter, aber er verneigte sich noch tiefer.

„Ich sehe schon, mit dir kann man über Philosophie nicht diskutieren", fuhr Commodus fort. „Vor Gericht bist du weit beredter. Ich frage dich nochmals: Was willst du hier in Rom? Mein Vater sagt von dir, du wärst ein Mann, der Probleme löst, manchmal allerdings auch Probleme macht. Bist du hier, um Probleme zu lösen oder um uns welche zu bereiten, Pomponius?"

„Ich bin hier, weil die Sehnsucht nach Rom in mir übermächtig geworden ist, erhabener Cäsar."

„Wenn das so ist, dann wünsche ich dir einen angenehmen Aufenthalt. Vielleicht kommt es ja so, dass du am Ende dein geliebtes Rom gar nicht mehr verlassen wirst, mein Pomponius, und dein Leben hier beschließt."

Commodus wandte sich ab und ging mit seinem Gefolge fort.

„Es gibt Dinge", sagte Demetrius nach einer Weile, „die nicht ausgesprochen werden dürfen."

„Ich stimme dir zu", antwortete Pomponius, „sowohl was die Dinge betrifft, die du meinst, als auch darin, dass es besser ist, nicht darüber zu reden."

Sie hielten vor einer hohen Flügeltür, die geschlossen war und vor der ein Sklave saß. Demetrius trat auf ihn zu und flüsterte ihm etwas ins Ohr. Der Türwächter sprang auf, verbeugte sich vor Pomponius und öffnete die Tür. Das Bad, das sie betraten, war mehr als luxuriös ausgestaltet. Hohe verglaste Fenster, die sich auf einen der südlichen Innenhöfe öffneten, ließen Licht und Wärme in die Räume fluten. Die Böden waren mit geschmackvollen Mosaiken bedeckt. Die gewölbte Decke wurde von mehreren seitlich angeordneten Säulen in Form von Karyatiden getragen und war mit Mosaiken aus Glassplittern dekoriert. Diese Mosaike zogen sich auch die Wände herunter. Sie funkelten in magischer Farbenpracht, wenn sich das Licht in den Facetten der unzähligen Glassplitter brach. In Nischen standen lebensgroße Statuen von Göttern und Helden aus Roms Vergangenheit. Pomponius machte kein Hehl aus seiner Bewunderung, als ihm Demetrius voller Stolz, so als ob er selbst der Hausherr wäre, die Bedeutung der einzelnen mythologischen Szenen erklärte, die von den Wänden leuchteten. Zur Überraschung des Pomponius fehlten aber deftige erotische Darstellungen, wie man sie sonst in privaten Bädern oft finden konnte.

„Der erhabene Imperator hat das nicht gewollt und sich in diesem Punkt sehr von den meisten seiner Vorgänger unterschieden", flüsterte ihm Demetrius zu. „Er hat gesagt, ein Bad diene dazu, den Körper zu reinigen und der Seele etwas Muße zu geben, um zu sich selbst zu finden, aber nicht dazu, die Sinne zu erregen."

„Ja, das kann ich mir vorstellen", lächelte Pomponius. „Ich hatte die Ehre, in Carnuntum seine Bekanntschaft zu machen. Er ist ein Mann von strenger

Pflichterfüllung, der frivole Unterhaltungen verabscheut, obwohl er dem Wunsch des Volkes folgt und burleske Theateraufführungen nicht nur zulässt sondern auch selbst sponsert."

Pomponius dachte daran, wie er sich im Amphitheater von Carnuntum in der Maske eines Wildschweines zum Narren gemacht hatte, nur um einer zwielichtigen und höchst verdächtigen Schauspielerin namens Penelope, die eigentlich Scantilla hieß, näherzukommen. Er fragte sich, was aus ihr geworden war, nachdem er sie entkommen hatte lassen, obwohl sie für ihre Missetaten den Tod verdient hätte. Sie hatte nämlich nicht nur ein Attentat auf den Statthalter organisiert, sondern auch versucht, ihn, Pomponius, ermorden zu lassen. Ob sie nach Rom gegangen war? In dieser riesigen Stadt konnte man leicht untertauchen, wenn man es geschickt anstellte. Er selbst würde sich ja eher nach Niedergermanien absetzen, wenn es je nötig sein sollte. In den aufblühenden Römerstädten der Provinz, die viele Menschen anzogen, wäre es ein Leichtes, unter falschem Namen neu anzufangen. Aber das war nicht der Stil Scantillas. Es würde ihn nicht überraschen, wenn ihre Flucht sie nach Rom ins Zentrum der Macht geführt hätte.

„Du schaust so nachdenklich, Herr", sagte Demetrius. „Langweile ich dich mit meinen Erzählungen?"

„Keineswegs, mein Demetrius. Das Bildnis der tanzenden Nymphe auf dem Mosaik dort drüben hat mich nur an eine Frau erinnert, die ich gekannt habe. Sie hat Scantilla geheißen. Lass uns jetzt ins Caldarium gehen."

Das Caldarium war in einem halbkreisförmigen Raum untergebracht, in dem sich drei kleine marmorgefasste Becken befanden. Stufen, die rundum in die Becken führten, dienten auch als höher- oder tiefer gelegene Sitzflächen, die es ermöglichten, je nach Belieben in das warme Wasser einzutauchen. Die Luft war mit Wohlgerüchen und Feuchtigkeit geschwängert, sodass man die Umgebung nur wie durch Nebelschwaden wahrnehmen konnte. Trotzdem registrierte Pomponius mit Freude, dass das Wasser in den Becken glasklar war. Das war alles andere als eine Selbstverständlichkeit. Er erinnerte sich an eine Stelle in den philosophischen Schriften des Kaisers, die ihm sein Freund, der Buchhändler und

Verleger Quintus Pacuvius, einmal vorgelesen hatte: ‚*Wie dir das Baden, das Öl, der Schweiß, der Schmutz, das fettige Wasser und alles sonst ekelhaft erscheint, so auch jeder Teil des Lebens und jeder Gegenstand.*‘ Bei diesem drastischen Vergleich hatte der Kaiser wohl die Zustände in manchen öffentlichen Bädern am Ende eines Badetages vor Augen, nachdem sich dutzende oder hunderte Menschen im Caldarium den Dreck vom Körper gewaschen hatten.

Zwei der Becken waren mit mehreren Frauen besetzt, die darauf vertrauten, dass der Dunst, der über dem Wasser schwebte, ihre Nacktheit, wenn schon nicht völlig verbarg, so doch ausreichend verschleierte. Im dritten, mittleren Becken hockte ein einzelner bärtiger Mann.

Demetrius nahm Pomponius den grünen Hausmantel von den Schultern. Pomponius zog unwillkürlich den Bauch ein und strebte zielstrebig dem mittleren Becken zu, ohne nach links oder rechts zu blicken. Im rechten Becken wurde gekichert, im linken gelacht.

Pomponius ignorierte diesen unangebrachten Heiterkeitsausbruch der Damen, stieg vorsichtig in das Becken und sagte zu dem Bärtigen: „Ich grüße dich. Mein Name ist Spurius Pomponius.“

„Auch ich grüße dich“, antwortete der Bärtige höflich. „Man nennt mich Ippokratis. Ich habe dich im Palast noch nie gesehen. Darf ich fragen, mit welchen Aufgaben man dich betraut hat.“

„Ich bin Gast der erhabenen Faustina, die ich von Carnuntum nach Rom begleiten durfte. Sie gewährt mir für die Dauer meines Aufenthaltes in der Stadt Unterkunft.“

„Da hast du Glück gehabt. Die Herbergen in der Stadt sind überfüllt und alles andere als komfortabel. Eine halbwegs standesgemäße Mietwohnung in einem guten Stadtteil ist aber nahezu unerschwinglich. Die Mieten steigen von Jahr zu Jahr. Wenn man nicht Gastfreundschaft in einem der vornehmen Stadthäuser genießt, ist die Herbergssuche in Rom eine frustrierende Angelegenheit.“

„Du sprichst wie jemand, der sich in Rom auskennt“, sagte Pomponius höflich. „Du bist sicher ein bedeutender Mann und ich bitte um Entschuldigung, wenn ich um deinen Rang nicht Bescheid weiß, aber ich war lange abwesend.“

„Mir wird die Ehre zuteil, den erhabenen Cäsar Commodus in den Fächern Staats- und Rechtskunde zu unterrichten", beantwortete Ippokratis die unausgesprochene Frage.

„Das ist wahrhaftig eine schöne Aufgabe, die uns allen zugutekommen wird, wenn der erhabene Commodus dereinst das Werk seines erlauchten Vaters fortsetzt."

„Du sagst es", bestätigte Ippokratis und klang dabei wenig zuversichtlich.

„Ich selbst durfte bereits mehrmals vor dem kaiserlichen Gericht als Anwalt auftreten und kann den Gerechtigkeitssinn und die Gesetzeskenntnis unseres erhabenen Princeps nur rühmen", fuhr Pomponius fort.

„Du bist Jurist?", fragte Ippokratis interessiert. „Hast du die Absicht, in Rom zu praktizieren?"

„Nein. Ich bin nur auf der Durchreise. Außerdem hat Rom bereits mehr als genug hervorragende Juristen. Da ist kein Platz für einen bescheidenen Provinzanwalt neben solchen Koryphäen des Rechtes, wie beispielsweise Marcus Caecilianus Placidus, von dem ich unlängst gehört habe."

Ippokratis verzog das Gesicht, als ob er sauren Wein getrunken hätte. „Placidus ist alles andere als ein guter Jurist", sagte er verächtlich. „Er ist bloß schlau und hat ein Mundwerk wie ein persischer Teppichhändler, der dir eine alte Pferdedecke als kostbare Rarität verkaufen will. Außerdem ist er ein abgefeimter Schurke, der schon zahlreiche Menschen mit seinen Umtrieben, die eine Pervertierung des Rechtes darstellen, ins Unglück gestürzt hat."

Pomponius war entzückt, weil es ihm gelungen war, die Rede so rasch auf das Thema zu bringen, das ihn interessierte. Er machte ein ernstes Gesicht und neigte sich zu seinem Gesprächspartner, um zu signalisieren, dass dieser seine volle Aufmerksamkeit genoss. „Das ist ein hartes Urteil, verehrter Ippokratis, aber ich bin sicher, dass es zutrifft, wenn es von einem Mann wie dir kommt. Was ist es, das deinen gewiss berechtigten Unmut erregt?"

„Nun zum Beispiel hat er im vorigen Jahr erreicht, dass ein junger Mann aus guter Familie zum Tode verurteilt wurde, weil er zwei Mädchen umgebracht, geradezu abgeschlachtet haben soll."

„Wenn der Junge das getan hat, dann war das Todesurteil sicher gerechtfertigt."

„Er hat es aber höchstwahrscheinlich nicht getan. Ich – und nicht nur ich – vermute, dass er unschuldig ist. Die Beweise waren alles andere als überzeugend."

„Wie konnte Placidus dann seine Verurteilung erreichen?"

„Er hat eine Zeugin aufgeboten, die aussagte, sie habe gesehen, wie der Junge, sein Name ist Lucius Cäcilius, mit blutigen Händen vom Tatort des zweiten Mordes flüchtete."

„Das scheint mir aber doch ein schwerwiegender Schuldbeweis zu sein."

„Andere Zeugen haben ausgesagt, dass sie mit Lucius zur selben Zeit in einer Schenke beim Circus Maximimus gewesen wären. Man hat ihnen nicht geglaubt. Placidus hat nicht etwa behauptet, sie würden lügen, dazu ist er viel zu schlau. Er hat den Geschworenen aber eingeredet, ihre Aussagen wären viel zu ungenau, um Lucius zu entlasten. Hingegen hat diese Scantilla eine ganz präzise Aussage gemacht, die auch vom Verteidiger des jungen Mannes nicht erschüttert werden konnte."

Pomponius hob ruckartig den Kopf. „Scantilla sagst du?"

„Ja, so hieß die Zeugin. Sie ist eine ungewöhnlich schöne Frau, die es verstanden hat, die Geschworenen für sich einzunehmen. Angeblich ist sie eine wohlhabende Witwe, die vor einiger Zeit aus der Provinz nach Rom gezogen ist."

„Dann hat also ihre Aussage, ob sie nun wahr ist oder nicht, dem jungen Lucius den Tod gebracht", stellte sich Pomponius unwissend.

„Manchmal haben selbst die Götter Mitleid mit den unschuldig Verfolgten. Lucius wurde gerettet, weil er auf dem Weg zur Hinrichtung einer Vestalin begegnete."

„Wie außergewöhnlich!", rief Pomponius. „Das wird Placidus aber sehr verdrossen haben."

„Ganz ohne Zweifel. Aber er ist wie ein Bluthund, der sein Opfer nicht mehr loslässt, wenn er es einmal zwischen den Zähnen hat. Jetzt bedrängt er mit einem drohenden Prozess den Onkel des Jungen, der seinem Neffen Unterkunft gewährt hat."

Pomponius schüttelte den Kopf. „Was für eine eigenartige Geschichte. Wer hat den jungen Lucius im Prozess verteidigt?"

„Salvius Valens. Du kennst seinen Namen wahrscheinlich. Er gilt als hervorragender Rechtsgelehrter.“

„In der Tat“, bestätigte Pomponius verblüfft. „Ich habe einige seiner Abhandlungen gelesen. Man sagt von ihm allerdings, dass seine Redekunst nicht an seine Rechtskenntnis heranreicht.“

„Daran wird es wohl auch gelegen haben. Er ist gegen das Mundwerk des Placidus nicht aufgekommen.“

Ippokratis griff mit beiden Händen ins Wasser und wusch sich den Schweiß vom Gesicht. „Ich muss dich jetzt verlassen, Pomponius, denn der edle Commodus erwartet mich bald zu einer Unterrichtsstunde.“ Ippokratis seufzte tief, nickte Pomponius zu und entfernte sich nach dem Umkleideraum.

Auch Pomponius hatte von dem warmen Wasserbad genug. Er stieg aus dem Becken und ging auf Demetrius zu. Dabei kreuzte er den Weg zweier leichtbekleideter aber verschleierter Frauen, die auf dem Weg ins Tepidarium waren.

„Wie ein junger Apoll“, sagte die eine, ohne Pomponius anzusehen.

„Ich weiß nicht recht“, meinte die andere. „Mich erinnert er eher an einen lüsternen Faun.“

Pomponius bedeckte instinktiv seine Blößen mit den Händen und sah den beiden empört nach. Valeria wandte sich um, lüftete ihren Schleier und zwinkerte ihm zu.

In einem Nebenraum machte sich Demetrius daran, Pomponius zu rasieren. „Ich konnte nicht umhin, dein Gespräch mit Ippokratis mitanzuhören“, sagte er nach einer Weile. „Jene Scantilla, von der die Rede war, ist das dieselbe Person, die du vorhin erwähnt hast?“

„Der Gedanke ist mir durch den Kopf gegangen“, antwortete Pomponius. „Wenn sie es ist, dann sehe ich große Schwierigkeiten auf mich zukommen. Ich kann bloß nicht glauben, dass sie es wagt, in Rom unter ihrem richtigen Namen aufzutreten. Sie wird von unseren Leuten wegen mehrerer Verbrechen, die sie in Carnuntum begangen hat, gesucht. Wahrscheinlich handelt es sich um eine zufällige Namensgleichheit.“

„Das wäre aber ein ungewöhnlicher Zufall“, meinte Demetrius und packte Pomponius bei der Nase, um die Oberlippe von Bartstoppeln zu befreien. „Wir sind hier nicht in der Provinz, sondern in Rom. Wenn sie mächtige Beschützer hat, kann sie sich fast alles erlauben."

„Das ist ein beunruhigender Gedanke", stöhnte Pomponius. „Lass meine Nase los!"

„Ich bin gleich fertig, Herr. Wenn du es wünscht, könnte ich ein paar Erkundigungen einholen."

Pomponius sah Demetrius erstaunt an. „Wie kämest du dazu? Das ist gewiss nicht von deinen Pflichten umfasst und es könnte gefährlich werden."

„Die erhabene Faustina pflegt mit Erlaubnis ihres erlauchten Gatten einmal jährlich in den Tagen der Ludi Apollonaris drei Sklaven, die ihren Dienst mehr als zwanzig Jahre getreulich erfüllt haben, die Freiheit zu schenken", antwortete Demetrius ruhig. „Die Glücklichen bekommen ein großzügiges Abschiedsgeschenk, das es ihnen ermöglicht, ein bürgerliches Leben als freier Mensch zu beginnen. Wie ich in Erfahrung bringen konnte, komme diesmal ich in die nähere Auswahl. Die Dame Valeria hat mir versprochen, sich bei der Kaiserin für mich einzusetzen, wenn ich dir gut diene."

„Ach so ist das!", staunte Pomponius. „Nun, Demetrius, wenn du das wirklich tun willst, dann finde für mich heraus, wo Scantilla wohnt und was man über sie weiß. Aber sei sehr vorsichtig. Jene Scantilla, die ich gekannt habe, scheut vor Mord nicht zurück, sobald sie sich bedroht fühlt."

„Wenn es jene Scantilla ist, die du meinst", erwiderte Demetrius gelassen, „wird sie längst wissen, dass du in Rom bist und sie wird auch damit rechnen, dass du ihre Spur aufnimmst. Keine Sorge: Ich werde sehr vorsichtig sein."

V

Das Stadthaus des Tiberius Cäcilius befand sich am oberen Esquilin. Dieser Teil des Hügels, den man Oppius nannte, galt als vornehmer Wohnbezirk, ganz im Gegenteil zur Unterstadt des Esquilin, der sogenannten Subura, einem übel beleumundeten Slum.

Pomponius hatte beschlossen, der Einladung zu einem möglichst baldigen Besuch, die ihm Corinthus von seinem Botengang zurückgebracht hatte, unverzüglich Folge zu leisten. Die Stunden nach Mittag schienen ihm dafür am besten geeignet zu sein, weil in dieser Zeit das hektische Treiben in der Stadt etwas erlahmte und ein rascheres Vorankommen versprach. Tiberius Cäcilius würde gewiss keinen Anstoß daran nehmen, dass er eine Tageszeit wählte, die für förmliche Besuche nicht als angemessen galt.

Pomponius hatte das Haupt mit einem breitkrempigen Hut bedeckt, wie er im Süden Italiens gern als Sonnenschutz getragen wurde, und machte den Eindruck eines wohlhabenden Landbesitzers, der sich zu einem Besuch in Rom aufhielt. Er hatte, um möglichst unauffällig zu wirken, auch darauf verzichtet, sich einer Sänfte zu bedienen.

Obwohl er sich in Rom bestens auskannte und den Weg auch allein gefunden hätte, ließ sich Pomponius von Corinthus begleiten und hörte dem Knaben, der sich als Fremdenführer betätigte, geduldig zu. Sie folgten vom Forum kommend der ehemaligen Anlage des goldenen Hauses, jener gigantischen Palastanlage, die einst Nero nach dem großen Brand Roms für sich errichten ließ. Jetzt war von diesem wahnwitzigen Bau, der ein ganzes Stadtviertel bedeckt hatte, nichts mehr zu sehen. Denn schon kurz nach dem Tod Neros hatte man es abgerissen und das Gelände einer neuen Verwendung zugeführt. Dort, wo sich Neros künstlicher See befunden hatte, war das Flavische Theater errichtet worden, das in späteren Jahren als Kolosseum bekannt wurde. Diesen Namen verdankte es einer kolossalen Bronzestatue, die davor aufgestellt war und die ursprünglich Nero dargestellt hatte. Obwohl Nero der Damnatio Maemoriae, der Verdammung des Andenkens, verfallen war und man seine Bildnisse zerstört hatte, tat den Römern um die prächtige Statue leid. Man schleppte sie daher vor das neue Amphitheater, versah sie mit einem Strahlenkranz um das Haupt, löschte den Namen Neros von ihrem Sockel und erklärte sie zu einer Statue des Sonnengottes.

Ihr weiterer Weg führte sie an der riesigen Thermenanlage vorbei, die Kaiser Trajan über den Resten von Neros Palast für das Volk von Rom errichten ließ. „In den Kellern gibt es Räume und Säle, die einst zu Neros Palast gehört haben", flüsterte Corinthus Pomponius zu. „Dort unten ist es unheimlich. Manchmal kann man Stimmen vernehmen und um die Mitte der Nacht soll man sogar Nero selbst singen hören."

Pomponius lachte. „Woher willst denn du das wissen? Sie lassen Kinder doch gar nicht mehr in die Therme, seit vor einigen Jahren ein Knabe ertrunken ist."

„Das weiß doch jeder", antwortete Corinthus beleidigt, weil er nicht als Kind bezeichnet werden wollte. „Der Knabe, von dem du sprichst, den hat sich Nero geholt, damit er ihm die Leier nachträgt, wenn er durch seinen ehemaligen Palast irrt."

Pomponius schüttelte den Kopf. „Ich will ja nicht bestreiten, dass es Gespenster und Lemuren gibt", räumte er ein, „aber ich bezweifle doch sehr, dass ein ehemaliger Kaiser nichts Besseres zu tun hat, als durch den Keller zu spuken, die Leute mit seinem Gesang zu erschrecken und kleine Kinder zu ersäufen."

„Bei Lebzeiten hat er doch auch nichts anderes getan", antwortete Corinthus störrisch und bewies damit, dass er ein politisch korrektes Geschichtsbild von dem geschmähten Tyrannen hatte, der vom Senat zum Feind des Volkes erklärt worden war.

Ein Stück weiter die Straße aufwärts erreichten sie ein Haus, das von Corinthus als Wohnsitz des Tiberius Cäcilius bezeichnet wurde. Die Vorderfront des Gebäudes machte einen abweisenden Eindruck. Sie wies weder einen Fassadenschmuck noch Fenster auf und wirkte eher wie eine Festung als ein vornehmes Stadthaus. Neben der Tür war an einer Kette ein Hammer befestigt, der offenbar dazu bestimmt war, Einlass zu begehren. Pomponius schlug damit gegen eine gewölbte Metallplatte, die in der Tür eingelassen war, und vernahm zu seinem Erstaunen einen lauten, wohlklingenden Glockenton aus dem Inneren des Hauses.

Wenig später öffnete sich die Tür einen Spalt und ein Mann schaute misstrauisch heraus. Als sein Blick auf Corinthus fiel und er in ihm den Boten erkannte, der am Morgen gekommen war, hellte sich sein Gesicht auf. „Bist du der Anwalt Pomponius?", fragte er den Besucher.

„Der bin ich."

„Der Herr erwartet dich bereits. Bitte tritt ein." Der Türsklave riss die Tür weit auf und ließ Pomponius und Corinthus eintreten.

Sie durchschritten einen Gang und betraten das Atrium. So schmucklos die Außenseite des Hauses gestaltet war, so prächtig war sein Inneres. Man merkte, dass hier ein reicher Mann wohnte. Durch die Dachöffnung fiel Licht und die Wolken des Himmels spiegelten sich in dem kristallklaren Wasser des im Boden eingelassenen Beckens. Es war von einem dieser kunstvollen Mosaiken umgeben, wie man sie in dieser ausdrucksstarken Bildsprache nur aus der Provinz Africa kannte. Die Öffnungen, die in die angrenzenden Wohnräume führten, waren nicht etwa bloß mit Vorhängen verschlossen, wie man es häufig vorfand, sondern mit Holztüren, die ein geschmackvolles Schnitzwerk aufwiesen.

Aus einer dieser Türen trat ein Mann und eilte auf Pomponius zu. Er hatte die Mitte seines Lebens schon deutlich überschritten. Schlohweiße Locken zierten sein Haupt und der korpulente Körper war in eine schlichte weiße Toga gehüllt. Mit beiden Händen umfasste er die Rechte des Pomponius und rief: „Ich grüße dich, Spurius Pomponius und danke dir dafür, dass du meiner Einladung so rasch gefolgt bist."

„Auch ich grüße dich, Tiberius Cäcilius", antwortete Pomponius und neigte ehrerbietig das Haupt. „Ich darf dir gleichfalls die Grüße meines Kommandanten, des edlen Masculus Masculinius überbringen, der mir befohlen hat, dir nach Kräften bei der Lösung eines Problems, das dich beunruhigt, beizustehen."

„Ich bin mehr als beunruhigt", antwortete Tiberius bedrückt.

„Dazu hast du auch allen Grund. Ich habe mich inzwischen informiert und weiß in groben Zügen Bescheid."

Tiberius sah in verblüfft an. „Du bist doch erst gestern angekommen!"

„Mein Dienst bei den Frumentarii hat mich gelehrt, keine Zeit zu verschwenden, wenn Gefahr droht. Es wird aber notwendig sein, dass du mich über Einzelheiten des Falls, die nicht allgemein bekannt sind, unterrichtest."

„Natürlich, bitte folge mir in mein Arbeitszimmer." Tiberius klatschte in die Hände. Sogleich erschien aus dem Inneren des Hauses ein hübsches Mädchen, das etwa zwei Jahre älter sein mochte als Corinthus. „Kümmere dich um den Begleiter unseres Gastes, Sabina", befahl Tiberius, „und sorge dafür, dass Erfrischungen ins Arbeitszimmer gebracht werden."

„Jawohl, Gebieter", antwortete Sabina und nahm Corinthus bei der Hand. „Komm mit, ich zeige dir unser Peristyl. Wie heißt du?"

„Corinthus", antwortete dieser und sah Sabina hingerissen an.

Pomponius lächelte und folgte seinem Gastgeber in ein angrenzendes Zimmer, wo er in einem bequemen Besucherstuhl aus polsterbedecktem Flechtwerk Platz nahm. Er zog sein Wachstäfelchen aus dem Gewand, prüfte, ob der Stylus spitz war und fragte: „Soweit ich informiert wurde, begann alles vor etwas mehr als einem Jahr. Dein Neffe wurde des Mordes an zwei jungen Frauen beschuldigt. Wie kam es dazu und wer waren die Opfer?"

„Bei den Opfern handelt es sich um zwei Mädchen aus angesehenen Familien", berichtete Tiberius. „Die erste war Annia, Tochter des Marcus Bassianus. Der Mann gehört dem Ritterstand an. Er hat mehrere militärische Kommandos innegehabt, sich dann aber ins Privatleben zurückgezogen, um sich seinen Geschäften zu widmen. Er spekuliert mit Grundstücken und besitzt etliche Insulae, Mietshäuser, die ihm guten Gewinn bringen. Annia war seine älteste Tochter und stand kurz vor ihrer Verehelichung mit einem Geschäftspartner ihres Vaters. Eines Tages, es war gegen Ende des Winters, fand man ihre Leiche am Tiberufer bei den Lagerhäusern am Fuß des Aventin. Man hatte ihr die Kehle von einem Ohr zum anderen durchgeschnitten und den Leib so grausam aufgeschlitzt, dass ihre Eingeweide herausgequollen waren."

„Wo hat sie beziehungsweise ihre Familie gewohnt?", unterbrach Pomponius, während er sich Notizen machte.

„Ebenfalls am Aventin in östlicher Richtung, weniger als eine halbe Stunde zu Fuß entfernt. Das ist eine gute Wohngegend, ganz im Gegenteil zu dem Ort, wo sie aufgefunden wurde."

„Was hat sie dann bei den Lagerhäusern gewollt?"

„Das weiß man nicht. Ihr Vater war sehr streng und sie durfte nur in Begleitung ausgehen. Sie muss das Haus heimlich verlassen haben."

„Wurde sie beraubt?"

„Offenbar nicht. Sie hatte noch ihren Schmuck, zwei Ringe und eine wertvolle Fibel sowie einen kleinen Geldbetrag bei sich."

„Wurde ihr Gewalt angetan?"

„Das weiß man nicht, man hat es aber vermutet."

Sie unterbrachen ihr Gespräch, während ein Sklave eintrat und Wein und Backwerk auf den Tisch zwischen ihnen stellte.

Pomponius nahm einen tiefen Schluck und fuhr fort: „Was ist mit dem zweiten Opfer?"

„Sie hieß Bruttia. Ihr Vater, Titus Crispinus, stammt von einem Freigelassenen ab, ist selbst aber römischer Bürger und gilt als sehr wohlhabend. Er hat sein Geld mit Getreidehandel verdient. Die Familie wohnt ebenfalls am Aventin, ganz in der Nähe des Marcus Bassianus."

„Aha! Kannten die Mordopfer einander?"

„Wahrscheinlich, aber ich weiß es nicht sicher."

„Du sagst Crispinus ist Getreidehändler. Hat er vielleicht ein Lagerhaus unten am Tiber, dort wo man Annia gefunden hat?"

„Das weiß ich nicht. Man hat Bruttia drei Tage nach Annia gefunden, nahezu an derselben Stelle. Sie war auf die gleiche Art wie Annia zugerichtet worden. Rom ist ja nicht arm an Gewalttaten und man findet immer wieder die Leichen Unvorsichtiger, die sich des Nachts ohne Schutz auf die Straßen gewagt haben. Aber diese beiden Morde haben doch gewaltiges Aufsehen verursacht. Es gab zunächst aber keinen Hinweis auf den Täter, bis dann dieser Anwalt, Marcus Caecilianus Placidus, auftrat und meinen Neffen der Tat beschuldigte."

„Was hat ihn dazu gebracht? In wessen Auftrag handelt er?"

„Das habe ich nicht herausbekommen. Placidus hält sich in dieser Hinsicht bedeckt und behauptet, bloß ein Diener des Rechtes zu sein, dieser verschlagene Denunziant. Er hat Anklage gegen meinen armen Neffen erhoben und ist damit auch durchgekommen, weil er eine untadelige Zeugin aufgeboten hat, die das Alibi meines Neffen zunichtegemacht hat. Untadelig! Dass ich nicht lache! Die Frau war wahrscheinlich bestochen. Jedenfalls hat sie gelogen. Ihr Name ist Scantilla!"

„Was weißt du über sie?"

„Sie gilt als wohlhabende Witwe und wohnt ebenfalls am Aventin, in der Nähe des Tatortes, weshalb sie ihre Anwesenheit dort auch zwanglos erklären konnte. Sie hat behauptet, sie habe gesehen, wie mein Neffe mit bluttriefenden Händen von dem Ort, an dem Bruttia getötet wurde, fortgelaufen sei. Sie ist eine undurchsichtige Person, wenn du mich fragst. Bald nach dem Prozess ist sie aus Rom verschwunden, jetzt ist sie aber wieder zurückgekehrt. Keiner weiß, wo sie war."

„Sie war inzwischen in Carnuntum, hat sich unter dem Namen Penelope als Schauspielerin verdingt und dabei einiges Unheil angerichtet", bemerkte Pomponius versonnen. „Vielleicht war es ganz gut, dass ich sie nicht getötet habe. Sie könnte mir jetzt noch nützlich werden."

„Du kennst sie?", rief Tiberius erstaunt. „Du wolltest sie töten und hast es dann doch nicht getan?"

„Ich hatte ihren Tod bereits angeordnet, sie aber dann doch laufen lassen. Es ist eine komplizierte Geschichte, die mit unserem Fall nichts zu tun hat. Scantilla ist eine sehr vielseitige Person. Wie ich erfahren habe, haben die Götter oder doch eine Göttin Mitleid mit deinem Neffen gehabt und ihm die Hinrichtung erspart. Man hat mir erzählt, dass eine Vestalin dabei ihre Hand im Spiel gehabt hat. Weißt du, wie sie heißt?"

„Aemilia"

„Aemilia", wiederholte Pomponius und notierte sich den Namen. „Ob sie wohl bereit ist, mit mir zu sprechen?"

„Das wird nicht möglich sein. Sie ist kürzlich verstorben."

Der Unterton in der Stimme des Tiberius ließ Pomponius aufmerksam werden. Er sah auf und fragte: „Kanntest du sie? Kanntest du sie gut?“

„Wir waren befreundet“, gestand Publius. „Und das ist ein weiteres Problem, das ich auf mich zukommen sehe. Ich habe unter der Hand erfahren, dass Placidus plant, jetzt gegen mich vorzugehen. Er will mich der Beihilfe an den Morden bezichtigen und er behauptet, ich hätte mit Aemilia in jüngeren Jahren ein frevelhaftes Liebesverhältnis gehabt, weshalb sie bereit war, meinem Neffen zu helfen und dafür einen Meineid zu leisten.“

„Und war es so?“, fragte Pomponius mit milder Stimme.

Tiberius senkte den Blick und schwieg. Pomponius dachte sich sein Teil und bestand nicht auf einer Antwort. Stattdessen fragte er: „Hat dir Aemilia etwas vermacht?“

„Einige persönliche Dinge und Briefe.“

„Zeig mir das Testament.“

Schweigend griff Tiberius in eine Lade und nahm ein Schriftstück heraus, dessen Siegel aufgebrochen waren.

„Wie ich sehe“, sagte Pomponius, nachdem er es gelesen hatte, „hat Aemilia ihr Vermögen einer Mitschwester namens Tuccia vermacht. Du hast nur Andenken bekommen. Nimm folgenden Rat von mir entgegen: Vernichte alles, das man dahin deuten könnte, dass ihr mehr wart als nur Freunde, oder wenn du das nicht übers Herz bringst, verstecke diese Dinge so gut, dass sie niemand finden kann. Jetzt ist es notwendig, dass ich mit deinem Neffen spreche.“

„Er hat schon vor Wochen heimlich mein Haus verlassen und hält sich auf einem meiner Landgüter vor Rom auf. Ich hielt das für sicherer, falls es zum Ärgsten kommt, weil er von dort leichter fliehen kann.“

„Weit würde er nicht kommen. Ich muss ihn trotzdem sprechen. Es geht nicht anders. Lass ihn zurückrufen und verständige mich, sobald er da ist. Eine Frage habe ich noch. Jene Zeugen, die deinem Neffen ursprünglich ein Alibi gegeben haben, kennst du ihre Namen?“

„Leider nein, aber unser Anwalt, Salvius Valens, wird sie sicher kennen.“

„Gut, mit dem Mann wollte ich ohnehin reden. Vorläufig habe ich genug erfahren. Ich werde dich in Bälde wieder aufsuchen, Tiberius Cäcilius. Bis dahin leb wohl."

VI

Auf dem Rückweg dachte Pomponius angestrengt über das Gehörte nach. Auch Corinthus war recht schweigsam. Etwas schien ihn zu beschäftigen. Schließlich fragte er: „Diese Sabina ist ein sehr hübsches Mädchen, findest du nicht auch, Herr?"

„Ich glaube schon", meinte Pomponius gleichgültig.

„Glaubst du auch, dass sie zu alt für mich ist?"

„Aber nein", scherzte Pomponius. „Sie ist nicht zu alt für dich. Du bist zu jung für sie."

„Du spottest über mich, Herr", beschwerte sich Corinthus.

„Sieh her, Corinthus", sagte Pomponius, „Sabina ist etwa fünfzehn oder sechzehn Jahre alt und damit längst im heiratsfähigen Alter. Und wie alt bist du? Dreizehn Jahre? Siehst du nicht das Problem? In ihren Augen bist du noch ein Kind."

„Den Eindruck hatte ich nicht. Ich bin schon vierzehn, wenn stimmt, was in meiner Kaufurkunde steht. Wäre ich ein Freier, so wäre ich bereits großjährig und heiratsfähig. Sie hat mich zum Abschied auf die Wange geküsst und einen niedlichen Knaben genannt."

„Wenn das in ein paar Jahren eine Frau zu dir sagt, darfst du dir Hoffnungen machen. Aber jetzt ist es noch zu früh, glaub mir."

Corinthus seufzte und klagte: „Dann wird Sabina wohl längst verheiratet sein. Demetrius behauptet nämlich, eine Frau die mit neunzehn noch nicht verheiratet ist, ist eine alte Schachtel."

„Das kann man so generell nicht sagen", erklärte Pomponius entschieden.

Corinthus erkannte, dass er ins Fettnäpfchen getreten war. „Das gilt natürlich nicht für die Dame Valeria", berichtigte er eilig. „Man sieht ihr das Alter gar nicht an. Wenn man nicht genau hinschaut, könnte man sie ohne Weiteres für achtzehn halten." Corinthus überdachte, was er da eben gesagt hatte und fügte kleinlaut hinzu: „Es wäre wohl besser gewesen, wenn ich den Mund gehalten hätte."

Pomponius konnte nicht umhin zu lachen. „Lass gut sein", tröstete er seinen Begleiter. „Wir haben alle unsere Probleme mit den Frauen und glaube mir, deine jetzigen sind eine Kleinigkeit gegen das, was dir noch bevorsteht."

Tatsächlich war Valeria Ende zwanzig und, obwohl sie blendend aussah, nach den Maßstäben der Zeit auf dem besten Weg eine alte Jungfer zu werden, wobei der Ausdruck Jungfer natürlich nur symbolisch gemeint sein kann. Es war nämlich fast schon skandalös, dass sie, eine junge, hübsche und gesunde Frau aus bester Familie, noch unverheiratet war und ein ausgesprochen freizügiges Leben führte. Ihr leidgeprüfter Vater, der alte Senator, wie ihn Pomponius bei sich nannte, ließ ihr das auch nur deswegen durchgehen, weil sich Valeria unter die Fittiche Faustinas geflüchtet hatte und er mit der Gattin des Kaisers keinen Streit wollte. Man konnte Faustina einiges nachsagen, aber sie neigte nicht dazu, an den Lebenswandel ihrer Damen einen strengen Maßstab anzulegen, solange diese nur ihren Dienst ordentlich verrichteten. Pomponius erinnerte sich, dass der alte Senator, damals als Pomponius noch in Rom lebte, so verzweifelt gewesen war, dass er sogar Pomponius als Schwiegersohn in Betracht gezogen hatte, obwohl der in seinen Augen alles andere als eine gute Partie war. „Wirst du die Dame Valeria heiraten, Herr?", fragte Corinthus, den das Thema Heirat offenbar noch immer beschäftigte, unvermutet.

„Wie kommst du denn darauf?", fragte Pomponius etwas ungehalten, weil er nicht die Absicht hatte, mit einem Halbwüchsigen seine Beziehungsprobleme zu erörtern.

„Sie passt gut zu dir", antwortete Corinthus altklug. „Denn du bist meistens so ernsthaft und sie ist immer fröhlich und zu Scherzen aufgelegt. Das tut dir sicher gut. Außerdem verbringst du ja ohnehin die Nacht mit ihr, so wie es Eheleute machen."

„Das hat nichts zu sagen", wehrte sich Pomponius. „Jetzt sei still, ich muss nachdenken. Wir gehen dort hinüber."

„Zur Gemonischen Treppe? Wohin wollen wir denn?"

„Zu den Lagerhäusern am Tiber. Ich möchte mir den Tatort ansehen."

„Tatort?", fragte Corinthus mit aufgerissenen Augen.

„Denk nicht darüber nach“, befahl Pomponius streng. „Dafür bist du noch viel zu jung.“

„Meinst du etwa den Platz, wo die beiden Mädchen abgeschlachtet wurden?“

„Was weißt denn du darüber?“

„Ich kann dir zeigen, wo die Leichen gelegen haben“, verkündete Corinthus. „Meinst du das mit Tatort? Ich habe mir den Platz angesehen. Am Morgen des Tages, an dem das zweite Mädchen gefunden wurde, hatte ich nämlich einen Botengang in der Stadt zu verrichten. Als ich gehört habe, dass man schon wieder ein totes Mädchen bei den Lagerhäusern gefunden hat, bin ich hingerannt, um mir das anzusehen. Aber man hatte sie leider schon weggebracht.“

„Du machst mir Sorgen, Corinthus“, erklärte Pomponius. „Du solltest dich eher mit den Werken unserer großen Dichter beschäftigen, anstatt auf Frauen und Morde neugierig zu sein.“

„In den Werken unserer großen Dichter, die mir Demetrius zu lesen gibt, geht es noch viel schlimmer zu“, behauptete Corinthus und Pomponius musste ihm insgeheim recht geben.

Trotzdem fühlte er so etwas wie eine pädagogische Verantwortung. „Das kann man nicht vergleichen“, belehrte er Corinthus. „Dabei handelt es sich immerhin um Helden, Götter und Halbgötter und die Geschichten werden meist in kunstvollen Versen erzählt.“

„Um so ärger“, war alles, was Corinthus dazu sagte. Nach einer Weile fragte er: „Wozu willst du überhaupt den Tatort, wie du ihn nennst, besichtigen? Dort sieht man jetzt nichts mehr. Stimmt es, dass du ein Agent bist, der eigens nach Rom gekommen ist, um diese Morde zu untersuchen, obwohl der Täter doch schon bekannt ist?“

„Corinthus!“, rügte Pomponius seinen jungen Begleiter. „Du hast lange Ohren und du bist geschwätzig und neugierig. Haben wir uns nicht erst unlängst über die Tugend der Diskretion unterhalten? Sei jetzt einfach still und beschränke dich darauf, nur dann zu antworten, wenn ich eine Frage an dich habe.“

„Ja, Herr“, sagte Corinthus folgsam.

Die sonderbare Gegend, in die ihn Corinthus führte, war Pomponius unbekannt, obwohl er lange in Rom gelebt hatte. Entlang des Tiberufers waren Lagerhäuser errichtet worden, bei denen emsiger Betrieb herrschte. Waren wurden auf Karren aufgeladen, um zur Auslieferung bereit zu sein, wenn mit Einbruch der Nacht das Fahrverbot in den Straßen der Stadt aufgehoben wurde. Auf der gegenüberliegenden Seite ragten zwischen ebenerdigen Wohnhäusern einige mehrstöckige Zinshäuser empor und verdeckten den Blick auf die höher gelegene, bessere Wohngegend. Aber auch Geschäfte und sogar eine kleine Therme gab es hier.

In einer Entfernung von etwa dreihundert Schritten stadteinwärts erhob sich inmitten der Gebäude ein Hügel, der die Höhe eines einstöckigen Hauses und einen Umfang von mehr als fünfhundert Schritten hatte. Er bestand ausschließlich aus den Scherben großer Amphoren, in denen Waren in die Tiberhäfen geliefert worden waren und die man hier abgelagert hatte, weil sie zur weiteren Verwendung unbrauchbar waren. Ein schmaler unbebauter Streifen umgab diesen Scherbenberg, den man Testaceus nannte und der bereits die angrenzenden Häuser bedrängte. Er verströmte einen intensiven Geruch, von dem man nicht genau sagen konnte, ob er noch erträglich war oder schon erbärmlich stank. Das hing hauptsächlich von der Witterung ab. Denn die Reste von Wein, Ölen, Fischkonzentrat und anderen Rückständen, die sich noch auf den frischeren Scherben befanden, dunsteten in der warmen Sonne kräftig aus.

„Dort drüben am Fuß des Testaceus hat sie gelegen", berichtete Corinthus.

Pomponius betrachtete die Stelle, auf die Corinthus wies. Nichts erinnerte mehr an die Tragödie, die hier stattgefunden hatte.

„Die Tat soll in den frühen Morgenstunden geschehen sein", grübelte Pomponius. „Eine Zeugin soll um diese Zeit den Täter mit blutigen Händen wegrennen gesehen haben. Hast du noch Blutspuren gesehen?"

„Ja, aber nicht besonders viel. Ist das nicht eigenartig?"

„Nicht unbedingt. Wenn einem Menschen der Hals gänzlich durchschnitten wird, sodass nicht nur die Adern, sondern auch die Luftröhre durchtrennt wird, kommt der Herzschlag meist rasch zum Stillstand. Dann tritt nicht viel Blut aus."

Pomponius hatte dieses Wissen von seinem Freund, dem Arzt Claudius, der in der Gladiatorenschule von Carnuntum arbeitete. Wäre Pomponius in Carnuntum mit so einem Fall befasst gewesen, hätte er dafür gesorgt, dass Claudius sowohl den Tatort als auch die Tote begutachtete, ehe man die Leiche entfernte. Aber an eine solche Untersuchung hatte hier natürlich niemand gedacht.

„Stümper", murmelte Pomponius.

„Ich hatte auch den Eindruck, dass das Blut schon ziemlich eingetrocknet war", fuhr Corinthus fort. „Bevor ich Demetrius zur Ausbildung zugeteilt wurde, habe ich in der palasteigenen Schlächterei und in der Küche ausgeholfen. Ich weiß, wie altes Blut aussieht."

Pomponius sah Corinthus überrascht an. „Du bist ein scharfer Beobachter, mein Junge. Es wäre also möglich, dass die Ermordete schon länger dort gelegen hat, oder dass man sie überhaupt erst dort abgeladen hat, als sie schon tot war und nicht mehr geblutet hat. In diesem Fall war das Blut gar nicht das ihre und man hätte den Tatort nur vorgetäuscht! In jedem Fall hätte die Zeugin gelogen, was mich nicht überrascht. Es wird allerdings unmöglich sein, das im Nachhinein aufgrund deiner Beobachtungen über die Konsistenz der Blutspuren nachzuweisen."

„Ich weiß", antwortete Corinthus.

Pomponius beobachtete aufmerksam die Passanten und hatte schließlich einen gefunden, der ihm als Auskunftsperson geeignet schien. Der Mann war wie ein Fuhrmann gekleidet, schien ortskundig zu sein, hatte ein freundliches Gesicht und offenbar gute Laune. Er kam aus einer Imbissstube und wirkte nicht so, als ob er es eilig hätte.

„Verzeih, guter Freund, wenn ich dich behellige", sagte Pomponius. „Darf ich dich um eine Auskunft bitten?"

„Nur zu", antwortete der Angesprochene bereitwillig.

„Ich bin fremd in der Stadt, muss aber einige Zeit aus geschäftlichen Gründen hierbleiben. Kannst du mir sagen, wo ich eine preiswerte Unterkunft finde?"

„Wo kommst du denn her?"

„Aus Pannonien."

„Das erklärt deinen furchtbaren Dialekt", meinte der Mann, der ein kaum verständliches Latein sprach, aber von der Überlegenheit eines Römers gegenüber einem Provinzbewohner überzeugt war. „Dann wirst du ja keine besonderen Ansprüche stellen. Geh in jenen Stadtteil, den man Subura nennt, und such dir eine Herberge. Am besten wird sein, du wählst eine solche, die zu einem Bordell gehört. Dort wird man weniger oft ausgeraubt. Die Bordellbetreiber dulden das nicht, weil es schlecht fürs Geschäft ist. Außerdem hast du dort immer ein Weib zur Hand, wenn dir danach ist."

„Ich habe eher an eine etwas bürgerlichere Unterkunft gedacht", wandte Pomponius ein. „Was ist mit den Wohnhäusern dort drüben? Ob dort noch eine Wohnung frei ist?"

„Du kannst dich ja beim Verwalter erkundigen. Aber die Wohnungen, auch die schlechteren, sind sehr teuer. Die Häuser gehören dem Marcus Bassianus, der – wie jeder weiß – die höchsten Mieten in Rom verlangt und jeden erbarmungslos hinausschmeißen lässt, der nicht rechtzeitig zahlt. Dabei kann man dort bei Nacht kaum schlafen, wenn der ganze Verkehr vorbeirollt und die Fuhrleute fluchen und schreien."

„Aber immerhin wird man in dieser Gegend nicht gleich ausgeraubt oder gar umgebracht."

„Sag das nicht!" Der Mann beugte sich vertraulich vor. „Gerade an der Stelle, an der wir jetzt stehen, hat man im vorigen Jahr zwei Mädchen bestialisch ermordet."

„Das ist ja furchtbar!", entsetzte sich Pomponius. „Hat man den Täter je gefasst?"

„Das hat man. Eine Frau hat ihn weglaufen gesehen und konnte ihn später identifizieren. Siehst du die Bäckerei dort neben dem Brunnen? Sie öffnet bei Morgengrauen. Die Frau hat sich frische Brötchen geholt. Wie sie das Geschäft verlassen hat, ist der Mörder mit blutigen Händen an ihr vorbeigerannt. Sie hat wie am Spieß geschrien. Ich war gerade dabei meinen Wagen abzuladen und bin mit ein paar anderen gleich hingelaufen. Der Mörder war schon fort, aber das tote Mädchen ist dort gelegen. Er hat ihr die Kehle und den Bauch aufgeschlitzt."

„Das ist furchtbar!", wiederholte Pomponius. „Sie muss ja in ihrem Blut geschwommen sein!"

„Es war eine Blutlache da", berichtete sein Gesprächspartner. „Aber nicht so viel wie man meinen sollte. Wahrscheinlich weil sie sehr rasch gestorben ist."

„Du sagst, es habe einen zweiten Mord gegeben?"

„Ja, ein paar Tage zuvor. Man hat das Opfer am Morgen nur wenige Schritte von hier gefunden. Auch ihr hat man die Kehle durchschnitten und den Leib aufgeschlitzt. Ich habe das nicht selbst gesehen, aber ich habe gehört, es sei derselbe Täter gewesen."

„Du hast mich überzeugt", erklärte Pomponius. „Dies ist nicht der richtige Ort für mich. Ich denke, ich suche mir anderswo eine Bleibe. Danke, guter Freund."

Der Fuhrmann klopfte ihm gönnerhaft auf die Schulter und entfernte sich.

Am Heimweg war Pomponius sehr schweigsam. Schließlich hielt es Corinthus nicht mehr aus und fragte: „Was denkst du Herr?"

„Ich denke, dass du mich nicht mehr begleiten wirst. Du bist zu jung für solche Ermittlungen."

„Hast du bei deinen früheren Ermittlungen keine Helfer gehabt?"

„Das waren erwachsene, erfahrene Agenten."

„Ich werde bald fünfzehn. Du hast selbst gesagt, dass ich ein scharfer Beobachter bin."

„Gut, Corinthus", sagte Pomponius langsam. „Es war ein unverhoffter Glücksfall, dass ich jemanden gefunden habe, der bei der Auffindung der zweiten Leiche dabei war. Das hat uns einige weitere bemerkenswerte Informationen verschafft. Jetzt erkläre mir, was dir an der ganzen Sache auffällt, und dann reden wir über deinen Wunsch, mich auch in Hinkunft zu begleiten, weiter."

Corinthus schwieg eine Weile, dann begann er: „Über den ersten Mord haben wir nicht genug Informationen. Der zweite Mord muss in der Nacht oder in den frühen Morgenstunden begangen worden sein. Der Platz beim Testaceus ist von den Lagerhäusern, bei denen gearbeitet wurde, weit genug entfernt, damit die Tat unbemerkt geschehen konnte, wenn das Opfer keine Gelegenheit mehr hatte, laut zu schreien. Es wäre aber auch denkbar, dass das Mädchen schon Stunden früher entweder dort oder auch woanders gestorben ist und nur dort abgelegt wurde. Das ist aber nur eine unbeweisbare Vermutung."

„Nehmen wir trotzdem an, sie ist woanders gestorben und wurde an den angeblichen Tatort geschafft. Wie und wann hätte das geschehen können?"

„Kurz bevor sie gefunden wurde. Das wäre von einem Karren aus möglich gewesen. Bei Dunkelheit, nur im Licht der Fackeln und beim ständigen Kommen und Gehen der Fuhrwerke hätte man es unbemerkt bewerkstelligen können."

„Was ist mit dem Blut?"

„Das Blut war in diesem Fall nicht das ihre. Das erklärt, weshalb es alt aussah und nur wenig davon da war. Ich denke, ein kleiner Kübel mit halbgestocktem Tierblut hätte ausgereicht."

„Warum hätte man sich die Mühe machen sollen? Wäre es nicht viel einfacher gewesen, die Leiche irgendwo in der Stadt liegen zu lassen oder sie einfach in den Fluss zu werfen?"

Diesmal dachte Corinthus etwas länger nach. Dann erhellte sich sein Gesicht. „Wegen der Zeugin. Ja, wegen der Zeugin! Sie musste einen plausiblen Grund haben, vor Ort zu sein. Man musste die Leiche an einen Ort legen, wo die in der Nähe wohnende Zeugin zu so früher Stunde hingehen konnte, um den angeblichen Täter zu sehen: Nämlich in die Bäckerei gegenüber, die eben geöffnet hatte. Das würde ja bedeuten, dass die Zeugin tatsächlich gelogen hat und der Mann, den man verurteilt hat, unschuldig ist, dass er Opfer einer Intrige wurde!"

„Davon gehe ich aus. Die Zeugin ist der Schlüssel. Ich kenne diese Person von früher und ich glaube keinen Augenblick, dass sie zufällig Zeugin eines Mordes wurde." Pomponius seufzte. „Ich will dir nicht verhehlen, mein Corinthus, dass so mancher der Leute, mit denen ich bisher zusammengearbeitet habe, nicht so rasch auf diese Lösung gekommen wäre. Du hast das Zeug zu einem Ermittler in dir. Trotzdem haben wir nichts davon, denn es fehlt uns an Beweisen."

„Du bist doch einer von diesen Frumentarii. Kannst du diese Zeugin nicht verhaften lassen?"

„Das würde ich in Carnuntum so machen. Ich würde sie in unseren Verhörkeller bringen lassen, wo ein Mann seines Amtes waltet, der sich selbst einen Priester der Wahrheit nennt. Aber in Rom halte ich mich als Privatmann auf und habe hier keine Befugnisse. Diese sogenannte Zeugin hingegen ist eine gefährliche Person und genießt in Rom wahrscheinlich hohe Protektion. Ich muss froh sein, wenn nicht sie ihre Häscher nach mir ausschickt. Siehst du, Corinthus, das ist die Kehrseite meines Berufs, der dich so zu faszinieren scheint. Man lebt in ständiger Gefahr, einer Gefahr, der ich dich nicht aussetzen möchte. Du darfst mich in Hinkunft bei meinen Ermittlungen begleiten, aber sobald ich dir befehle zu verschwinden, tust du das auf der Stelle und ohne zu fragen oder dich auch nur umzudrehen. Ist das klar?"

„Ja, Herr", sagte ein sichtlich beeindruckter Corinthus und sah Pomponius bewundernd an.

In seinem Quartier im Palast angekommen, entließ Pomponius Corinthus mit dem Auftrag, ihn am nächsten Morgen wieder aufzusuchen.

Demetrius hatte Pomponius bereits erwartet. „Ich habe mich nach dieser Scantilla erkundigt", berichtete er. „Sie wohnt am Fuße des Aventins, in der Nähe des alten Hafens, wo jetzt die Lagerhäuser sind. Ich habe dir aufgeschrieben, wie du das Haus findest." Er reichte Pomponius ein Schreibtäfelchen. „Es ist nur wenig über sie bekannt. Sie lebt zurückgezogen und wird als angenehme Nachbarin beschrieben. Es hat aber einen Vorfall gegeben, von dem du wissen solltest. Dort unten lässt nämlich ein gewisser Marcus Bassianus durch seinen Verwalter, er heißt Septicius, Grundstücke aufkaufen, um Zinshäuser zu errichten. Dieser Septicius ist nicht zimperlich, wenn sich jemand weigert zu verkaufen. Er setzt den Grundeigentümer gehörig unter Druck und scheut auch vor unverhohlenen Drohungen nicht zurück, wobei er von einer Schlägerbande unterstützt wird. Das hat er auch mit Scantilla versucht, der er recht grob gekommen sein soll. Wenig später wurde Septicius von einer Gruppe Männer, die wie Soldaten in Zivil aussahen, auf offener Straße angegriffen und brutal zusammengeschlagen. Er hat überlebt, aber jetzt fehlen ihm ein Ohr und einige Zähne. Außerdem hat er einen schiefen Kiefer. Septicius muss eine Ahnung haben, woher diese eindeutige Botschaft kam, denn Scantilla wurde danach von ihm nicht mehr behelligt."

„Das schaut ihr ähnlich", murmelte Pomponius. „Wann hat dieser Vorfall stattgefunden?"

„Etwa einen Monat vor den Morden, die du untersuchst."

„Das erste Mordopfer, Annia, war die Tochter eines Grundstücksspekulanten namens Marcus Bassianus. Ich nehme an, wir reden von demselben Mann?"

„Ja, Herr."

„Das dachte ich. Du sollst folgendes für mich tun, Demetrius. Finde heraus, wo Marcus Bassianus wohnt. Ich brauche auch den Wohnort des Titus Crispinus. Er ist der Vater des zweiten Mordopfers. Stelle fest, ob es zwischen den beiden Familien beziehungsweise zwischen den ermordeten Mädchen eine Verbindung gibt. Versuche auch herauszufinden, ob Crispinus unten am Fluss eine Lagerhalle besitzt, und wenn ja, wo sie sich befindet. Ich weiß, es ist etwas viel, das ich dir zumute und ich würde es nicht verlangen, wenn du mir nicht deine Unterstützung angeboten hättest. Traust du dir das zu?"

„Ja, Herr."

„Gut. Lass dir Zeit und geh behutsam zu Werk. Ich will keine Aufmerksamkeit erregen. Außerdem will ich den Anwalt Salvius Valens sprechen. Weißt du, wo er wohnt?"

„Auch das kann ich herausfinden. Aber morgen ist Gerichtstag und wenn du Glück hast, findest du ihn bei Gericht."

„Ich danke dir", sagte Pomponius und machte eine Handbewegung.

Demetrius verstand den Wink, verbeugte sich und verließ schweigend den Raum.

Kurz darauf kam Valeria. Sie sah müde aus. „Die erhabene Faustina wird immer schwieriger und anspruchsvoller", klagte sie. „Ich bin fix und fertig und morgen wird es noch schlimmer."

„Das weißt du schon heute?"

„Ganz sicher. Faustina hat mir freigegeben und mir befohlen, meinen Vater aufzusuchen, weil er mich sprechen will. Ich kann mir schon vorstellen, weshalb.

Bei meinem letzten Besuch hat er mich angeschrien und gedroht, mich zu verstoßen und zu enterben, wenn ich nicht bald eine ehrbare Frau werde. Ich bin schon neugierig, mit wem er mich diesmal verheiraten will." Pomponius gab ein undeutbares Geräusch von sich. Valeria streichelte ihm tröstend über den Kopf. „Nur keine Sorge, mein Pomponius. An dich denkt er dabei sicher nicht. Erzähl mir lieber, wie dein Tag war und wie du mit deinem Fall vorankommst."

Pomponius war es ganz recht, über etwas anderes als Heiraten sprechen zu können, und er gab ihr einen ausführlichen Bericht über seine Erlebnisse. Als er geendet hatte, fragte er: „Nun? Wie denkst du darüber? Valeria?"

Valeria hatte sich eng an seine Brust gekuschelt und schlief tief und fest.

Pomponius erhob sich vorsichtig, um sie nicht zu wecken, zog ihr behutsam die Schuhe von den Füßen und deckte sie zu. Dann trat er ans Fenster und sah auf die nächtliche Stadt hinunter. Die Dächer der Häuser und die bei Sonnenlicht strahlenden Monumente waren unter dem wolkenverhangenen Himmel zu einer dunklen Masse verschmolzen und ließen nichts mehr von der Pracht dieser Stadt erkennen. Sie erinnerte Pomponius an ein riesiges Tier, das sich unruhig im Halbschlaf regte.

Wie ein ständiges Grollen waren die Räder unzähliger Fuhrwerke zu vernehmen, die mit Einbruch der Nacht die Straßen füllten und zu den verschiedenen Marktplätzen und Geschäften unterwegs waren, um sie mit frischer Ware zu versorgen. Pomponius konnte ihren Weg am Schein der Fackeln, die sie mit sich führten, verfolgen. Die Stimmen vieler Menschen, die den Schlaf mieden oder meiden mussten, drangen aus der Dunkelheit zu ihm, leise und undeutlich, wie ein vielstimmiges Orchester, das zu keiner gemeinsamen Melodie finden konnte. Die rauen Rufe der gestressten Fuhrleute gaben den Grundton an und wurden von den empörten Stimmen jener, denen sie die nächtliche Ruhe raubten, kontrastiert. Dazwischen mischte sich das Gelächter und Geschrei derer, die die Nacht zum Tag machten und ihren Vergnügungen nachgingen. Von Zeit zu Zeit ertönten von irgendwoher Schreie, die vielleicht aus Angst oder Schmerz ausgestoßen wurden und oft vergebliche Hilferufe waren. Denn dies war auch die Stunde der berüchtigten Grassatores, Banden jugendlicher Nachtschwärmer, die randalierend durch die Stadt zogen und nächtliche Passanten anpöbelten und oft grausam verprügelten. Auch Geschäfte waren vor ihnen nicht sicher und so manche Schenke, die noch geöffnet hatte, wurde von ihnen verwüstet. Die Vigiles, die in der Nacht für Ordnung zu sorgen hatten, mieden in der Regel eine Konfrontation mit ihnen, denn die meisten dieser Radaubrüder stammten aus vornehmen Familien, mit denen man sich nicht anlegen wollte. Andere agierten unauffälliger und waren umso gefährlicher: Lichtscheues Raubgesindel, das aus seinen Schlupflöchern kam und sich auf die Suche nach einem Opfer machte, das so unklug war, allein durch einsame, finstere Gassen zu gehen.

An verschiedenen Stellen der sonst dunklen Stadt, soweit sie Pomponius von seinem Standpunkt beobachten konnte, waren Lichtfunken zu erkennen. Es handelte sich um Lokale, die auch des Nachts geöffnet hatten. Dort wurden Wein, Glücksspiel, manchmal auch Musik, auf jeden Fall aber wohlfeile Mädchen angeboten. Die Betreiber versuchten Kunden wie Motten anzulocken, indem sie helle Lichter, die bisweilen hinter rotem Glas leuchteten, vor der Tür ihres Etablissements angebracht hatten.

Eine langgestreckte Lichtinsel befand sich praktisch zu Füßen des Pomponius. Die gesamte Anlage des Circus Maximus war von solchen Lichtern gesäumt, die das Oval des Circus nachzeichneten und sich an dessen Südkurve konzentrierten. Rund um die Anlage war nämlich ein gewaltiges Vergnügungsviertel entstanden. Denn die Viertelmillion Besucher, welche der Circus fasste, wollten mit Speise und Trank bedient werden. Selbstverständlich waren diese Buden nicht nur während der Veranstaltungen geöffnet, sondern bildeten auch in den Nachtstunden ein beliebtes Ziel für Vergnügungssüchtige, die bis in die Morgenstunden zechten, sich dem verbotenen Glücksspiel hingaben oder auf der Suche nach willigen und billigen Frauen waren.

Dort also wollte sich Lucius Cäcilius zu der Zeit aufgehalten haben, als Bruttia, die Tochter des Titus Crispinus, angeblich ermordet wurde. Pomponius konnte sich schon vorstellen, dass seine Alibizeugen, die wahrscheinlich benebelt von einer durchzechten Nacht waren, vor Gericht nicht standgehalten hatten und man der unbedenklichen Aussage Scantillas geglaubt hatte.

Pomponius wurde plötzlich mit großer Deutlichkeit bewusst, wie sehr er hier in Rom auf einsamem und gefährlichem Posten stand. In Carnuntum hätten ihn seine Kameraden unterstützt, der getreue Ballbilus und die anderen Agenten seiner Einheit. Zur Not hätte er auch die Hilfe von Manius, Numerius und ihrer Freunde in Anspruch nehmen können. Das waren zwar üble Schurken, aber loyal und verlässlich, weil er sie gut bezahlte. Diese Männer neigten nicht zu einer besonderen Gesetzestreue, was in den Augen des Pomponius nur von Vorteil war, wenn sie ihm bei einem verdeckten Einsatz den Rücken freihielten. Aber hier? Alles, was er hier hatte, waren ein vierzehnjähriger Junge und der Sklave Demetrius, der ihn mit Informationen versorgte, aber sonst für Ermittlungsarbeiten wohl nicht zu brauchen war.

Pomponius fröstelte und atmete tief ein. Die Stadt veränderte in der Nacht nicht nur ihr Aussehen, sondern auch ihren Geruch. Der ständige Mief wurde nach und nach von einem leichten, kühlen Wind fortgeweht. Die frische Luft mutete Pomponius fast fremdartig an.

Hinter ihm regte sich Valeria. „Komm ins Bett, Pomponius", forderte sie mit schlaftrunkener Stimme, „und mach die Fensterläden zu. Es wird ja ganz kalt im Zimmer."

VII

Der Morgen war angenehm kühl. Das würde sich in den nächsten Wochen rasch ändern, wenn der Hochsommer die Stadt in einen hitzebrütenden, stinkenden Kessel verwandelte und alle, die es sich leisten konnten, auf ihr Sommerrefugium in den Albaner Bergen unweit der Stadt zogen.

Pomponius hatte schlecht geschlafen und war ganz gegen seine Gewohnheiten früh aufgestanden, um sich von Valeria zu verabschieden, die sich einigermaßen sorgenvoll auf den Besuch bei ihrem Vater vorbereitete.

Jetzt strebte er mit Corinthus an seiner Seite auf einer belebten Straße, die Vicus Tuscus genannt wurde, dem Forum Romanum zu. Rechter Hand verlief der Westabhang des Palatins, von dessen Anhöhe sie gekommen waren, auf der linken Seite lag jener Stadtteil, den man Velebrum nannte, und der sich, nachdem das sumpfige Gelände trockengelegt worden war, zu einem dicht bevölkerten Wohnviertel und Zentrum des Lebensmittelhandels entwickelt hatte. Die Straße selbst war eine florierende Einkaufsmeile und wurde von Läden gesäumt, wo Luxusgüter wie kostbare Stoffe, Schmuck, fremdländische Gewürze oder Parfums und Salben aller Art, aber auch Bücher feilgeboten wurden.

Zwischen der Ostflanke der Basilica Julia und dem Tempel von Castor und Pollux verengte sich die Straße und mündete direkt auf das Forum. Auf der gegenüberliegenden Seite des Platzes erstreckte sich die eindrucksvolle Fassade der Basilica Aemilia, wo zu jener Zeit die Quästionenprozesse, die Strafprozesse unter dem Vorsitz des Stadtpräfekten, stattfanden. Dort musste auch die Verurteilung des Lucius Cäcilius erfolgt sein, ehe man ihn zum Ort seiner öffentlichen Hinrichtung auf der Gemonischen Treppe bringen wollte.

Pomponius war in der vagen Hoffnung hergekommen, den damaligen Verteidiger des Jungen, Salvius Valens, zu treffen. Der eigentliche Grund für sein Herkommen war aber, dass es Pomponius an den Ort zog, wo vor Jahren seine erfolgversprechende Laufbahn als Anwalt begonnen hatte, ehe ihn das Schicksal, oder besser gesagt das Urteil des Imperators, an den Rand des Imperiums, in die Grenzstadt Carnuntum, verbannt hatte.

Er wandte sich nach links und ging die Vorderseite der Basilica Julia entlang. Auch dieser Bau diente hauptsächlich der Gerichtsbarkeit. Dort tagten jene Gerichtshöfe, die sich mit Zivilsachen beschäftigten, darunter auch das Centumviralgericht, das für Erbschaftssachen zuständig war. Sieben sehr breite Stufen führten zu den vorgelagerten Arkaden, unter deren Schutz sich kleine Geschäftslokale angesiedelt hatten, wo Geldwechsler und Händler von Schreibartikeln und Büchern ihrem Gewerbe nachgingen. Die Stufen selbst waren von zahlreichen Menschen bevölkert, die in Gruppen beieinanderstanden und diskutierten, oder die einfach auf den von der Sonne aufgewärmten Steinen saßen und das Treiben rund um sie beobachteten. Manche dieser Müßiggänger vertrieben sich auch die Zeit mit Brettspielen, deren Spielfelder man ohne jeden Respekt vor diesem erhabenen Ort in die Steinstufen geritzt hatte.

Aus dem Schatten der Arkaden löste sich ein kleiner dicker Mann, der in eine Toga gehüllt war, die schon bessere Tage gesehen hatte. Er gab sich den Anschein, als schlendere er bloß müßig durch die Menschenmenge, bewegte sich dabei aber zielstrebig auf Pomponius zu. „Du wirkst besorgt, mein Freund", wandte er sich leutselig an Pomponius, sobald er diesen erreicht hatte. „Ist es ein Prozess, der dir Kummer bereitet? Es ist ein Prozess, das sehe ich dir an. Von wo kommst du?"

„Aus Pannonien", antwortete Pomponius bereitwillig, obwohl er sich darüber im Klaren war, dass er einen Winkeladvokaten vor sich hatte, der auf der Suche nach unbedarften Parteien war, die er gründlich zur Kasse bitten konnte.

„Aus Pannonien! Dann wirst du dich in Rom wohl sehr fremd fühlen. Ist es ein Erbschaftsstreit, der dich an diese Stätte der Gerechtigkeit geführt hat?"

„Darauf könnte es demnächst hinauslaufen."

„Das dachte ich schon. Eine große Erbschaft?"

„Groß genug."

„Sehr gut." Der Dicke rieb sich unwillkürlich die Hände. „Dann wirst du einen guten Anwalt brauchen. Hast du schon einen Anwalt?"

„Noch nicht."

„Ja, es ist schwer, in diesen Tagen einen guten Anwalt zu finden. Alle Welt prozessiert und jeder braucht einen Anwalt. Aber heute ist dein Glückstag! Denn ich, Postumus Quadratus, einer der angesehensten Anwälte Roms, habe soeben einen Fall erfolgreich abgeschlossen und stehe für neue Aufgaben bereit. Für ein kleines, angemessenes Entgelt bin ich bereit, dich vor Gericht zu vertreten und zum Sieg über deine Widersacher zu führen. Wenn du mir in mein Haus folgen willst, so kannst du mich über die Einzelheiten deines Falls unterrichten und wir können gleich die finanzielle Seite regeln. Du verfügst doch über ausreichende Barmittel?"

Ehe Pomponius antworten konnte, wurden sie durch einen kleinen Tumult abgelenkt. Unter den Arkaden kam eine Gruppe von Menschen hervor, die sich in anerkennenden Rufen erging. Das Objekt ihrer Lobpreisungen war ein großgewachsener Mann mittleren Alters, der sie mit bescheidenen Gesten und mildem Lächeln abwehrte. Dabei schritt er so würdevoll die Treppen herunter, als ob er Cäsar persönlich wäre.

Sein Weg führte ihn direkt an Pomponius vorbei. Er streifte ihn mit den Blicken, blieb abrupt stehen und rief: „Pomponius? Spurius Pomponius? Bist du es wirklich? Was für eine Freude, dich zu sehen! Wie lange ist es her, dass wir uns zuletzt begegnet sind? Das muss Jahre her sein!"

„Auch ich freue mich, dich zu sehen, Marcus Caecilianus Placidus", antwortete Pomponius und meinte es durchaus ehrlich. Nicht weil er Placidus persönlich schätzte, sondern weil es ihm ein günstiger Zufall ermöglicht hatte, unauffällig mit dem Mann in Kontakt zu kommen, der im Zentrum der Intrige gegen Lucius Cäcilius und dessen Onkel stand.

Placidus wandte sich an seine Begleiter: „Verlasst mich jetzt, ihr guten Leute, damit ich mit meinem lieben Freund Pomponius Erinnerungen austauschen kann." Gehorsam zogen sich die so Angesprochenen zurück, nur Postumus Quadratus blieb stehen. „Dieser Mann war eben im Begriff, mich zu engagieren", erklärte er trotzig.

„Dich engagieren?", lachte Placidus. „Das ist der bekannte Anwalt Spurius Pomponius, der hauptsächlich in der Provinz arbeitet. Er ist schon mehrfach erfolgreich vor dem kaiserlichen Gericht aufgetreten. Pomponius braucht sicher keinen wie dich. Geh einfach weg, Quadratus."

„Du bist selber Anwalt?", fragte Quadratus erstaunt und sah Pomponius empört an. „Du solltest dich schämen, einem Kollegen die Zeit mit deinen Scherzen zu stehlen."

Placidus sah ihm nach. „Quadratus ist kein übler Bursche", bemerkte er zu Pomponius. „Er tut sein Möglichstes, aber die Götter mögen den armen Narren gnädig sein, die sich ihm anvertrauen. Da drinnen", er deutete mit dem Kopf nach dem Eingang der Basilica, „geht er regelmäßig unter. Dort wird mit Waffen gekämpft, denen er nichts entgegenzusetzen hat."

„Ich weiß", sagte Pomponius versonnen. „Dort im Comitium, wo die Richter sitzen und die Redner von der Tribüne sprechen, siehst du die Meineidigen, die Lügner und die Großmäuler. Dort tut sich ein ehrlicher Mann schwer."

„Nanu", antwortete Placidus amüsiert. „Du zitierst aus einer Komödie von Plautus, die vor Jahrhunderten geschrieben wurde? Es ist tatsächlich nicht zu übersehen, dass du eine gewisse Vorliebe für die Dichtkunst und das Theater entwickelt hast."

„Wie kommst du darauf, verehrter Placidus?"

„Ich habe von einem maskierten Schauspieler namens Barbatus gehört, der im Theater von Carnuntum auf so spektakuläre Weise agiert hat, dass es auf offener Bühne zu einer bewaffneten Auseinandersetzung gekommen ist."

„Und was hat das mit mir zu tun?"

„Dieser Schauspieler sollst du gewesen sein und du hast nur mit viel Glück überlebt."

„Wer sagt denn so etwas?"

„Ein Vögelchen hat es mir zugezwitschert."

Pomponius zögerte nicht, auf den Punkt zu kommen: „Heißt dieses Vögelchen vielleicht Scantilla?"

„Scantilla? Ja, der Name kommt mir bekannt vor." Placidus blickte lächelnd auf Pomponius herab. „Wenn du etwas mit mir besprechen willst, mein Pomponius, so stehe ich jederzeit zu deiner Verfügung. Hier ist aber nicht der richtige Ort dazu. Besuche mich doch in meinem Haus, sobald es deine Zeit erlaubt." Placidus grüßte mit einer huldvollen Handbewegung und schritt über das Forum davon, begleitet von seinen Bewunderern, die sich ihm sofort wieder angeschlossen hatten. Pomponius sah im verblüfft nach.

„Was war denn das?", fragte Corinthus.

„Eine unerwartete Entwicklung", entgegnete Pomponius. „Dieser Mann ist mein Gegner in dem Fall, den ich diskret bearbeiten wollte. Er ist jedoch bereits bestens über mich informiert und er weiß sicher, weshalb ich in Rom bin. Was mich aber am meisten überrascht, ist die Tatsache, dass er mir ein Gespräch, vielleicht sogar Verhandlungen angeboten hat. Das ist eigenartig, sehr eigenartig."

Pomponius stieg die Treppe empor und betrat die Basilica. Das Innere des Gebäudes war in fünf Hallen unterteilt. Die zentrale Halle reichte, von mächtigen Säulen getragen, drei Stockwerke empor und empfing ihr Licht von großen Fenstern, die in Höhe des dritten Stockwerkes angebracht waren. Im ersten Stock lief eine Empore um den Saal, die von zahlreichen Zuschauern bevölkert wurde. Im hinteren Teil des Saales befand sich eine Tribüne, auf welcher der Prätor als Verhandlungsleiter und die sogenannten Centumviri, denen die Urteilsfindung oblag, Platz genommen hatten. Viel mehr war vom Eingang der Basilica her nicht zu sehen, weil eine große Menge von Zuschauern den Blick verstellte. Lediglich die geschulte Stimme eines Anwaltes übertönte das Stimmengewirr.

Nachdem sie eine Weile zugehört hatten, flüsterte Corinthus: „Was sagt er?"

„Das hörst du doch."

„Ich höre es. Aber ich verstehe trotzdem nicht, was er will."

„Sie streiten um eine Erbschaft. Es scheint mir ein recht verzwickter Fall zu sein. Ein Mann, der seine Frau schwanger wähnte, hat sein ungeborenes Kind als Erben eingesetzt. Für den Fall, dass das Kind stirbt, sollte sein Bruder als Erbe nachfolgen. Dann ist der Mann gestorben und es hat sich herausgestellt, dass seine Frau gar nicht schwanger war. Der Bruder beansprucht nun das Erbe trotzdem für sich und argumentiert, es sei gleichgültig, ob das vom Erblasser erwartete Kind gestorben sei oder erst gar nicht gezeugt und geboren wurde. Denn der wahre Wille des Erblassers sei es gewesen, dass er, der Bruder, erben solle, wenn es kein Kind gäbe. Die Familie der Frau hingegen verweigert ihm die Herausgabe des Erbes und meint, die vom Erblasser im Testament präzise formulierte Bedingung, nämlich der Tod des Kindes, sei nicht erfüllt worden."

„Und wer wird gewinnen?"

„Das würde mich auch interessieren, aber es kann noch Stunden dauern, bis ein Urteil gefällt wird. So lange will ich nicht warten."

Sie verließen das Gerichtsgebäude und drängten sich über den Platz. Dabei lief ihnen auch Quadratus wieder über den Weg. Er wandte sich demonstrativ ab, als er Pomponius sah.

„Quadratus", sagte Pomponius.

„Was willst du? Wieder deinen Spott mit mir treiben?"

„Es tut mir leid. Darf ich dich um eine Auskunft bitten? Ich bin auf der Suche nach Salvius Valens."

„Er ist nicht bei Gericht. Er wird zu Hause sein."

„Verrätst du mir, wo das ist?"

Quadratus erwog sichtlich ‚nein' zu sagen, aber dann entschied er sich anders und gab Pomponius eine ausführliche Wegbeschreibung.

„Ich weiß wo das ist", erklärte Corinthus, der aufmerksam zugehört hatte.

„Ich danke dir", sagte Pomponius zu Quadratus. „Würde es dich beleidigen, wenn ich dich für deine Zeit und deine Freundlichkeit entlohne?"

„Nicht im Geringsten", erklärte Quadratus erfreut.

Pomponius zeigte sich großzügig und legte drei Silbermünzen in die bereitwillig aufgehaltene Hand.

Quadratus bedankte sich so überschwänglich, dass Pomponius meinte, einen Freund gewonnen zu haben und gleichzeitig dachte, dass die Geschäfte des armen Quadratus recht schlecht gehen mussten.

Corinthus fand mühelos die Adresse, die Quadratus beschrieben hatte. Salvius Valens wohnte unweit des Forums, in einem Haus, in dessen Erdgeschoß ein Gemüsehändler sein Geschäftslokal eingerichtet hatte.

Rom war das Zentrum der Welt, ein Ort, der alles bot, was man sich nur wünschen konnte, falls man das Geld hatte, dafür zu bezahlen. Dennoch ging Pomponius, der in Carnuntum ein geräumiges Haus mit Garten und zwei Sklaven besaß, durch den Kopf, dass es sich für Leute, die über keine Reichtümer verfügten, in der Provinz angenehmer leben ließ als hier, wo ein angesehener Jurist über einem Gemüseladen hauste und wahrscheinlich froh sein musste, eine günstige Unterkunft in der Nähe des Gerichtes gefunden zu haben.

Er stieg die außenliegende Holztreppe zu einer kleinen Plattform empor und klopfte. Von innen war ein Poltern zu hören, das so klang, als habe jemand etwas gegen die Tür geworfen.

Pomponius öffnete vorsichtig die Tür und blieb abwartend stehen. Die Wohnung des Valens bestand aus einem einzigen großen Raum. An der Rückwand standen ein Bett, eine Kleidertruhe und ein Waschtisch. Eine Nische war mit einem bunt gemusterten Vorhang verdeckt und beherbergte wahrscheinlich einen Kackstuhl. Die übrigen Wände waren mit Regalen verstellt, in denen Schriftrollen lagerten. Eine Kochstelle war nicht zu sehen. Valens saß an einem riesigen Schreibtisch, der ebenfalls mit Schriftstücken übersät war. Er hatte offenbar an etwas geschrieben, das ihm zu schaffen machte, denn über sein Gesicht zog sich eine Tintenspur, die schütteren Haare waren zerzaust und sein Blick wirkte wirr. Als er der Besucher ansichtig wurde, tastete seine Hand nach dem Tintenfass und Pomponius befürchtete schon, es könne nach ihm geworfen werden. „Ich bin Spurius Pomponius", sagte er eilig.

Die Hand mit dem Tintenfass hielt inne. „Pomponius? Hast du etwas mit dem großen Rechtsgelehrten Sextus Pomponius zu tun?"

„Das war mein Onkel. Auch ich bin Jurist."

Das Tintenfass wurde wieder hingestellt. „Ich glaube, ich erinnere mich an dich", sagte Valens nachdenklich. „Du hast die erhabene Faustina beleidigt. Wieso bist du nicht tot?"

„Ich wurde nur verbannt, bin aber inzwischen vom Kaiser begnadigt worden."

„Ja, unser geliebter Imperator ist bisweilen sehr nachsichtig. Was führt dich zu mir, Neffe des Sextus?"

„Ich möchte dich um einige Auskünfte zu einem Fall bitten, in dem du als Verteidiger eingeschritten bist. Es handelt sich um den Prozess gegen Lucius Cäcilius."

Das Gesicht des Valens verdüsterte sich. „Dieser Fall ist abgeschlossen. Was hast du damit zu schaffen?"

„Es geht das Gerücht, Marcus Caecilianus Placidus bereite jetzt gegen den Onkel des Jungen, Tiberius Cäcilius, eine Anklage vor. Vermutlich wird er Tiberius beschuldigen, dieser habe eine Vestalin zu einem Meineid angestiftet, um seinen Neffen vor der Hinrichtung zu bewahren. Tiberius hat mich um meine Unterstützung gebeten."

„Ich verstehe, dass er sich nicht wieder an mich gewandt hat", sagte Valens bekümmert, „denn ich konnte ja auch Lucius nicht vor einer Verurteilung bewahren, obwohl er höchstwahrscheinlich unschuldig war. Komm herein, Pomponius, und mach die Tür hinter dir zu. Der Junge, der hinter dir hervorschaut, soll unten warten. Ich mag keine Kinder in meinem Arbeitszimmer."

Pomponius folgte der Einladung und sah sich nach einer Sitzgelegenheit um. Einen Besucherstuhl hatte es zwar gegeben, aber dessen zerbrochene Reste lagen neben dem Abtritt. Pomponius hielt es durchaus für möglich, dass er einem Zornesausbruch des Hausherrn zum Opfer gefallen war. Er folgte einer müden Handbewegung des Valens und setzte sich auf die Kleidertruhe.

„Was willst du also von mir wissen?", fragte Valens und drehte seinen Stuhl so, dass er Pomponius gegenübersaß.

„Ich danke dir für deine Bereitschaft, mit mir zu sprechen", begann Pomponius. „Mich würde interessieren, wieso der junge Lucius Cäcilius überhaupt in Verdacht geraten ist."

„Nach der Ermordung des ersten Opfers, der Annia, Tochter des Marcus Bassianus, fehlte jeder Hinweis auf den Täter. Es ist ja nicht so selten, dass in Rom jemand umgebracht wird und man den oder die Täter nie entdeckt. Wäre das Mädchen eine unbedeutende Person, etwa eine Hure oder Sklavin gewesen, so wäre der Fall bald in Vergessenheit geraten. Aber Annia war die Tochter eines reichen Ritters, der als erfolgreicher Geschäftsmann über entsprechende Verbindungen verfügte. Er hat gehörig Druck gemacht, sodass behördliche Ermittlungen eingeleitet wurden."

„Von wem wurden diese Ermittlungen durchgeführt?"

„Der Praefectus Vigilum hat eine Kommission unter der Leitung eines gewissen Calpurnianus damit betraut."

„Ich nehme an, sie haben nichts herausgefunden?"

Valens wiegte den Kopf. „Da bin ich mir gar nicht so sicher. Es kann sein, dass sie tatsächlich erfolglos waren. Es kann aber auch sein, dass sie auf etwas gestoßen sind, das nicht bekannt werden sollte. Jedenfalls wurde ihnen der Fall plötzlich entzogen, als sie angeblich einer Spur nachgingen, die bis in den kaiserlichen Palast führte. Danach haben sich die Leute vom Caelius der Sache angenommen."

Pomponius atmete tief ein und versuchte seine Überraschung zu verbergen. Auf dem Caelius, einem Hügel südöstlich des Palatins, befand sich eine Militärkaserne, die man Castra Peregrini nannte und die den in Rom stationierten Frumentarii als Quartier diente. Wenn sich der militärische Geheimdienst einschaltete, mussten übergeordnete Interessen im Spiel sein, die über die Aufklärung eines gewöhnlichen Mordfalles, so abscheulich er auch sein mochte, weit hinausgingen.

„Was haben sie herausgefunden?", erkundigte sich Pomponius.

„Das weiß ich nicht, das weiß niemand. Die Frumentarii sind eine verschwiegene und sehr unangenehme Bande. Mit diesen Leuten legt man sich besser nicht an und man lenkt auch ihre Aufmerksamkeit nicht auf sich, indem man Fragen stellt, die besser nicht gestellt werden sollten. Das ist ein Rat, den ich auch dir geben möchte: Geh den Frumentarii aus dem Weg! Im Übrigen hat sich die Frage nach dem Täter insoweit von selbst erledigt, als ein zweiter Mord begangen und als Täter Lucius Cäcilius ausgeforscht wurde. Obwohl er bis zum Schluss geleugnet hat, ist man wegen der gleichartigen Tatbegehung davon ausgegangen, dass er auch Annia ermordet hat, und man hat ihn wegen beider Taten verurteilt."

„Wie ist man auf Lucius Cäcilius als Mörder des zweiten Opfers, der Bruttia, Tochter des Titus Crispinus, gekommen?"

„Nicht aufgrund offizieller Ermittlungen, sondern auf Grund einer Anklage, die unser Kollege Marcus Caecilianus Placidus erhoben hat. Er hat es zwar nie offengelegt, aber man geht davon aus, dass er von einer oder auch beiden Opferfamilien beauftragt wurde. Er hat eine untadelige und so glaubwürdige Zeugin aufgeboten, dass meine Alibizeugen gegen ihre Aussage keine Chance hatten. Der Name der Zeugin war Scantilla, eine Witwe, die in der Nähe des Tatortes wohnt. Ich habe natürlich versucht, Näheres über sie herauszufinden, aber da war kein dunkler Punkt in ihrer Vergangenheit, bei dem ich einhaken konnte. Meiner Meinung nach hat sie sich bei der Identifizierung des Lucius getäuscht, ich will aber auch nicht ausschließen, dass sie gelogen hat."

Pomponius erwog sehr sorgfältig, inwieweit er Valens ins Vertrauen ziehen sollte. Der Mann schien ihm integer und klug zu sein, und vielleicht konnte ihm sein juristischer Sachverstand noch nützlich werden. Also wagte er es und sagte mit ruhiger Stimme: „Es wundert mich nicht, dass du nichts Nachteiliges über Scantilla herausfinden konntest. Sie versteht es, sich zu tarnen. In Wahrheit ist sie eine Agentin der Frumentarii."

„Was sagst du da?", rief Valens mit größter Überraschung. „Scantilla arbeitet für die Frumentarii? Woher willst du das wissen?"

„Ich hatte schon früher mit ihr zu tun, weit weg von Rom."

Valens starrte ihn an. „Was treibt dich wirklich an, Pomponius? Wo kommst du her? Was verbindet dich mit Lucius Cäcilius?"

„Ich habe Lucius und seinen Onkel bisher nicht gekannt. Man hat mich von Carnuntum hergeschickt, damit ich mich ihrer Sache annehme."

„Du kommst aus Carnuntum, dem kaiserlichen Hauptquartier an der Donaufront, um den Fall des Lucius Cäcilius zu untersuchen?"

Man kann nicht sagen, dass Pomponius schwer von Begriff war. Nachträglich ärgerte er sich selber darüber, dass er seinem Kommandanten, Masculus Masculinius, wieder einmal so leicht auf den Leim gegangen war. Die Worte ‚kaiserliches Hauptquartier' hallten in seinem Kopf wider und plötzlich wurde ihm vieles klar. Wie hatte er nur so naiv sein können, zu glauben, Masculinius werde in Zeiten, in denen jeder Mann gebraucht wurde, einen seiner Spitzenagenten monatelang vom Dienst freistellen, nur um einem Bekannten einen Gefallen zu tun. Masculinius würde so etwas nie tun. Er sah seinen Kommandanten vor sich, wie er mit väterlicher Miene sagte, es werde ihm, Pomponius, überdies guttun, wenn er eine Reise in sein geliebtes Rom unternehme, um über Aliqua hinwegzukommen. Lächerlich! Diesem eiskalten Geheimdienstoffizier war der Liebeskummer eines seiner Leute völlig gleichgültig. Er würde ihn nur mit noch mehr Arbeit eindecken, damit er auf andere Gedanken käme. Masculinius hatte ihn in Wahrheit nach Rom geschickt, weil es ihm befohlen worden war, und es gab nur einen Mann, der Masculinius etwas befehlen konnte: Der Kaiser persönlich! Er war hier, weil der Kaiser Masculinius befohlen hatte, seinen besten Mann nach Rom zu schicken, um die beiden Morde zu untersuchen. Und Masculinius hatte getan, was er auch schon früher getan hatte: Er hatte Pomponius über den wahren Charakter seiner Mission im Unklaren gelassen und ihn einfach ins kalte Wasser geworfen.

„Was hast du?", fragte Valens besorgt. „Du bist plötzlich ganz blass geworden. Ist dir nicht wohl?"

„Nein, nein", antwortete Pomponius. „Mit mir ist alles in Ordnung. Mir ist nur eben ein sehr beunruhigender Gedanke gekommen. Verehrter Salvius Valens, ich bitte dich, auch in deinem eigenen Interesse über den Inhalt unseres Gespräches Stillschweigen zu bewahren."

„Da kannst du Gift darauf nehmen", antwortete Valens unverblümt. „Ich bin kein Narr und ich werde mich hüten, mich in eine Sache einzumischen, die weit mehr zu sein scheint als ein gewöhnlicher Kriminalfall. Das kann dich in Rom leicht Kopf und Kragen kosten. Aber es hat mich immer verdrossen, wie ich bei Gericht von diesem verschlagenen Placidus vorgeführt wurde. Wenn du also ganz im Vertrauen einen Rat oder eine Auskunft von mir brauchst, so stehe ich ganz zu deiner Verfügung."

„Ich danke dir, Valens", erwiderte Pomponius. „Mich bewegt ein Gedanke: Wenn dem Lucius Cäcilius die beiden Morde nur angehängt wurden, warum plant man dann jetzt, auch gegen seinen Onkel vorzugehen? Lucius wurde immerhin verurteilt und man hätte sich damit begnügen können."

„Da gibt es verschiedene Möglichkeiten", überlegte Valens. „Es wäre vorstellbar, dass jemand mit der Familie Cäcilius eine Rechnung offen hat oder an deren Vermögen kommen will. Placidus könnte man so etwas schon zutrauen, nur glaube ich nicht daran. Seine Waffe ist das sogenannte Recht und nicht der Dolch. Eine so komplizierte Intrige, an deren Beginn zwei Morde stehen, traue ich ihm nicht zu. Nein! Es wird wohl daran liegen, dass Lucius noch am Leben ist. Schon während seines Prozesses und auch nach seiner Verurteilung gab es genug Stimmen, die meinten, er sei unschuldig. Diese Stimmen sind zahlreicher geworden, nachdem er durch die Begegnung mit einer Vestalin dem Vollzug der Strafe entgangen war. Viele Leute glauben, die Göttin habe ihn gerettet, eben weil er unschuldig war. Wenn jetzt nachgewiesen würde, dass die Vestalin absichtlich seinen Weg gekreuzt und angestiftet vom Onkel des Jungen einen Meineid geschworen hatte, wäre der Fall endgültig vom Tisch und es könnten keine Zweifel mehr an der Schuld des Lucius bestehen. Er könnte unverzüglich hingerichtet werden und auch sein Onkel, der bisher seine Hand schützend über ihn gehalten hat, würde mit dem Scharfrichter Bekanntschaft machen."

„Ich glaube, das könnte es sein", stimmte Pomponius zu. „Es ist das alte Muster. Viele Verbrecher könnten mit ihrer Tat durchkommen, wenn sie sich nach der Tat nur still verhielten. Aber sobald sie versuchen, ein Übriges zu tun, Spuren zu verwischen oder falsche Spuren zu legen, lenken sie erst die Aufmerksamkeit auf sich und wecken schlafende Hunde."

„Und dieser schlafende Hund, der geweckt wurde, bist du? Verzeih, ich will dich damit nicht beleidigen und als Hund bezeichnen, das ist nur eine Redensart."

„Du hast schon recht", lächelte Pomponius. „Ehe ich gehe, bitte ich dich noch um die Namen der Alibizeugen, denen nicht geglaubt wurde. Wenn möglich auch, wo ich sie finden kann."

Valens kramte einen Fetzen Pergament aus dem Chaos auf seinem Schreibtisch hervor und schrieb die gewünschten Informationen auf.

„Ich danke dir“, sagte Pomponius und pustete über das Schriftstück, um die Tinte zu trocknen. Wir werden uns gewiss wiedersehen. Bis dahin leb wohl, Salvius Valens.“

Corinthus hatte Pomponius auf der Stiege sitzend erwartet. „Hast du etwas Nützliches erfahren, Herr?“, fragte er neugierig.

„Zumindest habe ich einige neue Erkenntnisse gewonnen. Du begibst dich jetzt in den Palast zurück, Corinthus. Ich habe vor, am Nachmittag eine alte Bekannte zu besuchen und das möchte ich allein tun.“

Corinthus war enttäuscht. „Ich hätte dich aber gerne weiter bei der Arbeit beobachtet.“

„Dazu wirst du noch genügend Gelegenheit haben, aber nicht bei diesem Besuch. Dabei kann ich dich nicht brauchen.“

Corinthus sah Pomponius sorgenvoll von der Seite an und fragte überraschend: „Was soll ich tun, wenn du nicht zurückkommst, Herr? Wen soll ich informieren? Wen willst du aufsuchen?“

Pomponius war gerührt. „Mach dir keine Sorgen, mein Junge. Mir passiert schon nichts.“

Ganz sicher war er sich dessen aber selber nicht und das war auch der Grund, warum er Corinthus aus der Gefahrenzone haben wollte.

VIII

Pomponius saß gemeinsam mit zwei Fuhrleuten auf einem Brett, das man über zwei umgedrehte Wasserzuber gelegt hatte und verzehrte ein Brötchen, das mit einer undefinierbaren Masse überbacken war, aber recht gut schmeckte. Hinter ihm befand sich die Bäckerei, die Scantilla am fraglichen Morgen aufgesucht hatte. Sowohl der Tatort am Fuß des Scherbenberges als auch Scantillas Haus, ein Stück die Straße aufwärts, lagen in seinem Blickfeld. Wenn man hier bei dem zweiten Mord den Tatort manipuliert und nur vorgetäuscht hatte, so war das mit Umsicht geschehen, um Scantillas Aussage unanfechtbar zu machen.

Pomponius rechnete damit, dass eine Konfrontation mit Scantilla früher oder später unumgänglich war, und er hatte beschlossen, dem Zufall zuvorzukommen und sie einfach aufzusuchen. Er ging nicht davon aus, dass er sich dabei in unmittelbare Gefahr begab, aber bei Scantilla konnte man nie sicher sein. Diese hübsche, charmante Person war nämlich unberechenbar und sie hatte, wie Pomponius schon am eigenen Leib erfahren musste, einen ausgeprägten Hang zur Gewalttätigkeit, sobald man ihre Pläne störte. Er hatte ihr Haus jetzt schon geraume Zeit beobachtet und keine Aktivitäten bemerkt. Niemand war gekommen oder gegangen.

Pomponius gab sich einen Ruck, wischte sich die Hände an seiner Tunika sauber, erhob sich und schlenderte die Straße hinauf. Vor Scantillas Haus blieb er stehen und hob die Hand, um an der Tür zu klopfen. Noch ehe er das Holz berührte, bewegte sich die Tür leicht und geräuschlos und öffnete sich zu einem kleinen Spalt. Pomponius war verblüfft, denn im Allgemeinen hielten die Bewohner Roms ihre Türen gut verschlossen. Er blieb einen Augenblick abwartend stehen und drückte, als sonst nichts geschah, vorsichtig gegen die Tür. Sie öffnete sich zur Gänze und gab den Blick in den Vorraum frei. Niemand war zu sehen, niemand verlangte zu wissen, wer gekommen sei. Pomponius trat vorsichtig ein. Hinter ihm fiel die Tür wieder zu. Pomponius konnte keinen Mechanismus erkennen, der das bewirkt haben könnte. „Wahrscheinlich ein

Windstoß", dachte er und sah sich um. Es war nichts Außergewöhnliches zu sehen. Der Vorraum sah so aus, wie man es im Haus einer bescheidenen Witwe erwarten konnte: grundsolide und schlicht. Dann waren aus einem hinteren Raum plötzlich Frauenstimmen und leises Gelächter zu hören. Pomponius lauschte angestrengt, konnte aber nicht verstehen, was gesprochen wurde. Er sah sich noch einmal sorgfältig um und diesmal fiel ihm etwas auf. An der Wand hingen zwei Theatermasken. Es handelte sich um keine Dekorationsmasken aus Gips, wie man sie oft als Wandschmuck verwendete, sondern das waren echte Theatermasken. Scantilla hatte sich offenbar ein paar Andenken an ihre Rolle als Schauspielerin Penelope im Amphitheater von Carnuntum, wo sie gemeinsam aufgetreten waren, behalten.

Einem spontanen Impuls folgend nahm Pomponius eine der Masken und stülpte sie sich über den Kopf. Dann ging er durch den kurzen Gang, der zu den hinteren Wohnräumen führte, und blieb vor einem Vorhang stehen. Die Frauenstimmen waren lauter geworden, er konnte aber noch immer nicht verstehen, was sie sagten. Mit einer entschlossenen Bewegung schlug er den Vorhang zurück und trat ein.

Scantilla saß auf einem Stuhl und ließ sich von einem jungen Mädchen die Haare machen. Wenn jemand nur wusste, was sie schon alles angestellt hatte und sie nicht persönlich kannte, hätte er sie sich als ein dämonisches Weib vorgestellt. Davon konnte keine Rede sein. Sie sah einfach nur bezaubernd aus.

Scantilla hob den Kopf, ohne besonders erschrocken zu sein, betrachtete den maskierten Eindringling und fragte nur gelassen: „Wer bist du?"

„Erkennst du mich nicht, Penelope?", sprach Pomponius mit dramatischer Stimme. „Erkennst du nicht deinen treuen Verehrer Barbatus? Ich bin dir über Berge und Flüsse, durch Sümpfe und Wälder bis nach Rom gefolgt, denn du sollst meiner Liebe nicht entkommen."

Scantilla brach in schallendes Gelächter aus und rief: „Bist du das, Pomponius, du verrückter Mensch? Nimm die Maske ab, damit ich dein Gesicht sehen kann!"

Pomponius wollte dieser Aufforderung nachkommen, blieb aber plötzlich stocksteif stehen, weil er im Rücken einen leicht stechenden Schmerz spürte.

Scantilla machte eine abwehrende Handbewegung und sagte: „Es ist schon gut, Paulus. Dieser Mann ist nur ein alter Freund, der eine Vorliebe für theatralische Auftritte hat."

Der Druck in seinem Rücken verschwand. Pomponius sah vorsichtig über die Schulter. Hinter ihm stand ein schwarzbärtiger Hüne, der widerwillig ein langes Messer sinken ließ. Pomponius nahm die Maske ab, wischte sich den Schweiß vom Gesicht und fragte: „Seit wann sind wir alte Freunde, Scantilla?"

„Spätestens seit du wider besseres Wissen mein Leben verschont hast, Pomponius." Sie wandte sich an Paulus und das Mädchen: „Lasst uns allein!"

Die beiden verließen schweigend den Raum.

Als sie allein waren erklärte Pomponius: „Nur der Ordnung halber, Scantilla: Das Todesurteil gegen dich wurde nie aufgehoben. Ich habe dir für deine Flucht nur drei Tage Vorsprung gewährt, ehe ich meine Häscher auf deine Spur gesetzt habe."

„Ach komm schon, Pomponius", antwortete Scantilla lachend. „Das ist nie geschehen. Du hast zwar damit gedroht, aber kein Mensch hat mich wirklich verfolgt. Du hättest mich zwar kurzerhand umbringen lassen können, als ich im Kerker saß, aber ein ordentliches Todesurteil hat es auch nie gegeben. Ja, du warst sogar so freundlich, meiner Dienststelle mitzuteilen, dass ich nie in Carnuntum angekommen bin. Gut, das hast du wahrscheinlich nur deswegen getan, weil du selbst genug zu verbergen hattest, aber es hat immerhin dazu geführt, dass ich eine glaubhafte Geschichte erzählen und problemlos meinen Dienst bei den Frumentarii in Rom wieder aufnehmen konnte."

Pomponius seufzte. „Manchmal muss man Kompromisse eingehen. Du weißt, weshalb ich hier bin?"

„Ich weiß, dass du mit einem Brief an Tiberius Cäcilius im Gepäck nach Rom gekommen bist und ich kann mir denken, weshalb du hier bist."

„Woher weißt du von dem Brief?"

„Sei nicht so neugierig. Als ich erfahren habe, dass du nach Rom kommst, habe ich vorsichtshalber Erkundigungen eingeholt. Das muss dir genügen. Du hättest an meiner Stelle sicher das Gleiche getan."

„Nun gut. Dann will ich gleich zur Sache kommen. Weshalb hast du durch eine falsche Zeugenaussage dafür gesorgt, dass Lucius Cäcilius wegen Doppelmordes verurteilt wurde?"

Scantilla betrachtete ihn nachdenklich. „Sei vorsichtig, Pomponius, damit du nicht in die Falle deiner eigenen Voreingenommenheit gerätst. Du gehst ganz selbstverständlich davon aus, dass Lucius Cäcilius unschuldig ist. Hast du dich auch nur einen Augenblick, einen ganz kleinen Augenblick, gefragt, ob er nicht doch schuldig sein könnte?"

„Ja, das habe ich und ich halte ihn für unschuldig. Weshalb sind die Frumentarii bemüht, ihm diese Taten anzuhängen? Was geht hier vor, Scantilla?"

„Das frage ich dich, Pomponius. Was geht hier vor? Weshalb kommt plötzlich ein Mann wie du aus dem kaiserlichen Hauptquartier und mischt sich in unsere Angelegenheiten?"

„Du solltest die Antwort kennen."

„Weil man es dir befohlen hat? Anders kann es gar nicht sein und das beantwortet auch deine eigene Frage. Ich folge ebenfalls Befehlen. Oder hast du etwa gedacht, ich könnte mir hier in Rom besondere Eigenmächtigkeiten erlauben? Das würden meine Vorgesetzten nie zulassen. Also gebe ich dir einen guten Rat, mein Pomponius, damit dir nichts zustößt. Es täte mir nämlich aufrichtig leid um dich. Ermittle emsig und finde am Ende nichts heraus. Das kannst du ja vortrefflich, wenn du etwas vertuschen willst. Am besten wäre natürlich, du kämest zu dem Ergebnis, dass Lucius tatsächlich schuldig ist. Können wir uns auf dieser Ebene einigen? Wenn du willst, verschaffen wir dir noch ein paar zusätzliche Beweise gegen Lucius, damit du gut dastehst. Was meinst du?"

„Kennst du mich so wenig, Scantilla? Das würde ich nie tun! Auch ich will dir einen guten Rat geben, weil wir ja jetzt Freunde sind, wie du meinst. Du und deine Leute, seid sehr vorsichtig bei dem, was ihr tut. Ich bin nämlich hier, weil es der Kaiser so will. Sollte ich plötzlich verschwinden oder sollte mir etwas zustoßen, so wird das nicht sang- und klanglos abgehen. Es wird eine Untersuchung geben und wer immer sie führt, er wird über die entsprechenden

Machtmittel verfügen und bemüht sein, das Wohlwollen des Kaisers zu erringen. Vielleich findet man die Hintermänner ja trotzdem nicht. Aber einen Namen wird man kennen: Nämlich den deinen, dafür werde ich sorgen. Eine Täterin ist allemal besser als gar kein Täter. Du würdest das Opfer sein, das den Zorn des Kaisers besänftigt, und diesmal wird dich niemand mehr laufen lassen, das ist dir ja wohl klar."

„Verdammt", murmelte Scantilla.

„Wir wollen uns doch nicht gegenseitig bedrohen, meine Liebe", sagte Pomponius versöhnlich. „Vielleicht können wir eine Lösung finden, mit der am Ende alle zufrieden sind. Der Kaiser, deine Leute, von denen ich doch hoffen will, dass sie gleichfalls die Interessen unseres verehrten Imperators im Auge haben, und natürlich Tiberius und Lucius Cäcilius."

„Ich weiß, dass du ein Meister im Finden solcher Lösungen bist, mein Pomponius. Es ist mir nämlich gelungen, eine Abschrift jenes Berichtes in die Hände zu bekommen, den du über unser gemeinsames Abenteuer in Carnuntum verfasst hast."

„Wie, bei den Titten der Sphinx, bist du an diesen Bericht gekommen? Er war absolut vertraulich!"

„Das verrate ich dir nicht."

„Das musst du auch nicht", sagte Pomponius ärgerlich. „Ich bin von Carnuntum abgereist, kurz nachdem ich ihn verfasst hatte. Die Abschrift des Berichtes muss gemeinsam mit mir gereist sein. Du hast im Gefolge Faustinas einen Informanten, der ihn mitgebracht und mich überdies ausspioniert hat. Von ihm hast du auch gewusst, dass ich einen Brief für Tiberius Cäcilius im Gepäck habe."

„So ähnlich könnte es gewesen sein. Du warst auf der Reise ein wenig unvorsichtig und durch eine gewisse Valeria sehr abgelenkt. Deshalb hast du nichts gemerkt. Um aber auf diesen Bericht zurückzukommen: Ich habe nie zuvor ein so absolut überzeugendes Gemisch von Halbwahrheiten, Vermutungen und auch einigen Lügen gesehen. Wirklich bewundernswert!"

„Ich bin nicht stolz darauf, Scantilla, aber es freut mich, dass du von meinen diesbezüglichen Fähigkeiten überzeugt bist. Wenn du mich über die wahren

Hintergründe des Falles unterrichtest, könnten wir einen gemeinsamen Plan ausarbeiten, um die Sache auf eine für alle Beteiligten akzeptable Weise zu bereinigen."

„Die wahren Hintergründe, wie du sie nennst, kenne ich nicht", sagte Scantilla und wirkte zum ersten Mal verlegen. „Mein Vorgesetzter hat sie mir nicht mitgeteilt. Ich befolge nur Befehle und einer meiner Befehle lautet, dich im Auge zu behalten und daran zu hindern, allzu tief zu graben, notfalls mit allen Mitteln."

„Notfalls mit allen Mitteln, klingt übel", meinte Pomponius. „Wenn du wirklich eine Kooperation mit mir in Betracht ziehst, könntest du nicht mit deinem Vorgesetzten darüber reden? Wir dienen doch alle in der gleichen Organisation, wenngleich in verschiedenen Einheiten!"

„Ich weiß nicht", antwortete Scantilla zögernd. „Wie soll ich dir das erklären? Lass es mich so sagen: Im Vergleich zu meinem Vorgesetzten ist dein Masculinius ein ausgesprochen gutmütiger Mensch."

„Steht mir bei, ihr gütigen Götter", stöhnte Pomponius. „Masculinius ein gutmütiger Mensch? Das klingt jetzt doppelt übel!" Er schwieg eine Weile nachdenklich. Dann sagte er: „Lass es sein, Scantilla, und lehne dich nicht zu weit aus dem Fenster. Wenn dich dein Vorgesetzter nach dem Inhalt unseres Gespräches fragt, gib ihm eine ausweichende Antwort. Ich fürchte, wenn man dich des Einverständnisses mit mir verdächtigt, bist auch du deines Lebens nicht mehr sicher. Was mich betrifft, so werde ich versuchen, dir aus dem Weg zu gehen und dir keinen Schaden zuzufügen."

„Es tut mir leid, Pomponius, aber ich kann dir das gleiche Versprechen nicht geben."

„Ich weiß", antwortete Pomponius. „Leb wohl Scantilla, und pass gut auf dich auf."

Auf dem Weg in sein Quartier war Pomponius tief in Überlegungen versunken, was dazu führte, dass er sich in der ausgedehnten Palastanlage verlief und schließlich in einen abgelegenen Teil der Gartenanlagen gelangte, wo ihn ungewohnte Geräusche aus den Gedanken rissen. Es war vor allem das jämmerliche Heulen und Klagen eines Hundes, das so gar nicht hierher passte.

Pomponius ging den Geräuschen nach und sah eine erschreckende Szene vor sich, die ihn dazu veranlasste, sich hinter einem Gebüsch zu verbergen.

An einen Baumstamm war ein kleiner Hund gebunden. Er wies deutliche Verletzungen auf. Ein Bein war unnatürlich verdreht und offenbar gebrochen. Aus der Schnauze rann Blut. Er heulte und winselte erbärmlich. Es klang fast so, als bettle er um Gnade. Vor ihm stand Commodus und schlug unerbittlich mit einem Stock auf ihn ein.

„Recht so, mein Prinz", rief der Mann, der neben Commodus stand. „Du darfst keine Gnade zeigen. Wenn du einmal herrscht, musst du dein Herz vor so sentimentalen Anwandlungen wie Mitleid oder Nachsicht verschließen. Du musst lernen, ohne Furcht und Reue zu töten. Stell dir vor, du hast einen Feind Roms oder einen Feind deiner Herrschaft vor dir. Strafe ihn und dann mach ein Ende mit ihm!"

Pomponius sah, dass Tränen über das Gesicht des Knaben rannen. Dann schloss Commodus die Augen und hieb noch einmal mit aller Kraft zu. Man hörte den Schädel des Hundes brechen und es wurde still.

„Das hast du gut gemacht, Erhabener", lobte der Mann. „So sollst du deine mutmaßlichen Feinde behandeln, ohne zaghafte Fragen zu stellen, ob sie wirklich schuldig sind oder nicht. Es wäre ja immerhin möglich gewesen, dass dieser Köter im Sinn hatte, dich zu beißen. Also hast du nur getan, was nötig war. Verstehst du das?"

„Ja, Priscinius", antwortete Commodus mit unsicherer Stimme.

Ein gesunder Instinkt riet Pomponius, sich ungesehen zurückzuziehen. Ganz geräuschlos ging das aber nicht ab und Priscinius rief mit befehlsgewohnter Stimme: „Wer ist da? Tritt sofort vor unser Angesicht, im Namen des erhabenen Commodus!"

Pomponius dachte nicht daran, diesem Befehl Folge zu leisten. Seine Abenteuer im Barbaricum hatten ihn gelehrt, sich geschickt im bewachsenen Gelände zu bewegen. Rasch und ungesehen verschwand er zwischen den Büschen und erreichte nach einigen weiteren Irrwegen sein Quartier, wo ihn bereits Demetrius erwartete.

„Ich freue mich, dich wohlbehalten wiederzusehen, Herr", begrüßte er Pomponius. „Der Knabe Corinthus schien in Sorge zu sein, dass du etwas Gefährliches vorhast."

„Corinthus ist ein aufgewecktes Bürschchen, aber er hat eine lebhafte Fantasie", antwortete Pomponius ausweichend. „Denkst du, dass die Badeanlage geöffnet ist?"

„Sie ist Tag und Nacht in Betrieb, ausgenommen die letzten Nachtstunden, wenn sie gereinigt wird."

„Es hat entschieden seine Vorteile, im kaiserlichen Palast zu wohnen", freute sich Pomponius. „Dann lass uns hingehen, denn ich habe einen schweißtreibenden Tag hinter mir."

Pomponius nahm ein ausgiebiges Bad und ließ sich von Demetrius massieren und salben. Als er rasiert wurde, fragte er so nebenbei: „Sagt dir der Name Priscinius etwas, Demetrius?"

„Priscinius? Meinst du einen der Lehrer des erhabenen Commodus?"

„Der könnte es sein."

„Er unterrichtet den Sohn des Kaisers in den Fächern Kriegskunst und Außenpolitik, zwei Wissenschaften, die untrennbar miteinander verbunden sind."

„Was weißt du über ihn?"

Demetrius beugte sich vor und flüsterte vertraulich: „Das ist ein unangenehmer Mensch, Herr, vor dem man sich in Acht nehmen soll. Er hat großen Einfluss auf Commodus, manche meinen, nicht den allerbesten. Er genießt allerdings die Gunst und das Vertrauen des Kaisers, dem er als Truppenführer hervorragende Dienste geleistet hat. Insoweit ist er nahezu unantastbar. Sein Verhältnis zur erhabenen Faustina ist aber nicht so gut. Sie verabscheut ihn und betrachtet ihn mit Misstrauen. Am liebsten würde sie ihn aus der Umgebung ihres Sohnes entfernen, aber sie hat bisher aus Rücksicht auf ihren Gemahl gezögert, gegen ihn vorzugehen."

„Du bist wahrhaftig eine Quelle wertvollen Wissens, mein Demetrius", flüsterte Pomponius zurück.

Demetrius lächelte zufrieden und geschmeichelt.

Wieder in seiner Unterkunft wartete Pomponius auf Valeria. Bei Einbruch der Dunkelheit war sie noch immer nicht da und Pomponius dachte enttäuscht, dass sie wohl nicht mehr kommen werde. Etwa zu Beginn der zweiten Nachtstunde huschte sie dann doch ins Zimmer. „Schläft du schon, Pomponius?", fragte sie leise, während sie die Kleider abstreifte.

Pomponius, der keinen Schlaf gefunden hatte, stellte sich schlaftrunken und murmelte: „Bist du das, Valeria?"

„Wen hast du denn sonst erwartet? Etwa ein loses Frauenzimmer, das dir einen Besuch abstattet, sobald ich nicht da bin?" Valeria schlüpfte zu ihm unter die Decke. „Puh, das war heute wieder ein Tag! Bin ich froh, dass er vorüber ist!"

„Wie ist es dir bei deinem Vater ergangen?"

„Wie erwartet. Er hat mir endlose Vorhalte wegen meines sittenlosen Lebenswandels gehalten. Findest du mich auch sittenlos, mein Schatz?"

„Manchmal schon und ich liebe es."

„Findest du auch, dass ich mich schämen sollte?"

„Nicht wenn du deine Sittenlosigkeit ausschließlich mit mir teilst, sonst schon."

„Das schaut dir ähnlich. Weiters hat mir mein Vater drei, nein vier Männer genannt, die als Heiratskandidaten für mich in Frage kommen."

„Ist einer dabei, der dich interessiert?"

„Ich überlege noch." Valeria schlang die Arme um ihn und begann ihn zu küssen. „Du riechst aber gut", hauchte sie ihm ins Ohr. „Wollen wir ein wenig sittenlos sein, oder bist du dazu schon zu müde?"

Pomponius war zwar müde, aber den Verführungskünsten Valerias konnte er nicht widerstehen. Sie gab sich solche Mühe, ihm gefällig zu sein, dass sich Pomponius für den glücklichsten Mann auf der Welt hielt, bis zu jenem Augenblick, als sie erschöpft beieinanderlagen und Valeria sagte: „Da ist noch etwas, Pomponius, das ich dir sagen muss, aber du musst mir versprechen, dich nicht aufzuregen."

Pomponius setzte sich halb auf und fragte erschrocken, weil ihm das als das Nächstliegende einfiel: „Bist du schwanger?"

„Sei nicht albern. Ich bin nicht schwanger. Darauf achte ich, wenn du es schon nicht tust. Mein Vater möchte mit dir sprechen. Du sollst morgen um die dritte Stunde zu ihm kommen."

Vom Vater der Geliebten zu einem Gespräch eingeladen zu werden, ist für jeden Mann eine heikle Sache. „Was will er von mir?", fragte Pomponius beunruhigt.

„Das hat er mir nicht verraten."

„Ich habe viel zu tun und das kommt jetzt sehr kurzfristig. Ich weiß nicht ..."

Valeria legte ihm den Finger auf den Mund. „Du kannst nicht absagen. Das weißt du doch, oder? Du musst hingehen, schon meinetwegen. Bitte, Pomponius. Mein Vater wird dich schon nicht auffressen!"

„Das wollen wir hoffen", gab Pomponius sorgenvoll nach.

IX

Pomponius war eingeschüchtert. Diese Wirkung hatte der alte Senator schon immer auf ihn gehabt. Quintus Cäcilius Avitus war hochgewachsen, hager und buschig. Er schien sich das Wort Ovids zu Herzen genommen haben: *„Hässlich ein Strauch ohne Laub oder ein Kopf ohne Haare."* Die eisgrauen Haare umhüllten das Haupt des Senators in struppiger Pracht und den unteren Teil seines Gesichtes zierte ein nur mühsam gebändigter Philosophenbart. Am buschigsten aber waren seine Augenbrauen, unter denen blaue Augen streng auf Pomponius blickten. „Es freut mich, dass du Zeit gefunden hast, mich aufzusuchen, Pomponius", sagte er. Es klang nicht so, als ob er wirklich erfreut sei, sondern als ob er es für selbstverständlich hielt, dass man seinen Befehlen folgte.

„Es ist mir eine Ehre, edler Avitus", antwortete Pomponius höflich und rutschte unbehaglich auf dem unbequemen Stuhl, den ihm sein Gastgeber zugewiesen hatte, hin und her.

„Wie ich höre, pflegst du vertrauten Umgang mit meiner Tochter Valeria." Avitus schien entschlossen zu sein, gleich auf den Punkt zu kommen.

„Wir sind miteinander befreundet, edler Avitus."

„Du bist nicht der richtige Umgang für meine Tochter und was du als befreundet bezeichnest, wurde mir als sittenloses Verhältnis beschrieben, das dem Ruf meiner Tochter nur schadet. Ich will, dass das aufhört. Es ist nämlich mein Wunsch, dass sich Valeria demnächst standesgemäß vermählt." Avitus hatte wahrhaftig nicht die Absicht, sich in Diplomatie zu üben, und es war offensichtlich, dass er Pomponius nicht zu den standesgemäßen Heirats-kandidaten zählte.

Pomponius sah sich veranlasst, dem zu widersprechen, obwohl er sich eigentlich nicht als standesgemäßer Bewerber um die Hand Valerias anpreisen wollte. „Deine Worte betrüben mich, edler Avitus", protestierte er, „denn du tust mir unrecht. Immerhin stamme ich aus einer angesehenen Familie. Ich bin ein erfolgreicher Anwalt und ich genieße das Wohlwollen der kaiserlichen Familie."

Avitus kniff die Augen zusammen, wodurch sein Blick noch bedrohlicher wurde. „Unsinn! Du bist weder senatorischen noch ritterlichen Standes und du verfügst über kein Vermögen, das es wert wäre, als solches bezeichnet zu werden. Als Jurist hast du keine nennenswerten Veröffentlichungen aufzuweisen. Deine Anwaltskarriere beschränkt sich auf ein paar Erfolge, die du in der Provinz erzielt haben magst. Ich habe mich eingehend über dich erkundigt, Pomponius. Du fristetest in Carnuntum deinen Lebensunterhalt hauptsächlich als Händler mittelmäßigen Schmuckes."

„Das ist nicht meine einzige Einkommensquelle", wandte der in die Defensive gedrängte Pomponius ein.

„Auch darüber bin ich informiert. Du arbeitest für eine militärische Einheit, die ich nur als suspekt bezeichnen kann. Anstatt den Ruhm auf dem Schlachtfeld zu suchen, schleichst du durch finstere Hinterhöfe und Gassen und bist ständig in mörderische Intrigen verwickelt."

„Ich diene dem Kaiser und dem Reich auf meine Weise!"

„Ah, pah!", rief Avitus verächtlich. „Deine Loyalität dem Kaiserhaus gegenüber kennen wir. Hast du nicht die erhabene Faustina gröblich beleidigt? Bist du deswegen nicht mit Schimpf und Schande davongejagt und in die finsterste Provinz verbannt worden?"

„Ich wurde begnadigt und die göttliche Faustina hat mir verziehen!"

„Ja, unser geliebter Imperator und seine Gemahlin zeigen sich bisweilen selbst gegenüber solchen Missetätern, wie du einer bist, erstaunlich milde. Dennoch bleibt der Makel der Majestätsbeleidigung an dir haften. Nun Pomponius, nachdem ich dir deine Unwürdigkeit und die Unzulänglichkeit deiner Existenz vor Augen geführt habe, welche Absichten hegst du in Bezug auf meine Tochter?"

„Ich liebe sie und sie liebt mich", sagte Pomponius und biss sich auf die Lippen, kaum dass er es gesagt hatte.

Die Augenbrauen wanderten hoch, als ob sie sich mit der Mähne ihres Besitzers vereinen wollten. „Liebe? Bist du von Sinnen, Pomponius? Ist meine Tochter eine Magd, bei der es niemanden schert, ob sie ihren dumpfen Trieben, die sie für Liebe hält, nachgibt und sich einem Tunichtgut hingibt? In unseren

Kreisen zählt nur die Liebe zur Familie, deren Wohl mit einer angemessenen Eheschließung zu fördern ist."

Pomponius schwieg und Avitus sah mit grimmiger Befriedigung auf seinen Gesprächspartner, den er gründlich niedergemacht hatte. Dennoch gab er sich noch nicht zufrieden und setzte nach: „Da wir schon von Liebe sprechen: Ist es nicht so, dass du auch in Carnuntum eine Geliebte hast? Eine gewisse Aliqua, von der man sagt, sie sei eine Prostituierte gewesen? Willst du es etwa leugnen? Schande über dich Pomponius! Bist du etwa ein Zuhälter geworden? Tief bist du gesunken und du wagst es, den Blick zu meiner Tochter zu erheben?"

Pomponius sah sich veranlasst zur Verteidigung Aliquas zu schreiten. Empört entgegnete er: „Wer immer dich über mich unterrichtet haben mag, er hat dich falsch unterrichtet. Aliqua ist ebenso wie ich Offizier der verdienstvollen Frumentarii, die du als suspekt bezeichnest, und wir sind kein Liebespaar!" Er hielt es für entbehrlich zu erwähnen, dass sie bis vor kurzer Zeit ein Liebespaar gewesen waren und dass er Aliquas Bekanntschaft tatsächlich in einem Bordell gemacht hatte.

„Offizier der Frumentarii!", rief Avitus und hob beide Hände zum Himmel. „O ihr gütigen Götter! Ist es schon so weit gekommen, dass man Weiber Offizier nennt? Da ist es kein Wunder, dass der Adler Roms zu sinken beginnt. Dennoch wird an dem, was man mir berichtet hat, schon etwas Wahres sein. Denn wo Rauch ist, da ist auch Feuer."

„Hast du noch etwas an mir auszusetzen?", fragte Pomponius, der begann ärgerlich zu werden, und dachte, noch schlimmer könne es ohnehin nicht kommen.

„In der Tat! Man hat mir berichtet, dass du schon am Tag nach deiner Ankunft meinem Kollegen Tiberius Cäcilius einen Besuch abgestattet hast. Tiberius Cäcilius! Entweder weißt du nicht, was du tust, oder dir fehlt jedes Gefühl für Anstand. Weißt du nicht, dass der Neffe des Mannes ein verurteilter Mörder ist und sich auch um Tiberius die Schlinge der Gerechtigkeit zusammenzieht? Jeder Kontakt mit diesem dem Untergang geweihten Menschen bringt Gefahr und Schande mit sich. Willst du meiner armen, fehlgeleiteten Tochter noch mehr Unheil bringen, das allein aus der Bekanntschaft mit dir erwächst?"

Noch ehe Pomponius antworten konnte, öffnete sich die Tür und ein Sklave trat ein.

„Was ist?", fragte Avitus ungehalten.

„Ein Brief ist gekommen, Herr."

„Habe ich euch nicht befohlen, mich während meiner Unterredung mit diesem Menschen nicht zu stören?"

„Ich bitte um Vergebung, Herr", antwortete der Sklave ängstlich und hielt Avitus mit ausgestrecktem Arm ein Schriftstück entgegen. „Ein Bote aus dem Palast hat ihn gebracht und gesagt, er wäre dir sofort zu übergeben."

Zwischen den buschigen Augenbrauen und dem üppigen Haarschopf blieb noch genügend Platz für ein ausgeprägtes Stirnrunzeln. „Aus dem Palast? Gib her!" Avitus riss den Brief an sich und scheuchte den sichtlich erleichterten Sklaven mit einer Handbewegung aus dem Zimmer.

Avitus betrachtete den Brief und schien zu schwanken, ob er ihn gleich lesen oder vorher Pomponius endgültig zermalmen solle. Dann brach er das Siegel auf, entfaltete das Pergament und begann zu lesen. Pomponius konnte einen erstaunlichen Wechsel verschiedener Gefühlsregungen von seinem Gesicht ablesen: Neugier, Staunen, Empörung, Fassungslosigkeit.

Avitus begann den Brief ein zweites Mal zu lesen. Seine heftige Gemütsbewegung manifestierte sich auch in körperlichen Symptomen. Sein Gesicht wechselte mehrfach die Farbe und er wurde von einem heftigen Schluckauf befallen.

Pomponius begann ernsthaft zu befürchten, den alten Mann könne vor Aufregung der Schlag treffen. Er schenkte einen Becher gewässerten Wein ein, reichte ihn Avitus und sprach im Grunde sinnlose, aber beruhigende Worte, so wie man es eben in solchen Situationen zu tun pflegt.

Schließlich hatte sich Avitus so weit gefasst, dass er das Gespräch wieder aufnehmen konnte. Er starrte Pomponius mit leicht geröteten Augen an und erklärte: „Die erhabene Faustina hat mir eine Nachricht übermittelt."

„Faustina schreibt gerne Briefe", entgegnete Pomponius, der an die Briefaffäre dachte, die er für die Gattin des Kaisers bereinigt hatte.

Avitus konnte diese Anspielung natürlich nicht verstehen und fuhr verstört fort: „Sie schreibt über dich! Sie nennt dich ihren guten, geschätzten Pomponius. Ist denn alle Welt verrückt geworden? Ganz Rom war davon überzeugt, dass sie dich eines Tages einen Kopf kürzer machen lassen wird, und jetzt das?"

Pomponius vermutete nicht zu Unrecht, dass Valeria Faustina überredet hatte, diesen Brief zu schreiben und dafür zu sorgen, dass er rechtzeitig zu seiner Unterredung mit ihrem Vater einlangte. „Es ist, wie ich immer sage", erklärte er mit demütig gesenktem Kopf. „Die erhabene Faustina ist voller Nachsicht und Güte."

„Es kommt noch schlimmer", fuhr Avitus mit bebender Stimme fort.

„Wie erfreulich", sagte Pomponius, der Oberwasser gewann und eine Möglichkeit sah, diesem furchteinflößenden Greis die Stirn zu bieten, sarkastisch.

„Sie schreibt, du hättest einen guten Einfluss auf meine Tochter und empfiehlt dich meines Wohlwollens." Die Stimme des Avitus versagte, so als weigere sich sein Mund Derartiges auszusprechen.

„Hältst du es jetzt für möglich, dass du mich ganz falsch beurteilt hast?", fragte Pomponius freundlich.

„Nein!", rief Avitus. „Ich will nicht glauben, was ich da lesen muss."

„Die erhabene Faustina wird betrübt sein, das zu hören."

Avitus verstand die unausgesprochene Drohung hinter diesen Worten sehr wohl und er verzichtete auf weitere Unmutsäußerungen. Stattdessen sagte er mit dumpfer Stimme: „Das ist noch nicht alles."

„An manchen Tagen sind uns die Götter ausgesprochen gnädig", freute sich Pomponius, obwohl er keine Ahnung hatte, was jetzt noch kommen sollte. Er ging aber davon aus, dass es für ihn erfreulich sein müsse, wenn es den Alten so erschütterte.

„Sie schreibt, dass du den Fall des Tiberius Cäcilius und seines wegen Mordes verurteilten Neffen untersuchst. Sie wünscht, dass ich dich mit meinen Verbindungen dabei unterstütze, wenn du das für nützlich hältst. Ich verstehe die Welt nicht mehr. Seit wann interessiert sich die Kaiserin für einen gewöhnlichen Mordfall? Was fällt ihr ein, an mich, einen Senator des Römischen Reiches, eine derartige Bitte – man könnte es schon einen Befehl nennen – zu richten? Bin ich etwa ein windiger Ermittler, so wie du? Was geht hier vor, Pomponius?"

„Das ist eine Frage, die in letzter Zeit mehrmals gestellt wurde, verehrter Avitus, von mir und von anderen, und ich muss dir gestehen, dass auch ich es nicht – noch nicht – weiß."

Pomponius war selbst überrascht. Es war natürlich möglich, dass Faustina um seinen Auftrag wusste, weil es ihr Valeria erzählt hatte. Er verstand aber die Verwunderung des Avitus. Es sah Faustina wirklich nicht ähnlich, sich mit so trivialen Dingen wie Mord und dem Schicksal eines verurteilten Mörders, der ihr fremd war, zu befassen. Selbst Valeria hätte sie nicht dazu überreden können und doch tat es Faustina.

Inzwischen war mit Avitus eine weitere Veränderung vorgegangen. Es wäre ein Fehler gewesen, den Alten zu unterschätzen. Er war ein gerissener Politiker, der seit Jahrzehnten im Senat saß, dort erheblichen Einfluss gewonnen und die Regentschaft mehrerer Kaiser unbeschadet überstanden hatte. Eine solche Karriere machte man nicht nur aufgrund senatorischer Abstammung. Dazu gehörte auch ein sicherer Instinkt für die gefährlichen Unterströmungen der Macht, die er meist früher erkannt und sich danach gerichtet hatte, als so mancher seiner Amtskollegen. Die Maske des empörten Vaters war verschwunden. Jetzt blickte er nachdenklich zwischen dem Brief und Pomponius hin und her.

„Bist du eigens wegen dieser Mordsache nach Rom gekommen, Pomponius?", fragte er mit ruhiger Stimme.

„So ist es, edler Avitus. Dass mir die Reise nach Rom die Gelegenheit geboten hat, die Bekanntschaft mit deiner Tochter zu erneuern, betrachte ich zusätzlich als Gunst der Götter."

Avitus machte eine abwehrende Handbewegung. „Über meine Tochter werden wir ein andermal weitersprechen. Jetzt möchte ich wissen, wer dich nach Rom geschickt hat."

„Mein Vorgesetzter. Ich nehme an, er hat auf allerhöchsten Auftrag gehandelt."

„Der Kaiser oder Faustina?"

Pomponius war ein weiteres Mal überrascht. Er war bisher davon ausgegangen, dass der Kaiser Masculinius den entsprechenden Auftrag gegeben hatte. Faustina selbst konnte Masculinius ja keinen direkten Befehl erteilen, aber sie hatte ein ausgesprochen gutes und vertrauensvolles Verhältnis zu ihm. Es war gut vorstellbar, dass sie sich an Masculinius mit einer entsprechenden Bitte gewandt hatte. Das würde auch einiges erklären. Weder Masculinius noch Marc Aurel machten halbe Sachen. Wenn der Kaiser selbst den Wunsch gehabt hätte, dass Pomponius für ihn in Rom eine Untersuchung durchführte, dann wäre Pomponius jetzt nicht allein und ganz auf sich gestellt gewesen. Man hätte ihm ein Team mitgegeben und es wären Befehle an vertrauenswürdige und mächtige Männer in Rom ergangen, ihn zu unterstützen. Nichts von dem war geschehen. Die einzige indirekte Hilfe, die er bekam, schien von Faustina zu kommen.

„Du bist ein scharfsinniger Mann, verehrter Avitus", sagte er. „Ich weiß es nicht, aber ich vermute, es war wohl Faustina. Sowohl mein Kommandant als auch Faustina haben sich bisher diesbezüglich bedeckt gehalten. Dieser Brief, der mich ebenso in Erstaunen gesetzt hat wie dich, ist für mich der erste Hinweis darauf, dass die Erhabene ein persönliches Interesse an der Sache hat."

Avitus gab ein Knurren von sich. Man konnte direkt sehen, wie die Gedanken in seinem Kopf umherhuschten und er versuchte, die möglichen Implikationen abzuwägen.

„Die erhabene Faustina scheint großes Vertrauen in dich zu setzen, verehrter Avitus, wenn sie sich mit so einer Bitte an dich wendet", fuhr Pomponius fort, der es nun mit ein wenig Schmeichelei versuchen wollte.

„Wir sind nicht befreundet, ja nicht einmal besonders gut bekannt. Aber ich weiß, dass sie mich für einen integeren, loyalen Mann hält", entgegnete Avitus selbstgefällig. „Das ist auch mit ein Grund, weshalb meine Tochter eine ihrer engsten Vertrauten sein darf."

„Dennoch weiß Valeria nichts über die Beweggründe Faustinas, sich in diesem Fall zu engagieren", bemerkte Pomponius. „Sie hätte es mir sonst sicher erzählt."

„Ja, diese Geheimnistuerei selbst meiner Tochter gegenüber ist bemerkenswert", überlegte Avitus. „Könnte es sein, dass der Kaiser von ihrem

Interesse an diesen Mordfällen nichts erfahren soll? Das wäre ausgesprochen beunruhigend und nicht ungefährlich."

Avitus versank neuerlich in Nachdenklichkeit und Pomponius störte ihn dabei nicht. Schließlich sagte der alte Senator entschlossen. „Ich kann mir kein vollständiges Bild machen, ohne mehr zu erfahren. Bist du bereit, mir alles zu berichten, was du bisher herausbekommen hast?"

Pomponius war dazu bereit, denn er dachte, dass er jede Hilfe brauchen könne, die er bekommen konnte. Er hielt Avitus nicht nur für einen klugen und erfahrenen Politiker, sondern auch für vertrauenswürdig. Außerdem hoffte er, der Alte werde sein Verhältnis mit Valeria schließlich in einem milderen Licht sehen, wenn es zwischen ihnen zu einer Art Zusammenarbeit käme. Während der nächsten halben Stunde gab er dem alten Senator einen umfassenden Bericht über alles, was er bisher erfahren und daraus geschlossen hatte.

„Gut", sagte Avitus, nachdem Pomponius geendet hatte. „Du hast dir Mühe gegeben und auf einige Büsche geklopft, um zu sehen, was darunter hervorkriecht, aber wirklich herausgefunden hast du nichts."

„Er hört sich fast genauso an wie Masculinius, wenn ich ihm Bericht erstatte", dachte Pomponius vergrämt.

„Das einzige, was wir sicher wissen", setzte Avitus fort, „ist ein starkes Engagement der Frumentarii. Das missfällt mir. Du gehörst doch auch zu diesem Haufen. Kannst du nicht Kontakt mit ihnen aufnehmen?"

„Das halte ich nach meinem Gespräch mit Scantilla, über das ich dir berichtet habe, für unklug. Ich habe hier in Rom keinerlei Befugnisse und die örtlichen Frumentarii haben sicher kein Verständnis dafür, wenn ein Kollege aus der Provinz auftaucht und sich in Angelegenheiten mischt, die in ihren Zuständigkeitsbereich fallen. Überhaupt dann, wenn dieser Kollege offenbar andere Ziele verfolgt als sie selbst."

„Da hast du wahrscheinlich recht", stimmte Avitus zu. „Du musst eines verstehen, Pomponius. Ich bin bereit, dem Ansinnen Faustinas zu entsprechen und dir zu helfen. Mir bleibt ja gar nichts anderes übrig, will ich nicht ihren Unmut auf mich und in weiterer Folge wahrscheinlich auch auf meine Tochter lenken. Ich werde mich aber auf keinen Fall selbst exponieren. Was kann ich also unter dieser Bedingung für dich tun? Wäre es hilfreich, wenn ich dir ein paar kampferprobte Männer besorgen lasse, die dir den Rücken freihalten, damit du nicht so leicht Opfer eines Anschlages wirst?"

„Nein", sagte Pomponius nach einigem Nachdenken. „Das würde mich zwar ein wenig schützen, im Ergebnis aber nur Aufmerksamkeit auf mich ziehen und meine weitere Arbeit sehr erschweren. Du kennst viele Leute und erfährst viele Dinge. Hör dich doch bitte um, was über unseren Fall so gesprochen wird. Auch Gerüchte können einen nützlichen Hinweis geben."

Avitus war zusammengezuckt, als Pomponius von ‚unserem' Fall sprach, aber er stimmte zu.

„Noch etwas könntest du für mich tun. Bei den Vigiles gibt es einen Mann namens Calpurnianus. Er hat ursprünglich die Ermittlungen im ersten Mordfall geführt, ehe sie ihm abgenommen und den Frumentarii übertragen wurden. Ich muss ihn sprechen, weiß aber nicht, wie ich unauffällig an ihn herankommen kann. Könntest du da etwas arrangieren?"

„Ich ganz sicher nicht", erwiderte Avitus entschieden. „Aber ich kenne jemanden, der mir verpflichtet ist und der seinerseits jemanden kennt, der das wahrscheinlich in die Wege leiten kann. Ich lasse dich verständigen, sobald dieser Calpurnianus bereit ist, mit dir zu reden."

Pomponius erhob sich. „Ich danke dir für deine Hilfsbereitschaft, edler Avitus. Mit deiner Erlaubnis werde ich mich jetzt zurückziehen. Was Valeria betrifft …"

„Geh mir aus den Augen Pomponius", unterbrach in Avitus griesgrämig. „Dein Besuch ist ganz anders verlaufen, als ich mir das vorgestellt habe, und dein Anblick verursacht mir Unbehagen, erhebliches Unbehagen!"

X

Pomponius beschloss, den nach seinen Maßstäben früh begonnenen Tag zu nutzen und mit jenen Zeugen zu sprechen, die vergeblich versucht hatten, Lucius Cäcilius ein Alibi für den Mord an Bruttia, der Tochter des Titus Crispinus, zu geben. Nach den Informationen, die er von Valens erhalten hatte, wohnte einer von ihnen, ein gewisser Sertorius, direkt am Circus Maximus, wo er eine Bude als Wahrsager betrieb.

Hätte ihn sein vorangegangenes Gespräch mit dem alten Senator gedanklich nicht so stark beschäftigt, so wäre ihm sicher schon früher aufgefallen, dass er verfolgt wurde. So merkte er es erst, als er die südöstliche Kurve des Circus Maximus erreichte, dort, wo sich Stände, Buden und Geschäfte zu einem eigenen kleinen Viertel zusammenballten.

Zuerst fiel ihm ein Mann auf, der wie ein Freigelassener gekleidet war. An sich war nichts Auffälliges an ihm, abgesehen davon, dass er unter seinem Umhang einen Dolch oder ein kurzes Schwert verborgen hatte. Pomponius hatte während seines Dienstes bei den Frumentarii gelernt, auf solche Dinge zu achten. Man konnte die Waffe nicht sehen, aber Pomponius registrierte eine verräterische Handbewegung, als der Mann unter den Umhang griff und seinen Waffengürtel zurechtrückte. Das war noch nicht besonders beunruhigend. Denn obwohl es Zivilpersonen in Rom verboten war, Waffen zu tragen, gab es genug Leute, die sich nicht daran hielten. Da der Mann Pomponius keine Aufmerksamkeit schenkte, sondern sich mehr für ein Schankmädchen an einem der Imbissstände zu interessieren schien, maß Pomponius dieser Begegnung zunächst keine Bedeutung bei. Wenig später hatte sich der Bewaffnete im Menschengewühl verloren.

Fast wäre sie der Aufmerksamkeit des Pomponius entgangen, wenn sie nicht eine entfernte Ähnlichkeit mit Aliqua gehabt hätte. Er musterte daher die Frau, die er zufällig hinter sich bemerkte, etwas genauer. Sie reagierte sofort auf ihn, schob sich ihren Schal ein Stück ins Gesicht und wandte sich rasch ab. Pomponius war sich nicht sicher, wie dieses Verhalten zu deuten war. Die Frau war attraktiv und gewiss an die bewundernden Blicke von Männern gewöhnt. Auch hatte sich Pomponius keineswegs aufdringlich verhalten, sodass sie seinen kurzen Blick einfach ignorieren hätte können. Pomponius sah ihr nach, wie sie in einer schmalen Seitengasse verschwand, dann schlenderte er weiter.

Plötzlich war der Mann mit der Waffe unter seinem Umhang wieder da. Er ging knapp vor Pomponius, noch langsamer als dieser, und hatte es offenbar darauf angelegt, von Pomponius überholt zu werden. Pomponius blieb stehen, betrachtete die aus Ton gebrannten Souvenirartikel an einem der Stände und warf dabei einen Blick hinter sich. Jetzt, da er wusste, wonach er Ausschau halten musste, sah er ihn sofort: Ein zweiter Mann, etwa zehn Schritte hinter Pomponius, der sich dadurch verriet, dass er ebenfalls stehen geblieben war und an bunten Tüchern, die ausschließlich für Frauen bestimmt waren, Interesse zeigte und dabei keinen Augenblick in Richtung des Pomponius sah.

Die Situation war eindeutig. „Ich werde beschattet", dachte Pomponius. „Es sind mindestens drei Personen, zwei Männer und eine Frau, die sich abwechseln, um meiner Aufmerksamkeit zu entgehen. Das ist eine professionell durchgeführte Aktion. Ich frage mich bloß, was sie beabsichtigen. Wollen sie nur wissen, was ich unternehme und mit wem ich spreche, oder soll das ein Anschlag werden? Wer könnte dahinterstecken? So wie es aussieht, wahrscheinlich Scantilla und die Frumentarii. Der Bursche mit der Waffe macht mir vor allem Sorge. Am besten wird sein, ich verschwinde von der Bildfläche."

Pomponius legte eine Tonfigur, die ein kopulierendes Paar darstellte, wieder zurück und ging zum nächsten Stand. Dieser bestand nur aus einem zeltartigen Verschlag. So wie er gebaut war, konnte man ihn sicher auch an der Rückseite verlassen und in die Parallelgasse kommen. Vor dem Eingang saß ein alter Schurke, jedenfalls sah er wie ein Schurke aus, und hielt ein Nickerchen.

Ein Schild gab Auskunft über die hier gebotenen Dienstleistungen: *„Wenn einer ausgezeichnet bumsen will, verlange er nach der Attica. Sie hat ein freundliches Wesen und macht es für 6 As, wie immer du es willst. Wenn einer sparsam ist, so verlange er nach Euplia. Sie macht es für nur 4 As, besser als die meisten."*

Pomponius trat an den Budenbesitzer heran und stupste ihn.

Der Alte öffnete die Augen und starrte Pomponius abweisend an. „Was willst du?"

„Ich will die Attica."

„Sie schläft noch. Wenn du willst, kannst du die Euplia haben. Sie ist schon wach."

„Ich will aber die Attica. Sie ist mir empfohlen worden."

Der Alte versuchte die Zahlungskraft dieses hartnäckigen Kunden abzuschätzen. „Wenn ich sie eigens wegen dir wecke, kostet das aber 8 As!"

„Ist recht", stimmte Pomponius zu und folgte dem Alten in das Zelt.

Attica lag halbnackt auf einer zerwühlten Bettstatt und schnarchte. Sie sabberte ein wenig im Schlaf und das hübsche Gesicht war mit zerlaufenem Make-up verschmiert. Ein säuerlicher Geruch hing in der Luft.

Pomponius hielt den Alten auf, der das Mädchen rütteln wollte. „Ich weiß nicht recht", sagte er zögernd.

„Was willst du?", fragte der Zuhälter ungehalten. „Das Mädchen hat eine anstrengende Nacht hinter sich. Am Abend, wenn sie gewaschen und hergerichtet ist, dann ist sie im milden Licht der Öllampe die schönste Frau der Welt. Aber du wolltest ja nicht warten."

„Du hast recht", erklärte Pomponius. „Ich glaube, ich komme besser am Abend wieder. Lass die Kleine schlafen. Du sollst aber nicht sagen, dass ich deine Zeit vergeudet habe." Er drückte dem Alten einen Denar im Gegenwert von 16 As in die Hand.

Der war über diese unerwartete und in diesem Milieu auch ungewöhnliche Großzügigkeit überrascht. „Willst du nicht doch die Euplia versuchen", fragte er. „Sie ist schon gründlich gewaschen und geschminkt. Du wärst ihr erster Kunde heute. Sie ist noch ganz frisch. Dort hinter dem Vorhang wartet sie. Schau sie dir wenigstens an."

„Ich muss weiter", lehnte Pomponius ab. „Aber du könntest mir einen Gefallen tun. Ich habe einigen Bekannten gesagt, dass ich herkomme und die Attica ausprobiere. Wenn sie nach mir fragen, so sag doch bitte, dass ich Richtung

Forum gegangen bin, weil ich noch eine Verabredung mit dem Anwalt Postumus Quadratus habe." Postumus Quadratus war ihm spontan eingefallen und er dachte, dass er damit seinen Verfolgern ein Rätsel aufgeben werde, das sie eine Weile beschäftigen sollte.

„Noch etwas", fügte er hinzu und steckte seinem Gesprächspartner einen weiteren Denar zu. „Es wäre mir schrecklich peinlich, wenn meine Freunde erfahren, dass ich auf Attica verzichtet habe. Sie könnten mich als Schlappschwanz verspotten."

Der alte Schurke grinste verständnisvoll. „Ich werde sagen, du hättest es ihr gründlich besorgt."

„Zweimal", entgegnete Pomponius. „Zweimal wäre noch besser. Immerhin habe ich ja dafür bezahlt.

Er nickte dem Alten freundlich zu, schlug die Plane an der Rückseite des Verschlages zurück und trat rasch in die Gasse dahinter. Keiner seiner Verfolger war zu sehen. „Stümper", murmelte Pomponius. Er hätte in einem solchen Fall sofort einen Mann losgeschickt, der auch die Hinterseite der Bude beobachten musste. Pomponius ging ein Stück die Gasse entlang, bog dann in einen Querweg ein und gelangte wieder auf die Gasse, die er hergekommen war. Vorsichtig näherte er sich seinem Ausgangspunkt. Seine Verfolger waren noch da. Sie hatten sich verteilt, versuchten unauffällig zu wirken und behielten die Bude, die er vor kurzem betreten hatte, im Auge. Pomponius hielt sich hinter einer Säule, die ein Vordach stützte, gut verborgen und wartete.

Die Zeit verstrich. Dann kam der alte Zuhälter wieder aus der Bude, setzte sich vor deren Eingang und machte Anstalten, sein Nickerchen fortzusetzen. Die Verfolger wurden unruhig und warfen sich fragende Blicke zu. Dann trat der mit der Waffe an den Alten heran. Pomponius konnte nicht verstehen, was sie sprachen, aber das Gespräch verlief wunschgemäß. Nachdem eine kleine Münze den Besitzer gewechselt hatte, wurde der Alte gesprächig. Er zeigte ein zahnloses Grinsen, wies mehrmals auf das Schild und hielt geradezu triumphierend zwei Finger hoch. Schließlich deutete er in die Richtung, in die Pomponius angeblich gegangen war. Der Bewaffnete lehnte die Aufforderung des Alten, doch gleichfalls sein Etablissement zu besuchen, entschieden ab und kehrte zu seinen Gefährten zurück. Jetzt, da sie Pomponius fort glaubten, verzichteten sie auf jede weitere Vorsicht. Sie standen beisammen und berieten sich, was nicht ohne verwundertes Kopfschütteln abging. Es wollte ihnen offenbar nicht in den Kopf, dass Pomponius den weiten Weg nur deswegen hergekommen war, um sich mit einer Hure zu vergnügen: Zweimal! Noch dazu am Vormittag! Pomponius grinste begeistert. Seine Verfolger hatten inzwischen einen Entschluss gefasst. Raschen Schrittes eilten sie davon, offenbar in der Hoffnung, ihn in der Nähe des Forums wieder zu entdecken.

„Wer immer euch auch geschickt hat", dachte Pomponius schadenfroh, „wird euch den Arsch aufreißen, weil ihr euch so blöd angestellt habt." Er verfolgte die Drei mit den Blicken, bis sie verschwunden waren. Sobald er sicher war, sie los zu sein, setzte er seinen Weg fort und machte sich weiter auf die Suche nach Sertorius.

Er bewegte sich auf der dem Palatin abgewandten Seite des Circus entlang der Längsseite der Anlage. Die Straße hatte sich hier stark verbreitert, um den Zuschauerandrang aufnehmen zu können, denn die Ränge boten für mehr als zweihunderttausend Zuschauer Platz und waren meist gut besucht. Es war aber zum Glück einer jener Tage, an denen keine Rennen stattfanden. Mit den tobenden Massen im Stadion und den Menschenmassen davor wäre es ein schwieriges Unterfangen gewesen, eine erfolgversprechende Ermittlung durchzuführen.

Die hochaufragende, mit weißem Marmor verkleidete Straßenfront der dreistöckigen Tribünenanlage verdeckte den Blick auf die Rennbahn. Im Erdgeschoß befanden sich die breiten, gut durchdachten Aufgänge zu den einzelnen Rängen. Dazwischen hatten sich unter den Arkaden verschiedene Geschäftslokale einquartiert. Hier musste nach den Informationen, über die Pomponius verfügte, auch Sertorius zu finden sein.

Das Gewerbe des Wahrsagers und Sterndeuters, dem der Mann angeblich nachging, war am Rande der Kriminalität angesiedelt. Ungeachtet der Tatsache, dass einschlägige Praktiken wie Vogelschau und Eingeweideschau auch im

Rahmen staatlicher kultischer Handlungen betrieben wurden und die Kaiser selbst nicht selten den Rat eines Sterndeuters einholten, wurden die außerhalb solcher kontrollierten Bedingungen unternommenen Versuche, künftige Ereignisse zu erfahren, mit Argwohn betrachtet. Zahlreiche Gesetzte, die strenge Strafdrohungen vorsahen, reglementierten das Treiben von privaten Wahrsagern und Sterndeutern, die einer besonderen Bewilligung bedurften, um tätig zu werden. Ganz besonders war es ihnen verboten, Todesfälle vorherzusagen. Allzu groß war die Gefahr, dass sich der Nachfragende durch eine entsprechende Prophezeiung berechtigt fühlte, diese als bloßes Werkzeug des ohnehin unabwendbaren Schicksals zu erfüllen. Wer es daher gar wagte, die Zukunft des amtierenden Kaisers zu erfragen oder vorherzusagen, musste damit rechnen, ohne viele Umstände wegen Majestätsverbrechens hingerichtet zu werden.

Trotzdem wollten viele Menschen einen Blick in ihre Zukunft werfen und die Nachfrage bedingte ein entsprechendes Angebot. Jene Wahrsager, die kaum mehr als Schausteller waren und sich meist ohne behördliche Bewilligung darauf beschränkten, Auskunft über künftiges Liebesglück, geschäftliche Erfolge und dergleichen zu geben, blieben von der Obrigkeit in der Regel unbehelligt, wenn sie sich unauffällig verhielten und Themen wie Politik und Todesfälle mieden.

Ein freundlicher Passant wies Pomponius schließlich den Weg zu einem Geschäftslokal, dessen Äußeres keine eindeutigen Schlüsse auf die hier feilgebotenen Waren zuließ, aber wegen zweier über der Tür aufgehängter, aus Ton gefertigter Dekorationsmasken den vagen Eindruck eines Souvenirladens vermittelte.

Pomponius trat in den Laden und sah sich dessen Besitzer gegenüber, einem dünnen melancholisch blickenden Mann, dessen Gesicht mit einem Kinnbart geziert war, was seinem Träger eine Ähnlichkeit mit einem traurigen Ziegenbock verlieh.

„Sei gegrüßt", sagte Pomponius höflich. „Bist du Sertorius?"

„So nennt man mich. Was steht zu Diensten? Was suchst du?" Sertorius machte eine Handbewegung und deutete auf die Wandregale mit seinen Waren. Das Angebot an billigem Krimskrams war bescheiden und verstaubt.

„Ich bin auf der Suche nach Wissen", erklärte Pomponius.

„Dann bist du hier an der richtigen Adresse. Ich kann dir eine Ausgabe der Annalen von Tacitus anbieten. Leider ist sie nicht ganz vollständig, dafür aber billig. Ich habe hier auch noch Teile der Abhandlungen des Plinius über die Kriege in Germanien. Von den zwanzig Bänden sind immerhin acht verfügbar." Sertorius begann in einer Truhe mit zerfledderten Schriftrollen zu kramen.

„Ich suche nicht Wissen über vergangene Ereignisse, sondern über zukünftige."

Sertorius hielt inne und musterte Pomponius aufmerksam. „Und du meinst solches Wissen hier zu finden?"

„So hat man mir gesagt."

„Willst du, dass ich dir ein Horoskop erstelle?"

„Nein. Mich verlangt es nicht danach, mein künftiges Schicksal zu erfahren. Ich brauche Rat nur in einer ganz bestimmten Sache."

„Eine Frau?"

„Auch das nicht. Es handelt sich um einen Rechtsfall."

„Dann solltest du einen Anwalt konsultieren."

„Ich bin selbst Anwalt. Ich habe die Vertretung in einer schwierigen Sache übernommen, die mir Kopfzerbrechen bereitet."

„Du bist Anwalt?", rief Sertorius erstaunt, „und du willst meinen Rat? So etwas ist mir noch nie untergekommen und ich will dir nicht verhehlen, dass bei den unergründlichen Wegen unserer Justiz selbst meine Kunst an ihre Grenzen stößt. Ich glaube, nicht einmal die Götter in all ihrer Weisheit wissen im Vorhinein, wie unsere Gerichte entscheiden werden. Wenn du aber das künftige Schicksal deines Klienten wenden willst, so schau nicht in die Sterne, sondern besorge dir lieber ein paar gute Zeugen. Auf den Stufen der Basilica warten genug Männer und Frauen, die für ein kleines Geldgeschenk alles bezeugen und jeden Eid ablegen, den du dir wünscht."

„Ich weiß", antwortete Pomponius. „Leider war in meinem Fall die Gegenseite schneller und hat die besseren Zeugen angeworben. Mir scheint, du bist ein ehrlicher Mann. Deshalb bitte ich dich, mir trotz deiner Bedenken zu raten."

„Wie du willst." Sertorius bedeutete Pomponius Platz zu nehmen und setzte sich hinter einen Tisch auf dem einige Gegenstände aufgebaut waren, die einen sehr wissenschaftlichen Eindruck vermittelten: Ein Planetarium aus Messing, daneben eine Glaskugel, die mit Wasser gefüllt war, ein präparierter Affenschädel, mehrere Glasgefäße, deren Inhalt widerlich aussah, ohne dass man sagen konnte, worum es sich eigentlich handelte, sowie ein Astrolabium, Zirkel und andere Zeichengeräte, wie man sie zur Anfertigung von Horoskopen verwendet.

„Ich nehme an, ich soll im Vorhinein bezahlen?"

„So ist es üblich: Fünf Denare, wenn ich bitten darf.

Pomponius bezahlte widerspruchslos die geforderte Summe, die ihm ungewöhnlich hoch schien.

Sertorius zündete die Kerze hinter der wassergefüllten Glaskugel an. Die Anordnung war so geschickt aufgebaut, dass das Licht magisch erstrahlte und die polierte Tischplatte Flecken in den Farben des Regenbogens widerspiegelte. „Denke jetzt intensiv an deinen Fall", befahl Sertorius.

Weil Pomponius kein Spielverderber sein wollte und er neugierig wurde, welche Tricks der Wahrsager auf Lager hatte, dachte er an Lucius Cäcilius.

Sertorius starrte lange mit verträumten Augen in die Glaskugel, sodass Pomponius schon fürchtete, dieser Scharlatan werde einschlafen. Schließlich hob Sertorius den Kopf und sagte mit unheilschwangerer Stimme: „Wenn du deinen Fall weiter verfolgst, wirst du den Zorn einflussreicher Männer auf dich ziehen."

„Das ist keine Neuigkeit für mich. Was wird geschehen, wenn ich mich aus der Angelegenheit zurückziehe?"

Neuerlich blickte Sertorius in seine Kugel. Dann seufzte er. „Solltest du das tun, werden andere mächtige Leute sehr böse auf dich sein."

„Was soll ich deiner Meinung nach also tun?"

„Möglichst schnell mein Geschäft verlassen", antwortete Sertorius unverblümt. „Dich umgibt eine Aura von Gefahr, mit der ich nichts zu tun haben will."

„Zuvor habe ich aber noch ein paar Fragen an dich, zu deren Beantwortung du keine Glaskugel brauchst." Pomponius beugte sich vor und blies die Kerze aus. „Der Kriminalfall, der mich beschäftigt, ist nämlich jener des Lucius Cäcilius."

„O verdammt", stöhnte Sertorius. „Ich dachte, die Sache wäre ausgestanden. Lucius ist immerhin mit dem Leben davongekommen. Warum also schlafende Hunde wecken?"

„Die Hunde haben nie geschlafen. Sie sind noch immer hinter Lucius und seinem Onkel her. Meine Aufgabe ist es, Unheil von ihnen abzuwenden."

„Dabei werde ich dir nicht helfen können. Du wirst sicher wissen, dass meine Aussage im Prozess gegen Lucius als falsch verworfen wurde."

„War sie falsch?"

„Meine Aussage war richtig, das schwöre ich bei allen Göttern. Dieser Rechtsverdreher hat es bloß so hingestellt, als wäre ich zu besoffen gewesen, um mich zu erinnern. Mehr kann ich dir auch nicht sagen. Du solltest jetzt wirklich gehen! Ich habe keine Lust, mich noch einmal in einem Prozess als Säufer vorführen zu lassen, dem man nicht glauben kann. So etwas ist sehr abträglich für mein Geschäft als Wahrsager."

„Beruhige dich. Meine Absicht ist es ja gerade, einen weiteren Prozess zu vermeiden. Wenn Lucius wirklich dein Freund ist, so bitte ich dich, mit mir zu reden. Je rascher du antwortest, desto rascher bist du mich auch wieder los. In welchem Lokal habt ihr euch in der Mordnacht aufgehalten?"

„Wir waren zu dritt bei Tertius, das ist eine Schenke, etwa hundert Schritte von hier entfernt, in Richtung der Ställe."

„Der dritte Mann war ein gewisser Rutilus, wenn ich recht informiert wurde. Wo finde ich ihn?"

„Er gehört zum ständigen Personal des Circus und zwar zu jenem Trupp, der für die Bedienung der Carceres, der Startanlage, zuständig ist. Dort in der Nähe hat er auch sein Quartier."

„Tertius, der Wirt, müsste sich doch auch an Lucius Cäcilius erinnern."

„Das hat er aber nicht. Er wusste nur, dass ich und Rutilus mit einem dritten Mann beisammengesessen sind. Er konnte sich aber nicht erinnern, wer der dritte war."

„Woher kanntet ihr Lucius Cäcilius?"

„Lucius hat mich aufgesucht, um zu erfahren, auf welches Gespann er wetten soll."

„Hast du ihn nach einem Blick in deine Kugel gut beraten?"

„Ich glaube, er war recht zufrieden, weil er mir ein Drittel seines Gewinnes abgegeben hat."

„Ich nehme an, das zweite Drittel hat Rutilus bekommen?"

„Ja, aber du darfst daraus keine falschen Schlüsse ziehen. Es gibt keine Möglichkeit, den Startvorgang bei den Rennen zu manipulieren. Rutilus hat lediglich sehr gut über den Zustand der Gespanne und die Tagesform der Lenker Bescheid gewusst. Daraus hat sich eine Zusammenarbeit zwischen uns drei entwickelt. Ich habe Lucius nämlich bald eingeweiht, woher ich mein Wissen wirklich beziehe. Rutilus hat mir die Informationen geliefert und ich habe sie an Lucius weitergegeben. So haben wir eine auffällig häufige Kontaktaufnahme zwischen Rutilus und Lucius vermieden. Dieser konnte dann als Neffe eines Senators relativ hohe Summen setzen, ohne Argwohn zu erwecken."

„Hast du auch anderen Kunden ihre Gewinnchancen vorhergesagt?"

„Natürlich nicht. Das wäre viel zu heikel gewesen. Die Rennleitung sieht so etwas nämlich nicht gerne und ergreift Maßnahmen dagegen, sehr unangenehme Maßnahmen."

„Habt ihr hohen Gewinn gemacht?"

„Wir haben ja nicht immer gewonnen. Insgesamt wird unser Reingewinn etwa hunderttausend Sesterzen betragen haben, den wir durch drei geteilt haben."

„Gehen wir davon aus, dass Lucius an den Morden unschuldig ist. Wer könnte ein Interesse daran gehabt haben, sie ihm anzuhängen? Etwa die Rennleitung, weil sie euch auf die Schliche gekommen ist?"

„Ganz sicher nicht. Die hätten Rutilus einfach hinausgeschmissen und wahrscheinlich ihn und mich gründlich verprügeln lassen. Mehr wäre nicht passiert. Lucius hätten sie wegen seiner gesellschaftlichen Stellung wohlweislich in Ruhe gelassen."

„Wer also dann und warum?"

„Das weiß ich doch nicht. Vielleicht hat es mit Annia zu tun."

Pomponius hob überrascht den Kopf. „Meinst du Annia, die Tochter des Marcus Bassianus, das erste Mordopfer?"

„Ja, die meine ich."

„Erklär mir deine Vermutung genauer!"

Sertorius zuckte mit den Schultern. „Ich habe Annia nicht persönlich gekannt, aber nach den Erzählungen des Lucius war sie nicht gerade das, was man ein braves Mädchen nennt. Deswegen wollte sie ihr Vater ja auch möglichst rasch mit einem Geschäftspartner verheiraten, damit sie zur Ruhe kommt. Jedenfalls hatte sie einen heimlichen Geliebten, dem Lucius in die Quere gekommen ist, weil auch er mit ihr etwas angefangen hat, oder sie mit ihm, so genau kann man das nicht sagen. Lucius und Annia waren aber sehr vorsichtig, damit niemand etwas von ihrer Beziehung erfährt, einerseits weil Annia ja – wenn auch wider Willen – verlobt war und andererseits, weil ihr anderer Geliebter sehr eifersüchtig und gewalttätig gewesen sein soll."

„Ein Motiv", freute sich Pomponius. „Endlich die Spur eines Motivs. Wer könnte der heimliche Geliebte der Annia gewesen sein?"

„Das weiß ich nicht und auch Lucius wusste es nicht. Annia hat zu ihm gesagt, je weniger er wisse, umso besser sei es für ihn."

„Soviel mir bekannt ist, sind diese Dinge im Prozess gegen Lucius aber nicht zur Sprache gekommen."

„Natürlich nicht. Hätte man gewusst, dass Annia die Geliebte des Lucius war, so hätte man das sicher zu seinem Nachteil ausgelegt und als weiteres Indiz dafür genommen, dass er auch Annia umgebracht hat. Also hat Lucius diesbezüglich geschwiegen und auch wir, seine Freunde, haben nichts gesagt."

Pomponius nickte mehrmals mit dem Kopf. „Aber mir hast du es jetzt gesagt. Darf ich fragen, weshalb? Weshalb vertraust du mir?"

Sertorius lächelte. „Mehr als Glaskugeln, Kerzen und dergleichen braucht ein guter Wahrsager Menschenkenntnis. Ich glaube, du meinst es ehrlich, wenn du sagst, dass du Lucius und seinem Onkel helfen willst. Und ich glaube, dass du mit den Informationen, die ich dir gegeben habe, sehr verantwortungsbewusst umgehen wirst. Trotzdem wäre ich froh, wenn du mich jetzt verlässt. Denn wie ich bereits gesagt habe, dich umhüllt eine Aura der Gefahr. Auch wenn du nicht an meine Kunst glaubst, so nimm wenigstens diese Vorahnung ernst."

„Ich nehme sie ernst und das solltest auch du tun. Wenn dich jemand fragt, was ich von dir wollte, so leugne nicht, dass ich wegen Lucius bei dir war. Du konntest mir aber nicht mehr sagen, als du auch schon im Prozess gesagt hast. Wenn du dabei bleibst und glaubwürdig wirkst, wird man dich in Frieden lassen. Jetzt sage mir noch, wo ich Rutilus finden kann."

Sertorius zuckte mit den Schultern. „Wie ich bereits gesagt habe, hat er sein Quartier bei den Ställen. Um diese Tageszeit und an einem Tag, an dem keine Rennen stattfinden, ist er aber häufig bei Tertius anzutreffen."

Pomponius legte einige weitere Münzen auf den Tisch, dachte, dass diese angesichts der Wettgewinne, die Sertorius abgestaubt hatte, ein geringes Geschenk waren, grüßte freundlich und verließ das Geschäft.

XI

Die Sonne hatte ihren Zenit überschritten und Pomponius verspürte Hunger. Also wollte er das Angenehme mit dem Nützlichen verbinden und sich bei einem verspäteten Mittagessen in der Schenke des Tertius umsehen. Das Lokal war leicht zu finden, keine hundert Schritte weiter, so wie es Sertorius gesagt hatte.

Pomponius bestellte ein einfaches Fleischgericht und fragte den Mann hinter der Schank, in dem er Tertius vermutete, ob der Wein gut sei.

„Gut genug für einen wie dich", antwortete der Wirt mit der Selbstzufriedenheit eines Mannes, der auf ein treues Stammpublikum zählen durfte und auf Laufkundschaft, die dumme Fragen stellte, nicht angewiesen war.

Pomponius reagierte nicht auf diese Unfreundlichkeit, sondern sah sich nur im Lokal um. „Dann bring mir einen Krug. Sind Sertorius und Rutilus schon aufgetaucht?"

„Sertorius habe ich schon ein paar Tage nicht gesehen, aber dort drüben sitzt ja Rutilus. Siehst du schlecht oder bist du schon jetzt besoffen?"

„In der Tat", antwortete Pomponius, sehr zufrieden damit, dass er nicht in den unübersichtlichen Quartieren der Rennplatzbediensteten nach dem Mann suchen musste. Er ging zu dem bezeichneten Tisch und setzte sich kurzerhand zu Rutilus.

Rutilus blickte überrascht hoch. Er war jünger als Sertorius, etwa Mitte zwanzig, von kräftiger Statur und hatte eng zusammenstehende Augen, was seinem Gesicht einen aufmerksamen, schlauen Ausdruck verlieh. Seine Kleidung war teuer und passte nicht zu einem Mann, der sein Geld als einfacher Arbeiter verdiente. „Kein Wunder", dachte Pomponius, „bei den Wettgewinnen, die ihr eingesackt habt."

„Ave, Rutilus", grüßte Pomponius freundlich. „Ich soll dich von Sertorius grüßen lassen. Er hat mir empfohlen, dich hier zu suchen."

„Wer bist du und was willst du?", fragte Rutilus misstrauisch.

„Mein Name ist Pomponius, Spurius Pomponius, ich bin Anwalt."

Rutilus verzog das Gesicht, als ob ihm ein übler Geruch in die Nase gekommen wäre. „Mit Anwälten will ich nichts zu tun haben. Ihr seid üble Rechtsverdreher, die einen ehrlichen Mann ohne Gewissensbisse fertigmachen."

„Wie recht du doch hast", stimmte Pomponius gelassen zu, „und doch kann es bisweilen von Vorteil sein, sich eines Anwaltes zu bedienen, wenn man selbst in Schwierigkeiten geraten ist."

„Ich bin nicht in Schwierigkeiten und ich brauche keinen Anwalt."

„Du nicht, aber dein Freund Lucius. Seinetwegen bin ich hier. Man hat mich damit beauftragt, seinen Fall erneut zu untersuchen."

„Da gibt es nichts mehr zu untersuchen. Lucius wurde verurteilt und ist nur durch die Gunst der Götter dem Schwert des Henkers entronnen. Du wirst ja wahrscheinlich wissen, wie dein Anwaltskollege mich und Sertorius bei Gericht hingestellt hat: als unglaubwürdige Tagediebe und Trunkenbolde. Obwohl wir die Wahrheit gesagt haben, sind wir nur knapp dem Vorwurf einer bewusst falschen Aussage entgangen. Ich habe nicht die Absicht, mich dem noch einmal auszusetzen."

„Das verlange ich auch gar nicht", beschwichtigte Pomponius seinen Gesprächspartner. „Ich bitte dich nur um einige ergänzende Auskünfte."

Sie wurden vom Wirt unterbrochen, der einen Teller mit einer Fleischpastete, einen Krug und einen Becher vor Pomponius auf den Tisch knallte. Pomponius ließ Rutilus Zeit, sich zu besinnen, und machte sich über das Essen her. Die Unfreundlichkeit des Wirtes wurde durch die Qualität seiner Speisen mehr als aufgewogen. Die Pastete war vorzüglich. Ihr pikanter Geschmack wurde durch die stark riechende, vergorene Fischsoße, mit der sie gewürzt war, hervorragend abgerundet. Der Wein war wohlschmeckend und so stark gewässert, dass man seinen Durst damit löschen konnte, ohne gleich besoffen zu werden.

„Ausgezeichnet, ganz ausgezeichnet", lobte Pomponius mit vollem Mund.

„Ja, bei Tertius kann man gut essen", bestätigte Rutilus, den der Anblick eines hungrigen Mannes, der Speise und Trank zu würdigen wusste, zugänglicher machte. „Was willst du von mir wissen?"

„Sertorius hat mir von euren erfolgreichen Wetten erzählt“, sagte Pomponius. Rutilus zuckte zusammen und sah sich um. „Darum geht es aber nicht“, fuhr Pomponius rasch fort, um seinen Gesprächspartner nicht kopfscheu zu machen. „Sertorius hat auch erwähnt, dass Lucius mit dem ersten Mordopfer, mit Annia, recht gut bekannt war. Er konnte mir nichts Näheres berichten, meinte aber, du wüsstest vielleicht mehr.“

„Warum fragst du nicht Lucius selbst?“

„Weil Lucius vorübergehend Rom verlassen hat, um den Nachstellungen seiner Feinde zu entgehen. Sobald ich die Gelegenheit dazu habe, werde ich ihn sicher fragen. Es wäre inzwischen aber wertvoll für mich, wenn mir ein unbeteiligter Dritter schildert, was zwischen Lucius und Annia vorgefallen ist.“

„Sie war seine Geliebte oder anders herum: Er war einer ihrer Geliebten, wenn du verstehst, was ich meine.“

„Ich verstehe durchaus. Sertorius hat Derartiges schon angedeutet. Abgesehen von ihrem Verlobten, den wir außer Acht lassen wollen, hatte Annia neben Lucius noch ein Verhältnis mit einem Unbekannten. Aber erzähle mir vorerst, wie sich Annia und Lucius kennengelernt haben.“

„Während eines Wagenrennens. Ich hatte an diesem Tag dienstfrei und war selbst dabei. Sie ist Lucius aufgefallen, weil sie so hübsch war, und er hat den Platz neben ihr ergattert. Anders als im Amphitheater gibt es bei uns ja zum Glück keine nach Geschlechtern getrennte Sitzordnung. Lucius hat sich mächtig ins Zeug gelegt und sie ist bereitwillig darauf eingestiegen. So hat es mit den beiden angefangen.“

„Man sollte es nicht glauben“, meinte Pomponius amüsiert. „Das Rezept des alten Ovid, der in seiner ‚Liebeskunst‘ beschreibt, wie man beim Wagenrennen Frauen aufreißt, funktioniert auch noch nach mehr als hundertfünfzig Jahren.“

„Warum auch nicht?“, grinste Rutilus. „Manche Dinge ändern sich nie.“

„War Annia allein im Circus?“

„Nein, das hätte sich nicht geschickt. Eine Dienerin, ein ganz junges Mädchen, hat sie begleitet und ihren Sonnenschirm getragen. Wahrscheinlich war es eine Sklavin.“

„Wie ist es mit den beiden weitergegangen?"

„Sie haben sich dann regelmäßig getroffen und zwischen ihnen hat sich eine Liebesaffäre entwickelt, die sie aber geheim gehalten haben, allein schon deswegen, weil das Mädchen ja verlobt war und bald heiraten sollte."

„Wie haben sie das angestellt?"

„Sie haben sich heimlich in einer kleinen Stadtvilla getroffen, die einem Freund von Lucius gehört. Der Mann hat sich geschäftlich im Ausland aufgehalten, in der Provinz Lusitania, wenn ich mich recht erinnere. Er hat Lucius gestattet, das Haus während seiner Abwesenheit zu benutzen."

„Ich verstehe. Kannst du mir Namen und Adresse nennen?"

„Den Namen dieses Freundes kenne ich nicht, aber ich kann dir sagen, wo das Haus ist."

Pomponius notierte sorgfältig die Wegbeschreibung auf sein Wachstäfelchen und fuhr dann fort: „Was hat es nun mit diesem anderen Liebhaber der Annia auf sich?"

„Von dem wusste Lucius zunächst nichts. Es hat sich dann aber ein Vorfall ereignet, der Lucius beunruhigt hat. Er hat nämlich bemerkt, dass ihm Leute nachschleichen. Es sollen zwei Männer und eine Frau gewesen sein, die ihn beobachtet haben."

Pomponius fuhr überrascht in die Höhe und sagte: „Sieh an! Das kommt mir bekannt vor."

„Wir haben zunächst gedacht, es habe mit unseren Wetten zu tun, weil Lucius überdurchschnittlich oft gewonnen hat", fuhr Rutilus fort. „Wir haben zwar nichts ausdrücklich Verbotenes getan, aber du weißt ja, wie hart das Renn- und Wettgeschäft ist. Da kann man bald übel zugerichtet werden, wenn man den falschen Leuten in die Quere kommt. Das war es aber nicht. Also hat Lucius auch Annia davon erzählt. Sie ist daraufhin hysterisch geworden und hat ihm unter Tränen gestanden, dass sie noch einen anderen Liebhaber hat, den sie als sehr eifersüchtig und gewalttätig beschrieben hat. Mehr wollte sie ihm nicht sagen, sie hat ihn aber beschworen, sehr vorsichtig zu sein, und sie hat gemeint, dieser Liebhaber lasse Lucius und sie beobachten. Annia war so verängstigt, dass sie

Lucius gar nicht mehr treffen wollte. Sie hat praktisch Schluss mit ihm gemacht und ihn gebeten, sie künftig in Ruhe zu lassen."

„Wie hat Lucius darauf reagiert?"

„Er war sehr betroffen und wusste nicht recht, was er tun soll. Wir, seine Freunde, haben ihm geraten, die Beziehung mit Annia aufzugeben und froh zu sein, dass er sie los ist. Seien wir ehrlich! Ein Mädchen, das verlobt ist und sich zusätzlich zwei Liebhaber hält, von denen einer zu Gewalttätigkeiten neigt, riecht geradezu nach Schwierigkeiten. Da kommt nichts Gutes dabei heraus. Mit dieser Einschätzung sind wir auch völlig richtig gelegen. Denn wenige Tage später wurde Annia umgebracht."

„Der andere Liebhaber? Ein Eifersuchtsmord?"

„Wie soll ich denn das wissen. Möglich wäre es."

„Wie hat Lucius Annias Tod aufgenommen?"

„Er war entsetzt und untröstlich. Obwohl sie meiner Meinung nach ein Luder war, hat sie ihm offenbar etwas bedeutet."

„Wo hat sich Lucius in jener Nacht, in der Annia zu Tode gekommen ist, aufgehalten?"

„Du denkst doch nicht etwa, dass Lucius mit ihrem Tod etwas zu tun hat?", fragte Rutilus empört.

„Eigentlich nicht. Ich will nur abklären, ob Lucius für diese Nacht ein brauchbares Alibi hat. Das wäre für meine Ermittlungen sehr hilfreich."

„Dabei kann ich dir leider nicht helfen. Ich weiß es nicht."

Pomponius seufzte. „Ich muss herausfinden, wer der andere Liebhaber Annias war. Kannst du mir gar keinen weiteren Hinweis geben?"

Rutilus dachte nach. „Annia hat nur noch erwähnt, dass er sehr einflussreiche Freunde hat. Aber das wird dir nicht weiterhelfen. Jeder in Rom hat einflussreiche Freunde, die einen mehr, die anderen weniger."

„Weißt du etwas über den Verlobten Annias?"

„Ich kenne seinen Namen nicht, der wird sich aber leicht herausfinden lassen. Ich weiß nur, dass es keine Liebesheirat werden sollte. Es ging darum, die geschäftlichen Beziehungen zwischen ihrem Vater und dem Verlobten Annias zu festigen. Das war auch der Grund, weshalb Lucius auf Annias Verlobten nicht eifersüchtig war."

„Auf den anderen Liebhaber Annias war Lucius aber schon eifersüchtig?"

„Ich denke schon", räumte Rutilus widerwillig ein.

„Ich frage mich, wie Annia ihren unbekannten Liebhaber kennengelernt hat", grübelte Pomponius. „Ob er sie auch im Circus angeredet hat?"

„Ich denke eher, er ist ein Bekannter der Familie", meinte Rutilus.

Pomponius sah seinen Gesprächspartner überrascht an. „Wie kommst du darauf?"

„Es ist für ein behütetes Mädchen aus guter Familie gar nicht so einfach, Männerbekanntschaften zu machen, selbst wenn sie darauf aus ist. Solche Mädchen dürfen meist gar nicht ohne Begleitung das Haus verlassen. Dass es zwischen Annia und Lucius geklappt hat, ist eher eine Ausnahme. Annia musste sich dabei der Diskretion der Dienerin, die sie begleitet hat, sicher gewesen sein. Das ist auch der Punkt, an dem ich an deiner Stelle ansetzen würde. Wenn diese Dienerin in das Verhältnis zwischen Annia und Lucius eingeweiht war und die beiden vielleicht sogar unterstützt hat, dann weiß sie wahrscheinlich auch über den anderen Liebhaber Annias Bescheid."

Pomponius nickte. „Das ist eine Spur, der ich nachgehen werde. Wie ist es dann mit Lucius weitergegangen?"

„Er hat die nächsten Tage vor lauter Kummer wie ein Loch gesoffen und dann hat er zu heulen begonnen wie ein Kind. Wir, Sertorius und ich, haben uns um ihn gekümmert. Ehrlich gesagt, wir hatten ein wenig Angst, er bringt sich noch um. Es ist schon unglaublich, was so ein leichtes Mädchen wie diese Annia, tot oder lebendig, bei einem Mann anrichten kann. In der Nacht, in der das zweite Mädchen, Bruttia, umgebracht wurde, sind wir auch mit Lucius hier gesessen und haben versucht, ihn zu trösten. Wie es weitergegangen ist, weißt du ja. Das Gericht hat uns nicht geglaubt. Mehr kann ich dir nicht erzählen und für mich wird es jetzt auch Zeit zu gehen."

„Ich danke dir für deine Hilfsbereitschaft", sagte Pomponius. „Das Gespräch mit dir war sehr aufschlussreich. Wie darf ich mich erkenntlich zeigen?"

„Indem du mir in Hinkunft fern bleibst", antwortete Rutilus unverblümt. „Mit dir geht es mir ähnlich wie mit Annia. Auch du riechst förmlich nach Schwierigkeiten, mit denen ich nichts zu tun haben will."

„Etwas Ähnliches hat auch Sertorius gesagt", gestand Pomponius.

„Und der Mann weiß, wovon er redet. Er ist immerhin Wahrsager. Leb wohl Pomponius und versuche Lucius zu helfen, wenn das möglich ist, mich lass aber künftig aus dem Spiel."

„Leb wohl", sagte auch Pomponius und machte eine abwehrende Handbewegung als Rutilus in die Tasche griff. „Erlaube mir wenigstens, deine Zeche zu begleichen."

Pomponius sah Rutilus nach und winkte dann den Wirt zu sich.

Wie nicht anders zu erwarten gewesen, hatte sich dessen Laune nicht wesentlich gebessert. „Was willst du?", fragte er ungnädig. „Hoffentlich für dich und Rutilus bezahlen und dann den Tisch frei machen!"

Für den Fall, dass Zeugen nicht kooperieren wollten, hatte Pomponius zwei einfache, aber bewährte Rezepte bei der Hand: Drohungen oder Geld. In manchen Fällen konnte man auch beides kombinieren. Das funktionierte seiner Erfahrung nach fast immer. Nur leider kamen Drohungen hier nicht in Frage. Pomponius versuchte es stattdessen mit Schmeicheleien. „Das Essen und der Wein waren vorzüglich", sagte er anerkennend.

„Hast du etwas anderes erwartet? Du bist hier immerhin bei Tertius!"

„Gewähre mir einen Augenblick deiner Zeit und setz dich zu mir, Tertius, du Zierde unter den Wirten", bat Pomponius. „Ich möchte mit dir reden."

„Ich habe wahrhaftig weder Lust noch Zeit, mit dir zu schwatzen. Wenn du noch etwas bestellen willst, dann tu es oder gehe deiner Wege, nachdem du bezahlst hast. Meine Zeit ist kostbar!"

„Wie kostbar?", fragte Pomponius und legte einen Denar auf den Tisch.

Tertius starrte die Silbermünze an. „Was soll das? Bist du von Sinnen?"

„Ich muss tatsächlich von Sinnen gewesen sein, als ich deine Zeit so gering eingeschätzt habe", antwortete Pomponius demütig. „Verzeih mir." Er legte einen zweiten Denar und gleich darauf einen dritten neben den ersten.

Tertius ließ sich langsam auf den Stuhl sinken, den Rutilus frei gemacht hatte. Er sah zwischen dem Geld und Pomponius hin und her, dann streckte er entschlossen die Hand aus und nahm die Münzen an sich. Pomponius lächelte insgeheim, denn er wusste, dass er den Fisch jetzt am Haken hatte. „Was willst du von mir?", fragte Tertius.

„Nur eine kleine Auskunft. Mein Name ist Spurius Pomponius. Ich bin Anwalt und vertrete den jungen Lucius Cäcilius und dessen Onkel. Es geht um jene Nacht, in der das Mädchen Bruttia ermordet wurde. Du kennst ja die Geschichte. Lucius hat behauptet, er sei zum Tatzeitpunkt, am Ende der Nacht, hier in deinem Lokal gewesen. Seine Freunde Sertorius und Rutilus haben das auch bestätigt. Stimmt das?"

Tertius starrte Pomponius an. „Ach darum geht es also. Deshalb hast du so lange mit Rutilus gesprochen."

„Ja, darum geht es."

„Dann hast du die drei Denare umsonst ausgegeben und du bekommst sie auch nicht zurück. Ich kann nur das wiederholen, was ich vor Gericht gesagt habe: Ich weiß es nicht."

„Lass es uns anders versuchen. Waren in dieser Nacht Sertorius und Rutilus überhaupt bei dir?"

„Das schon."

„Wann sind sie gekommen?"

„Etwa um die achte Stunde der Nacht."

„Also zwei Stunden nach Mitternacht. Warst du ständig im Lokal?"

„Ständig, bis zur zweiten Stunde des Tages. Dann hat mich mein Weib abgelöst und die Tagschicht übernommen."

„Waren Sertorius und Rutilus allein?"

„Nein. Lucius Cäcilius war bei ihnen."

Pomponius sah seinen Gesprächspartner erstaunt an. „Darum geht es ja gerade. Warum hast du das vor Gericht nicht gesagt?"

Tertius setzte zu einer Antwort an, überlegte es sich dann anders und schwieg.

Pomponius hatte das sichere Gefühl, auf etwas Wichtiges gestoßen zu sein, und beschloss, schwerere Geschütze aufzufahren. Er legte einen Aureus auf den Tisch und sah Tertius abwartend an. Dieser zögerte abermals, dann griff er nach der Münze. Pomponius legte rasch die Hand über das Goldstück. „Tertius", sagte er mahnend, „ist das, was du mir erzählen wirst, auch wirklich einen Aureus wert?"

„Das weiß ich nicht", antwortete Tertius. „Ich weiß auch nicht, ob es dir gefallen wird, aber es ist die Wahrheit."

Pomponius gab das Geldstück frei und schob es schweigend dem Wirt zu.

„Etwa zwei Stunden vor Tagesanbruch", berichtete Tertius, „ist ein Fremder hereingekommen und hat Lucius Cäcilius etwas zugeflüstert. Die beiden haben sich kurz unterhalten und sind dann gemeinsam rasch weggegangen. Obwohl Lucius in der Eile seine Zeche nicht bezahlt hat, habe ich sie gehen lassen, weil Lucius ein guter Gast ist und ich sicher war, mein Geld schon noch zu bekommen. Tatsächlich ist Lucius ja auch kurz nach Tagesanbruch allein wieder zurückgekommen und hat bezahlt."

Pomponius atmete tief aus. „Wenn das stimmt, war Lucius also etwa zwei Stunden abwesend, just zu der Zeit, zu der Bruttia umgebracht wurde!"

Tertius zuckte nur mit den Schultern und gab keinen Kommentar ab.

„Warum haben Sertorius und Rutilus das nicht gesagt? Wollten sie Lucius schützen?"

„Mag sein. Ich glaube allerdings, sie wussten es nicht besser. Sertorius hat zu viel Wein getrunken und ist hier am Tisch eingeschlafen und Rutilus war mit Longina ziemlich lange oben im Extrazimmer." Tertius deutete mit dem Kopf nach einem der Schankmädchen und machte dabei eine eindeutige Handbewegung. Longina sah zu ihnen herüber und lächelte Pomponius einladend an. „Möglich, dass ihnen die vorübergehende Abwesenheit ihres Freundes gar nicht aufgefallen ist oder sie sich nicht mehr richtig erinnern konnten", fuhr Tertius fort, „zumal sie ja wirklich besoffen waren."

Pomponius war erschüttert. „Dann hätte ja Marcus Caecilianus Placidus mit seiner Beweisführung sogar richtig gelegen", murmelte er. „Lucius war zum

Zeitpunkt des Mordes gar nicht hier." Er sah Tertius streng an. „Warum hast du das nicht so vor Gericht gesagt?"

„Weil ich den Jungen nicht noch mehr hineinreiten wollte. Ich bin mir nämlich sicher, dass er unschuldig ist. Lucius ist nicht der Mann, der jemanden umbringt und schon gar keine Frau. Also habe ich bloß gesagt, ich könne mich an seine Anwesenheit nicht erinnern, was ja auch nicht falsch war, wenn man es genau nimmt."

Pomponius dachte nach. „Welchen Eindruck hat Lucius gemacht, als er zurückkam?", fragte er schließlich.

„Mir ist nichts Besonderes aufgefallen. Ich hatte alle Hände voll zu tun und habe ihn nicht besonders beachtet. Ich habe nicht einmal bemerkt, wie er und seine beiden Freunde gegangen sind. Wozu auch, bezahlt hatten sie ja schon. Mehr kann ich dir nicht sagen. Du musst deine Zeche und die von Rutilus noch bezahlen. Das Geld, das du mir gegeben hast, war nämlich nur für die Auskünfte."

Tertius schien auf das Zahlen der Zeche besonderen Wert zu legen und Pomponius nahm ihm das auch nicht übel. Immerhin war der Mann Wirt. Aber auch Pomponius wollte für sein Geld möglichst viele Informationen. „Nicht so rasch!", sagte er. „Der Mann, der Lucius abgeholt hat, wie sah er aus? Kanntest du ihn?"

Tertius schüttelte den Kopf. „Ich habe ihn nie zuvor gesehen. Er war unauffällig, einfach gekleidet, wahrscheinlich ein Freigelassener."

„Ist dir gar nichts an ihm aufgefallen?"

Tertius begann ungeduldig zu werden, weil einige Gäste bereits nach dem Wirt schrien und Longina mit einem Kunden ins Obergeschoß verschwunden war. Trotzdem zeigte Tertius guten Willen und brachte dies durch kräftiges Stirnrunzeln zum Ausdruck. „Er trug wahrscheinlich unter seinem Umhang eine Waffe", verkündete er schließlich, „und er hatte unter dem rechten Auge eine halbmondförmige Narbe."

Pomponius verschlug es den Atem. Er sah vor seinen inneren Augen den bewaffneten Mann, der ihn kürzlich verfolgt hatte. Auch der hatte eine solche Narbe im Gesicht gehabt. „Sieh an!", stieß er überrascht hervor.

„Du kennst ihn?", fragte Tertius. „Nun, dann hast du für dein Geld ja doch etwas bekommen." Er klopfte mit dem Finger fordernd auf den Tisch.

Pomponius rückte einen weiteren Denar heraus. „Es kann sein, dass ich dich wieder aufsuche, wenn ich weitere Fragen habe."

„Lass das bleiben", wehrte Tertius ab. „Nur damit wir uns recht verstehen: Nichts von dem, was ich dir eben erzählt habe, werde ich vor Gericht wiederholen. Jetzt geh und komm besser nicht wieder. Ich will in keine Schwierigkeiten verwickelt werden."

Pomponius, der das an diesem Tag schon zur Genüge gehört hatte, verzichtete auf eine Antwort und verließ das Lokal.

XII

Der Tag hatte Pomponius eine Reihe neuer Erkenntnisse beschert, die ihm zu schaffen machten. Der Grund seiner Anwesenheit in Rom war ihm endgültig klar geworden. Er war nicht deswegen hier, weil sein Kommandant einem alten Freund einen Gefallen tun wollte, und auch nicht, weil es der Kaiser gewünscht hatte. Er war hier, weil Faustina Masculinius darum gebeten hatte. Sie war auch die Einzige, die ihn bei seinen Ermittlungen bisher indirekt unterstützt hatte. Welches Interesse Faustina an dem Fall des Lucius Cäcilius haben konnte, war allerdings völlig unerklärlich. Pomponius konnte keinen Zusammenhang zwischen der Gattin des Imperators und Lucius erkennen. Inzwischen hegte er auch starke Zweifel daran, dass Valeria wirklich so ahnungslos war, wie sie tat. Er hielt es für recht wahrscheinlich, dass sie als enge Vertraute der Kaiserin in deren Pläne, soweit sie ihn betrafen, eingeweiht war. Er verspürte deswegen einen leichten Groll. Zwar zweifelte er nicht an der Zuneigung Valerias ihm gegenüber, er wusste allerdings auch, dass sie recht opportunistisch sein konnte, einen Hang zu Intrigen hatte und dazu neigte, andere Menschen zu manipulieren. Warum aber diese Geheimnistuerei? Dafür konnte es nur einen Grund geben: Der Kaiser sollte nichts davon erfahren. Wie immer Pomponius diesen Fall auch löste, das Ergebnis würde auf seine Kappe gehen, Faustina sollte damit nichts zu tun haben und sie würde wahrscheinlich nichts unternehmen, ihn vor dem Zorn ihres Gatten oder anderen unangenehmen Folgen zu schützen. Diese Vorstellung beunruhigte Pomponius zutiefst.

Auch der Fall selbst hatte eine unerwartete Wendung genommen. Seine Annahme, wonach Lucius völlig unschuldig war, musste hinterfragt werden. Für den Mord an Annia hatte er nämlich ein bisher unbekannt gewesenes starkes Motiv, nämlich jenes des eifersüchtigen Liebhabers. Was den Tod der Bruttia betraf, so hatte er offenbar gelogen. Er war zum mutmaßlichen Tatzeitpunkt nicht in der Schenke des Tertius gewesen und hätte Zeit gehabt, die Tat auszuführen. Unter diesem Gesichtspunkt musste Pomponius auch seine bisherige Vermutung, wonach der Tatort manipuliert worden war, in Frage stellen. Das sonderbare Verhalten Scantillas und des Marcus Caecilianus Placidus kam ihm in den Sinn. Scantilla hatte ihn davor gewarnt, in die Falle seiner eignen Voreingenommenheit zu tappen und ganz selbstverständlich von der Unschuld des Lucius auszugehen. Obwohl Pomponius Scantilla nicht mehr traute als einer Tigerin, die sich ihm freundlich schnurrend näherte, so musste er ihr doch zugestehen, dass sie sich ihm gegenüber nicht feindselig verhalten, sondern sogar eine gewisse Kooperationsbereitschaft an den Tag gelegt hatte. Auch der gegnerische Anwalt, Placidus, schien Wert darauf zu legen, sich mit ihm zu verständigen. Im Ergebnis lief wohl alles darauf hinaus, dass man ihn von weiteren Untersuchungen abhalten wollte. Scantilla hatte das ja auch unverblümt zum Ausdruck gebracht.

Jetzt wäre es dringend an der Zeit gewesen, sich mit der Hauptperson dieses Falles, mit Lucius persönlich, zu unterhalten und ihm auf den Zahn zu fühlen. Nur leider war Lucius nicht greifbar. Ob er sich bewusst einer Befragung durch Pomponius entzog?

Pomponius erwog einen Augenblick ernsthaft, sich aus diesem Fall zurückzuziehen. Aber das ging natürlich nicht. Einerseits würde er sich dadurch den Zorn Faustinas und seines Kommandanten zuziehen und andererseits war sein Jagdinstinkt geweckt worden. Er hätte doch zu gerne herausbekommen, was hinter der ganzen Affäre steckte.

Die Erinnerung an Aliqua drängte sich plötzlich mit aller Macht in seine Gedanken. Sie fehlte ihm. Er war zwar nicht bereit, sich einzugestehen, dass sie ihm als Geliebte fehlte, denn sie hatte ihn ja immerhin wegen eines anderen Mannes verlassen und er war jetzt mit Valeria zusammen, aber sie fehlte ihm als Partnerin. Unter anderen Umständen hätte er jetzt den Fall ausführlich mit ihr besprochen und gemeinsam wären sie der Sache sicher nähergekommen.

Pomponius seufzte tief. „Was soll ich jetzt tun, Aliqua?", flüsterte er. „Was meinst du?"

„Lass dir eine gute Ausrede einfallen und dann hau ab, so rasch du kannst, Pomponius", antwortete ihre imaginäre Stimme in seinem Kopf. „Du bist in eine Intrige geraten, die dich Kopf und Kragen kosten kann."

„Das sagst gerade du, die du als Muster an Pflichteifer giltst?"

Es blieb still.

„Aliqua!", sagte Pomponius drängend.

„Komm zurück nach Carnuntum, Pomponius, ich brauche deine Hilfe." Ihre Stimme wurde leiser und verklang. Ihr Bild verblasste vor seinen inneren Augen.

Pomponius schüttelte benommen den Kopf. „Ich verliere wohl langsam den Verstand", sagte er zu sich selbst und beschleunigte entschlossen seine Schritte. Kurz darauf hatte er sein Quartier im Palast erreicht.

Er fand Demetrius und Corinthus damit beschäftigt, die Truhe mit seinen Kleidungsstücken einzuräumen.

„Wir haben deine alten Kleider gereinigt und ausgebessert", erklärte Demetrius. „Wenn ich mir eine Bemerkung erlauben darf, so wäre es aber angemessen, weiterhin die Ersatzkleider, die wir dir besorgt haben, zu verwenden, es sei denn, du wünscht dich möglichst unerkannt unter das gemeine Volk zu mischen."

„Du hast sicher recht", stimmte ihm Pomponius zu. „Hast du mir inzwischen die Adressen von Marcus Bassianus und Titus Crispinus besorgen können?"

„Das habe ich, Herr", antwortete Demetrius dienstbeflissen und reichte Pomponius einen zusammengerollten Papyrus. „Ich habe dir den Weg genau aufgeschrieben. Beabsichtigst du, die beiden aufzusuchen?"

„Ich weiß nicht recht", antwortete Pomponius. „Ich fürchte, ich werde nicht willkommen sein, wenn ich meinen Auftrag offenlege. Außerdem gilt mein Interesse mehr einer Dienerin, wahrscheinlich einer jungen Sklavin aus dem Hause des Marcus Bassianus, aber ich weiß nicht, wie ich an die herankommen soll."

„Kennst du ihren Namen?"

„Nicht einmal den kenne ich. Ich habe bloß erfahren, dass Annia zwei Liebhaber hatte. Einer davon war Lucius, der andere ein Unbekannter, dessen Identität ich herausbekommen möchte. Wahrscheinlich war diese junge Dienerin in die Liebesabenteuer ihrer Herrin eingeweiht. Was Lucius betrifft, so war sie es sicher."

„Selbst wenn du sie findest, wird sie dir nichts sagen", meinte Demetrius kopfschüttelnd. „Sklaven sind schon im eigenen Interesse Fremden gegenüber sehr verschlossen, wenn es um das Privatleben ihrer Herrschaft geht, ganz besonders in einer so heiklen Angelegenheit."

„Das könnte doch ich übernehmen", mischte sich Corinthus ein. Seine Augen glänzten vor Begeisterung. „Dir würde sie ganz sicher nichts erzählen, Herr, aber einem hübschen Jungen gegenüber, der auch ein Sklave ist und den sie zufällig kennenlernt, wird sie wahrscheinlich aufgeschlossener sein."

„Das könnte gehen", bestätigte Demetrius.

„Nein!", wehrte Pomponius entschieden ab. „Ich danke dir für deinen Diensteifer, Corinthus, aber du bist zu jung dafür. Ich kann doch kein Kind ..."

„Ich bin vierzehn", protestierte Corinthus beleidigt, „und ich bin kein Kind mehr. Ich kann alles, was einen Mann ausmacht, wenn du verstehst, was ich meine."

Pomponius war leicht schockiert. „So genau will ich es nicht wissen", murmelte er.

Demetrius lachte. „Lass es ihn versuchen, Herr. Er ist ein schlauer Bursche und vielleicht findet er ja wirklich etwas heraus."

„Nun gut", gab Pomponius nach. „Dann versuche dein Glück, Corinthus. Aber versprich mir eines: Sei sehr vorsichtig. Niemand darf auch nur ahnen, was du im Sinn hast. Du bist bloß ein Junge, der mit einem Mädchen anbändeln will, sonst nichts."

„Sonst nichts", wiederholte Corinthus feierlich. „Vertrau mir, Herr. Gleich morgen früh mache ich mich ans Werk."

„Hast du weitere Befehle für uns, Herr?", fragte Demetrius.

„In der Tat. Ich schreibe eine kurze Nachricht, die Corinthus noch heute zu Tiberius Cäcilius bringen soll. Ich will wissen, wo Lucius ist und wann ich ihn endlich sprechen kann. Wenn möglich soll Corinthus auf Antwort warten."

Nachdem sich Demetrius und Corinthus entfernt hatten, warf sich Pomponius angekleidet aufs Bett und fiel bald in einen unruhigen Schlaf, der von seltsamen Traumbildern durchsetzt war.

Pomponius war wieder in Carnuntum. Die Straßen, die er durchwanderte, waren ihm fremd und gleichzeitig vertraut. Die Menschen, denen er begegnete, wandten sich von ihm ab oder sahen gleichgültig durch ihn hindurch. Niemand erwiderte seinen Gruß. Schließlich fand er sich vor seinem eigenen Haus wieder. Die Tür öffnete sich und Aliqua trat heraus. Ihre Augen waren gerötet und verschwollen. Es sah aus, als ob sie geweint hätte.

„Aliqua!", rief Pomponius.

Sie erschrak und blickte um sich. Sie schien ihn aber nicht zu erkennen. Ihr Blick glitt über ihn hinweg, als ob er gar nicht da wäre. „Pomponius?", flüsterte sie.

Krixus war Aliqua auf die Straße gefolgt und nahm sie jetzt behutsam am Arm. „Quäl dich nicht, Herrin", sagte er voller Mitleid. „Pomponius ist tot und nichts kann ihn mehr zurückbringen."

„Was redet ihr da!", rief Pomponius erschrocken. „Ich bin doch nicht tot. Wer hat euch denn das eingeredet? Hier stehe ich doch! Seht mich an, sprecht zu mir und nehmt mich in den Arm."

„Ich will es nicht glauben", klagte Aliqua, ohne auf Pomponius zu achten. „Die Nachricht muss falsch gewesen sein, ein Gerücht, mehr nicht! Pomponius ist schon mit ganz anderen Gefahren fertig geworden. Pomponius kommt sicher zu uns zurück."

Krixus schüttelte nur kummervoll den Kopf.

„So seht mich an!", schrie Pomponius. „Ich bin doch schon hier!"

Eine kräftige Hand packte ihn von hinten am Arm und rüttelte ihn. „Was schreist du so herum, Pomponius?", fragte Masculinius, sein Kommandant, streng. „Was machst du überhaupt hier? Solltest du nicht in Rom sein? Ich bin sehr unzufrieden mit dir. Wie immer schaffst du nur Verwirrung, anstatt den Fall, den ich dir übertragen habe, zu lösen. Dabei ist die Antwort doch naheliegend! Aber was machst du? Du beauftragst einen unerfahrenen Jungen mit nicht ungefährlichen Ermittlungen! Komm endlich zu dir! Pomponius! Pomponius, wach auf!"

Pomponius fuhr in die Höhe und sah verwirrt um sich. Er lag auf seinem Bett im kaiserlichen Palast. Der Himmel vor dem Fenster hatte sich verdunkelt. Es musste bereits Abend sein. Über ihm stand Valeria, die ihn wachgerüttelt hatte.

„Du musst ja einen abscheulichen Traum gehabt haben", sagte sie. „Du hast gestöhnt und unverständliches Zeug geschrien. Ist alles in Ordnung?"

Pomponius fand mühsam in die Realität zurück. „Ja, es ist alles in Ordnung“, sagte er. „Es war nur ein Traum. Ich habe geträumt, ich wäre wieder in Carnuntum.“

„Davon kann man tatsächlich Albträume bekommen“, meinte Valeria. „Hast du es auch schon gehört? In den Donauprovinzen soll ganz plötzlich die Pest mit vielen Toten wieder aufgeflammt sein. Faustina hat es mir erzählt. Sie macht sich Sorgen um ihren Gemahl. Wir wollen hoffen, dass die Seuche nicht wieder Rom erreicht.“

Sie gab ihm einen Kuss und begann sich auszukleiden. „Wie war dein Tag? Wie ist es dir bei meinem Vater ergangen?“

„Wie ich es erwartet habe. Er war sehr ungnädig und hat mich wegen unserer Beziehung niedergemacht. Er hält mich für absolut unwürdig und meint, dass unsere Bekanntschaft deinem Ansehen schadet.“

„Ja“, lächelte Valeria verschmitzt, „da kann etwas dran sein. Je länger ich mit dir zusammen bin, umso schwerer wird es werden, mich als sittsames Mädchen an den künftigen Ehemann zu bringen. Hilf doch etwas mit, damit ich dich aus den Kleidern bringe. Was hast du meinem Vater geantwortet?“

„Ich habe ihm gesagt, dass wir uns lieben.“

Valeria lachte herzlich. „Das ist das letzte Argument, das meinen Vater überzeugen könnte.“

„Den Eindruck habe ich auch gewonnen. Sag, liebst du mich tatsächlich?“

„Würde ich sonst splitternackt mit dir ins Bett kriechen und dulden, was du gerade mit deinen Händen machst?“

„Wer weiß“, antwortete Pomponius und versuchte es scherzhaft klingen zu lassen, „welche finsteren Pläne du mit mir vorhast. Vielleicht verführst du mich ja nur, um mich für deine Absichten gefügig zu machen. Ist das so?“

„Den Geliebten gefügig zu machen, ist wahrscheinlich das Ziel jeder Frau“, wich Valeria aus. „Und das Plänemachen überlasse ich lieber dir. Ich kann schließlich nicht alles machen.“

„Du hast heute schon sehr viel gemacht“, antwortete Pomponius. „Du hast dafür gesorgt, dass dein Vater einen Brief von Faustina bekommen hat. Just im rechten Moment, bevor er mich endgültig entmannt hat.“

„Gütige Götter!", tat Valeria erschrocken. „Hast du Schaden genommen? Lass sehen!" Sie lüftete die Decke und sah darunter. „Den Unsterblichen sei Dank. Es ist alles so, wie es sein soll. Jetzt aber sag du mir: Liebst du mich auch?"

„Davon hast du dich doch eben überzeugt."

„Das hat nichts zu sagen. Du bist bloß ein geiler Bock."

Pomponius, den nach wie vor die Frage bewegte, was es mit dem eigenartigen Brief Faustinas an Valerias Vater auf sich hatte, gewann das Gefühl, dass er der Antwort mit diesem Geplänkel nicht näherkam. Also fragte er sie direkt: „Der Brief, den Faustina deinem Vater geschrieben hat, war das deine oder ihre Idee?"

Valeria rückte ein Stück von ihm ab und sah ihm aufmerksam ins Gesicht. „Du bist undankbar, Pomponius. Ich habe bloß versucht, dir und auch mir zu helfen, und du verhältst dich so, als ob du Grund zum Argwohn hättest."

„Dann antworte mir einfach."

„Ich habe Faustina erzählt, dass ich mir Sorgen mache, mein Vater werde dich sehr schlecht behandeln und unter Druck setzen. Diese Sorge war ja auch nicht unbegründet, wie du selbst erlebt hast. Also habe ich sie gebeten, ob sie nicht bei meinem Vater ein gutes Wort für dich einlegen könne. Weil du ihr Wohlwollen genießt, war sie dazu bereit. Ich nehme an, der Brief hat seine Wirkung getan."

„Das hat er. Du hättest das Gesicht deines Vaters sehen sollen, als er lesen musste, was Faustina über mich schrieb. Aber da ist noch etwas: Faustina hat deinen Vater auch gebeten, auf eine Weise, die er praktisch als Befehl auffassen musste, mich bei meinen Ermittlungen zu unterstützen. Das ist mehr als ungewöhnlich. Wie ist es dazu gekommen?"

„Faustina und ich haben überlegt, wie wir euch beide, meinen Vater und dich, einander näherbringen können. Dabei sind wir auf die Idee verfallen, wenn ihr gemeinsam an einer Aufgabe arbeitet, könntest du eher die Wertschätzung meines Vaters gewinnen."

„Sehr schön. Aber wozu soll das gut sein?"

„Nur für den Fall, dass aus den Hochzeitsplänen, die mein Vater für mich wälzt, nichts wird und ich auf dich zurückgreifen muss", sagte Valeria leichthin.

„Sie ist aalglatt und jetzt hat sie mich zu einem Thema hin manövriert, auf das ich mich absolut nicht einlassen will, und das weiß sie auch", dachte Pomponius. Er nahm Valeria zärtlich in die Arme und flüsterte: „Du bist ebenso klug, wie du schön bist, Geliebte."

„Und ich bin auch gut im Bett, mein Geliebter", flüsterte Valeria zurück.

In dieser Nacht schlief Pomponius ausgezeichnet und wurde von keinen Traumgesichtern mehr heimgesucht. Jedenfalls konnte er sich nicht daran erinnern, als er am nächsten Morgen erwachte.

XIII

Pomponius begann an den Bequemlichkeiten, die ihm sein Aufenthalt im Palast verschaffte, zunehmend Gefallen zu finden. Am Morgen des folgenden Tages begab er sich in Begleitung von Demetrius in die Badeanlage. Er gedachte, gemütlich im warmen Wasser sitzend, sein weiteres Vorgehen zu planen.

Dazu sollte es vorerst nicht kommen. Das Caldarium war um diese Zeit nur spärlich besucht. Das mittlere Becken war unbesetzt. Im linken saß eine junge Frau, wahrscheinlich eine der Damen Faustinas, die dienstfrei hatte, im rechten hockte ein Mann, in dem Pomponius sofort Priscinius erkannte, den Lehrer des Commodus, der seinen Schüler dazu angehalten hatte, einen wehrlosen Hund zu Tode zu prügeln. Zu seiner Überraschung bemerkte Pomponius, dass dieser grausame Mensch wie ein Kind mit einem Holzschiffchen spielte, das er mit leichten Stößen im Wasser hin- und hergleiten ließ.

Pomponius schüttelte den Kopf, ließ sich von Demetrius den Morgenmantel abnehmen und strebte dem mittleren Becken zu.

Priscinius hob plötzlich den Kopf und sagte mit halblauter Stimme: „Pomponius.“

Pomponius hielt inne.

„Komm, setz dich zu mir und leiste mir etwas Gesellschaft“, fuhr Priscinius fort.

Pomponius hätte üblicherweise eine solche Einladung nicht abgelehnt, weil er stets darauf bedacht war, Klatsch zu hören und dabei vielleicht auch nützliche Informationen zu gewinnen, aber dieser Mann war ihm zutiefst zuwider. Also tunkte er bloß vorsichtig die Zehen ins Wasser, um dessen Temperatur zu prüfen, und sagte ziemlich unhöflich: „Ich danke dir, aber mir ist nicht nach Gesellschaft zumute. Ich möchte in Ruhe nachdenken.“

„Spurius Pomponius!“ Diesmal klang die Stimme des Priscinius hart und befehlsgewohnt.

Pomponius nickte nur gleichgültig und stieg vorsichtig in das mittlere Becken.

„Wunderst du dich nicht, dass ich deinen Namen kenne?“

„Nein“, antwortete Pomponius kurz angebunden und ließ sich nieder, sodass nur mehr sein Kopf aus dem angenehm warmen Wasser ragte.

„Weißt du, wer ich bin?“

Pomponius seufzte tief, um zum Ausdruck zu bringen, dass er sich belästigt fühlte, und antwortete mürrisch: „Ich glaube, man nennt dich Priscinius.“

„Ganz recht! Ich bin Priscinius, Lehrer und Vertrauter des erhabenen Commodus. Jetzt missbrauche meine Geduld nicht länger und komm sofort zu mir herüber. Der erhabene Cäsar Commodus wünscht nämlich mehr über dich zu erfahren.“

Pomponius begann neugierig zu werden und der Hinweis auf Commodus, der als unberechenbar galt, machte ihn vorsichtig. Der halbwüchsige Sohn des Kaisers hatte zwar trotz seiner eindrucksvollen Titel noch keine unmittelbare Befehlsgewalt, aber das besagte nichts. Es gab sicher genug Leute, die seine Wünsche befolgten, um sein Wohlwollen zu genießen, sobald er dereinst seinem Vater in die Herrschaft gefolgt war. Pomponius erklärte daher mit geheucheltem Respekt: „Wenn das so ist, so stehe ich natürlich ganz zu deiner Verfügung, edler Priscinius.“ Er kletterte aus dem Becken und stieg in das andere, wo er sich Priscinius gegenüber niederließ.

„Du behauptest, dich zum Vergnügen in Rom aufzuhalten“, begann Priscinius. „Stimmt das?“

„Das klingt, als ob er die Absicht hat, mich zu verhören“, dachte Pomponius und erwiderte unverändert höflich: „So ist es, edler Priscinius.“

„Für einen Vergnügungsreisenden entfaltest du aber eine sonderbare Tätigkeit. Wie ich höre, hast du den Senator Tiberius Cäcilius aufgesucht und du hast verschiedenen Leuten Fragen gestellt, die sich auf den Prozess beziehen, der gegen seinen missratenen Neffen geführt wurde. Trifft das zu?“

„Es trifft zu. Wie du sicher auch weißt, edler Priscinius, bin ich Anwalt und diese sonderbare Causa hat mein berufliches Interesse geweckt. Darf ich fragen, welches Interesse aber der erhabene Commodus an dieser für ihn gewiss belanglosen Angelegenheit hat?“

Priscinius gab dem Holzschiffchen, das vor seiner Brust im Wasser schaukelte, plötzlich einen Stoß, sodass es durch das Becken glitt und knapp vor Pomponius zum Stillstand kam. Jetzt erkannte Pomponius den Zweck dieses sonderbaren Spielzeuges. Das Innere war ausgehöhlt und in dieser Mulde lag griffbereit ein kleiner nadelspitzer Dolch mit rasiermesserscharfer Schneide.

„Eine gefährliche Waffe", bemerkte Pomponius, ohne das Schiffchen mit seiner tödlichen Fracht zu berühren. „Du bist ein vorsichtiger Mann, Priscinius."

„Das bin ich. Wusstest du, dass viele Morde und Attentate im Bad verübt werden, wenn das Opfer nackt und wehrlos ist?"

„Das wusste ich nicht", entgegnete Pomponius und schickte das Schiffchen zu seinem Besitzer zurück. „Da hast du deinen Dolch wieder. Zum Glück bin ich ein bedeutungsloser Mann, der eines solchen Schutzes nicht bedarf."

„Sag das nicht, Pomponius. Du hast weit mehr Aufmerksamkeit auf dich gezogen, als dir lieb sein kann. Meinen Dolch habe ich dir zur Warnung gezeigt. Du musst nämlich sehr vorsichtig sein, damit dir kein Unheil widerfährt. Um aber deine Frage zu beantworten: Der erhabene Commodus war über die Verbrechen des jungen Lucius Cäcilius sehr empört und er findet, dass jeder Versuch, dessen Verurteilung nachträglich in Zweifel zu ziehen, unangemessen ist. Hast du das verstanden?"

„Du hast dich unmissverständlich ausgedrückt, edler Priscinius."

„Dann ist es gut."

Priscinius erhob sich, nahm sein Schiffchen samt Dolch unter den Arm und stieg aus dem Becken. Pomponius registrierte, dass der athletische Körper des Mannes, der etwa im gleichen Alter wie Pomponius sein mochte, entgegen den Gepflogenheiten vornehmer Leute überhaupt nicht enthaart war. Abgesehen davon, oder vielleicht auch gerade deswegen, konnte man sich aber durchaus vorstellen, dass er auf manche Frauen anziehend wirkte.

„Ein unangenehmer und wahrscheinlich auch gefährlicher Mensch", dachte Pomponius und entspannte sich erst, nachdem Priscinius die Badeanlage verlassen hatte. Er ließ sich das Gespräch mit Priscinius durch den Kopf gehen.

„Die Liste der Leute, denen meine Befassung mit dem Fall unangenehm ist, wird immer länger", dachte er. „Da ist natürlich Marcus Caecilianus Placidus, der Anwalt, dann die örtliche Abteilung der Frumentarii, vertreten durch Scantilla und jetzt auch Commodus, für den Priscinius so eindrucksvoll interveniert hat. Dazu kommen noch die drei Leute, die mich beschattet haben und die ich noch nicht zuordnen kann. Schließlich ist da auch der junge Lucius Cäcilius selbst. Man sollte doch meinen, er hätte nichts Eiligeres zu tun, als sich mit mir in Verbindung zu setzen. Aber nein! Er ist offenbar untergetaucht, so als ob er die Begegnung mit mir scheut. Was bei allen Göttern der Unterwelt geht hier bloß vor? Was soll ich als Nächstes unternehmen?"

Pomponius schloss die Augen und dachte angestrengt nach. Kurz bevor ihn die angenehme Temperatur des Wassers und seine morgendliche Müdigkeit einnicken ließen, gab er sich einen Ruck und erhob sich. Demetrius eilte sofort herbei und hüllte ihn in seinen grünen Wollmantel. „Soll ich dich jetzt rasieren, Herr?", fragte er diensteifrig.

Pomponius fuhr sich mit der Hand übers Kinn und entschied sich dagegen. Ein anderer Gedanke, auf den ihn der Anblick des Priscinius gebracht hatte, bewegte ihn. „Glaubst du es ist notwendig, dass ich mich enthaaren lasse?", fragte er und dachte schaudernd an das klebrige Harz und die Pinzette, mit der man ihm seine Körperhaare ausreißen würde.

Demetrius wiegte den Kopf. „Das wird in deinem Fall nur notwendig sein", entschied er, „falls die Dame, die dein Lager teilt, darauf Wert legt."

„Sie hat sich bisher nicht beklagt."

„Dann lass alles so, wie es ist. Meiner Erfahrung nach schätzen manche Damen einen dezenten männlichen Haarwuchs sogar."

„Du bist ein weiser Mann, Demetrius", lobte Pomponius erleichtert seinen Diener. „Folge mir jetzt auf mein Zimmer. Ich habe einen Auftrag für dich."

In seinem Zimmer kramte Pomponius die Wegbeschreibung hervor, die ihm Rutilus gegeben hatte. „In diesem Haus sollen sich Annia und Lucius heimlich getroffen haben. Das Haus gehört einem Bekannten des Lucius, der auf Reisen war", erklärte er Demetrius. „Aber das ist mehr als ein Jahr her. Ich möchte wissen, wer dieser Bekannte ist und wer in seiner Abwesenheit das Haus hütet. Was treibt Corinthus?"

„Ich werde mich sofort auf den Weg machen und die Erkundigungen einziehen, die du wünschst. Corinthus ist schon früh aufgebrochen, um nach der Dienerin der Annia zu suchen, so wie wir es besprochen haben. Gestern hat er noch deine Nachricht zu Tiberius Cäcilius gebracht. Hier ist die Antwort."

Pomponius entrollte den Papyrus und las. „Das ist ärgerlich", sagte er nach einer Weile, „aber es überrascht mich nicht. Lucius scheint verschwunden zu sein. Er hat das Landgut seines Onkels verlassen und nicht gesagt, wohin er will." Er schüttelte verdrossen den Kopf. „Ich glaube, ich muss eine alte Bekannte aufsuchen und mit ihr reden.

Pomponius machte sich ungesäumt auf den Weg, um Scantilla aufzusuchen.

Er traf sie unweit ihres Hauses. Sie kam offenbar von Einkäufen zurück. Der schwarzbärtige Hüne namens Paulus begleitete sie. Er ging einen halben Schritt hinter ihr und versuchte den Eindruck eines Sklaven zu vermitteln, der seine Herrin auf dem Weg zum Markt begleitet hatte. Zu diesem Zweck trug er einen Korb und wirkte ein wenig unglücklich wegen der Rolle, die ihm zugedacht wurde.

Scantilla blieb überrascht stehen, als sie des Pomponius ansichtig wurde und fragte: „Was machst denn du hier, Pomponius?"

„Was ich immer mache, geliebte Penelope. Ich folge deinen Spuren, in der Hoffnung, dass du mich eines Tages doch noch erhörst."

„Rede keinen Unsinn und nenne mich nicht immer Penelope. Diese Episode haben wir hinter uns. Was willst du von mir?"

„Ich habe Fragen."

„Aber ich habe keine Antworten für dich. Alles, was ich dir zu sagen habe, habe ich dir schon gesagt."

„Bitte, Scantilla", bat Pomponius fast demütig.

Scantilla seufzte. „Also gut. Du darfst mich ein Stück begleiten. Aber erwarte dir nicht zu viel." Sie setzte sich wieder in Bewegung.

„Es geht noch immer um den jungen Lucius. Hältst du ihn für schuldig?"

„Er wurde von einem ordentlichen Gericht verurteilt."

„Das hat nun wirklich nichts zu sagen, besonders wenn man bedenkt, dass Zeugenaussagen falsch gewesen sein könnten. Du weißt sicher, wovon ich rede. Ist der Mann wirklich schuldig?"

„So hat man mir gesagt."

„Ja, sicher, aber hältst du ihn persönlich für schuldig?"

Scantilla schwieg eine ganze Weile. Dann fragte sie: „Sind dir Zweifel an seiner Unschuld gekommen?"

„Ich habe herausbekommen, dass er für den Mord an Bruttia kein Alibi hat. Er hätte am Tatort gewesen sein können."

„Er war am Tatort. Ich habe ihn selbst gesehen. Meine Zeugenaussage war nicht falsch, Pomponius."

Ihr Gespräch wurde durch Paulus unterbrochen, der zu ihnen aufschloss und leise sagte: „Wir werden beschattet, Herrin: Zwei Männer und eine Frau."

„Wer sollte mich verfolgen?", wunderte sich Scantilla.

„Sie verfolgen nicht dich, sondern mich", erklärte Pomponius. „Sie hängen schon längere Zeit an mir dran und tauchen immer wieder auf, auch wenn es mir zeitweise gelingt, sie abzuschütteln. Ich habe angenommen, das wären deine Leute"

Scantilla wechselte mit Paulus einen Blick. „Nein, das sind nicht unsere Leute. Ich will wissen, was da vorgeht. Kümmere dich darum, Paulus. Und du, Pomponius, komm ins Haus, damit Paulus Zeit hat, jemanden zu organisieren, der deinen drei Freunden folgt, sobald du gehst."

„Jawohl, Herrin", sagte Paulus.

„Jawohl, Herrin", echote Pomponius und erntete dafür von Paulus einen ärgerlichen und von Scantilla einen amüsierten Blick.

Pomponius folgte Scantilla in ihr Haus. „Es wird jetzt eine Weile dauern", bemerkte Scantilla, „bis Paulus wieder zurückkommt. Wie wollen wir uns die Zeit vertreiben?"

„Indem du mir ein paar weitere Fragen beantwortest, Scantilla."

„Etwa ob ich bereit bin, dich zu erhören? Willst du mir endlich deine Liebe beweisen, von der du ständig sprichst?"

„So weit waren wir schon einmal, Scantilla. Dann bin ich plötzlich gefesselt und halbnackt am Boden gesessen und du hast Anstalten gemacht, mich zu foltern. Wenn ich mich recht erinnere, wolltest du mir zuerst die Ohren und dann noch weit wertvollere Körperteile abschneiden."

Scantilla seufzte und schüttelte den Kopf. „Wie kann man nur so nachtragend sein! Möchtest du wenigstens einen Becher Wein?"

„Vergiftet?"

„Diesmal nicht." Scantilla stellte zwei Becher mit Wein auf den Tisch und bedeutete Pomponius Platz zu nehmen. „Was willst du mich also wirklich fragen?"

„Du sagst, du hättest Lucius gesehen, wie er vom Tatort wegrannte."

„So ist es und das ist die Wahrheit. Es gibt mehrere unbeteiligte Zeugen, die bestätigen können, dass ich dort war."

„Hast du gesehen, wie er die Tat verübt hat?"

„Nein"

„Hast du andere Leute am Tatort gesehen?"

„Nein"

„Wie kommt es, dass du just zum richtigen Zeitpunkt vor Ort warst?"

„Ein Zufall. Ich hatte die nahegelegene Bäckerei aufgesucht."

„Das glaube ich dir nicht."

„Du bist nicht nur nachtragend sondern auch misstrauisch, Pomponius. Das betrübt mich. Weshalb willst du mir nicht glauben?"

„Weil man mir berichtet hat, dass du hysterisch zu schreien begonnen hast, als Lucius an dir vorüberrannte. Das passt nicht zu der Scantilla, die ich kenne. Normalerweise hättest du einen flüchtigen Mörder sehr rasch dingfest gemacht. Er wäre unversehens am Boden gelegen und hätte deinen Dolch an der Kehle gehabt. Ich weiß, dass du das kannst. Ich habe dich schon in Aktion erlebt."

Scantilla schwieg eine Weile, dann sagte sie: „Du hast recht, Pomponius. Ich war vor Ort, weil es mir mein Vorgesetzter befohlen hat."

„Wozu das Ganze?"

„Das weiß ich nicht. Ehrlich, Pomponius, ich weiß es nicht. Man hat mich nicht eingeweiht. Meine Aufgabe bestand nur darin, eine glaubwürdige Zeugin abzugeben, die wahrheitsgemäß ausgesagt hat."

„Hat man dir im Zusammenhang mit dieser Sache noch andere Aufträge gegeben, abgesehen davon, mich von weiteren Ermittlungen abzuhalten?"

„Ich soll Beweismaterial sammeln, wonach die verstorbene Vestalin Aemilia und der Onkel des Lucius in früheren Jahren ein freventliches Liebesverhältnis hatten. Dieses Beweismaterial soll ich dem Anwalt Marcus Caecilianus Placidus zuspielen. Ich bin mir nämlich absolut sicher, dass Aemilia Lucius auf dem Weg zu seiner Hinrichtung nur deswegen begegnet ist, weil sie von Tiberius Cäcilius darum gebeten wurde."

„Wie weit bist du gekommen?"

„Ich habe mir eine junge Vestalin namens Tuccia vorgenommen, die Aemilia bei dieser Aktion unterstützt hat. Sie hat meine Vermutung indirekt bestätigt. Sie wird aber unter keinen Umständen eine diesbezügliche Aussage machen, denn das würde ihren Tod bedeuten. Das ist also eine Sackgasse. Ich habe auch schon darüber nachgedacht, ob sich nicht im Haus des Tiberius Cäcilius belastendes Material wie beispielsweise Briefe finden könnten."

„Das kannst du dir sparen. Ich habe Tiberius Cäcilius geraten, alles was auf sein früheres Verhältnis mit Aemilia hinweist, verschwinden zu lassen. Ich halte ihn für klug genug, meinem Rat unverzüglich zu folgen."

„Dann muss ich mir etwas anderes einfallen lassen. Hast du noch Fragen?"

„Nur noch eine. Warum warst du so aufrichtig zu mir, Scantilla? Du hättest mir das alles nicht erzählen brauchen."

Scantilla lächelte. „Das verrate ich dir nicht, mein Pomponius. Und wenn du noch so oft fragst und bohrst, ich werde es dir nicht sagen. Also lass es bleiben."

Sie erhob sich und trat hinter Pomponius, legte ihre Hände auf seine Brust, beugte sich über ihn und küsste ihn lange und zärtlich auf den Mund. Ihr Atem roch leicht nach Wein. Pomponius wurde von einem plötzlichen Verlangen befallen und es wurde ihm klar, wie sehr er diese schöne geheimnisvolle Frau begehrte. Seine Hände gerieten auf Abwege und glitten unter ihr Kleid, was sie bereitwillig duldete. „Scantilla", fragte er mit heiserer Stimme, „willst du mich wieder foltern?"

„Ein wenig schon", flüsterte sie zurück. „Aber diesmal wird es dir gefallen."

Zwei Stunden später sah ein völlig erschöpfter Pomponius zu, wie Scantilla wieder in ihr Kleid schlüpfte und dabei ein Liedchen trällerte. „Es ist nicht zu glauben", dachte er. „Nach all dem, was wir getan haben, wirkt sie noch immer frisch wie der junge Morgen. Man sieht ihr überhaupt nichts an. Nur ihr Gesichtsausdruck erinnert mich an den einer Katze, die eben den Vogel gefressen hat."

„Zieh dich an, Pomponius", befahl Scantilla heiter. „Für heute ist es genug und Paulus wird bald zurückkommen." Sie sah Pomponius forschend an. „Was ist mit dir? Hat es dir nicht gefallen?"

„Es war wunderschön", gestand Pomponius.

„Das will ich doch hoffen. Aber ich glaube, ich weiß was dich bewegt. Du fragst dich: Warum hat sie mich ausgerechnet jetzt verführt? Du mit deinen ständigen Fragen: warum, weshalb, wozu. Kannst du nicht einfach genießen, ohne viel zu fragen?"

„Warum, Scantilla?", fragte Pomponius.

Scantilla lachte glockenhell. „Du kannst es wirklich nicht lassen. Die Antwort ist einfach: Ich hatte Lust dazu und wir haben auf diese Weise stillschweigend einen Pakt geschlossen. Wie ich dich kenne, wirst du jetzt nichts mehr unternehmen, das mir schaden könnte, und du wirst mich künftig als Freundin, vielleicht sogar als Verbündete betrachten. Was mich angeht, so verspreche ich dir, dass ich es umgekehrt ebenso halten werde." Sie warf ihm seine Kleider zu. „Jetzt mach schon. Was soll denn Paulus denken, wenn er dich so sieht?"

Was Paulus dachte, als er wenig später zurückkam, weiß man nicht. Er betrachtete mit unbewegter Miene das zerwühlte Bett, ignorierte den derangierten Pomponius und berichtete mit neutraler Stimme, dass zwei Agenten bereitstanden, um sich auf die Fersen der drei Verdächtigen, die noch immer vor dem Haus lauerten, zu heften.

Pomponius verabschiedete sich von Scantilla mit einem verstohlenen Kuss und von Paulus, der tat, als ob er nichts gemerkt hätte, mit einer leichten Verbeugung.

Raschen Schrittes eilte er dem Palast zu. Weitere Aktivitäten schienen ihm derzeit nicht sinnvoll zu sein, wenn er bedachte, dass ihm jetzt eine Eskorte von insgesamt fünf Leuten nachschlich. Sein Erlebnis mit Scantilla beschäftigte ihn. Mit Erschrecken wurde ihm bewusst, dass er möglicherweise mehr für sie empfand, als gut für ihn war. Obwohl er nicht zu übertriebener Bescheidenheit neigte, zweifelte er nämlich daran, dass er so unwiderstehlich anziehend auf sie wirkte, wie sie getan hatte. Sie hatte natürlich einen guten Grund gehabt, sich ihm spontan hinzugeben. Scantilla hatte für alles, was sie tat, einen guten Grund. „Sie versucht mich zu manipulieren", dachte Pomponius. „Das ist unzweifelhaft so. Aber wozu?" Sie hatte ihm wertvolle Informationen gegeben und damit sicher gegen ihre Befehle verstoßen. „Es hat fast den Anschein", so überlegte Pomponius, „als ob sie mir ganz gegen ihren Auftrag, meiner Neugier Grenzen zu setzen, bei meinen Ermittlungen helfen will. Das ist mehr als eigenartig! Ob sie mich vielleicht auf eine falsche Spur locken will?"

Ein weiteres Problem beschäftigte Pomponius. Er hatte Valeria mit einer anderen Frau betrogen. Er überlegte, ob das Anlass für ein schlechtes Gewissen sein konnte. „Nein", entschied er. „Man kann es auch so betrachten, dass es nur im Interesse meines Auftrages war. Außerdem wird es Valeria ja nie erfahren. Also ist es für sie so, als ob es nie geschehen wäre."

„Sag schämst du dich nicht?", fragte Aliquas Stimme in seinem Kopf.

„Dazu sehe ich keinen Grund", antwortete Pomponius ungehalten. „Ich will auch gar keine Gewohnheit daraus machen, mich mit einer Person zu unterhalten, die gar nicht hier ist. Was willst du eigentlich? Du spielst in dieser Geschichte doch überhaupt keine Rolle."

„Das liegt nicht an mir", entgegnete Aliqua. „Ich gehe dir eben nicht aus dem Kopf und du denkst ständig an mich, obwohl du es zurzeit mit zwei anderen Frauen treibst, die dich beide zum Narren halten und ihre eigenen Pläne mit dir haben. Merkst du das denn nicht? Ich muss mich wirklich sehr über dich wundern, Pomponius. Nimm dich mehr vor den Weibern in Acht!"

„Du hast es gerade nötig", ärgerte sich Pomponius. „Du hast mich mit einem anderen Mann betrogen und dann verlassen. Es geht dich gar nichts an, was ich mache."

„Damit hast du wahrscheinlich recht. Dir ist aber schon klar, dass du in Wirklichkeit nicht mit mir redest, sondern nur laute Selbstgespräche führst?"

Zwei Passanten kamen Pomponius entgegen und sahen ihn befremdet an. Der eine machte mit der Hand eine kreisende Bewegung vor seiner Stirn.

„Daran bist du schuld", sagte Pomponius vorwurfsvoll. „Die Leute halten mich schon für verrückt." Aber Aliqua antwortete nicht mehr.

Im Palast wurde Pomponius von Demetrius erwartet. „Was gibt es Neues", fragte Pomponius. „Wo ist Corinthus? Hat er etwas herausbekommen?"

„Corinthus ist noch nicht zurückgekommen", berichtete Demetrius. Er wirkte etwas besorgt.

Pomponius war alarmiert. „Corinthus ist früh am Morgen aufgebrochen", rief er, „jetzt ist es später Nachmittag. Was immer er auch unternommen hat, das kann doch nicht so lange dauern. Wir müssen ihn suchen!"

„Dazu ist es noch zu früh", versuchte ihn Demetrius zu beruhigen. „Corinthus kennt sich in der Stadt aus und er ist ein gewitzter Bursche. So leicht geht der nicht verloren. Ich werde dich unverzüglich verständigen, sobald er zurück ist."

Aber Corinthus kam an diesem Tag und auch in der folgenden Nacht nicht mehr zurück.

XIV

Corinthus war von unbändigem Tatendrang erfüllt. Er bewunderte Pomponius, weil dieser ein Agent in geheimer Mission war, eine schöne Frau zur Geliebten hatte und das Wohlwollen des Kaisers und dessen Gattin genoss. Wer wollte es einem Vierzehnjährigen verübeln, wenn er davon träumte, dereinst selbst so ein Leben zu führen? Er konnte ja nicht wissen, wie unwohl sich Pomponius selbst in der Rolle, die ihm aufgezwungen worden war, fühlte. Pomponius sah sich nämlich in einem System gefangen, in dem er als erfolgreicher Ermittler, als Mann für schwierige und heikle Fälle galt. Auch wenn er ins Privatleben zurückkehrte, würde er dem langen Arm der Frumentarii auf Dauer nicht entkommen. Man würde immer wieder auf ihn zurückgreifen, dazu genügte der Wunsch des Kaisers, dem sich niemand entziehen konnte. Pomponius selbst sah sich nicht als besonders gewitzten Agenten. Er ging davon aus, dass er seine bisherigen Fälle nur mit viel Glück überlebt und gelöst hatte. Er hatte mit seinem vertrauten Sklaven Krixus schon die Möglichkeit erörtert, sich in eine weit entfernte Ecke des Reiches, etwa nach der römischen Stadt Colonia Ulpia Traiana am Rhein zu flüchten und dort unter anderem Namen einen Neuanfang zu versuchen. Jetzt, da ihn Aliqua verlassen hatte, wäre die Zeit dafür gekommen. Aber anstelle Aliquas hielt ihn inzwischen Valeria fest in ihren zarten Händen. Fast fühlte sich Pomponius wie ihr Gefangener in den komfortablen Räumen des Palastes.

Von all dem konnte Corinthus natürlich nichts wissen. Und selbst wenn er es gewusst hätte, es wäre ihm gleichgültig gewesen. Er wollte wie Pomponius sein. In seinem Kopf nahm ein verwegener Wunsch langsam Gestalt an. Wäre es möglich, dass er Pomponius folgen durfte, sobald dieser Rom wieder verließ? Er war Eigentum Faustinas und diese könnte ihn doch Pomponius schenken, wenn er sie darum bat. Das wäre eine bescheidene Bitte, denn einen besonders hohen Wert hatte er ja nicht. Dazu war es aber notwendig, dass er Pomponius von seiner Nützlichkeit überzeugte. Er war daher fest entschlossen, die Aufgabe, die er bekommen hatte, erfolgreich zu lösen.

Etwa um die zweite Stunde erreichte er das Haus des Marcus Bassianus. Er suchte sich einen geeigneten Platz, von dem aus er die Eingangstür gut beobachten konnte und wartete. Etliche Personen kamen und gingen, aber niemand sah so ähnlich aus wie die junge Sklavin, die ihm beschrieben worden war. Dann, nach einer halben Stunde kam sie: ein junges Mädchen, etwa zwei Jahre älter als Corinthus, das mit einem Korb am Arm dem nahegelegenen Markt zustrebte. Corinthus konnte zwar nicht sicher sein, die Gesuchte vor sich zu haben, aber einen Versuch war es allemal wert. Er folgte ihr und sah zu, wie sie Gemüse, Obst und frische Fische kaufte. Als sie Anstalten machte, wieder nach Hause zurückzukehren, trat er an sie heran und sagte keck: „Sei gegrüßt, du Schönste unter den Schönen."

Sie sah ihn prüfend an. Vor ihr stand ein hübscher Junge mit wuscheligen schwarzen Haaren, der trotz seines forschen Gehabens ein wenig verlegen wirkte und gewiss keine Gefahr darstellte. Er gefiel ihr recht gut.

„Was willst du von mir?", fragte sie abweisend, aber nicht zu sehr, um ihn nicht zu verschrecken, denn sie war in der Kunst des Flirtens nicht unerfahren.

„Ich heiße Corinthus und ich will dich gern näher kennenlernen."

„Bist du mir deswegen die ganze Zeit über nachgeschlichen? Glaubst du, ich habe dich nicht bemerkt? Warum willst du mich näher kennenlernen?"

„Du gefällst mir."

„Aber du gefällst mir nicht. Du bist mir zu jung und zu dünn. Du könntest ja nicht einmal meinen Korb tragen, ohne erbärmlich zu keuchen."

„Lass es mich versuchen."

„Wie du willst. Nur erwarte dir nichts davon. Du wirst dich ganz umsonst plagen."

Sie drückte ihm kurzerhand ihren Korb in die Hand. Er war weit schwerer, als Corinthus erwartet hatte. „Sagst du mir, wie du heißt?", fragte er und versuchte tapfer mit ihr Schritt zu halten. Sie musste trotz ihrer schlanken Figur ein sehr kräftiges Mädchen sein, wenn er bedachte, wie mühelos sie diesen verdammt schweren Korb getragen hatte.

„Man nennt mich Gratia."

„Der Name passt zu dir, denn du bist anmutig wie eine der himmlischen Grazien."

„Pah, da musst du dir schon etwas Besseres einfallen lassen", bemerkte Gratia verächtlich und beschleunigte ihren Schritt.

„Wem gehörst du?", wollte Corinthus wissen und versuchte nicht zu keuchen.

„Ich gehöre zum Haushalt des edlen Marcus Bassianus. Und was ist mit dir? Bist du auch ein Sklave oder gar ein Freier? Harte Arbeit scheinst du ja nicht gewöhnt zu sein."

„Auch ich bin Sklave. Mein Herr heißt Demetrius." Corinthus hielt es für untunlich, zu gestehen, dass er ein kaiserlicher Sklave war.

„Nie gehört", sagte sie nachdenklich. „Wieso darfst du dich am Markt herumtreiben und fremde Mädchen ansprechen? Hast du keine Arbeit? Wird dich dein Herr nicht vermissen?"

„Mein Herr hat mir den heutigen Tag freigegeben, weil er mit mir sehr zufrieden war."

„Dir geht es gut. Mir gibt niemand frei. Ich muss mir meine Freizeit immer selbst verschaffen. Heute nach Mittag, etwa um die siebente Stunde, habe ich zum Beispiel einen Botengang zu erledigen. Da fragt niemand so genau nach, wann ich wieder zurückkomme. Nur bei Einbruch der Dunkelheit muss ich selbstverständlich wieder im Haus sein."

Corinthus verstand sehr wohl, warum sie ihm diese Information gab. „Ich werde zur siebenten Stunde vor eurem Haus auf dich warten", verkündete er. „Ich will dich wiedersehen."

„Aber ich will dich nicht wiedersehen. Was soll ich mit dir? Gib den Korb wieder her und wisch dir den Schweiß von der Stirn." Sie hatten die Haustür erreicht und sie klopfte an, um eingelassen zu werden.

„Also zur siebenten Stunde", wiederholte Corinthus hartnäckig.

„Nein", antwortete Gratia und verschwand im Haus.

Corinthus zog sich wieder auf seinen Beobachtungsposten zurück und beobachtete weiter das Haus. Keine weitere Person erschien, die als Vertraute der unglücklichen Annia in Betracht kam. Also war Gratia höchstwahrscheinlich die Richtige. Corinthus war sehr zufrieden mit sich.

Er besorgte sich bei einem Imbissstand ein vorgezogenes Mittagessen und wartete geduldig bis zur siebenten Stunde.

Gratia kam pünktlich aus dem Haus und sah sich verstohlen um. Zunächst konnte sie Corinthus nicht bemerken, weil sich dieser gut verborgen hielt. Mit Genugtuung bemerkte Corinthus, dass sie ein wenig enttäuscht wirkte. Als sie die Straße entlangging, schloss Corinthus zu ihr auf. Jetzt entdeckte sie ihn sofort und sie wurde schneller, fast so, als ob sie vor ihm davonlaufen wolle. Corinthus eilte ihr nach. „Warum rennst du bloß so, liebliche Gratia?", fragte er atemlos, als er sie eingeholt hatte.

„Weil ich verfolgt werde", antwortete sie. „Was willst du von mir? Habe ich dir nicht gesagt, dass ich dich nicht wiedersehen will?"

„Ich habe das nicht so verstanden."

„Dann hast du dich getäuscht. Fort mit dir, geh deiner Wege!"

„Deine Wege sind auch meine Wege, Gratia. Wohin gehst du?"

„Ich habe einen Brief an den edlen Titus Crispinus zuzustellen", erklärte Gratia, die sich dafür entschieden hatte, nicht ganz so abweisend zu sein, damit ihr Verehrer nicht am Ende aufgab.

Corinthus stockte der Atem. Sie ging zu Titus Crispinus, dem Vater der Bruttia, des zweiten Mordopfers.

„Ist er mit deiner Herrschaft befreundet?", fragte er und stellte sich unwissend.

„Ja", antwortete sie. „Eigentlich waren nur die Töchter der beiden Familien befreundet. Jetzt verbindet die Familien aber ein gemeinsames furchtbares Schicksal, denn beide Töchter wurden grausam ermordet. Hast du nicht davon gehört? Ich war die persönliche Dienerin der ermordeten Tochter meines Herrn. Annia hat sie geheißen. Gratias Stimme hatte zu zittern begonnen und sie wischte sich die Tränen aus dem Gesicht."

„Das ist ja furchtbar", rief Corinthus. „Was ist geschehen?"

Gratia machte eine rituelle Geste, mit der man böse Geister und Unheil abwehrte. „Es ist besser, nicht darüber zu reden", sagte sie. „Ich will nicht darüber reden!"

Corinthus erkannte, dass er jetzt nicht weiter in sie dringen durfte. Er murmelte beruhigende Worte und nahm sie beim Arm. Nach einer Weile hatte sich Gratia gefasst und ihr mutwilliges Wesen kam wieder zum Vorschein. „Lass mich sofort los", befahl sie. „Wenn uns jemand sieht, könnte er uns ja für ein Liebespaar halten und das wäre mir furchtbar peinlich."

Sie machte aber keine weiteren Anstalten, ihn wegzuschicken und duldete, dass er sie bis zum Haus des Titus Crispinus begleitete, wo sie an der Tür den Brief abgab.

„Ich habe jetzt ein paar Stunden Zeit, in denen mich niemand vermissen wird", sagte sie danach zu Corinthus. „Ich werde dich ja doch nicht los. Wie wollen wir uns also die Zeit vertreiben?"

Der geneigten Leserin wird ohne Zweifel aufgefallen sein, dass sie ganz ähnliche Worte gebrauchte, wie sie Scantilla etwa zur gleichen Zeit zu Pomponius sagte. Im Gegensatz zu Pomponius geriet Corinthus aber in Verlegenheit, weil er nicht genau wusste, was von ihm erwartet wurde. „Wir könnten zum Tiberufer gehen und uns unterhalten", schlug er zögernd vor.

Sie schüttelte den Kopf. „Du enttäuschst mich, Corinthus", erklärte sie. „Etwas Besseres fällt dir nicht ein? Komm mit, ich zeig dir etwas."

Corinthus hatte den Eindruck, dass jetzt sie die Initiative ergriff, und ging gefügig neben ihr her.

Nach etwa einer halben Stunde, die mit belanglosem Schäkern ausgefüllt war, hielt Gratia vor einer kleinen Stadtvilla, die etwas abseits von den übrigen Bauten stand. „Wie gefällt es dir?", fragte sie und deutete auf die schmucklose Vorderfront.

„Hübsches Haus", meinte Corinthus ratlos. „Was ist damit?"

„Von außen schaut es nicht nach etwas Besonderem aus", erklärte Gratia, „aber innen gibt es wunderbare Wandmalereien. Manche sind ausgesprochen unanständig. Du wirst staunen!" Sie führte ihn rund um das Gebäude bis zu einer kleinen Nebentür und zog einen Schlüssel aus ihrem Kleid.

„Wir können doch nicht einfach hineingehen", protestierte Corinthus beunruhigt. „Was ist, wenn uns jemand erwischt? Wo hast du den Schlüssel her?"

„Das Haus steht leer", beruhigte ihn Gratia. „Der Besitzer ist im Ausland. Nur zweimal in der Woche kommt jemand vorbei und sieht nach dem Rechten. Niemand wird uns erwischen. Jetzt schau nicht so verstört. Wir tun ja nichts Böses. Wir schauen uns nur ein paar Bilder an." Sie vergewisserte sich, dass sie unbeobachtet waren und steckte rasch den Schlüssel ins Schloss. Lautlos schwang die Tür auf. „Rasch jetzt", flüsterte Gratia und schob Corinthus ins Haus.

Halbdunkel umfing sie. Gratia verriegelte die Tür von innen, nahm ihn bei der Hand und führte ihn durch einen schmalen Gang in die angrenzenden Räume. Corinthus sah sich um. Die Wandmalereien waren hübsch, entsprachen aber dem allgemeinen Standard. Mit einem Wort, sie waren nichts Besonderes. „Wart nur ab", sagte Gratia, die seine Enttäuschung bemerkte. Sie stieß eine Tür auf. „Na, was sagst du dazu?"

Sie standen in einem Raum, der als Schlafzimmer diente. Hier waren die Wandmalereien von ganz anderer Art. Wenn sie Gratia als unanständig beschrieben hatte, so war das mehr als zutreffend. Dem Bett gegenüber befand sich eine Gruppe von drei Bildern, die durch Ornamente verbunden waren. Auf den Bildern waren kopulierende Paare in verschiedenen Stellungen abgebildet. Der Maler hatte Wert darauf gelegt, alle intimen Details genau darzustellen. „Was sagst du jetzt?", wiederholte Gratia ihre Frage. „Hast du so etwas schon gesehen?"

„Aber ja", log Corinthus, und weil es ihm der richtige Moment zu sein schien, legte er den Arm um sie und küsste sie überraschend auf den Mund.

Sie stieß ihn von sich. „Was fällt dir ein!", tat sie empört. „Ist dir klar, dass ich dich dafür verprügeln könnte? Ich bin viel stärker als du, du halbe Portion."

„Es tut mir leid, wenn ich dich beleidigt habe", entschuldigte sich Corinthus verlegen, „aber ich glaube nicht, dass du mich verprügeln könntest. Ich bin kräftiger als ich aussehe."

„Das werden wir ja sehen!", rief Gratia. Ehe er es sich versah, stellte sie ihr Bein hinter seines und gab ihm einen kräftigen Stoß vor die Brust. Corinthus fiel hinterrücks auf das Bett. Sie sprang ihm nach, kniete sich über ihn und drückte mit aller Kraft seine Arme nieder. „Ich werde dir zeigen, wie es einem kleinen Strolch wie dir ergeht, wenn er ein ehrbares Mädchen belästigt!", rief sie dabei triumphierend. Was sie damit meinte, wurde alsbald deutlich.

Corinthus widerfuhr, was zur selben Zeit auch seinem Vorbild Pomponius an einem anderen Ort widerfuhr. Er wurde von einer Frau verführt. Seine Sorge, er könne seiner Unerfahrenheit wegen den Anforderungen der Situation nicht gerecht werden, erwies sich dabei als unbegründet. Denn Gratia übernahm so geschickt und einfühlsam die Führung, dass er gar nichts falsch machen konnte.

Die ungewöhnliche Koinzidenz der Ereignisse ging sogar so weit, dass auch Gratia, ähnlich wie es Scantilla tat, geraume Zeit später fragte: „Hat es dir gefallen? Du schaust so wirr!"

Corinthus war so hingerissen, dass er nur nicken konnte. „Es war dein erstes Mal, stimmt's?", fragte Gratia weiter.

Corinthus nickte abermals. „Du hast deine Sache gut gemacht", stellte ihm Gratia ein nüchternes Zeugnis aus. „Mir hat es mit dir auch Spaß gemacht."

„Kommst du öfter her, ich meine in dieses Haus, mit anderen Männern?"

Sie sah ihn forschend an und antwortete: „Bist du etwa eifersüchtig? Untersteh dich! Dazu hast du kein Recht, bloß weil du einmal mit mir im Bett warst. Ich bin ein Mädchen, Corinthus, und wesentlich älter als du." Sie hielt diese Erklärung für völlig ausreichend, um ihre uneingestandenen Liebesabenteuer zu rechtfertigen und Corinthus in die Schranken zu weisen.

Corinthus schluckte und fragte: „Wie kommst du zu diesem Haus? Wo hast du den Schlüssel her?"

Ihr Gesicht verdüsterte sich. Widerwillig erklärte sie: „Meine verstorbene Herrin hat sich hier heimlich mit ihrem Liebhaber getroffen. Ich habe sie dabei begleitet. Von da her habe ich auch noch den Schlüssel."

„Und jetzt benutzt du das Haus und den Schlüssel? Ja hast du denn gar keine Angst? Ich meine, deine Herrin wurde doch …"

Sie machte eine abwehrende Handbewegung. „Das ist mehr als ein Jahr her. Der Täter wurde längst gefasst und verurteilt."

„War er einer ihrer Liebhaber?"

Sie sah in abermals forschend an und es war ihm, als glomm ein Funke Misstrauen in ihren Augen auf. „Warum bist du so neugierig?", wollte sie wissen. „Was geht dich das an?"

„Überhaupt nichts, es ist nur alles so ungewöhnlich", erwiderte er eilig, „und ein wenig beängstigend, findest du nicht?"

Sie zuckte mit den Schultern. „Ja, der Junge, mit dem sie sich heimlich getroffen hat, war der Täter. Ich glaube, er hat es aus Eifersucht getan. Aber ich passe schon auf, dass mir so etwas nicht passiert."

Corinthus wurde von einer Art Hochgefühl erfasst. Nicht nur, dass er ein Liebesabenteuer erlebt hatte, er war auch auf dem besten Weg, an die Informationen zu kommen, die Pomponius haben wollte.

„Aus Eifersucht?", fragte er. „Wegen des anderen Liebhabers deiner Herrin?"

Ihr Gesicht wurde verschlossen. „Welcher andere Liebhaber? Es gab keinen."

„Aber ich dachte ... du hast doch in der Mehrzahl gesprochen!"

„Da hast du dich verhört. Ich will auch gar nicht mehr über diese Vorfälle sprechen. Das macht mich nur traurig." Sie blickte zum Fenster. „Die Sonne steht schon tief und ich muss nach Hause. Wenn du willst, darfst du mich begleiten."

Auf dem Heimweg lief Corinthus zur Höchstform auf und machte Gratia die schönsten Komplimente. Ja er ging sogar so weit, ihr seine ewige Liebe zu gestehen. „Sei nicht albern, Corinthus", rügte sie ihn. „Was weißt du denn schon von Liebe. Das ist mehr als ein Fick am Nachmittag. Viel mehr!" Aber geschmeichelt war sie trotzdem.

Ehe sie sich vor ihrem Haus trennten, fragte Corinthus: „Wann darf ich dich wiedersehen, Gratia?"

„Du willst mich wiedersehen? Du hast doch schon bekommen, was du wolltest, und ich will keine Gewohnheit daraus machen. Du bist einfach zu jung für mich! Es war schön und wir sollten es dabei belassen. Leb wohl, Corinthus."

„Bitte, Gratia", flehte Corinthus, einerseits, weil er den Wunsch zu einer Wiederholung seines Liebesabenteuers mit ihr hatte, und andererseits, weil er ihr noch immer nicht die Informationen, die er beschaffen sollte, entlocken konnte.

Sie verdrehte die Augen zum Himmel, als ob sie genervt sei. „Du bist sehr anhänglich, Corinthus, und ich weiß wirklich nicht, was ich mit dir machen soll. Übermorgen sind die Herrschaften nicht zu Hause. Da kann ich mich am Vormittag wahrscheinlich für ein paar Stunden verdrücken, ohne dass es auffällt. Vielleicht mache ich einen kleinen Spaziergang. Wenn du unbedingt willst, wirst du mich schon finden.“

Sie beugte sich rasch vor, küsste ihn auf den Mund und hämmerte gegen die Haustür, die ihr gleich darauf geöffnet wurde.

XV

Als Pomponius am nächsten Morgen erfuhr, dass Corinthus noch immer nicht zurückgekehrt war, war er zutiefst beunruhigt. „Wir müssen ihn suchen", erklärte er Demetrius. „Ich mache mir Vorwürfe, weil ich seinem Vorhaben zugestimmt habe. Hoffentlich ist ihm nichts zugestoßen."

Demetrius war ratlos und wahrlich keine Hilfe. „Wo sollen wir ihn in dieser Riesenstadt suchen?", fragte er verzagt. „Er kann überall sein. Uns bleibt nichts anderes übrig, als zu warten und zu hoffen."

Pomponius war sich zwar ebenfalls darüber im Klaren, dass es wenig Sinn machte, auf gut Glück durch die Stadt zu laufen, aber er war nicht bereit, zu warten und zu hoffen. Er beschloss vielmehr, sich dort Hilfe zu holen, wo er vielleicht auf Hilfe hoffen konnte.

Scantillas junge Dienerin öffnete die Tür und schaute vorsichtig heraus. „Ich muss dringend deine Herrin sprechen", verkündete Pomponius.

Die Dienerin schüttelte abweisend den Kopf. „Die Herrin empfängt jetzt keine Besuche", erklärte sie entschieden. „Komm am Nachmittag wieder."

„Hast du nicht verstanden? Es ist dringend! Lass mich sofort ein!"

Die Kleine ließ sich nicht einschüchtern. Sie zog die Tür zu, sodass nur noch ein kleiner Spalt offenblieb und sagte hartnäckig: „Hast du nicht verstanden? Die Herrin ist nicht zu sprechen. Geh fort, oder ich rufe den Bruder der Herrin, damit er dich wegjagt." Sie machte Anstalten die Tür ganz zu schließen.

Aus dem Inneren des Hauses war Scantillas Stimme zu hören: „Was ist an der Tür los, Lycia?"

„Der verrückte Mann, der uns unlängst mit einer Maske vor dem Gesicht besucht hat, ist wieder da, Herrin."

„Pomponius?"

„Pomponius?", gab Lycia die Frage an den vor der Tür Wartenden weiter.

„Ja, Pomponius", sagte dieser ergeben. „Du kennst mich doch."

„Ja, Pomponius", schrie Lycia ins Hausinnere. „Ich erkenne ihn wieder."

„Lass ihn ein und führe ihn ins Besucherzimmer."

Lycia öffnete wieder die Tür. „Du darfst ausnahmsweise hereinkommen", verkündete sie gnädig.

Nach kurzer Zeit kam Scantilla ins Besucherzimmer und betrachtete Pomponius kopfschüttelnd. „Ich bin mir nicht sicher, ob du bloß in rührender Weise anhänglich oder schon ein wenig lästig bist, Pomponius. Was willst du zu so früher Stunde?"

„Ich bin in Schwierigkeiten, Scantilla."

„Das kann man wohl sagen. Wir wissen nämlich inzwischen, wer die Leute sind, die dir nachschleichen. Ihr Anführer, der mit der Narbe im Gesicht, ist ein gewisser Lycius. Er verdingt sich gelegentlich als Leibwächter, übernimmt aber auch Aufgaben weit delikaterer Art. Man sagt, er sei ein verlässlicher und gefragter Auftragsmörder. Erwischt wurde er aber noch nie."

„Es gibt in Carnuntum genügend Schläger, die für ein paar Denare jemanden umbringen. In Rom wird es wohl nicht anders sein", warf Pomponius ein.

„Für Lycius musst du weit mehr bezahlen", belehrte ihn Scantilla. „Zu seinen Kunden, wenn man sie so nennen will, gehören einflussreiche Männer, die Wert auf absolute Diskretion legen und wünschen, dass nicht die geringste Spur zu ihnen führt. Wir haben bisher auch nicht herausbekommen, wer ihn beauftragt hat, dich zu beobachten. Du kannst dir aber ganz sicher sein: Wenn ein Mordbefehl ergeht, was bisher offenbar noch nicht geschehen ist, wird Lycius rasch und effizient zuschlagen."

„So etwas Ähnliches dachte ich mir schon", sagte Pomponius, „es ist aber nicht der Grund, weshalb ich zu dir gekommen bin. Ich brauche in einer anderen Sache Hilfe."

Er berichtete ihr rückhaltlos, wie es zum Verschwinden des Corinthus gekommen war und schloss: „Ich mache mir die größten Sorgen um ihn und weiß nicht, was ich jetzt tun und wo ich nach ihm suchen soll."

Scantilla starrte ihn fassungslos an. „Du behauptest also, der junge Lucius sei der Geliebte der Annia gewesen?"

„Ich bin mir sicher. Habt ihr das nicht gewusst?"

„Nein, das haben wir nicht gewusst. Placidus hätte das sonst im Prozess gegen Lucius verwendet und die Beweislage noch überzeugender gestaltet. Dann hätten wir nämlich auch ein überzeugendes Motiv für den Mord an Annia gehabt: Eifersucht."

„Dieses Motiv könnte auch für den anderen, den geheimnisvollen Liebhaber der Annia gelten. Ich wollte dieser Spur nachgehen und die Sklavin, die Annia bei ihren Schäferstündchen begleitet hat, schien mir der geeignete Ansatzpunkt zu sein. Sie müsste wissen, wer dieser andere Mann ist."

„Hast du völlig den Verstand verloren, Pomponius?", rief Scantilla. „Angenommen, nur einmal angenommen, du hast recht. Dann schwebt diese Sklavin doch in Lebensgefahr und es ist ein Wunder, dass man sie bisher noch nicht zum Schweigen gebracht hat. Und dann schickst du einen unerfahrenen vierzehnjährigen Jungen los, um mit ihr Kontakt aufzunehmen! Was ist, wenn ihn jemand erkannt hat und weiß, dass er zu dir gehört? Dann ist auch dieser Junge in Gefahr!"

„Ich weiß", gestand Pomponius bedrückt. „Deshalb bin ich zu dir gekommen. Kannst du nicht veranlassen, dass nach ihm gesucht wird?"

„Nein", antwortete Scantilla. „Das kann ich nicht. In Carnuntum hättest du die Macht gehabt, von deinen Leuten in der ganzen Stadt nach jemand fahnden zu lassen. Hier kannst du das nicht und auch ich habe keine Möglichkeit dazu. Mein Vorgesetzter würde mir so eine Eigenmächtigkeit nicht durchgehen lassen und fragen, wieso ich dir helfe. Willst du wirklich, dass er ins Vertrauen gezogen wird? Das solltest du dir nicht wünschen!"

„Ich hatte schon immer den Verdacht, dass die Frumentarii von Rom in dieser Angelegenheit eine höchst undurchsichtige Rolle spielen", bemerkte Pomponius verbittert.

„Dazu will ich mich nicht äußern", erklärte Scantilla. „Es dürfte dir aber bewusst sein, dass ich nur deswegen so unbefangen mit dir Kontakt haben kann, weil es mein Auftrag ist, dich zu überwachen."

„Ich danke dir für deine offenen Worte", sagte Pomponius verzagt und machte Anstalten zu gehen.

„Warte!" Scantilla hob die Stimme und rief: „Lycia!"

Das Mädchen schaute so schnell herein, dass Pomponius dachte, sie habe wahrscheinlich an der Tür gelauscht.

„Paulus soll zu mir kommen."

Als Lycia sich entfernt hatte, bemerkte Scantilla: „Dieses Mädchen und Paulus sind die einzigen Menschen, denen ich vertraue."

„Lycia hat einen Bruder erwähnt. Ist Paulus ..."

„Ja, Paulus ist mein Bruder, auch wenn wir es geheim halten und er den Hausklaven spielt. Lycia stammt aus derselben Ortschaft wie ich. Sie ist bei mir, seit sie ein kleines Mädchen war und wohl der einzige Mensch, der alle meine Geheimnisse kennt."

Paulus trat ins Zimmer und verbeugte sich. „Du hast mich rufen lassen, Herrin?"

„Er weiß, dass du mein Bruder bist", bemerkte Scantilla.

Pomponius erhob sich halb von seinem Stuhl und verbeugte sich leicht vor Paulus.

„Was will er?", fragte Paulus, der nicht zu übertriebener Höflichkeit neigte, schroff.

Scantilla setzte ihn mit kurzen Worten ins Bild und fasste zusammen: „Wir suchen also einen Jungen, der im Laufe des gestrigen Tages wahrscheinlich zwischen dem Haus des Marcus Bassianus und dem Palast verlorengegangen ist. Er ist vierzehn Jahre alt, hat einen schwarzen Wuschelkopf, heißt Corinthus und ist kaiserlicher Sklave."

„Vermutlich ist er tot", sagte Paulus, der auch nichts von schonenden Umschreibungen hielt.

„Möglicherweise. Aber selbst wenn das so ist, wollen wir es wissen. Es darf aber nicht bekannt werden, dass ich hinter dieser Suche stecke. Kannst du etwas organisieren?"

„Ich denke schon. Ich weiß da ein paar tüchtige Leute, die sich in der Stadt gut auskennen und keine dummen Fragen stellen. Das wird etwa vier Aurei kosten."

Pomponius wusste, was von ihm erwartet wurde. Er zog seine Börse und zählte Paulus fünf Goldmünzen zu. Eine mehr, auf alle Fälle, wie er bemerkte.

Paulus nickte, nahm das Geld und entfernte sich grußlos.

„Wenn etwas dabei herauskommt, werden wir es spätestens morgen wissen", sagte Scantilla. „Du solltest jetzt gehen, Pomponius. Ich habe noch etwas zu erledigen."

Pomponius erhob sich. „Du weißt gar nicht, wie dankbar ich dir bin, Scantilla. Ich fürchte, ich habe dich ganz falsch eingeschätzt, als wir uns in Carnuntum kennengelernt haben."

„Das hast du überhaupt nicht, mein Pomponius. Ich bin in Wahrheit keine nette Person. Ich tue nur manchmal so, um andere in Sicherheit zu wiegen, und das weißt du auch."

„Darf ich dich trotzdem küssen?"

„Ich hätte es dir sehr übelgenommen, wenn du kusslos gegangen wärst."

Lycia brachte Pomponius zur Tür. Als sie öffnete sagte sie unvermittelt: „Ich weiß, dass du gestern, als ich auswärts war, mit meiner Herrin geschlafen hast."

„Was gehts dich an, du naseweises Ding?", fragte Pomponius unwillig.

„Du passt nicht zu ihr."

Pomponius verzichtete darauf, Lycia wegen dieser Distanzlosigkeit zu schelten. „In letzter Zeit habe ich den Eindruck, dass ich zu gar keiner Frau passe", murmelte er deprimiert.

„Armer Pomponius", heuchelte Lycia Mitleid und schob ihn zur Tür hinaus.

Pomponius wurde von einer schweren Mutlosigkeit befallen. Er kehrte in den Palast zurück, warf sich aufs Bett, versuchte sich auszumalen, was Corinthus zugestoßen sein könnte, und dann versuchte er, die schrecklichen Bilder, die vor seinen inneren Augen auftauchten, wieder zu verdrängen.

XVI

Corinthus wanderte durch den späten Nachmittag und freute sich darauf, Pomponius von seinem Erfolg berichten zu können. Die Straßen waren noch dicht bevölkert. Das würde sich rasch ändern, sobald die Dämmerung einsetzte. Dann suchten ehrbare Bürger nämlich ihre Häuser auf, während es für Nachtschwärmer noch zu früh war. Es war eine Eigenart dieser Stadt, dass sie in der Stunde des Zwischenlichtes vorübergehend zur Ruhe kam, so als ob sie sich vom Trubel des Tages erholen und gleichzeitig Kraft für die Umtriebe der Nacht schöpfen wollte.

Vom Amphitheater kommend umrundete Corinthus die Therme des Titus und folgte der langgestreckten Front der benachbarten, von Kaiser Trajan errichteten Thermenanlage. Diese war zu jener Zeit die größte und prächtigste Thermenanlage nicht nur Roms, sondern des gesamten Reiches überhaupt. Der Badebetrieb war bereits geschlossen worden und die letzten Besucher strömten aus dem nördlichen Torbau.

Corinthus geriet ins Gedränge der Menschenmasse, was es seinem Verfolger ermöglichte, unbemerkt zu ihm aufzuschließen. Corinthus wurde nicht bewusst, was ihn gewarnt hatte: eine ungewöhnliche Bewegung, die er nur aus dem Augenwinkel wahrnahm, ein Geräusch oder nur sein Instinkt. Er drehte sich rasch um und entging durch diese unvermittelte Bewegung dem Messerstich, der sonst unweigerlich seinen Rücken getroffen hätte. Der Arm des Angreifers stieß an ihm vorbei, wobei sich die Klinge kurz im Ärmel seiner Tunika verhakte und ein Stück Stoff herausriss.

Corinthus versuchte zu begreifen, was da mit ihm geschah. Er sah das lange schmale Messer des Meuchelmörders, das rasch zurückgezogen wurde und nun auf sein Herz zielte. Er starrte in das halb unter einem Mundtuch, halb unter einer Kapuze verborgene Gesicht seines Angreifers und erkannte, dass es um sein Leben ging. Er stieß einen Schrei aus und machte einen gewaltigen Satz rückwärts. Abermals verfehlte ihn die Waffe des Attentäters nur um Haaresbreite. Die Messerattacke war so geschickt ausgeführt worden, dass sie keine Aufmerksamkeit erregte. Bei seinem Sprung hatte Corinthus aber zwei Passanten angerempelt, von denen einer zu Boden ging. Das erregte Aufmerksamkeit und erheblichen Unmut. Corinthus wurde beschimpft und jemand versetzte ihm einen kräftigen Fußtritt gegen den Hintern. Zum Glück waren die empörten Passanten zwischen Corinthus und seinen Angreifer geraten, sodass dieser hastig sein Messer im Gewand verbarg und nun versuchte, seitlich an sein Opfer heranzukommen. Corinthus zögerte nicht. Er zog den Kopf ein und sprintete los, wobei er sich durch kräftige Rempler freie Bahn verschaffte. Wilde Flüche und Verwünschungen folgten ihm.

Corinthus rechnete damit, dass ihn seine langen schnellen Beine retten würden, wenn er nur freie Bahn hatte und er seine Geschwindigkeit ausspielen konnte. Er sah daher nicht viel nach rechts und links, sondern suchte nur einen Weg, wo das Gedränge nicht mehr so dicht war. Als er erkannte, wohin ihn seine Flucht geführt hatte, war es schon zu spät.

Corinthus befand sich in einem offenen Hof mit einem Schwimmbecken, der an beiden Seiten durch imposante Bauten flankiert wurde. Er war ins Innere der Thermalanlage geraten. Es waren hier nur mehr wenige Menschen zu sehen. Ein Sklave stand am Rand des Schwimmbeckens und forderte mit energischen Rufen einige Unentwegte auf, sofort aus dem Wasser zu kommen. Um Corinthus kümmerte sich niemand. Er blieb stehen, um zu verschnaufen, und sah sich um. Im Schatten der Toranlage stand eine dunkle drohende Gestalt und ließ den Blick durch den Hof schweifen. Als er Corinthus entdeckte, setzte sich der Mann sofort in Bewegung und kam im Laufschritt auf ihn zu.

Corinthus erwog, aus Leibeskräften um Hilfe zu schreien, zweifelte aber daran, dass ihm jemand zu Hilfe kommen werde, ehe ihn das mörderische Messer traf. Also warf er sich herum und rannte neuerlich los. Weil ihm kein anderer Ausweg blieb, huschte er durch eine offenstehende Tür und fand sich in einer zweigeschossigen Halle wieder, die nur eine der beiden Bibliotheken sein konnte, für die die Therme berühmt war. Dicht an dicht standen Regale, die mit Schriftrollen gefüllt waren. Stühle und Liegen waren um kleine Tische angeordnet, an denen Besucher, die nicht nur Badegenuss suchten, auch Wissen und geistiges Vergnügen finden konnten. Die Wände und die Decken waren mit wunderschönem Zierrat und geschmackvollen Bildern dekoriert. Eine geschwungene Treppe führte ins Obergeschoß, das erst in der Mitte des darunter liegenden Raumes begann und so den Blick von oben in die Halle ermöglichte. Die Bibliothek war menschenleer.

Corinthus blieb stehen und versuchte sich zu orientieren. Viel Zeit blieb ihm nicht, denn sein Verfolger tauchte in der Tür auf. Corinthus sprang los und versuchte die Treppe zu erreichen. Er hüpfte über Liegen, stieß Sessel beiseite, die polternd zu Boden fielen, und scherte sich nicht darum, dass ein Tisch unter ihm zerbrach. Der Attentäter setzte ihm in einer wilden Verfolgungsjagd nach. Es gelang ihm, Corinthus den Weg abzuschneiden. Das war kurzsichtig von ihm, denn wenn er seinem Opfer gestattet hätte, die Treppe zu benützen, so wäre es dort oben ohne Ausweg gewesen und er hätte es über kurz oder lang erwischt. So konnte Corinthus durch die Halle zurücklaufen und versuchen, die Tür zu erreichen. Beinahe hätte er es auch geschafft. Dann aber bewegten sich die hohen Türflügel wie von Geisterhand und fielen rasch zu. Ein Bediensteter musste sie in der Überzeugung, dass die letzten Besucher bereits gegangen waren, von draußen geschlossen haben. Corinthus blieb wie erstarrt stehen.

Einen Augenblick lang war es ganz still. Dann lachte sein Verfolger und zum ersten Mal hörte Corinthus seine Stimme. Sie klang überraschend angenehm, kultiviert und sie hatte eine fast suggestive Wirkung. „Das wäre jetzt das Ende, Corinthus", sagte er. „Du hast mir mehr Mühe gemacht, als ich erwartet habe. Gib einfach auf und mach es uns beiden nicht noch schwerer. Glaube mir, es gibt schlimmere Arten zu sterben als durch einen gnädigen Stich, den du kaum spüren wirst. Du hast ein schönes Leben gehabt und heute mit einem denkwürdigen Fick gekrönt. Was willst du noch mehr? Unsterblichkeit ist nur etwas für Götter! Kennst du nicht die Redensart, wonach Neugier der Katze Tod ist? Entspann dich, Corinthus. Bleib einfach stehen und schließe die Augen. Ehe du es dich versiehst, bin ich bei dir und alle deine Ängste sind vorüber, rasch und ohne Schmerzen. Du wirst es kaum bemerken."

Corinthus schüttelte benommen den Kopf und sah sich gehetzt um. Ein Ausweg blieb ihm noch. Unter der Treppe befand sich eine mit goldfarbenem Blech verzierte Tür. Wenn sie versperrt war, so war er verloren. Denn dann hatte ihn sein Verfolger in der Falle. Konnte er sie hingegen öffnen, so bot sie vielleicht eine Fluchtmöglichkeit.

Corinthus und sein Verfolger setzten sich gleichzeitig in Bewegung. Corinthus erreichte die Tür, als der Mörder nur mehr fünf Schritte hinter ihm war: Fünf Schritte, die in einem Augenblick überwunden werden konnten. Corinthus hatte keine Zeit mehr, nach einem Schließmechanismus zu suchen. Er stieß einen schluchzenden Schrei aus und warf sich einfach gegen die Tür. Mit ungläubiger Dankbarkeit registrierte er, dass sie nahezu widerstandslos aufschwang. Ohne innezuhalten rannte er weiter.

Er befand sich in einem Gang, der durch Fackeln erhellt wurde. Hinter sich hörte er einen wütenden Ruf und den keuchenden Atem seines Verfolgers. Die Angst verlieh ihm ungeahnte Kräfte. Er rannte, wie er noch nie gerannt war. Es war ihm, als sei er in einem Albtraum gefangen. Er hetzte durch Gänge, die sich bisweilen verzweigten und über Treppen, die ihn immer tiefer in den Bauch der Anlage führten. Die Fackeln wurden weniger und sie waren in immer weiteren Abständen angeordnet. Es wurde dunkler um ihn herum. Schließlich erkannte er im Licht der letzten Fackel, dass er sich in einem großen, kreisrunden Raum befand. Er konnte mehr erahnen als sehen, dass dieser von einer Kuppel überwölbt war. Symmetrisch angeordnete Türen neben jener, durch die er gekommen war, führten wieder aus dem Kuppelgemach hinaus. Hinter ihm war es still. Hoffentlich hatte sein Verfolger die Spur verloren.

Plötzlich erkannte er, wo er sich befand und ein Schaudern befiel ihn. Dies waren Gemächer, die einst zu Neros goldenem Palast gehört hatten und die jetzt unter der Erde lagen, weil man das Gelände aufgeschüttet hatte, als die Therme errichtet wurde. Man hatte sie ihrer Pracht beraubt, aber als Fundament und Keller bestehen lassen, um sie teilweise als Lagerräume zu nutzen.

Corinthus lauschte neuerlich und jetzt glaubte er es ganz deutlich zu hören: Die Klänge einer Leier, zu der eine Männerstimme sang und dazu das Schluchzen eines Knaben. Er dachte an die Schauergeschichte, die er Pomponius erzählt hatte, und verbarg angstvoll das Gesicht in den Händen. Erst nach einer ganzen Weile wurde ihm bewusst, dass es sein eigenes Weinen war, das er hörte.

Corinthus versuchte sich zu fassen und wischte sich die Tränen aus dem Gesicht. Das gespenstische Lied war verklungen und es war wieder ganz still geworden. Er überlegte, ob er bis zum Morgen hierbleiben oder seine Flucht fortsetzen sollte. Es war damit zu rechnen, dass diese Räume von Bediensteten der Therme aufgesucht wurden, weil ja die Fackeln, die regelmäßig getauscht werden mussten, sonst keinen Sinn gemacht hätten. Er entschied sich schließlich dafür weiterzugehen, selbst auf die Gefahr hin, dass ihm plötzlich Neros Geist erschien. Er befand sich inzwischen in einem Zustand, dass er sich davor weniger fürchtete, als vor einer neuerlichen Begegnung mit seinem Mörder. Neros Gespenst würde ihn vielleicht verschonen, sein Verfolger aber gewiss nicht.

Weil ihm nichts Besseres einfiel, wandte er einen Auszählreim an, um die richtige Tür zu bestimmen. Als er sie öffnete, sah er, dass sie in einen unbeleuchteten Gang führte. Kurz entschlossen reckte er sich und nahm die Fackel aus ihrem Halter. Dann trat er in den Gang und zog die Tür hinter sich wieder zu.

Corinthus hatte eine kluge Entscheidung getroffen. Wenige Minuten später erreichte sein Verfolger den jetzt im Dunkeln liegenden Kuppelraum. Er stieß einen Fluch aus, kehrte um und besorgte sich eine der Fackeln aus dem hinter ihm liegenden Gang. Damit leuchtete er seine Umgebung sorgfältig aus.

Das nackte Steingewölbe, in dem er stand, hatte einst zu den Repräsentationsräumen von Neros Palast gehört. Wahrscheinlich war es einer der berühmten Speisesäle gewesen, so dachte er. Reste von kunstvoller Bemalung im oberen Bereich ließen die einstige Pracht erahnen. Jetzt glich der Raum einer riesigen Rumpelkammer. Man hatte hier ein Depot für Möbel, die in der Thermenanlage gebraucht wurden, eingerichtet.

Er fluchte neuerlich, als er sah, dass der Raum insgesamt acht Türen hatte. Sein Opfer musste eine der anderen sieben Türen benutzt haben, um weiterzukommen. Er öffnete die Türen eine nach der anderen und lauschte in die dunklen Gänge und Räume dahinter. Nichts war zu hören, nichts wies darauf hin, welchen Weg Corinthus genommen hatte. Der Mann resignierte. Er ging davon aus, dass ihm sein Opfer entkommen war, und er konnte nur hoffen, dass ihn Corinthus nicht erkannt hatte. Wenig später verließ er die Therme und musste sich etliche derbe Worte von Bediensteten gefallen lassen, die ihn schalten, weil er sich so lange nach Betriebsschluss noch auf dem Gelände aufgehalten hatte.

Corinthus erreichte inzwischen ein weiteres Gewölbe, das offenbar als Weinkeller diente. Dickbäuchige Amphoren standen hier in Reih und Glied und in der Luft hing ein schwerer Geruch, der ihn benommen machte. Von hier ging es nicht mehr weiter. Eine Tür am anderen Ende des Raumes war versperrt und so massiv, dass keine Hoffnung bestand, sie aufzubrechen. Er erwog umzukehren, aber die Angst, seinem Verfolger in die Hände zu laufen, hinderte ihn daran. Im erlöschenden Licht seiner heruntergebrannten Fackel entdeckte er, dass die Tür, durch die er gekommen war, an der Innenseite einen Holzriegel aufwies, der zumindest ein wenig Sicherheit bot. Er schob den Riegel vor und versteckte sich in einer Ecke zwischen zwei Amphoren. Seine Fackel erlosch. Völlige Stille und Dunkelheit umfingen ihn.

Corinthus kauerte sich am Boden nieder und horchte angstvoll in die Dunkelheit. Manchmal war ihm, als könne er leises Getrappel vernehmen.

Beim geringsten Geräusch schreckte er hoch aus Furcht, die Stimme seines Verfolgers vor der Tür zu hören. Eine Erkenntnis, die schon die ganze Zeit im Hintergrund seines Verstandes vorhanden gewesen war, trat plötzlich in sein Bewusstsein: Er kannte die Stimme. Er hatte sie schon einmal gehört, nur wollte ihm nicht einfallen, bei welcher Gelegenheit.

Während er so ins Finstere starrte und vor sich hin grübelte, fielen ihm langsam die Augen zu. Die Anstrengungen des Tages und die Aufregung forderten ihren Tribut. Corinthus versank in einem tiefen Schlaf, der an Bewusstlosigkeit grenzte.

Er schlief die ganze Nacht und weit über Mittag des folgenden Tages. Schließlich weckte ihn ein Geräusch. Zunächst wusste er nicht, wo er war. Erst nach und nach kamen die Erinnerung und die Erkenntnis seiner misslichen Lage.

Das Geräusch, das ihn geweckt hatte, kam von der Tür. Jemand versuchte sie zu öffnen. Corinthus hielt den Atem an. Er saß in der Falle. Vielleicht, wenn er nicht sofort entdeckt wurde, konnte er die Tür erreichen und flüchten. Er versuchte aufzustehen, knickte aber sofort wieder mit einem Wehlaut ein. Die Beine waren ihm eingeschlafen.

Eine Männerstimme, die er nicht kannte, fragte: „Bist du da drinnen, Corinthus?"

Corinthus war so verzweifelt, dass er ein lautes und unsinniges „Nein!" herausschrie.

Jemand lachte. Der Holzriegel ächzte und begann unter einem heftigen Stoß nachzugeben. Corinthus gab sich verloren.

Dann zerbarst der Riegel und die Tür flog auf. Fackellicht erhellte plötzlich den Raum. In der Türöffnung stand ein schwarzbärtiger Riese mit dem blanken Schwert in der Hand. Corinthus legte in einer sinnlosen Geste beide Hände schützend auf den Kopf. Der Riese trat näher und betrachtete das Häufchen Elend zu seinen Füßen. „Er könnte es sein", bemerkte er zu seinen beiden Begleitern, die ihm durch die Tür gefolgt waren. „Sprich, du Unglücksrabe! Wie heißt du?"

„Corinthus", flüsterte dieser. „Wirst du mich jetzt töten?"

Der Schwarzbärtige ließ sein Schwert sinken und verbarg es unter seinem Umhang. „Du brauchst dich nicht zu fürchten", sagte er. „Mein Name ist Paulus. Pomponius schickt mich. Er wünscht, dass du endlich nach Hause kommst."

Mit grenzenloser Erleichterung sah Corinthus hoch. In seiner Vorstellung stieg Pomponius in den Olymp der Heroen auf. Wie hatte er nur daran zweifeln können, dass ihm Pomponius in höchster Not einen Retter schicken würde?

XVII

Pomponius war weit davon entfernt, irgendeine Ähnlichkeit mit einem Heros aufzuweisen. Von Selbstvorwürfen gequält lag er auf seinem Bett und fühlte sich unfähig, etwas Sinnvolles zu unternehmen. Er hatte es sogar abgelehnt, zu Mittag etwas zu sich zu nehmen. Jedem, der wusste, wie sehr er gutes Essen schätzte, musste dies ein Zeichen dafür sein, wie schlimm es um ihn stand. Jetzt ruhte seine ganze Hoffnung, Gewissheit über das Schicksal von Corinthus zu erlangen, auf Scantilla und Paulus.

Endlich war es so weit. Etwa um die achte Stunde stürmte Demetrius in sein Zimmer und meldete aufgeregt. „Corinthus ist wieder da! Er ist wohlauf. Ein Mann namens Paulus hat ihn gebracht! Sie warten unten im Park auf dich!"

Pomponius atmete auf, sprang mit einem Satz aus dem Bett und eilte Demetrius nach. Der Park war dem Palast vorgelagert und für die Öffentlichkeit zugänglich. Corinthus und Paulus saßen auf einer Bank. Corinthus redete sich seine ganze Angst von der Seele. Paulus hörte ihm kopfschüttelnd zu, besonders als ihm Corinthus erzählte, wie er beinahe dem Gespenst Neros begegnet war, das leierspielend durch seinen ehemaligen Palast irrte.

„Den Göttern sei Dank", rief Pomponius, als er die beiden erreichte, „dass sie dich wohlbehalten zurückgebracht haben, Corinthus. Ich habe schon begonnen, mir Sorgen um dich zu machen."

Corinthus sprang von der Bank auf, umarmte den überraschten Pomponius und flüsterte unter Tränen: „Und ich danke dir, Herr, dass du diesen edlen Helden ausgesandt hast, um mich zu retten."

Pomponius sah Paulus an. Dieser zuckte ohne jede Bescheidenheit mit den Schultern und hatte offenbar nichts dagegen, als edler Held bezeichnet zu werden.

„Wir werden bald ein ausführliches Gespräch führen, Corinthus", erklärte Pomponius. „Vorerst möchte ich mich mit diesem edlen Helden unterhalten. Demetrius, nimm Corinthus mit und kümmere dich um ihn. Ich folge euch bald nach."

Pomponius setzte sich neben Paulus und sah ihn abwartend an. „Es war leichter als ich gedacht habe", berichtete dieser, „weil uns der Zufall zu Hilfe gekommen ist. Schon kurz nach deinem Besuch habe ich mit zwei vertrauenswürdigen Männern die Suche aufgenommen. Wir sind die Strecke abgegangen, die der Knabe gegangen sein muss. Dabei haben wir erfahren, dass es gestern Abend vor der Therme einen kleinen Tumult gegeben hat. Ein junger Bursche, auf den die Beschreibung des Corinthus passt, hat einige Leute über den Haufen gerannt, als er vor einem Mann in die Thermenanlage geflüchtet ist. Dann haben wir erfahren, dass ein paar Vandalen in der ersten Bibliothek gewütet und etliche Einrichtungsgegenstände umgeworfen und zerbrochen haben. Das schien mir eine vielversprechende Spur zu seinen. Wir haben also die Therme als normale Badegäste aufgesucht. In der Bibliothek waren inzwischen die Verwüstungen beseitigt worden und von Corinthus war nichts zu sehen. Wir haben aber vermutet, dass er die Bibliothek nicht verlassen hat. Das wäre nämlich aufgefallen, denn es waren nur mehr wenige Menschen im Hof und die Bediensteten waren damit beschäftigt, Säumige hinauszujagen, ehe die Tore geschlossen wurden. Also haben wir nachgeforscht, ob es einen anderen Weg gibt, die Bibliothek zu verlassen. Ein Sklave hat uns schließlich gegen ein angemessenes Geldgeschenk verraten, dass sich unter der Treppe eine versperrte Tür befindet, durch die man zu unterirdischen Wirtschaftsräumen gelangt. Wir sind dem nachgegangen und haben die Tür unversperrt vorgefunden, wahrscheinlich weil jemand schlampig war. In einem unbeobachteten Augenblick sind wir durch die Tür geschlüpft und haben begonnen, die Gänge dahinter zu durchsuchen. Schließlich sind wir in eine achteckige Halle mit acht Türen gekommen. Dort ist uns aufgefallen, dass eine der Fackeln fehlt. Wir haben also die Bereiche hinter den Türen abgesucht und in einem der Gänge am Boden Harzflecken gefunden, so wie sie von einer brennenden Fackel tropfen. Diesen sind wir nachgegangen und haben auch tatsächlich eine versperrte Tür entdeckt, hinter der sich der Junge versteckt hat. Er war völlig verängstigt und hat mir eine fantastische Geschichte von Meuchelmördern und Gespenstern erzählt. Es dürfte aber feststehen, dass tatsächlich jemand versucht hat, ihn abzustechen.

Vielleicht kannst du mehr aus ihm herausbekommen, sobald er sich wieder beruhigt hat."

„Ich bin dir zu großem Dank verpflichtet, Paulus", sagte Pomponius.

„Danke nicht mir, sondern danke meiner Schwester. Ich hätte nichts unternommen, wenn sie es nicht gewollt hätte."

„Das werde ich bald tun", versprach Pomponius.

Paulus sah ihn prüfend an. „Was ist das zwischen dir und meiner Schwester?", fragte er. „Sie verhält sich seltsam, wenn es um dich geht, und sie will nicht mit der Sprache heraus, wenn ich sie nach dem Grund frage. Lycia behauptet, du hättest mit ihr geschlafen. Stimmt das?"

Vom Bruder einer Frau zur Rede gestellt zu werden ist ähnlich unangenehm wie ein klärendes Gespräch mit dem Vater der Geliebten. Pomponius wusste nicht, was er sagen sollte und Paulus bestand auf keiner Antwort. „Ich kümmere mich üblicherweise nicht um das Privatleben meiner Schwester", fuhr er fort, „aber du solltest dich vorsehen, Pomponius, damit du sie nicht ausnützt und in Gefahr bringst. Sie riskiert schon jetzt dir zuliebe mehr als vernünftig ist." Mit diesen Worten stand er auf, nickte Pomponius noch einmal zu und verließ den Park.

Pomponius blieb verwirrt sitzen und dachte nach. Er war immer davon ausgegangen, dass ihn Scantilla ausnützte und manipulierte selbst dann, wenn sie sich hilfreich zeigte. So schätzte er sie nämlich ein. Die Möglichkeit, die auch nur entfernte Möglichkeit, dass es auch umgekehrt sein könne, überraschte ihn. Um sein Dilemma zu verstehen, müssen wir an dieser Stelle noch einmal zu dem leidigen Thema ‚Pomponius und die Frauen' zurückkehren. Pomponius war alles andere als ein Frauenkenner. Er hielt sie für liebenswerte, aber unberechenbare Wesen, deren rätselhaftes und bisweilen beunruhigendes Verhalten man hinnehmen musste, wie Wind und Regen. Es ging ihnen dabei, so dachte er, meist ja doch nur darum, ihre Wünsche durchzusetzen. Wünsche, die er erraten sollte und die sie nicht einfach offen aussprachen, wie man es von einem vernünftigen Menschen erwarten konnte. Nichts verursachte Pomponius mehr Unbehagen als ein beleidigtes Gesicht, Gefühlsausbrüche und Szenen, deren

Ursachen sich seinem Verständnis entzogen. Am wohlsten fühlte er sich in Gegenwart von Frauen, die ihn gefühlsmäßig nicht allzu sehr überforderten und von denen er annahm, ihr Verhalten sei überwiegend von sachlichen Erwägungen getragen. Bei Scantilla beispielsweise war er stets davon ausgegangen, dass sie eine eiskalte, skrupellose und berechnende Person sei, der man nur bedingt trauen konnte. So sonderbar das klingt, hatte ihm das ihr gegenüber ein Gefühl der emotionalen Sicherheit verschafft. Der von Paulus angedeutete Gedanke, dass sie für ihn vielleicht ehrliche Zuneigung empfinden könne, beunruhigte ihn zutiefst. Es war für ihn aber typisch, dass er es ablehnte, sich in weiterer Folge darüber Gedanken zu machen, was eigentlich er selbst für sie empfand.

„Sie hat dich verführt und sie ist auf dem besten Weg, dir den klaren Verstand zu rauben", sagte Aliquas Stimme in seinem Kopf. „Du denkst öfter an sie, als gut für dich ist."

„Du schon wieder?", fragte Pomponius empört. „Verschwinde aus meinem Kopf, so wie du aus meinem Leben verschwunden bist."

„Wenn das nur so leicht wäre, würde ich es sicher tun", entgegnete Aliqua, „aber du lässt mich ja nicht los, obwohl du mir nie einen Antrag gemacht hast. Wahrscheinlich, weil dich meine Vergangenheit stört. Heirate doch Valeria. Ihr Vater wird schon nachgeben und dann bist du der Schwiegersohn eines mächtigen Senators, dem alle Türen offenstehen. Sie wartet nur darauf, dass du etwas sagst. Oder tu dich mit dieser Scantilla zusammen, die dich eines Tages wahrscheinlich mit Haut und Haaren auffressen wird. Vielleicht vergisst du mich dann endlich und ich muss mich nicht ständig mit dir unterhalten."

„Nein!", schrie Pomponius.

Ein Sklave, der damit beschäftigt war, die Hecken zu stutzen, trat an ihn heran und fragte besorgt: „Ist dir nicht wohl, Herr? Soll ich einen Arzt rufen?"

Pomponius winkte ab. „Es ist nichts. Ich habe nur Selbstgespräche geführt. Sei für deine Fürsorge bedankt, aber ich glaube nicht, dass mir ein Arzt helfen kann."

Er stand auf und ging mit müden Schritten zum Palast zurück.

XVIII

Corinthus hatte inzwischen das von Pomponius verschmähte Mittagessen verputzt und brannte darauf, Pomponius von seinen Erlebnissen zu berichten.

Pomponius hörte ihm aufmerksam zu. Nur als Corinthus zu der Stelle kam, wie ihm Gratia das Zimmer mit den anstößigen Bildern zeigte, runzelte er die Stirn. „Du musst dich vor solchen Mädchen in Acht nehmen, mein Junge", mahnte er. „Am Ende locken sie dich noch ins Bett und treiben unaussprechliche Dinge mit dir."

„Ja, das tun sie", bestätigte Corinthus mit leuchtenden Augen.

„Du hast doch nicht etwa ...", rief Pomponius, der so etwas wie eine moralische Verantwortung für Corinthus empfand.

Demetrius intervenierte und klang dabei leicht amüsiert. „Sei nicht so streng, Herr. Er ist alt genug. Wäre er kein Sklave, so hätte man ihm bereits die Männertoga umgelegt und den geweihten Honigkuchen gereicht."

„Das bedeutet noch lange nicht ...", begann Pomponius, fuhr aber nicht fort, weil ihm unversehens eine junge Sklavin im Hause seines Vaters in den Sinn kam, der er einige unvergessliche Erinnerungen verdankte. Damals war er etwa so alt wie Corinthus gewesen. Er seufzte tief und befahl: „Übergehen wir das. Berichte, was danach geschah."

Je länger Corinthus sprach, um so mehr verdüsterte sich das Gesicht des Pomponius. „Ich werde mir nie verzeihen, dass ich dich in diese Gefahr gebracht habe", sagte er voller Selbstanklage, nachdem Corinthus geendet hatte.

„Mach dir deswegen keine Vorwürfe, Herr, das konnte doch niemand vorhersehen", meinte Corinthus, der sich unerwartet in der Situation fand, seinerseits Pomponius trösten zu müssen.

„Oh doch. Ich hätte es vorhersehen müssen. Ich wusste, dass ich überwacht werde. Daher war es nur naheliegend, dass man auch Personen überwacht, mit denen ich engen Kontakt habe und die mir zu Diensten stehen. Besonders beunruhigt mich aber die Tatsache, dass du die Stimme des Angreifers erkannt hast. Weißt du wirklich nicht, wer das sein könnte?"

„Nein, Herr. Ich zermartere mir schon die längste Zeit den Kopf, aber es will mir nicht einfallen."

„Beschreibe mir den Mann nochmals so genau als möglich."

„Sein Gesicht habe ich nicht erkannt, weil es bedeckt war. Er war etwa so groß und so alt wie Demetrius, schätze ich, nur schlanker und beweglicher. Er konnte rennen wie ein Windhund. Am auffälligsten war aber seine Art zu reden. Das war kein primitiver Schurke, sondern ein gebildeter Mann. Seine Kleidung war dunkel, unauffällig, aber von guter Qualität."

„Es wird jemand aus dem Palast sein", warf Demetrius ein. „Corinthus hat sonst keinen Umgang mit Fremden, auf die diese Beschreibung passen könnte."

„Das glaube ich auch", bestätigte Pomponius. „Er muss Corinthus bereits vom Palast gefolgt sein und er hat ihn die ganze Zeit über beobachtet. Als er merkte, dass sich Corinthus mit Gratia getroffen hat, muss ihm klar geworden sein, woher der Wind weht. Das bedeutet aber auch, dass er in die Hintergründe des Falles eingeweiht ist und Angst bekommen hat, Gratia habe etwas ausgeplaudert, das ich nicht wissen soll. Also hat er den spontanen Entschluss gefasst, Corinthus kurzerhand zu beseitigen. Demetrius, ich wünsche, dass du Corinthus ständig im Auge behältst. Er darf vorläufig den Palast nicht verlassen. Ich muss jetzt etwas wegen Gratia unternehmen. Ich fürchte, das Mädchen schwebt ebenfalls in Gefahr."

„Wahrscheinlich ist sie vorläufig im Haus ihrer Herrschaft sicher", bemerkte Demetrius, „und man hat ihr ja auch bisher nichts angetan."

„Das hat sich geändert, weil unsere Gegner jetzt wissen, dass ich versuche, von ihr Informationen zu bekommen. Aus welchem Grund auch immer man sie bisher für ungefährlich gehalten und daher in Ruhe gelassen hat, das ist jetzt vorbei. Gütige Götter, was für ein Debakel. Diese Operation ist gründlich schief gegangen."

„Ich bin für morgen früh mit ihr verabredet", verkündete Corinthus.

„Das schlag dir aus dem Kopf", befahl Pomponius entschieden.

„Ich könnte sie sicher dazu bringen, mir alles zu erzählen, was wir wissen wollen", erklärte Corinthus selbstbewusst. „Wenn du dabei in der Nähe bist, kann uns doch gar nichts passieren."

Davon war Pomponius nicht überzeugt, es sei denn, er konnte Scantilla und Paulus dazu bringen, mitzumachen. Gegen dieses infernalische Geschwisterpaar hatte selbst der abgefeimteste Attentäter keine Chance.

„Wir reden noch darüber", entschied er. „Ich muss jetzt einen Besuch machen und weiß nicht, wann ich wieder zurückkomme. Pass mir auf Corinthus gut auf, Demetrius."

Pomponius begab sich auf dem kürzesten Weg zu Scantilla. Wie nicht anders zu erwarten gewesen, wurde er von Lycia sehr ungnädig empfangen, aber immerhin ins Haus gelassen. Scantilla war damit beschäftigt, etwas zu schreiben, als Pomponius eintrat. Mit einer raschen Bewegung verbarg sie das Schriftstück vor seinen Augen und fragte: „Was soll das, Pomponius? Du kommst heute schon zum zweiten Mal zu mir. Ich will ja gerne glauben, dass du Sehnsucht nach mir hast, aber findest du nicht, dass du etwas übertreibst?"

„Ich bin gekommen, um dir zu danken, Scantilla", verkündete Pomponius und kniete vor ihr nieder. Er umfasste ihr Bein und küsste sie auf den Rist ihres nackten Fußes.

„Ich habe es ja gern, wenn sich Männer demütig verhalten", sagte Scantilla, „nur passt das so gar nicht zu dir. Was machst du da?"

Pomponius hatte ein juwelengeschmücktes Kettchen hervorgezogen und um ihren schlanken Knöchel gelegt. „Man kann es auch um das Handgelenk tragen", erläuterte er. „Am Bein macht es sich aber besonders gut. Du hast wunderschöne Beine, geliebte Scantilla. Habe ich dir das schon gesagt?"

„Mehrmals, wenn ich mich recht erinnere. Du hast auch eine Menge anderer Dinge an meinem Körper wunderschön gefunden. Trotzdem ärgerst du mich. Was denkst du dir eigentlich? Hältst du mich für käuflich? Bin ich ein Sklavenmädchen, dem du deine Kette um den Fuß legst?"

Ehe Pomponius antworten konnte, öffnete sich die Tür und Lycia schaute herein. „Hast du mich gerufen, Herrin?"

„Nein, ich habe dich nicht gerufen, du neugierige Katze!", rief Scantilla unwillig. „Verschwinde! Ich will jetzt nicht gestört werden."

Lycia warf dem noch immer am Boden knienden Pomponius einen vernichtenden Blick zu und zog sich zurück.

„Sie mag dich nicht", kommentierte Scantilla die Störung. „Sie meint, du wärst nicht der richtige Umgang für mich und ich fürchte, sie hat recht damit. Paulus denkt übrigens auch so. Wahrscheinlich wird er dich hinauswerfen, wenn er zurückkommt und dich bei mir findet. Was machst du jetzt schon wieder unter meinem Kleid? Hör sofort auf damit, Pomponius, oder ich breche dir deine vorwitzigen Finger. Hoch mit dir, damit ich dir in die Augen sehen kann. Warum bist du wirklich gekommen?"

„Ich hatte Sehnsucht nach dir, Scantilla. Warum willst du mir nicht glauben?"

„Weil ich dich kenne, du abgefeimter Intrigant. Du kommst zu mir, küsst meinen Fuß, machst mir Komplimente, schenkst mir ein wertvolles Schmuckstück, machst einen halbherzigen Versuch, mich zu verführen und tanzt dabei um den heißen Brei herum. Heraus mit der Sprache: Was ist wirklich los."

„Ich brauche noch einmal deine Hilfe", bekannte Pomponius.

„Aha. So ist das also. Warum hast du das nicht gleich gesagt?"

„Weil ich von Zuneigung für dich überwältigt wurde."

„Das nennt man das Angenehme mit dem Nützlichen verbinden. Nun, mit dem Angenehmen wird es heute nichts, also kommen wir zum Nützlichen. Worum geht es?"

Pomponius berichtete ihr, was er von Corinthus erfahren hatte und dass er sich nicht zutraute, bei dem morgigen Treffen allein für die Sicherheit von Corinthus und Gratia zu sorgen.

Scantilla dachte eine Weile nach. Dann erklärte sie entschlossen: „Ich werde dir wider besseres Wissen helfen. Komm morgen früh mit dem Jungen zu mir. Paulus und ich werden ihn bei seiner Verabredung beschatten und beschützen. Niemand wird uns bemerken, aber wir werden da sein."

Pomponius hatte schon gar nicht mehr damit gerechnet, dass sie zustimmen werde und setzte zu einer Dankesrede an. Scantilla machte eine abweisende

Handbewegung. „Sei still. Ich will von deinen Lügen nichts mehr hören. Geh jetzt. Den Weg findest du ja wohl allein. Sag Lycia, ich hätte befohlen, dass sie dich hinauswerfen soll. Was ist? Warum stehst du da noch herum? Hast du mich nicht verstanden? Was willst du denn noch?"

Pomponius war eine mögliche Komplikation in den Sinn gekommen. „Die beiden Agenten, die meine Verfolger beobachtet haben, sind die noch aktiv?"

„Nein", antwortete Scantilla. „Mein Vorgesetzter hat davon erfahren und angeordnet, die Überwachung sofort einzustellen. Er hat gesagt, wenn du umgebracht wirst, so wird das eine Menge Probleme lösen, ohne dass wir uns die Hände schmutzig machen müssen. Ich kann dir also morgen helfen, ohne dass es mein Vorgesetzter erfährt."

„Dein Vorgesetzter würde mich am liebsten tot sehen?", fragte Pomponius beunruhigt. „Wer ist dieser Mann eigentlich?"

„Der Kommandant der in Rom stationierten Frumentarii."

„Natürlich. Aber wie heißt er und was hat er gegen mich?"

„Sein Name ist Marcus Oclatinius Adventus. Ich denke nicht, dass er persönlich etwas gegen dich hat. Er hat etwas gegen das, was du hier in Rom tust."

„Aber warum nur?"

„Ich habe es dir schon einmal gesagt: Ich weiß es nicht. Er gibt seinen Agenten Aufträge, er weiht sie aber nicht in die Hintergründe ein, wenn es nicht unbedingt erforderlich ist."

„So ähnlich macht es auch mein Kommandant."

„Ja, nur mit dem Unterschied, dass dich dein Masculinius nicht gleich auspeitschen lässt, wenn du aus der Reihe tanzt und eigenmächtig handelst."

„Also hat Paulus recht. Du begibst dich meinetwegen in Gefahr. Warum tust du das, Scantilla?"

„Ich habe meine Gründe und die haben mit dir weit weniger zu tun, als du dir vielleicht einbildest. Geh jetzt endlich und starr mich nicht so an, als ob du noch nie eine Frau gesehen hättest."

„Scantilla", begann Pomponius stockend, „ich verstehe das alles nicht, aber du sollst wissen, dass ich dich …"

Scantilla schnitt ihm mit einer Handbewegung das Wort ab und rief: „Ich will das nicht hören! Verschwinde jetzt und lauf zu deiner Valeria. Sie wartet sicher schon auf dich!"

Als ob das ihr Stichwort gewesen wäre, öffnete sich abermals die Tür und Lycia fragte: „Hast du jetzt gerufen, Herrin?"

„Das hat sie", antwortete Pomponius anstelle Scantillas. „Deine Herrin wünscht, dass du mich hinauswirfst, weil ich ihr meine Liebe gestehen wollte."

„Aber ja doch, mit dem größten Vergnügen", strahlte Lycia, nachdem sie mit Scantilla einen Blick getauscht hatte. Sie fasste Pomponius fest am Arm und sagte: „Wir wollen von dir nicht geliebt werden, Pomponius! Sieh das endlich ein. Komm gutwillig mit, du aufdringlicher Mensch, oder ich rufe Paulus, damit er dich gründlich verprügelt und zur Vernunft bringt."

XIX

Pomponius versuchte, auf dem Weg zum Palast seine Gedanken zu ordnen. Die wichtigste Erkenntnis war wohl die, dass seine Suche nach dem unbekannten Liebhaber der Annia eine heiße Spur war. Er erinnerte sich an das, was ihm der Anwalt Salvius Valens anvertraut hatte: Ehe ihnen der Fall abgenommen wurde, waren die Vigiles angeblich auf eine Verbindung gestoßen, die in den Palast führte. Das passte zu seiner Vermutung, wonach der Attentäter, der Corinthus umbringen wollte, aus dem Palast stammte. Er hatte das Gefühl, der Lösung des Rätsels immer näher zu kommen. Morgen schon, wenn er Glück hatte, würde er den Namen des rätselhaften Liebhabers erfahren und klären können, ob dieser als Mörder Annias in Betracht kam. Es dürfte auch gar nicht so schwer sein, den Mann auszuforschen, der hinter Corinthus her gewesen war. Seine unverkennbare Stimme würde ihn über kurz oder lang verraten.

Auf der anderen Seite gab es Entwicklungen, die nicht so gut waren. Lycius, der Auftragsmörder, schlich ihm wahrscheinlich noch immer hinterher, auch wenn er ihn im Augenblick nirgends ausmachen konnte. Ebenso beunruhigend war die Tatsache, dass ihn Adventus, der Kommandant der Frumentarii von Rom, am liebsten tot sehen wollte, um ihn an weiteren Ermittlungen zu hindern. Welches Interesse hatten die Frumentarii an dieser Angelegenheit? Die Frumentarii anerkannten keine Autorität über sich als die des Kaisers. Aber der Kaiser befand sich weit weg und hatte offenbar keine Kenntnis von dem, was sich hier in Rom abspielte. Wenn ihn die Frumentarii ausschalten wollten, so wäre es ihnen ein Leichtes gewesen, ihn einfach festzunehmen und verschwinden zu lassen. Das hatten sie aber bisher nicht getan, sondern sich damit begnügt, Scantilla auf ihn anzusetzen.

War es denkbar, dass man sich scheute, drastischer gegen ihn vorzugehen, weil er unter dem Schutz der Kaiserin stand? Was erneut zu der Frage führte, ob und welches Interesse Faustina an dem Fall haben konnte. Dazu kam als weitere Komplikation, dass ihr Sohn offenbar gegenteilige Interessen verfolgte. Pomponius hatte nicht vergessen, dass ihm Commodus durch seinen Lehrer

Priscinius eine eindeutige Warnung zukommen hatte lassen, die Schuld des Lucius in Frage zu stellen.

Nicht weniger rätselhaft war das Verhalten Scantillas. Es war ja möglich, dass sie Dankbarkeit empfand, weil er sie damals in Carnuntum verschont hatte. Es war auch möglich, in diesem Punkt war sich Pomponius alles andere als sicher, dass sie eine gewisse Zuneigung für ihn hegte. Er hielt es aber für höchst unwahrscheinlich, dass sie deswegen ihre Befehle missachtete und ihn sogar aktiv bei seinen Ermittlungen unterstützte. Die Scantilla, die er zu kennen glaubte, würde sich nie von persönlichen Gründen leiten lassen. Sie setzte sich dadurch ja auch der Gefahr schwerer Bestrafung aus. Dennoch wagte sie es. Was also trieb sie wirklich an?

Dieselbe Frage stellte er sich inzwischen auch bezüglich Valeria. Er zweifelte immer mehr daran, dass sie bloß eine ahnungslose Randfigur war, die sich darauf beschränkte, ihn bei Laune zu halten. Sie war eine der engsten Vertrauten der Kaiserin und wenn diese mit Pomponius bestimmte Pläne verfolgte, so war sie sicher eingeweiht.

„Ich wollte, du wärst hier und könntest mir sagen, wie du darüber denkst", flüsterte Pomponius.

„Ich bin aber nicht hier, weil ich dich verlassen habe", sagte Aliqua. „Das hast du dir selber zuzuschreiben. Warum hast du dich auch immer so blöd verhalten?"

„Willst du mir jetzt Vorwürfe machen?"

„Nein. Die Vorwürfe machst du dir selber, weil ich in Wahrheit ja gar nicht da bin. Hast du das schon vergessen?"

„Ich frage mich manchmal, ob du jetzt glücklich bist mit deinem Legaten."

„Nicht so glücklich, wie du es sein musst mit deinen beiden Geliebten. Du schweigst, Pomponius? Drückt dich bloß das Gewissen oder ist da noch mehr, das nicht stimmt?"

„Ich weiß es nicht, Aliqua. Willst du mir nicht einen Rat geben?"

„Meinetwegen: Du solltest nicht wie ein blindes Huhn durch die Gegend laufen und dabei Gespräche mit imaginären Personen führen. Ein Mann in deiner Situation sollte vielmehr sehr aufmerksam und vorsichtig sein. Dann würde dir nämlich auffallen, dass dort vorne bei der dunklen Hauseinfahrt jemand auf dich wartet. Wenn ich mich nicht täusche, ist das dein Freund Lycius."

Pomponius fuhr zusammen und schaute um sich. Die Nebengasse, die er als Abkürzung genommen hatte, war menschenleer. Er kniff die Augen zusammen und versuchte, in der beginnenden Dämmerung etwas zu erkennen. Er war sich nicht sicher. Es konnte Narbengesicht Lycius sein, oder auch nur ein harmloser Anwohner, der dort vor der Tür seines Hauses stand. Pomponius beschloss, kein Risiko einzugehen. Ohne seinen Schritt zu beschleunigen, bog er in einen engen Durchgang zwischen zwei Häusern ein, um wieder auf eine belebte Straße zu kommen.

Die Hauswände ragten beiderseits hoch und lichtlos empor und ließen den Weg in Dunkelheit versinken. Obwohl draußen noch die untergehende Sonne schien, hatte hier schon die Nacht begonnen. Etwa hundert Schritte vor sich sah Pomponius einen Lichtfleck. Dort führte die enge Häuserschlucht wahrscheinlich wieder ins Freie. Obwohl kein Mensch zu sehen war, hallten von den ihn umgebenden Mauern die verschiedensten Geräusche wider. Schritte waren zu hören, Stimmen, die er nicht verstehen konnte und leises Kindergeschrei. Hoch über ihm klapperte ein Fensterladen und ein Schwall übelriechender Flüssigkeit klatschte knapp hinter ihm auf den Boden. Jemand hatte sich den Weg zur Latrine erspart und den Inhalt seines Nachttopfes ohne Rücksicht auf etwaige Passanten auf die Gasse geschüttet. Pomponius fluchte ausgiebig und ließ sich dazu hinreißen, den Übeltäter lautstark als Schwein zu bezeichnen, das dereinst in der Unterwelt seine eigene Pisse werde saufen müssen. Etwas verfehlte Pomponius haarscharf und knallte hart auf das Pflaster. Wer immer dort oben am Fenster stand, hatte es ihm übelgenommen, als Schwein bezeichnet zu werden, und erstaunlich zielsicher einen harten Gegenstand nach ihm geworfen.

Pomponius hielt es für angezeigt, vor weiteren Anschlägen zu flüchten und fiel in einen Laufschritt, der ihn bald auf eine Straße führte. Die Sonne war bereits hinter den Häusern versunken. Die letzte Stunde des Tages neigte sich ihrem Ende zu. Die Geschäfte waren dabei zu schließen. Waren und Tische wurden ins Innere getragen und die Eingänge zu den Gewölben mit starken Läden verschlossen. Nur einzelne Imbissstände hielten noch geöffnet und wurden mit Feuerbecken beleuchtet, die man davor entzündet hatte.

Pomponius versuchte sich zu orientieren. Er erkannte, wo er war. Wenn er sich beeilte, konnte er noch vor Einbruch der Nacht den Palast erreichen.

Seine Erleichterung währte nur kurz. Als er sich umschaute, sah er knapp hinter sich Lycius, der rasch auf ihn zuging. Pomponius zweifelte nicht daran, dass der Mordbefehl endlich erteilt worden war und er wusste, wie der Anschlag ablaufen würde. Aus der Deckung seines weiten Umhanges würde Lycius rasch und unbemerkt den tödlichen Stich ausführen und verschwunden sein, ehe jemand bemerkte, was geschehen war.

Pomponius verfluchte sich selber, weil er, wie es seine Gewohnheit war, unbewaffnet das Haus verlassen hatte. Oft genug hatte ihn sein Kommandant ermahnt, stets einen Dolch bei sich zu tragen. Pomponius konnte die Angst des Corinthus nachfühlen, der sich gestern in einer ganz ähnlichen Situation befunden hatte. Nur leider verfügte er nicht über die läuferischen Qualitäten des Jungen. Wegrennen würde ihm nichts bringen. Sein Kommandant hatte ihm auch immer wieder befohlen, sich körperlich zu ertüchtigen und den Nahkampf zu üben. Jetzt rächte sich, dass Pomponius Masculinius nicht gehorcht und stets mehr auf sein Glück und seine Findigkeit vertraut hatte. Er sah sich gehetzt um und suchte nach einem Ausweg.

Lycius hatte ihn fast erreicht.

Wie sich zeigte, hatte er auch diesmal Glück und Rettung kam von unerwarteter Seite.

„He, du!", rief eine raue Stimme. „Haben wir dich endlich?" Aus einem Gewölbe kamen drei bewaffnete Soldaten, die die Abzeichen der Vigiles trugen, und eilten auf Pomponius zu.

Lycius blieb stehen und beobachtete überrascht die Situation, die ihn an der raschen Durchführung seines Auftrages hinderte.

„Bist du der Bursche, der beim Lokal des Septimus das Feuerbecken umgeworfen hat?", fragte der Anführer der drei Soldaten und packte Pomponius beim Kragen.

„Es tut mir leid“, antwortete Pomponius demütig. „Es war bloß ein Versehen und keine Absicht. Ich werde in Hinkunft vorsichtiger sein.“

„Weshalb bist du dann weggelaufen und hast nicht beim Löschen geholfen?“

„Ich hatte Angst, dass ich bestraft werde, Herr Unteroffizier.“

„Dazu hast du auch allen Grund. Du kommst jetzt mit aufs Wachlokal.“ Der Anführer gab seinen beiden Männern ein Zeichen. Sie traten an Pomponius heran und fassten ihn beiderseits an den Oberarmen. Pomponius ließ sich widerstandslos abführen.

Lycius hatte das Geständnis des Pomponius mit Staunen mitangehört. Pomponius konnte nicht anders. Er zeigte dem verhinderten Meuchelmörder rasch den ausgestreckten Mittelfinger, eine Geste, die auch noch nach Jahrtausenden gebräuchlich ist und ebenso wie damals als derbe Schmähung verstanden wird. Lycius war fassungslos.

Einige Passanten hatten den Vorfall beobachtet und kommentierten ihn schadenfroh. „Er hat ein Feuerbecken umgeworfen und ist dann weggerannt“, sagte der eine.

„Dafür bekommt er fünf Stockschläge auf den nackten Hintern“, bemerkte ein anderer sachkundig. „Das machen sie immer so vorausgesetzt, der Täter ist unbescholten. Er wird dann ein paar Tage nicht sitzen können. Hat er allerdings schon früher gegen Feuerschutzbestimmungen verstoßen, ergeht es ihm wesentlich schlimmer. Dann kann er von Glück reden, wenn sie ihn nur grün und blau hauen.“

„Außerdem muss er zehn Denare Strafe zahlen“, wusste ein dritter zu berichten. „Meinem Schwager ist es so ergangen, bloß weil er vergessen hat, einen gefüllten Wassereimer neben sein Feuerbecken zu stellen.“

Das alles war zwar noch immer besser als umgebracht zu werden, aber die Aussicht, im Schnellverfahren eine tüchtige Tracht Prügel verabreicht zu bekommen, beunruhigte Pomponius verständlicherweise.

Sobald er sich vor Lycius in Sicherheit fühlte, wandte er sich daher an den Anführer und sagte. „Ich bin der Anwalt Spurius Pomponius, Herr Unteroffizier. Es stimmt nicht, dass ich ein Feuerbecken umgeworfen habe. Wenn du mich den

Augenzeugen gegenüberstellst, werden sie bezeugen, dass ich nicht der Täter bin."

„Das ist nicht erforderlich, denn die Personenbeschreibung des Täters passt auf dich und du hast gestanden."

„Aber mein Geständnis war falsch. Ich wollte nur von euch mitgenommen werden, weil ich mich von einem Verbrecher verfolgt fühlte, der mich umbringen will."

„Hast du dafür Zeugen?"

„Natürlich nicht."

„Um so schlimmer für dich. Dann hast du nämlich städtische Beamte angelogen und die Ausforschung des wahren Täters erschwert, wenn nicht gar verhindert. Dafür gibt es nicht fünf, sondern zehn Stockschläge auf den nackten Hintern. Also überleg dir lieber, welches deiner Geständnisse nun stimmt."

„Herr Unteroffizier", sagte Pomponius verzweifelt. „Ich wohne im Palast und bin Gast der göttlichen Faustina."

„Und ich bin der König der Parther, erwiderte der Unteroffizier unwillig. „Ich kenne Burschen wie dich. Euretwegen geht noch die ganze Stadt in Flammen auf. Halt jetzt den Mund und erzähl unserem Kommandanten deine Märchen. Ich warne dich aber. Wenn du ihn ärgerst, können es auch zwanzig Stockschläge werden."

Pomponius schwieg verzagt. Bald darauf hatten sie das Wachlokal erreicht und Pomponius wurde in einen Raum geführt, in dem ein Offizier an einem Schreibtisch saß und ein Schriftstück studierte.

Der Unteroffizier, der ihn hergebracht hatte, salutierte und erstattete Meldung: „Dieser Mann hat versehentlich vor dem Imbissstand des Septimus das Feuerbecken umgestoßen und ist dann weggelaufen, ohne beim Löschen zu helfen. Es ist kein Schaden entstanden. Septimus hat die vorgeschriebenen gefüllten Wassereimer bereitgehalten und konnte das Feuer selbst löschen. Als wir hingekommen sind, war schon alles vorbei. Wir konnten den Täter aber wenig später festnehmen. Er hat sofort gestanden. Er dürfte ein Ersttäter sein."

„Stimmt das?", fragte der Offizier desinteressiert ohne den Kopf zu heben. „Bist du mit fünf Stockschlägen und einer Geldbuße von fünf Denaren einverstanden?"

„Nein!", rief Pomponius.

Der Offizier hob den Kopf und sah in scharf an. „Warum nicht?"

„Ich habe das Feuerbecken nicht umgeworfen!"

„Du willst also ein förmliches Verfahren? Das kannst du haben, aber dann wird die Strafe im Falle einer Verurteilung strenger ausfallen. Wie heißt du?"

„Spurius Pomponius. Ich bin ..."

„Spurius Pomponius, der Anwalt, der künftige Schwiegersohn des edlen Quintus Cäcilius Avitus?"

„Ja, der bin ich!", rief Pomponius erleichtert und verzichtete darauf, seine Bezeichnung als zukünftiger Schwiegersohn richtigzustellen. „Du kennst mich?"

„Ich habe von dir gehört." Der Offizier wandte sich an seinen Untergebenen. „Du kannst wegtreten. Ich kümmere mich schon um diesen verstockten Übeltäter."

Der Unteroffizier salutierte neuerlich und verließ den Raum.

„Ich bin Calpurnianus", erklärte der Offizier, sobald sie allein waren. „Man hat mich wissen lassen, dass ich mit dir Kontakt aufnehmen soll, weil du mich unauffällig sprechen willst. Ich habe mir schon überlegt, wie das zu bewerkstelligen wäre, und nun hat dich ein glücklicher Umstand direkt zu mir geführt."

„Ein wahrhaft glücklicher Umstand", bestätigte Pomponius, „denn er erspart mir hoffentlich eine Prügelstrafe und gibt mir die Gelegenheit, dich um eine Auskunft zu bitten."

„Setz dich und sag, was du von mir willst."

„Ich bin nach Rom gekommen, um den Fall des Lucius Cäcilius erneut zu untersuchen und seinem Onkel Tiberius Cäcilius, dem nun ebenfalls ein Verfahren droht, beizustehen."

„Deswegen bist du eigens nach Rom gekommen? Von wo?"

„Aus Carnuntum."

Pomponius hatte schon öfter erlebt, dass die Nennung dieser Stadt bei seinen Gesprächspartnern eine bestimmte Reaktion auslöste. So auch diesmal. „Aus dem kaiserlichen Hauptquartier?", fragte Calpurnianus erstaunt. „Hat man dich hergeschickt? In wessen Auftrag handelst du?"

„Das darf ich nicht sagen", wehrte Pomponius ab. „Nur so viel sollst du wissen: In Rom bin ich nur Privatmann und habe hier keine amtlichen Befugnisse. Ich handle ausschließlich als Anwalt des alten Tiberius Cäcilius. Deswegen bin auch sehr auf Diskretion bedacht."

„Wo wohnst du in Rom?"

„Im kaiserlichen Palast. Die göttliche Faustina gewährt mir Gastfreundschaft."

„Die Gattin des Kaisers gewährt einem einfachen Provinzanwalt, der sich als Privatmann in Rom aufhält, Unterkunft im Palast? Wer bist du wirklich, Pomponius?"

„Ich bin der Anwalt Spurius Pomponius, nicht mehr. Du bist ein scharfsinniger Mann, Calpurnianus, und wirst daher verstehen, dass weitere Fragen, was ich sonst noch sein könnte, unbeantwortet bleiben müssen."

Calpurnianus nickte mehrmals. „Ich muss das wohl so zur Kenntnis nehmen. Welche Fragen hast du an mich?"

„Du hast den Mordfall der Annia untersucht. Wie ist es dazu gekommen?"

„An sich ist unsere Einheit nicht dazu da, außerhalb unserer Befugnisse in Kriminalfällen zu ermitteln. Aber der Vater des Mädchens, Marcus Bassianus, ist sehr einflussreich und hat eine genaue Untersuchung verlangt. Also hat der Prätor die Vigiles angewiesen, sich der Sache anzunehmen. Die Untersuchung wurde mir anvertraut. Kaum hatte ich mit den Ermittlungen begonnen – nach drei Tagen, wenn ich mich recht erinnere –, hat sich ein zweiter Mord ereignet, der sowohl was den Tatort, die Tatbegehung und das Opfer anlangt, dem Mord an Annia glich. Diesmal war es ein Mädchen namens Bruttia. Ich hatte die Absicht, meine Untersuchungen auch auf diesen Mord auszudehnen, weil es sich höchstwahrscheinlich um denselben Täter handelte. Weit bin ich damit nicht mehr gekommen. Man hat mir plötzlich den Fall abgenommen und den Frumentarii übertragen, weil es sich offenbar um einen Serienmörder handelt, dessen Taten die Bevölkerung beunruhigen und insoweit die Sicherheit des Staates gefährden. Was die Frumentarii herausbekommen haben, weiß ich nicht. Geschehen ist jedenfalls nichts. Bis zu jenem Tag, an dem der Anwalt Marcus Caecilianus Placidus die Bühne betrat und Anklage gegen den jungen Lucius erhob. Was dann geschah, weißt du ja wahrscheinlich. Lucius wurde wegen beider Morde verurteilt, ist der Hinrichtung aber durch göttliche Fügung entgangen."

„Was hast du während deiner Ermittlungen herausbekommen?"

„Auch ich habe mir zunächst überlegt, ob Annia einem perversen Lustmörder zum Opfer gefallen ist. Möglich wäre es ja gewesen. Eines hat mich aber stutzig gemacht. Was hatte ein Mädchen aus gutem Haus zu später Stunde allein dort bei den Lagerhäusern zu suchen? Es ist schwer vorstellbar, dass sie allein dorthin gegangen ist. Ich habe mich also mit ihrem Privatleben beschäftigt und herausbekommen, dass sie verlobt war. In Begleitung ihres Verlobten wäre es nicht unschicklich gewesen, am Tiberufer spazieren zu gehen. Allein oder auch nur in Begleitung einer Sklavin wäre es hingegen sehr unpassend gewesen."

„Der Verlobte", murmelte Pomponius. „Ich habe ihn bisher nur für eine unbeteiligte Randfigur gehalten, aber du hast natürlich recht: Man darf keine Spur außer Acht lassen."

„Der Verlobte der Annia heißt Postumus Lanatus" fuhr Calpurnianus fort. „Er ist ein Geschäftspartner von Annias Vater und deutlich älter als sie. Ich habe in Erfahrung gebracht, dass er mit der Auflösung der Verlobung gedroht hat, weil er Annia der Untreue verdächtigte. Angeblich hat ihn ihr Vater daraufhin unter Druck gesetzt und mit einer für Lanatus ruinösen Auflösung der Geschäftsbeziehung gedroht, falls Lanatus die geplante Heirat platzen lässt. Lanatus war deswegen fuchsteufelswild. Für mich wurde er dadurch zum Hauptverdächtigen."

„Sieh an", staunte Pomponius. „Damit hätte auch ich einen Verdächtigen mehr. Hast du Lanatus vernommen?"

„Ja, das habe ich. Er war ausgesprochen kooperativ. Der Tod Annias hat ihn zwar betroffen gemacht, aber er war nicht untröstlich. Liebe war keine zwischen den Verlobten. Letztendlich schien er recht froh zu sein, dass aus der Heirat nichts wurde, denn sie habe ihm schon vor der Hochzeit Hörner aufgesetzt, wie er ungeniert erklärte. Er konnte mir sogar einen Hinweis auf ihren mutmaßlichen Liebhaber geben. Es habe sich – höre und staune – um einen jungen Mann aus dem Palast gehandelt. Lanatus hat der Annia nämlich Leute nachgeschickt, die sie ausspionieren sollten. Diese haben ihm berichtet, dass Annia auf der Straße mehrmals vertraulich mit einem jungen Mann gesprochen hat, der bis in den Palast verfolgt werden konnte. Leider wusste Lanatus seinen Namen nicht. Er hat aber berichtet, dass Annia bei diesen Treffen von einer Sklavin namens Gratia begleitet wurde. Die wollte ich mir als Nächstes vornehmen. Dazu ist es nicht mehr gekommen."

„Hat Lanatus ein Alibi?"

„Nein, hat er nicht. Ich habe allerdings auch keinen tragfähigen Schuldbeweis gegen ihn gefunden."

„Ist dir sonst etwas aufgefallen, hast du Hinweise auf einen weiteren Liebhaber der Annia gefunden?"

„Wenn es noch einen Liebhaber gegeben hat, so habe ich ihn nicht entdeckt. Aufgefallen ist mir aber Folgendes: Annia und Bruttia waren befreundet und sie wurden beide nahezu an derselben Stelle bei den Lagerhäusern umgebracht. Eines dieser Lagerhäuser gehört Titus Crispinus, dem Vater der Bruttia. Ich habe mir daher unter dem Vorwand, die Einhaltung der Feuerschutzbestimmungen überprüfen zu müssen, Zutritt zu diesem Lagerhaus verschafft und mich dort umgesehen. Die Geschäfte des Herrn Crispinus müssen recht gut gehen. Das Lagerhaus war leer, weil der gesamte Vorrat an Getreide in den Wochen zuvor verkauft wurde, wie mir der Verwalter berichtet hat. Ich habe aber einen versperrten Verschlag entdeckt, zu dem nach Auskunft des Verwalters nur Crispinus den Schlüssel hat. Weil den Vigiles in Ausübung ihrer Pflicht Zutritt zu jedem Raum gewährt werden muss, habe ich das billige Schloss mit einem kleinen Haken geöffnet. Ich fand einen einfach eingerichteten Raum mit einem Schreibtisch, mehreren Sessel und einer Liegestätte vor. Ich habe mich genau umgesehen. Nach dem Zustand der Bettlaken zu schließen, haben sich dort eine

Frau und ein Mann ausgiebig vergnügt, wenn du verstehst, was ich meine. Außerdem habe ich mehrere dunkle Flecken am Fußboden entdeckt, die ich aber nicht identifizieren konnte."

„Blut?"

„Möglich wäre es, besonders weil ich auch das noch gefunden habe." Calpurnianus öffnete eine Truhe, nahm einen Seidenschal heraus und reichte ihn Pomponius. „Dieser Schal war hinter die Liegestatt gerutscht."

Pomponius drehte das Stück Stoff in den Händen hin und her. „Das ist ein teures Stück", bemerkte er. „So einen Schal könnte eine Tochter aus gutem Haus wie Bruttia durchaus getragen haben. Diese braunen Flecken hier unten könnten getrocknetes Blut sein."

„Das habe ich mir auch gedacht", bestätigte Calpurnianus. „Weitere Ermittlungen habe ich aber nicht durchgeführt. Denn noch am selben Tag habe ich den Befehl erhalten, meine Arbeit an dem Fall einzustellen."

„Hast du deine Ermittlungsergebnisse an die Frumentarii weitergegeben?"

„Nein. Sie hatten nicht das geringste Interesse daran und haben mich nie kontaktiert."

„Ich danke dir", sagte Pomponius. „Du hast mir viele wertvolle Informationen geliefert. Wenn ich dir einen guten Rat geben darf, so betrachte unser Gespräch als absolut vertraulich."

„Das habe ich vor. Und damit der Schein gewahrt bleibt, lass uns auf das umgeworfene Feuerbecken des Septimus zurückkommen. Bekennst du dich schuldig?"

„Du hast doch nicht etwa vor, mich zu verurteilen!", rief Pomponius empört.

„Wie sollte ich unser vertrauliches Gespräch sonst rechtfertigen? Aber sei unbesorgt. Heute will ich gnädig sein. Du wirst nicht verprügelt. Ich begnüge mich mit einer Geldbuße von zwei Aurei."

Calpurnianus hob die Stimme und rief: „Rutilus!"

Sogleich trat der Unteroffizier ein. „Du befiehlst, Herr?"

„Dieser Mann hat sich dazu bequemt, sein Unrecht einzusehen. Ich habe ihn zu zwei Aurei verurteilt. Er soll das Geld draußen bei der Kasse einzahlen."

„Keine Stockschläge?"

„Nein. Er hat mich davon überzeugt, dass diese Schande seinen künftigen Schwiegervater, den edlen Senator Quintus Cäcilius Avitus, über die Maßen betrüben würde."

„Ich verstehe", antwortete Rutilus und führte Pomponius aus dem Raum. Dabei flüsterte er ihm zu: „Du kannst von Glück reden, dass du so leicht davonkommst. Aber wehe dir, wir erwischen dich nochmals. Dann werden dir deine Beziehungen auch nicht mehr helfen."

Erleichtert und ein wenig gedemütigt machte Pomponius, dass er zurück in den Palast kam. Dabei sah er sich häufig um, blieb jedoch unbehelligt. Lycius hatte, wie es schien, sein mörderisches Vorhaben für diesen Tag aufgegeben.

Valeria war bereits zu Bett gegangen, als er eintraf, aber noch wach. „Wie ich höre, ist Corinthus, um den du dir solche Sorgen gemacht hast, wieder wohlbehalten zurück", bemerkte sie, als Pomponius zu ihr ins Bett kroch. „Was war denn los mit ihm? Was hat ihn aufgehalten?"

Pomponius seufzte. „Ich fürchte, er hat sich von einem jungen Frauenzimmer zu einem Liebesabenteuer verleiten lassen."

Valeria lachte und sagte: „Davor muss sich ein Junge wirklich sehr in Acht nehmen. Zum Glück bist du gegen solche Anfechtungen ja gefeit. Oder doch nicht?"

Wie die folgenden Ereignisse zeigten, war Pomponius trotz seiner Müdigkeit gegen die Verführungskünste Valerias ganz und gar nicht gefeit und es dauerte noch eine gute Stunde oder länger, bis er völlig erschöpft seinen wohlverdienten Schlaf fand.

XX

„Sie kommt nicht mehr", sagte Pomponius enttäuscht zu Scantilla. Sie standen in einiger Entfernung vom Haus des Marcus Bassianus und beobachteten den Eingang. Näher beim Haus wartete Corinthus auf Gratia. Er wurde zur Sicherheit von Paulus beschattet, aber es zeigte sich nichts Bedrohliches. Der Mann aus dem Palast – so nannte ihn Pomponius bei sich – war nicht aufgetaucht. Er schien das Interesse an Corinthus verloren zu haben. Es sah fast so aus, als ob sie vergebens hier standen. Anstelle Gratias war nämlich schon vor geraumer Zeit eine ältere Sklavin mit einem Korb aus dem Haus gekommen und hatte sich zum Markt begeben.

Scantilla fröstelte in der kühlen Morgenluft. Obwohl ihm selbst kalt war, legte ihr Pomponius sofort seinen Umhang um die Schultern und küsste sie dabei leicht, als ob es eine unbeabsichtigte Berührung wäre, hinters Ohr. „Lass das Pomponius", rügte ihn Scantilla sofort. „Wir sind im Dienst und ich bin dein ständiges Geschmuse leid." Seinen Umhang behielt sie aber trotzdem und hüllte sich fest darin ein.

„Ich glaube auch nicht, dass es Sinn macht, noch länger zu warten", sagte sie nach einer kurzen Weile. „Wer weiß, was die Kleine aufgehalten hat. Es genügt ja, dass man ihr eine Aufgabe zugewiesen hat, die sie daran hindert, das Haus zu verlassen. Was meinst du?"

Pomponius stimmte ihr zu und gemeinsam schlenderten sie zu Corinthus. „Wir brechen für heute ab", erklärte Pomponius. „Gratia kommt nicht mehr."

„Vielleicht hat sie das Haus schon verlassen, bevor wir hergekommen sind und wir haben sie verpasst", sagte Corinthus traurig.

„Dann wäre sie inzwischen längst zurückgekommen", warf Scantilla ein.

„Ich glaube, sie wartet in dem Haus, in dem wir waren, auf mich!", rief Corinthus plötzlich. „Ja, das wird es sein!"

„Unsinn", wies Pomponius diesen Einfall zurück. „Glaubst du im Ernst, sie sitzt allein in einem leeren Haus und wartet, ob du kommst oder auch nicht? Warum sollte sie so etwas Blödes tun?"

„Weil sie mich prüfen will", erklärte Corinthus, der von seinem Einfall immer mehr überzeugt war. „Sie prüft meine Liebe. Sie will wissen, wie viel mir daran liegt, sie zu suchen und zu finden. Ganz gewiss wartet sie dort auf mich, wo wir uns geliebt haben. Ich erinnere mich genau. Sie hat zu mir gesagt: Wenn du unbedingt willst, wirst du mich schon finden. Ja, das wird es sein!"

„Ich habe noch nie so einen Unsinn gehört", ärgerte sich Pomponius. „Hat dich dein Erlebnis mit ihr völlig um den Verstand gebracht? Keine vernünftige Frau würde auf so einen dummen Einfall kommen. Mit solchen albernen Spielchen verprellt sie bloß ihre Verehrer."

Scantilla sah Pomponius von der Seite an und lächelte. „Schaden kann es ja nicht", erklärte sie überraschend. „Lasst uns zu dem Haus gehen und nachsehen, ob der kleine Schwerenöter recht hat."

„Ich danke dir, edle Dame", sagte Corinthus, der nicht recht wusste, wie er Scantilla einordnen sollte.

„Mein Name ist Scantilla und ich bin keine edle Dame, sondern nur eine Freundin von Pomponius."

Corinthus sah zwischen Pomponius und Scantilla hin und her und versuchte den Begriff ‚Freundin' zu interpretieren. Soweit das überhaupt möglich war, stieg Pomponius noch ein Stückchen in seiner Achtung. Dieser hatte nämlich – wie Corinthus auffiel – Scantilla seinen Umhang gegeben, obwohl er selbst sichtlich fror. Das war in den Augen des Corinthus eindeutig ein Liebesbeweis und ganz unrecht hatte er damit ja nicht.

Pomponius und Scantilla nahmen Corinthus in die Mitte, während ihnen Paulus in einiger Entfernung folgte, um ihnen allenfalls den Rücken freizuhalten.

„So sind wir wenigstens unauffällig. Das wirkt wie ein Familienausflug", bemerkte Pomponius.

„Ein Familienausflug?", fragte Scantilla abweisend. „Mit einem Ehemann, der mich langweilt, und einem liebestollen Jungen als Sohn? Vor so einem Schicksal mögen mich die Götter bewahren! Da friste ich lieber mein Leben in Einsamkeit."

Pomponius und Corinthus waren gleichermaßen beleidigt.

Bald hatten sie das bewusste Haus erreicht. Corinthus führte sie zu der kleinen Pforte und versuchte, die Tür zu öffnen. Sie war tatsächlich unversperrt und gab sofort nach. „Ich habe es ja gesagt", rief Corinthus triumphierend. „Sie ist da und wartet auf mich! Ihr könnt mich jetzt allein lassen. Sie wird sich freuen, dass ich richtig geraten und sie gefunden habe. Ich bin mir sicher, dass sie mir danach alles erzählen wird, was wir wissen wollen." Es war klar, was er sich erhoffte und was er mit ‚danach' meinte.

Scantilla hielt ihn zurück. „Warte", befahl sie. „Ich will mich zuerst umsehen. Keine Sorge, mein Junge, deine Freundin wird mich gar nicht bemerken." Geschmeidig und lautlos wie eine Katze glitt Scantilla durch die Tür. Ehe sie im Halbdunkel verschwand, konnte Pomponius erkennen, wie sie mit einer flüssigen Bewegung einen Dolch aus ihrem Kleid zog. Es war kein schwerer Armeedolch, wie ihn Aliqua mit sich herumzuschleppen pflegte, sondern ein langes schmales Messer, die Waffe eines professionellen Attentäters. Pomponius bewunderte ihre Umsicht, war aber nicht beunruhigt. Er ging davon aus, dass nur Gratia im Haus wartete und lediglich die Moral des Corinthus bedroht war. Sollte aber wider Erwarten doch jemand anderer im Inneren lauern, der Böses im Sinn hatte, so konnte man ihn nur bedauern. Pomponius wusste, was Scantilla mit einem Messer anstellen konnte, wenn sie sich bedroht fühlte.

Nach einer kleinen Weile kam Scantilla zurück. Sie wirkte ruhig und gelassen. Pomponius fiel aber auf, dass sie blass war und sich von ihren Nasenflügeln zwei haarfeine Linien zu den Mundwinkeln zogen, die ihm zuvor nie aufgefallen waren. „Es tut mir leid", berichtete sie, „aber das Haus ist leer. Wir sind umsonst hergekommen."

„Aber warum war dann die Tür unversperrt?", fragte Corinthus enttäuscht.

Scantilla zuckte mit den Schultern. „Das weiß ich nicht. Paulus, du begleitest Corinthus in den Palast zurück, damit ihm unterwegs nichts zustößt. Ich habe mit Pomponius noch etwas zu besprechen."

Corinthus sah Pomponius an. „Geh mit Paulus, mein Junge", befahl Pomponius. „Dort meldest du dich unverzüglich bei Demetrius und bleibst ständig in seiner Nähe. Du wirst deine Gratia ein andermal wiedersehen."

Pomponius und Scantilla sahen Paulus und Corinthus schweigend nach, wie sie davongingen. „Er wird seine Gratia nie mehr wiedersehen, habe ich recht?", fragte Pomponius nach einer Weile mit müder Stimme.

„Nicht in diesem Leben", antwortete Scantilla. „Ich wollte dem Jungen den Anblick ersparen. Deshalb habe ich ihn weggeschickt. Wie hast du es erraten?"

„Ich habe es dir angesehen. Zeig mir, was geschehen ist."

Gemeinsam betraten sie das Haus. Scantilla führte Pomponius direkt ins Schlafzimmer. Gratia hing an der Wand, direkt unter den drei erotischen Bildern. Um ihren Hals schlang sich ein Strick, der an einem Haken befestigt war, der sonst eine Ampel trug. Die Ampel selbst lag am Boden. Sie war unversehrt, so als habe man sie sorgfältig abgenommen. Das Gesicht des Mädchens war blau angelaufen und die Zunge hing ein Stück aus dem Mund. Die Augen waren halbgeöffnet und blickten auf das Bett. Weil der Haken nicht allzu hoch angebracht war, schien die Leiche am Boden zu knien.

Pomponius verdrängte eine plötzliche Aufwallung von Mitleid und registrierte sorgfältig jede Einzelheit des Tatortes. Er betrachtete die Leiche von allen Seiten. Dann nahm er sie unter den Achseln, hob sie mit leisem Ächzen hoch, lockerte die Schlinge um ihren Hals und legte sie auf den Boden. Er untersuchte den Hals des Mädchens genauer.

„Sie hat sich nicht selbst erhängt", sagte er zu Scantilla. „Dazu hatte sie auch gar keinen ersichtlichen Grund. Nach der Erzählung des Corinthus war sie ein lebenslustiges Mädchen von robuster Gemütsverfassung. Nein. Sie wurde erwürgt. Siehst du hier am Hals die Druckspuren? Die stammen nicht von dem Strick. Man hat sie mit bloßen Händen erwürgt und erst als Leiche an die Wand gehängt, wahrscheinlich um einen Selbstmord vorzutäuschen. Sie ist erst vor kurzem gestorben. Der Körper ist noch ganz warm. Armes Ding!"

„Warum hat man sie nur umgebracht?", fragte Scantilla mit unsicherer Stimme. Sie war der Aufforderung des Pomponius, sich die Leiche näher anzusehen, nicht gefolgt.

Ihre Erschütterung erstaunte Pomponius. Sie hatte sicher schon Schlimmeres gesehen und – wie er vermutete – auch schon selbst getan. Er vermied es aber, sie darauf anzusprechen und beantwortete ihre Frage. „Der Täter war mit größter Wahrscheinlichkeit der Mann aus dem Palast, der auch hinter Corinthus her war. Es geht ihm darum, meine Nachforschungen nach dem zweiten Liebhaber der Annia zu behindern. Er hat kein Interesse mehr an Corinthus, denn er muss damit rechnen, dass mir Corinthus, nachdem er entkommen war, alles erzählt hat, was er wusste. Ich gehe daher davon aus, dass Corinthus außer Gefahr ist. Die Aufmerksamkeit unseres Mannes richtete sich jetzt auf die eigentliche Quelle dieser heiklen Information, Gratia. Corinthus hat wahrscheinlich recht gehabt. Das Mädchen hat ihn tatsächlich in ihrem Liebesnest erwartet. Sie muss früher dorthin gegangen sein, als wir vermutet haben und wir haben sie verpasst. Ihr Mörder hat sie aber nicht verpasst. Er hat ihr vor dem Haus ihrer Herrschaft aufgelauert, ist ihr hierher gefolgt und konnte in der Abgeschiedenheit dieses Raumes ungestört sein Werk verrichten.“

„Aber warum, wenn er doch damit rechnen musste, dass sie Corinthus schon alles erzählt hat?“

„Dessen konnte er sich einerseits nicht sicher sein und es macht andererseits einen Unterschied, was Corinthus oder ich zu wissen glauben, oder was eine Zeugin vor Gericht aus unmittelbarer Wahrnehmung aussagen kann. Darum ist es ihm gegangen: eine Zeugin zu beseitigen. Bisher hat er das nicht für notwendig gehalten, weil ja der mutmaßliche Mörder von Annia und Bruttia gefasst worden war. Erst durch mein Einschreiten ist alles wieder in Bewegung geraten, besonders nachdem ich die Spur des zweiten Liebhabers der Annia aufgenommen habe. Es ist im Ergebnis meine Schuld, dass dieses Mädchen sterben musste. Ich war nicht vorsichtig genug. Ich habe nicht damit gerechnet, dass meine Gegner so rasch und gnadenlos zuschlagen werden, obwohl alles darauf hingewiesen hat. Nun, ich kann es nicht mehr ändern. Auch das wird künftig zu den vielen Dingen gehören, die ich bis in die Stunde meines Todes zu bereuen habe.“

Scantilla sagte nichts, sondern sah ihn – wie ihm vorkam – nur mitleidig an.

Pomponius durchsuchte sorgfältig den ganzen Raum, konnte aber nichts finden, dass ihm einen Hinweis auf den Täter gab. Er nahm die Leiche Gratias auf, legte sie auf das Bett und schloss ihr mit einer behutsamen Handbewegung die Augen. „Du kannst mir einen Gefallen tun", wandte er sich an Scantilla. „Veranlasse eine anonyme Meldung an die Stadtkohorte, dass hier eine Leiche liegt."

„Das werde ich tun. Was wird wohl mit ihr geschehen?"

„Man wird sie wegschaffen und sich eine arbeitssparende Geschichte zurechtlegen, was hier geschehen sein könnte. Dann wird man sie vor der Stadt verscharren. Sie war ja nur eine Sklavin. Ihre Herrschaft wird den Verlust einer tüchtigen, vielleicht sogar beliebten Dienerin, vor allem aber einer Geldanlage beklagen, mehr aber nicht."

Pomponius seufzte. Er griff in seinen Geldbeutel, nahm zwei Münzen heraus und legte sie der Toten auf die Augen, damit sie den Fährmann in die Unterwelt bezahlen konnte. Dann trat er zurück, bedeckte das Gesicht mit einer rituellen Geste der Trauer und sprach die vorgeschriebenen Gebete an die Totengötter.

„Du betest?", fragte Scantilla ungläubig, nachdem er geendet hatte.

„Ich habe für Gratia gebetet, weil es sonst niemand tun wird, und ich mich für sie verantwortlich fühle", antwortete Pomponius. „Hier gibt es für uns nichts mehr zu tun. Lass uns gehen."

„Pomponius", fragte Scantilla leise, „damals, im Kerker von Carnuntum, hättest du mir wirklich den Giftbecher reichen lassen?"

„Wie kommst du denn jetzt darauf?", wollte Pomponius erstaunt wissen.

„Hättest du?"

„Ja", antwortete Pomponius kurz angebunden.

„Und hättest du es ebenfalls bis ans Ende deiner Tage bereut, wie den Tod dieses Mädchens. Lüg mich nicht an Pomponius. Sag mir die Wahrheit."

„Nein", sagte Pomponius. „Ich hätte es nicht bereut. Denn anders als dieses Mädchen warst du mehr als schuldig. Ich gebe aber zu, dass ich nachträglich gesehen recht froh bin, weil die Geschichte anders ausgegangen ist. Und jetzt lass uns endlich von hier verschwinden."

Auf dem Heimweg schwiegen sie, ein jeder in seine eigenen Gedanken versunken.

„Du kannst nicht mit hineinkommen", erklärte Scantilla, als sie ihr Haus erreichten. „Ich möchte jetzt allein sein und nachdenken."

„Worüber?"

„Ich muss über dich nachdenken, Pomponius."

Lycia öffnete und sah Pomponius finster an, während Scantilla ins Haus huschte. Dann schlug sie ihm die Tür vor der Nase zu und Pomponius stand allein auf der Straße.

XXI

Pomponius entschied sich dafür, Corinthus vorläufig über das Schicksal der Gratia im Unklaren zu lassen. Früher oder später würde der Junge davon erfahren, aber Pomponius wollte diesen Zeitpunkt möglichst hinausschieben. Er fühlte sich einfach nicht in der Lage, Corinthus schonend beizubringen, was geschehen war. Insgeheim hoffte er, Demetrius, den er ins Vertrauen gezogen hatte, würde diese Aufgabe zur gegebenen Zeit übernehmen.

Es schien ihm jetzt vordringlich zu sein, den mutmaßlichen Mörder Gratias, den ‚Mann aus dem Palast' auszuforschen. Der einzige Anhaltspunkt für dessen Identität war die vage Beschreibung, die ihm Corinthus gegeben hatte. Da der Palast, die Sklaven miteingeschlossen, hunderte Menschen beherbergte, war das gar nicht so einfach, wie man meinen sollte. Es gab aber jemanden, der diesen Mann von Angesicht zu Angesicht gesehen hatte und ihm eine bessere Beschreibung geben konnte. Nämlich die Leute, die Postumus Lanatus seiner untreuen Verlobten nachgeschickt hatte. Er sah keine andere Möglichkeit, als sich direkt an den ehemaligen Verlobten Annias zu wenden, auch wenn er dabei riskierte, schroff abgewiesen zu werden. Überdies hielt er es für nützlich, sich selbst einen Eindruck von dem Mann zu verschaffen. Obwohl es unwahrscheinlich war, ganz konnte man ihn als Verdächtigen nicht ausschließen.

Demetrius erwies sich einmal mehr als Quelle nützlicher Informationen. Er musste erst gar nicht nachforschen, sondern konnte Pomponius sofort sagen, wo Lanatus zu finden war. Der Mann besaß ein Haus, wo sich die Anhöhe des Aventin abflacht, um in ebenes Gelände überzugehen, das sich bis zum Tiber und den dort errichteten Lagerhäusern erstreckte. Obwohl es sich um ein pulsierendes und lautes Geschäftsviertel handelte, waren dort der schönen Aussicht wegen etliche Residenzen entstanden, von denen die des Lanatus eine der bescheideneren war.

Was Pomponius aber sofort auffiel, als er dort einlangte, war die Nähe zum Tatort. Man konnte den Testaceus beziehungsweise die Lagerhäuser in weniger als einer viertel Stunde erreichen. Das musste natürlich noch nichts besagen, denn der Mann war Kaufmann und besaß möglicherweise dort selbst ein Lagerhaus. Dennoch beschloss Pomponius, ihm möglichst genau auf den Zahn zu fühlen.

Als er gegen die Tür hämmerte, öffnete ihm eine ältere Dienerin und fragte, wer er sei und was er wolle.

„Mein Name ist Spurius Pomponius", stellte sich Pomponius artig vor. „Ich bin Anwalt und möchte den ehrenwerten Postumus Lanatus wegen eines Rechtsfalles sprechen."

Ausnahmsweise machte es Eindruck, dass er sich als Anwalt deklarierte. Er wurde ins Haus gelassen und durfte im Besucherzimmer Platz nehmen. Kurz darauf trat der Hausherr ein. Postumus Lanatus war um die Fünfzig, klein, dick und kahlköpfig. Seine Knopfnase war von blauen Äderchen durchzogen und die leicht geröteten Augen tränten etwas. Er schien seinen Wein nicht mit allzu viel Wasser zu verdünnen. Pomponius verstand jetzt besser, weshalb Annia von der Aussicht, diesen Mann heiraten zu müssen, nicht beglückt war und sie sich die Zeit bis zur aufgezwungenen Hochzeit mit zwei Liebhabern versüßt hatte.

„Man hat mir gesagt, du seist Anwalt", eröffnete Lanatus das Gespräch.

„Spurius Pomponius", sagte dieser, erhob sich und machte eine leichte Verbeugung. „Ich danke dir für deine Bereitschaft, mich zu empfangen."

Lanatus wedelte mit der Hand, um seinen Gast zum Sitzen einzuladen. Gleich darauf trat ein Sklave ein und stellte einen Glaskrug, in dem eine rubinrote Flüssigkeit schimmerte, und zwei Gläser auf den Tisch. „Trink mit mir ein Gläschen von diesem vorzüglichen Falerner aus Kampanien", sagte Lanatus gesellig. „Er ist an den Südhängen des Massicus gereift und gut zehn Jahre alt. Es wäre eine Schande, ihn mit Wasser zu verderben. Nun? Was sagst du?"

Pomponius nahm einen Schluck. Die Flüssigkeit rann süß und gleichzeitig scharf durch seine Kehle und füllte seinen Magen mit Wärme. Ein leichter Geschmack nach Früchten, die er nicht benennen konnte, blieb in seinem Mund zurück. Das war freilich etwas anderes, als der stark gewässerte, nach Essig schmeckende Wein, den Pomponius üblicherweise trank.

„Ausgezeichnet", sagte er und schmatzte mit den Lippen. „Ganz ausgezeichnet."

„Das will ich meinen", bestätigte Lanatus selbstgefällig. „Dieser Tropfen ist das Glanzstück in meinem Angebot. Natürlich nicht ganz billig, wie du dir vorstellen kannst, aber einem Mann wie dir, der edle Dinge zu schätzen weiß, könnte ich ein oder zwei Amphoren zu Sonderkonditionen überlassen."

Lanatus war also Weinhändler und ohne besonders darauf neugierig zu sein, weshalb Pomponius eigentlich zu ihm gekommen war, behandelte er ihn vorerst einmal als potenziellen und zahlungskräftigen Kunden. Er glaubte nämlich, wie sich bald herausstellte, ohnehin zu wissen, was Pomponius wollte.

Pomponius nahm noch einen tüchtigen Schluck von dem schweren Wein und dachte, dass er sehr vorsichtig sein müsse, wollte er nicht als Besoffener hinauswanken. Er erinnerte sich daran, dass der ältere Plinius – sein Lieblingsautor in jüngeren Jahren – geschrieben hatte, ein guter Falerner würde sich entzünden, wenn er einer Flamme zu nahe käme. Das konnte schon stimmen, denn Pomponius fühlte, wie sich in seinem Bauch ein wohliges Feuer ausbreitete.

„Ich bin nicht abgeneigt", versicherte Pomponius, weil er Lanatus bei Laune halten wollte. „Aber eigentlich bin ich aus einem anderen Grund zu dir gekommen."

„Ich weiß schon, wer dich schickt", erwiderte Lanatus und tat sich an seinem Wein gütlich. „Du kannst diesem alten Schurken sagen, dass er von mir keinen lumpigen As bekommt. Die zweihunderttausend Sesterzen, die er mir als Vorschuss auf die Mitgift der Annia gegeben hat, stehen mir zu. Es war schließlich nicht meine Schuld, dass die Hochzeit nicht zustandegekommen ist."

Aus diesem überraschenden Satz zog Pomponius zwei Schlussfolgerungen: Zwischen Lanatus und Marcus Bassianus bestand ein Streit wegen der Rückgabe von zweihunderttausend Sesterzen und Lanatus dachte, er sei deswegen von Marcus Bassianus geschickt worden. Er hielt es für nützlich, diesen Irrtum nicht sofort aufzuklären, und schlüpfte sogleich in die Rolle eines mit allen Wassern gewaschenen Anwaltes.

„Aber sieh doch, verehrter Lanatus", redete er seinem Gegenüber salbungsvoll zu und rieb sich die Hände. „Es war nicht die Schuld der Annia oder ihres Vaters, dass es nicht zur Heirat gekommen ist. Vielmehr hat ein grausames Schicksal Annia aus unserer Mitte gerissen und damit ist die Geschäftsgrundlage ohne Verschulden der anderen Partei weggefallen. Sollte die Sache vor Gericht gehen, wirst du ohne Zweifel verurteilt und das wollen wir doch alle nicht. Wenn es dir schwerfällt, die Summe sogleich zu bezahlen, wäre Marcus Bassianus sicher bereit, dir einen Zahlungsaufschub zu gewähren, selbstverständlich gegen entsprechende Sicherheitsleistungen."

„Da irrst du dich aber, oder Bassanius hat dich nicht richtig informiert", entgegnete Lanatus. „Ich habe die Verlobung mit Annia gelöst, weil sie mich schon vor der Hochzeit betrogen hat, und das ist ein hinreichender Grund, der im Verschulden der anderen Partei liegt. Daher darf ich den Vorschuss auf ihre Mitgift behalten. Der Umstand, dass Annia kurz darauf getötet wurde, ist bedauerlich, aber zu diesem Zeitpunkt war die Verlobung schon gelöst. Ihr Tod hat mit diesem Rechtsfall gar nichts zu tun. Mein Anwalt meint, die Gerichte würden das auch so sehen."

„Möglicherweise", räumte Pomponius ein. „Dann müsstest du aber die Untreue der Annia beweisen. Dein Wort allein würde da nicht genügen. Nicht dass ich persönlich daran zweifle, dass du ein ehrenwerter und aufrichtiger Mann bist, hochgeschätzter Lanatus, aber, ach, die Richter neigen dazu misstrauisch zu sein, ja sie halten es oft genug für wahrscheinlich, dass jemand lügt, um sich einen Vorteil zu verschaffen. Hast du denn Beweise oder Zeugen für deine Behauptung?"

„Natürlich habe ich die", behauptete Lanatus. „Ich hatte schon bald Verdacht geschöpft, denn Annia war sehr abweisend mir gegenüber. Sie hat sich gar nicht so benommen wie ein junges Mädchen, dass sich freut, einen stattlichen, wohlhabenden Mann zu bekommen. Sie hat entschieden jede Zärtlichkeit zurückgewiesen, die ich ihr in allen Ehren als meiner künftigen Frau erweisen wollte. Bei Ausgängen wurde sie stets von einer jungen Sklavin begleitet, die ihr einen Korb für kleinere Einkäufe nachgetragen hat. Einmal, als sie zurückgekommen ist, hatte ich im Haus ihres Vaters Gelegenheit, einen unbemerkten Blick in diesen Korb zu werfen. Was glaubst du, habe ich dort entdeckt? Eine Schachtel mit Schwämmen, wie sie manche liederlichen Frauen in den Körper einzuführen pflegen, und ein Fläschchen mit einer Flüssigkeit, die nach Essig roch. Du wirst als Mann von Welt sicher wissen, was das bedeutet!" Er sah Pomponius abwartend an.

„Wahrscheinlich, dass sie nicht schwanger werden wollte", entgegnete dieser widerwillig.

„Das denke ich auch. Wozu aber braucht eine züchtige Jungfrau, die vor der Hochzeit steht, solche Dinge? Was denkst du?"

Pomponius zuckte nur mit den Schultern.

Lanatus hatte auch gar keine Antwort erwartet. „Nicht genug damit", fuhr er fort. „Im Korb lag auch ein zusammengeknülltes Schweißtuch, das mit einer halbgetrockneten klebrigen Flüssigkeit besudelt war. Was glaubst du, war das?"

„Ich will nicht spekulieren", antwortete Pomponius. „Ich will nur wiederholen, was ich bereits gesagt habe. Ein tragfähiger Beweis für ihre Untreue ist das nicht. Dein Wort allein wird den Richtern nämlich nicht genügen. Du hast Annia nicht sofort zur Rede gestellt?"

Nein, aber ich habe ihr danach jemanden nachgeschickt, der sie beobachten sollte. Dadurch habe ich erfahren, dass sie sich mehrmals mit einem jungen Mann getroffen hat. Das hat meinen Verdacht endgültig bestätigt."

„Nun ja", meinte Pomponius skeptisch.

„Du zweifelst an meinen Worten?" Lanatus trat zur Tür und schrie hinaus: „Rufus soll zu mir kommen!"

Kurz darauf trat ein älterer Sklave ein. „Was befiehlst du, Herr?"

„Ich möchte, dass du diesem Mann", Lanatus deutete auf Pomponius, „alle Fragen, die er an dich stellt, aufrichtig beantwortest."

Der Sklave wandte sich Pomponius zu und verbeugte sich schweigend.

„Es geht um Annia, die ehemalige Verlobte deines Herrn", begann Pomponius. „Hat dir dein Herr einmal bestimmte Aufträge bezüglich Annia gegeben, Rufus?"

„Ja", berichtete Rufus. „Ich sollte ihr heimlich nachgehen und meinem Herrn alles berichten, was sie tut und wen sie trifft."

„Ist dir dabei etwas Ungewöhnliches aufgefallen?"

„Sie hat sich dreimal mit einem jungen Mann getroffen und vertrauliche Gespräche mit ihm geführt."

„Haben diese Treffen heimlich stattgefunden oder länger gedauert?"

„Nein. Der Mann hat sie auf der Straße angesprochen und die Unterhaltung war relativ kurz."

„Ist es dabei zu Vertraulichkeiten wie beispielsweise zum Austausch von Zärtlichkeiten gekommen?"

„Nein. Annia war dabei ja auch immer in Begleitung einer Sklavin."

„Könnte man sagen, dass diese Begegnungen unverfänglich waren, so wie man eben einen Bekannten trifft und ein paar Worte mit ihm wechselt?"

Lanatus räusperte sich missbilligend.

„Das kann ich nicht beurteilen", erklärte Rufus eilig, um nicht den Unmut seines Herrn zu wecken, „es wäre aber möglich, dass sie sich verabredet haben."

„Weißt du von einer solchen Verabredung?"

„Nein."

„Kennst du diesen jungen Mann? Weißt du, wer er ist?"

„Nein. Ich habe ihn aber jedes Mal bis zum Palast verfolgt. Er wohnt offenbar dort."

„Kannst du ihn mir beschreiben?"

„Etwa zwanzig Jahre alt, groß, gut aussehend, schlank, durchtrainiert, schwarzhaarig, gut gekleidet."

Pomponius seufzte. „Das trifft auf unzählige junge Männer in Rom zu. Hat er ein besonderes Kennzeichen?"

„Ein besonderes Kennzeichen?" Rufus dachte nach. „Ich glaube schon. Das linke Ohrläppchen fehlt ihm. Es sieht wie abgebissen aus."

„Ausgezeichnet", erklärte Pomponius zufrieden. „Ich danke dir Rufus."

Sobald sich der Sklave entfernt hatte, sah Lanatus Pomponius abwartend an und fragte: „Nun? Bist du überzeugt?"

„Ich weiß nicht recht", grübelte Pomponius. „Ich verstehe deinen Standpunkt, geschätzter Lanatus, und ich kann deine Argumente nachvollziehen. Trotzdem ist es mehr als ungewiss, ob du bei Gericht damit durchkommst. Wärst du allenfalls bereit, mit Marcus Bassianus Vergleichsverhandlungen zu führen? Könnte man sich vielleicht in der Mitte treffen und damit die Sache aus der Welt schaffen?"

Lanatus schüttelte den Kopf. „Ich will ganz offen sein, Pomponius. Ich habe das Geld nicht mehr. Meine Geschäfte sind im letzten Jahr nicht gut gelaufen, ich bin verschuldet und bei mir gibt es derzeit nichts mehr zu holen. Du kannst Marcus Bassianus ausrichten, dass er mir mit einer Klage vielleicht die Schande des Konkurses zufügen kann, Geld wird er aber keines bekommen."

„Ich bin betrübt, das zu hören, edler Lanatus", sagte Pomponius, „und wir wollen hoffen, dass deine Geschäfte bald besser gehen. Ein Prozess wäre auch aus anderen Gründen problematisch. Wenn du dem Gericht erzählst, was du mir erzählt hast, könnte man sogar auf den Gedanken kommen, dass du es warst, der Annia aus Eifersucht umgebracht hat. An dem Schuldspruch gegen den jungen Lucius Cäcilius bestehen ohnehin Zweifel."

„Was für ein Unsinn!", rief Lanatus halb erschrocken, halb empört. „Ich will ja gar nicht leugnen, dass ich froh war, Annia los zu sein. Denn welcher Mann lässt sich schon vor der Hochzeit zum Narren machen? Aber ich habe sie doch nicht umgebracht! Ich habe sie einfach verstoßen und den Vorschuss auf die Mitgift behalten. Wozu hätte ich sie denn noch umbringen sollen? Aus Eifersucht? So viel war mir an ihr wirklich nicht gelegen."

„Ich glaube dir", sagte Pomponius und vergönnte sich einen letzten Schluck von dem köstlichen Falerner.

Lanatus war kein Dummkopf. Er sah Pomponius mit plötzlich erwachtem Misstrauen an und fragte: „Kommst du wirklich von Marcus Bassianus?"

„Nein", gestand Pomponius. „Das habe ich auch nie behauptet. Ich habe nur einen Rechtsfall mit dir erörtert, den du selbst an mich herangetragen hast. Bisweilen erteile ich Männern, die meine Wertschätzung genießen, nämlich kostenlose Rechtsberatung."

„Was wolltest du dann wirklich von mir? Weshalb bist du hergekommen?"

„Ich bin tatsächlich Anwalt und ich beschäftige mich mit dem Fall des jungen Lucius. Wie ich schon erwähnte, sind Zweifel an seiner Schuld aufgetaucht. Ob diese Zweifel berechtigt sind, versuche ich herauszubekommen. Dazu war es mir wichtig, auch mit dir beziehungsweise mit Rufus zu sprechen.“

„Das ist ungeheuerlich“, empörte sich Lanatus.

„In jedem Fall war es ungebührlich, weil ich dich nicht von Anfang an in meine Absicht eingeweiht habe, und dafür bitte ich um Entschuldigung“, sagte Pomponius und stand auf. „Leb wohl, Lanatus, und hab Dank für deine Gastfreundschaft. Ich würde den Falerner ja auf der Stelle kaufen, aber leider, leider! Derartige Ausgaben übersteigen die Möglichkeiten eines einfachen Provinzanwaltes bei weitem.“

XXII

In den Palast zurückgekehrt, rief Pomponius Demetrius zu sich. „Wie geht es Corinthus?", fragte er. „Hast du schon wegen Gratia mit ihm gesprochen?"

„Nein", antwortete Demetrius. „Aber er ahnt, dass etwas Schlimmes geschehen ist. Er möchte mit dir reden."

Pomponius seufzte. „Ich bin nicht sehr geschickt in solchen Dingen", gestand er. „Wie soll ich einem Jungen erklären, dass seine erste Liebe umgebracht wurde und ich nicht ganz schuldlos daran bin?"

„Es wird dir nichts anderes übrig bleiben", entgegnete Demetrius und ließ die protokollarischen Höflichkeitsfloskeln, derer er sich sonst bediente, beiseite.

„Ich weiß", gab Pomponius nach. „Ich rede mit ihm, wenn es so weit ist. Dabei möchte ich ihm aber auch sagen können, dass ich den Mörder Gratias zur Verantwortung gezogen habe. Ich habe eine Beschreibung des Mannes, die uns wahrscheinlich weiterhilft."

Er wiederholte, was ihm Rufus gesagt hatte.

„Ich glaube, ich weiß, wen du meinst", sagte Demetrius. „Die Personen-beschreibung, ganz besonders die Ohrverletzung passt zu einem gewissen Siculus. Er ist erst vor zwei Jahren nach Rom gekommen. Wenn ich mich recht erinnere stammt er aus Etrurien. Der Mann ist Schüler und Assistent des Ippokratis."

„Ippokratis?", fragte Pomponius nachdenklich.

„Du kennst ihn", erinnerte ihn Demetrius. „Du hast ihn kennengelernt, als du am ersten Tag deines Aufenthaltes das Bad aufgesucht hast. Du hast sogar eine Weile mit ihm geplaudert. Ippokratis ist einer der Lehrer des Commodus. Er unterrichtet ihn in Staats- und Rechtskunde."

„Ja natürlich", bestätigte Pomponius. Er sah vor seinen inneren Augen einen freundlichen älteren Herrn mit Bart vor sich, den die Aussicht auf die bevorstehende Unterrichtsstunde mit seinem eigenwilligen Schüler nicht froh gestimmt hatte. „Ich kann mir nicht vorstellen, dass Ippokratis irgendetwas mit meinem Fall zu tun hat. Was weißt du über Siculus?"

„Nicht viel", erwiderte Demetrius. „Er verhält sich unauffällig und gilt als höflicher, umgänglicher Mann, der sogar Sklaven gegenüber freundlich ist. Es ist schwer vorstellbar, dass er kaltblütig eines oder sogar mehrere Mädchen umgebracht haben soll."

„Das merkt man ihnen meistens nicht an", erklärte Pomponius. „Wären solche Täter Ungeheuer in Menschengestalt, wäre es viel leichter, ihnen auf die Schliche zu kommen. Was weißt du noch über Siculus?"

„Er assistiert seinem Meister gelegentlich beim Unterricht des Commodus. Obwohl Commodus den Ippokratis nicht besonders mag, wie man munkelt, hat er für Siculus eine Vorliebe gefasst. Er führt öfter vertrauliche Gespräche mit ihm und pflegt ihn als seinen lieben, guten Freund zu bezeichnen."

„Commodus", murmelte Pomponius. „Immer wieder stoße ich auf Commodus. Ob das wohl etwas zu bedeuten hat?"

„Mit Sicherheit nicht", sagte Demetrius erschrocken. „Nicht, wenn dir dein Leben lieb ist."

„Etwas Ähnliches hat mir auch ein anderer Lehrer des Commodus, dieser unangenehme Priscinius, gesagt. Du hast recht. Ich werde sehr vorsichtig sein müssen und mich vorerst an Siculus halten."

„Und wie stellst du dir das vor? Du kannst ihn nicht einfach zur Rede stellen und schon gar nicht hier im Palast gegen ihn vorgehen."

„Ich weiß", antwortete Pomponius. „Ich muss ihn außerhalb der Palastmauern in der Stadt erwischen. Dazu werde ich aber Hilfe brauchen." Pomponius überdachte seine Optionen. Viele hatte er nicht, eigentlich nur eine: Scantilla. „Ich werde jetzt ausgehen", verkündete er. „Es ist möglich, dass ich die Nacht über wegbleibe. Also mach dir keine Sorgen."

„Die Dame Valeria wird fragen, wo du bist."

„Sag ihr, es sei alles in Ordnung. Mein Auftrag erfordert es, dass ich mir die Nacht um die Ohren schlage. Ich komme so bald als möglich wieder zu ihr zurück."

Pomponius eilte auf dem kürzesten Weg zu Scantilla. Unterwegs wandte er alle Tricks an, die er kannte, um sicherzustellen, dass er nicht verfolgt wurde. Ganz besonders hielt er nach Lycius Ausschau. Niemand war zu bemerken. Lycius wartete wahrscheinlich auf eine bessere Gelegenheit, um ihm den Garaus zu machen.

Diesmal öffnete ihm Scantilla persönlich. Sie war nicht besonders erstaunt, ihn zu sehen. „Ich habe schon erwartet, dass du früher oder später wieder vor meiner Tür stehen wirst", sagte sie. „Aber du solltest dir abgewöhnen, zweimal am Tag zu kommen. Die Nachbarn klatschen schon. Sie halten dich für meinen Geliebten und wundern sich, was ich an einem wie dir finde."

„Darf ich hineinkommen?", fragte Pomponius.

Scantilla machte eine abwehrende Bewegung und Pomponius sah, dass sie das Kettchen, das er ihr geschenkt hatte, um das Handgelenk trug.

„Ungern. Sag mir vorher, was du willst, damit ich mir Peinlichkeiten erspare, falls du wieder von Liebe reden willst."

„Ich brauche deine Hilfe, Scantilla."

„Schon wieder? In Carnuntum habe ich dich für einen gerissenen und gefährlichen Ermittler gehalten, aber mir kommt vor, hier in Rom bringst du ohne mich überhaupt nichts zustande."

„An dem ist etwas Wahres", bekannte Pomponius demütig.

Scantilla schüttelte den Kopf und trat beiseite, um ihn einzulassen.

„Also was ist es?", fragte Scantilla, nachdem sie für sich und Pomponius Wein eingeschenkt hatte. Er war zwar nicht so exquisit wie der, den Lanatus kredenzt hatte, aber er schmeckte angenehm süß nach Honig.

„Ich weiß, wer Corinthus umbringen wollte und wer Gratia umgebracht hat", verkündete Pomponius. „Der Mann aus dem Palast heißt Siculus. Er dürfte mit Commodus befreundet sein, soweit ein angehender Imperator überhaupt Freunde haben kann."

„Na also", sagte Scantilla. „Wo liegt das Problem? Schnapp ihn dir und mach ihn kalt. Verdient hat er es. Oder brauchst du für eine so simple Aufgabe auch Unterstützung?"

„Ja, die brauche ich. Im Palast kann ich nichts gegen ihn unternehmen. Ich muss ihn außerhalb erwischen und ich muss ihn zum Reden bringen."

„Ich könnte das auch allein und ohne Hilfe", bemerkte Scantilla und sah Pomponius nachdenklich an. „Weißt du, ich habe mir schon öfter gedacht, dass ich in dem, was wir tun, viel besser und professioneller bin als du. Und doch hast du mich damals in Carnuntum am Ende überlistet und in dein Verlies gesperrt. Was ist dein Geheimnis, Pomponius?"

„Es gibt kein Geheimnis. Ich bin bloß ziemlich schlau, ich suche mir die richtigen Leute, die mich unterstützen, und ich habe zugegebenermaßen bisher viel Glück gehabt, das ist alles."

„Du meinst, ich wäre in deinem Erfolgsrezept die richtige Person, um dich zu unterstützen?"

„Wenn du es so formulieren willst, ja."

„Das erklärt deine Anhänglichkeit. Einen Augenblick lang habe ich wirklich gedacht, an deinem Geschwätz über Liebe sei etwas Wahres."

„Das eine schließt doch das andere nicht aus, geliebte Scantilla."

„Sei still, du abgefeimter Heuchler. Ich will von Liebe kein Wort mehr hören! Du versuchst mich nur auszunutzen."

„Wirst du mir trotzdem helfen?", fragte Pomponius hartnäckig, weil er meinte, sie doch noch umstimmen zu können.

„Wenn ich dir helfe, Pomponius, wozu ich wirklich keinen Anlass sehe, so könnte mich das in arge Verlegenheit bringen. Wie du sehr wohl weißt, hat mir mein Kommandant nämlich befohlen, deine Neugier zu zügeln und nicht, dir bei deinen Ermittlungen beizustehen."

„Ich vertraue in diesem Punkt völlig auf deine Umsicht. Dein Kommandant wird sicher nichts erfahren, das ihn beunruhigen könnte."

„Du mutest mir also zu, meinen Kommandanten zu hintergehen und meine Dienstpflichten zu verletzen? Nicht nur, dass du mich mit deinen vorgetäuschten Liebesbekundungen beleidigst, stellst du auch meine berufliche Integrität in Frage? Was hindert mich daran, dir ein blaues Auge zu schlagen und dich auf der Stelle hinauszuwerfen?"

„Ich weiß auch nicht", resignierte Pomponius, der sich, obwohl er sonst sehr beredt sein konnte, momentan in einer rhetorischen Sackgasse befand.

Scantilla erfreute sich ihres Sieges und sah mit unverhohlener Genugtuung auf Pomponius hinab. „Nun gut", erklärte sie überraschend. „Ich werde über deine Bitte nachdenken. Dazu brauche ich etwas Zeit. Morgen früh werde ich dir meine Entscheidung mitteilen." Ohne ihn weiter zu beachten, aber auch ohne ihn zu verabschieden setzte sie sich daraufhin an ihren Tisch, nahm ein Wachstäfelchen und begann zu schreiben.

„Wie ich sehe, hast du zu tun", meinte Pomponius, der nicht recht wusste, ob er gehen oder bleiben sollte.

„Natürlich habe ich noch zu tun. Denkst du, meine ganze Welt dreht sich nur um dich? Glaubst du, ich sitze den ganzen Tag zu Hause und warte auf dich?" Scantilla rief nach Lycia und befahl ihr, den Brief unverzüglich zuzustellen, wobei sie hinzufügte, Lycia könne sich danach frei nehmen, denn sie wolle für den Rest des Abends nicht mehr gestört werden.

„Dann werde ich morgen früh wieder herkommen", sagte Pomponius, der in diesem Augenblick entschieden schwer von Begriff war.

„Das wäre eine Möglichkeit", bestätigte Scantilla. Sie schenkte Pomponius nach. Dabei verrutschte ihr leichtes Hauskleid und gab für einen Augenblick ihre rechte Brust frei. Wir wollen Scantilla nicht unterstellen, dass es in Wahrheit kein Missgeschick, sondern eine sehr geschickte Bewegung war, die diesen Effekt verursachte, aber möglich wäre es schon. Mit Pomponius verhielt es sich dabei wie mit dem Falerner des Lanatus. In die Nähe des Feuers gebracht, flammte er sofort auf. Als Scantilla an die Anrichte trat, um den Krug abzustellen, trat Pomponius von hinten an sie heran, umfasste ihre beiden Brüste mit den Händen und küsste sie zärtlich auf den Hals.

Scantilla erstarrte. „Dein Glück ist eben im Begriff, dich zu verlassen, Pomponius", sagte sie. „Ist dir klar, dass ich mindestens fünf Möglichkeiten kenne, dich jetzt zu Boden zu werfen? In einem Fall brichst du dir wahrscheinlich das Genick. Willst du das wirklich riskieren? Lass mich sofort los und schäme dich!"

„Wofür schämen?", fragte Pomponius und verstärkte seine Bemühungen. „Liebevolles Begehren ist nichts, wofür man sich schämen müsste."

„Dachte ich es mir doch, dass es darauf hinausläuft. Habe ich dir nicht deutlich genug gesagt, dass ich von Liebe nichts hören will? Was fällt dir eigentlich ein, mir das Kleid auszuziehen? Wirst du wohl aufhören, meine Schenkel zu küssen? Einen Kuss näher an diese bewusste Stelle und ich reiße dir die Ohren ab! Glaubst du wirklich, du kannst mich haben, wann immer es dir passt, und mit mir machen, was dir gefällt?"

„Ach Scantilla", flüsterte Pomponius, der die Festung für sturmreif hielt, „sei nicht so widerspenstig. Ich weiß doch, dass du es auch willst. Warum lassen wir der Natur nicht ihren Lauf?"

„Der Natur ihren Lauf lassen?", fragte Scantilla spöttisch. „Du solltest vorsichtig sein mit dem, was du dir wünschst. „Ich habe von Insektenweibchen gehört, die beißen den Männchen den Kopf ab und fressen sie auf, wenn ihnen welche zu nahe kommen. Das ist auch der Lauf der Natur."

„Das scheint mir aber sehr drastisch zu sein", bemerkte Pomponius, dem es inzwischen gelungen war, Scantilla gänzlich aus ihren Kleidern zu bekommen. „Sie bringen sich dabei um viel Freude."

„Vielleicht hast du recht", räumte Scantilla ein und machte sich ihrerseits mit geschickten Händen an der Kleidung des Pomponius zu schaffen. „Ich habe auch gehört, dass sie manchmal den Männchen erst dann den Kopf abreißen, wenn diese ihre Pflicht getan haben. Ja, ich denke, so werde ich es mit dir halten."

Wir können die geneigte Leserin beruhigen. Pomponius wurde in dieser Nacht nicht der Kopf abgerissen. Ganz im Gegenteil gewann er die für ihn erstaunliche Erkenntnis, dass Scantilla nicht nur eine erfahrene, sondern auch eine ausgesprochen zärtliche und liebevolle Bettgenossin sein konnte.

XXIII

Die Situation mutete Pomponius sonderbar an. Er saß mit Scantilla einträchtig am Frühstückstisch und wurde mit ausgesuchten Leckerbissen verwöhnt. Lediglich Lycia störte diese häusliche Idylle, indem sie aus ihrer Missbilligung kein Hehl machte und zu Pomponius so unfreundlich war, wie es für eine Dienerin gerade noch anging.

„Sie verabscheut mich", sagte Pomponius, als Lycia den Raum verlassen hatte. „Es würde mich nicht wundern, wenn sie mir Gift in den Wein geschüttet hat."

„Mach dir keine Sorgen", tröstete ihn Scantilla. „So etwas würde sie nur dann tun, wenn ich es ihr befehle."

„Das ist die Scantilla, wie wir sie kennen", lächelte Pomponius, „obwohl mir die Scantilla von gestern Nacht besser gefallen hat."

„Das glaube ich dir. Aber die Scantilla von gestern Nacht kannst du nicht haben. Die gibt es nämlich in Wahrheit gar nicht. Du musst dich schon mit mir abfinden. Du weißt schon: Eine kalte, verschlagene Person, die zu Gewalt-tätigkeiten neigt und der man nicht trauen kann."

„Geliebte Scantilla, das glaube ich nicht", flüsterte Pomponius, neigte sich zu ihr und begann sie zärtlich zu küssen und zu streicheln.

Sie schob ihn entschieden von sich. „Hör sofort auf", befahl sie. „Diesmal meine ich es wirklich ernst. Ich bin ja nicht prüde, aber hier beim Frühstück, wo Lycia jeden Augenblick hereinkommen kann, nein, das geht nicht. Wenn sie uns am Frühstückstisch erwischt, vergiftet sie dich wirklich, ganz ohne dass man es ihr befiehlt."

Widerstrebend gehorchte Pomponius und er hatte gut daran getan, denn kurz darauf trat Lycia tatsächlich ein, versäumte nicht, Pomponius einen verächtlichen Blick zuzuwerfen und reichte ihrer Herrin einen Brief. „Das wurde soeben von einem Boten aus dem Hauptquartier abgegeben", meldete sie.

„Nanu?", wunderte sich Scantilla, brach das Siegel auf und begann zu lesen. Dann faltete sie den Papyrus sorgfältig zusammen und warf ihn in die Glut des

Kohlebeckens, das dem Raum Wärme spendete. Sie sah zu, wie der Brief aufflammte und zu Asche zerfiel.

„Ein Befehl aus dem Hauptquartier der Frumentarii?", fragte Pomponius neugierig, nachdem Lycia gegangen war. „Sollst du mich jetzt umbringen?"

„Nein. Diese Freude macht mir mein Kommandant nicht. Es ist etwas anderes, das du nicht zu wissen brauchst."

Pomponius nahm das zur Kenntnis und hielt die Zeit für gekommen, sein eigentliches Anliegen zur Sprache zu bringen: „Hast du über meine Bitte nachgedacht? Darf ich bei der Sache mit Siculus auf deine Hilfe hoffen?"

„Dein Glück ist dir wieder einmal gewogen, denn ich werde dir ein letztes Mal und das wider besseres Wissen helfen", verkündete Scantilla.

Pomponius konnte es kaum fassen, dass sie so bereitwillig zustimmte. „Ich danke dir", rief er begeistert. „Wie wollen wir es anstellen?"

„Wir werden ihm eine Falle stellen, am besten in einem leer stehenden Lagerhaus in der Nähe", erklärte Scantilla, „jedenfalls an einem Ort, wo wir ungestört sind. Paulus wird einige Erkundigungen einziehen, die uns nützlich sein können. Komm heute Nachmittag wieder her. Ich denke, dann weiß ich mehr und wir können die Einzelheiten unseres Plans ausarbeiten. Jetzt mach, dass du fortkommst, wir haben zu tun."

Pomponius folgte ihr ins Schlafzimmer. Sie warf ihren Hausmantel ab und bückte sich, um nach ihren Kleidern zu greifen. Pomponius verschlug es bei diesem Anblick den Atem. „Ich möchte noch einmal die Scantilla von gestern Nacht sprechen", sagte er mit belegter Stimme. „Die ist nicht da", antwortete Scantilla und richtete sich auf. „Ich wüsste auch gar nicht wozu. Du musst doch völlig erschöpft sein."

„Hast du eine Ahnung", sagte Pomponius und ließ seinerseits den Hausmantel fallen, um sie vom Gegenteil zu überzeugen.

So kam es, dass Pomponius mit einiger Verspätung das Haus Scantillas verließ und dem Palast zustrebte. Seine Begegnung mit Lycius war ihm eine Lehre gewesen. Er hielt Ausschau nach einer möglichen Bedrohung, blieb aber völlig unbehelligt. Der Gedanke, dass er Scantilla als Geliebte gewonnen hatte, entzückte und beunruhigte ihn gleichzeitig. Aber Scantilla hatte es ihm seit dem Beginn ihrer Bekanntschaft angetan, auch wenn er sie zunächst mehr gefürchtet als begehrt hatte. Außerdem war es für ihn keine Selbstverständlichkeit, dass er plötzlich zwei Geliebte hatte. Wir haben bereits erwähnt, dass Pomponius im Grunde seines Herzens eine treue Seele war, und wir wollen ihm zugutehalten, dass er wegen seines Betruges an Valeria ein schlechtes Gewissen hatte. „Ist es möglich, dass man zur gleichen Zeit zwei Frauen lieben kann?", dachte er und versuchte sich erst gar nicht vorzustellen, wo das hinführen sollte.

„Natürlich ist es möglich", sagte Aliqua. „Das gilt für Männer und Frauen gleichermaßen. Mir ist es jedenfalls mit dir und Macrinus so ergangen."

„Du hast mich zuerst mit ihm betrogen und mich dann verlassen", entgegnete Pomponius. „Das ist etwas anderes."

„Findest du? Du betrügst Valeria mit Scantilla. Wo ist da der Unterschied zwischen dir und mir? Die Frage ist lediglich, für welche von beiden du dich letztlich entscheiden wirst. Wie ich dich kenne, wirst du es gründlich verderben und am Ende beide los sein."

„Halt den Mund und verschwinde aus meinen Gedanken", forderte Pomponius böse. „Wenn du nicht so eine treulose Person gewesen wärst, wäre ich jetzt gar nicht in dieser Situation, denn dann wären wir noch immer beisammen. An allem bist nur du schuld."

„Ich kann erst dann aus deinen Gedanken verschwinden, wenn du aufhörst an mich zu denken", erklärte die imaginäre Aliqua. „Ich würde doch zu gern wissen, ob du mich noch immer liebst. Hast du schon versucht, dir darüber klar zu werden? Wenn ja, würdest du nämlich zur gleichen Zeit drei Frauen lieben und das wäre selbst für einen Beziehungschaoten, wie du einer bist, außergewöhnlich."

„Ich bin kein Chaote, alles andere als das, und ich liebe dich nicht mehr", protestierte Pomponius entschieden.

„Warum muss ich dann ständig mit dir reden? Was wäre, wenn du versuchst, mich zurückzugewinnen? Vielleicht würde ich dir sogar verzeihen."

„Du mir verzeihen?", rief Pomponius aufgebracht. „Ich bin es, der dir verzeihen müsste!"

Eine Frau, die seinen Weg kreuzte, sah Pomponius entsetzt an und ergriff die Flucht.

„Du bist auf dem besten Weg verrückt zu werden", rügte ihn Aliqua. „Nimm dich doch etwas zusammen. Natürlich bist du es, der um Verzeihung bitten müsste, denn schließlich war alles deine Schuld und nicht meine, wie du dir einbildest."

„Wer sagt das?", empörte sich Pomponius.

„Das sagst du dir selber und niemand anderer. Aliqua, mit der du zu sprechen glaubst, ist nämlich in Wahrheit weit weg und denkt wahrscheinlich gar nicht mehr an dich." Ihr Lachen, dass er sosehr geliebt hatte, verklang und es wurde still.

Pomponius blickte wild um sich. Dann schlug er sich mit der flachen Hand mehrmals heftig gegen die Stirn, ohne dass er sich danach besser fühlte.

„Du schaust mitgenommen aus, Herr", befand Demetrius, als Pomponius in seinem Quartier ankam. „Hattest du eine anstrengende Nacht?"

„Eine anstrengende Nacht und einen anstrengenden Vormittag", bekannte Pomponius. „Ich würde jetzt gern das Bad aufsuchen und mich etwas entspannen."

„Selbstverständlich, Herr." Demetrius suchte Badetücher und den Bademantel zusammen. „Darf ich fragen, ob du eine Lösung für das Problem, das wir kürzlich besprochen haben, gefunden hast?"

„Ich arbeite noch daran. Wie hat die Dame Valeria auf meine nächtliche Abwesenheit reagiert?"

„Sie schien betrübt und ein wenig ungehalten zu sein."

„Demetrius!", mahnte Pomponius.

Demetrius senkte den Kopf. „Sie hat einen Becher nach mir geworfen und dich einen treulosen streunenden Kater genannt. Sie hat noch mehr bildhafte Ausdrücke verwendet, die aber meinem Gedächtnis entschwunden sind."

„Sie tut mir unrecht", log Pomponius.

„Daran zweifle ich nicht, Herr. Erlaube mir aber den Hinweis, dass du dich auf einiges gefasst machen solltest, wenn du sie heute Abend wiedersiehst."

Sie fanden das Bad gut besucht vor. Im Caldarium waren das linke und das rechte Becken von Frauen besetzt, im mittleren hockte ein Professorenkollegium: Ippokratis, Priscinius und Anastasios.

Pomponius hatte keine Lust, sich mit diesen drei zu unterhalten und steuerte das linke Becken an, in dem nur zwei Damen saßen. Als er näherkam, unterbrachen sie ihr Gespräch und sahen ihm befremdet entgegen. „Hier ist schon besetzt", bemerkte die eine streng, obwohl noch für ein Dutzend Badegäste Platz gewesen wäre, und bedeckte ihre Brüste mit den Händen.

Pomponius murmelte eine Entschuldigung, änderte die Richtung und kletterte in das mittlere Becken. „Ich grüße die gelehrten Herren", sagte er höflich und hockte sich ins warme Wasser.

„Willkommen, Pomponius, der du selbst ein Rechtsgelehrter bist", sagte Ippokratis freundlich. Priscinius gab nur ein unverständliches Murmeln, das auch bloß ein Knurren sein konnte, von sich. Anastasios sah ihn streng an, als ob er ein Schüler wäre, der zu spät zum Unterricht kam und fragte: „Hatten wir schon das Vergnügen, junger Mann?"

„In der Tat, geschätzter Anastasios", antwortete Pomponius. „Wir sind uns unlängst begegnet, als du dem verehrten Cäsar Commodus erklärt hast, es wäre etwas Besonderes, dass alles, ausnahmslos alles, das man fallen lässt, auch tatsächlich zu Boden fällt."

„Was für ein nutzloses, weil völlig selbstverständliches Wissen", knurrte Priscinius.

„Wie denkst du darüber, Pomponius?", fragte Ippokratis. „Glaubst du, dass man diesem Phänomen eine besondere Bedeutung beimessen sollte?"

„Der erhabene Cäsar Commodus war so freundlich, meinen abgeschlagenen Kopf in ein diesbezügliches Gedankenexperiment einzubeziehen", sagte Pomponius. „Seither vermeide ich es, darüber nachzudenken."

„Ha!", rief Priscinius und sah Pomponius mit grimmiger Schadenfreude an.

„Und dennoch ist es ein Naturgesetz, dem man größte Bedeutung beimessen sollte", verteidigte sich Anastasios. „Denn es erklärt uns, wieso jeder Mensch auf Erden, gleich wo er sich befindet, festen Boden unter den Füßen hat, obwohl die Erde eine Kugel ist."

„Was für ein Unsinn!", rief Priscinius verächtlich. „Die Erde eine Kugel? Wer behauptet denn so etwas?"

„Die Griechen, verehrter Priscinius", belehrte ihn Anastasios. „Platon, Aristoteles und Eratosthenes haben das schon vor Jahrhunderten eindeutig bewiesen."

„Bleib mir mit den Griechen vom Leib, das sind doch alles Spinner, die sich die unsinnigsten Dinge ausdenken", murrte Priscinius.

„Ich habe Gleiches auch bei dem Römer Plinius, der doch gewiss kein Spinner war, gelesen", warf Pomponius ein.

„Alles Unfug", zürnte Priscinius. „Ich sage immer, wenn man zwischen zwei Möglichkeiten wählen soll, so ist die einfachere meist die richtige. Was also soll so ein kompliziertes Konstrukt wie die Kugelform der Erde? Es ist einfach so, wie es immer war: Die Erde ist eine Scheibe! Das allein macht Sinn."

„Denk doch nach", forderte Anastasios, der nicht nachgeben wollte. „Wenn die Erde als Scheibe im Himmelsraum schwebt, was hindert uns daran anzunehmen, dass sich diese Scheibe auch zu einer Kugelform zusammenballen kann?"

Priscinius warf die Arme in einer Geste der Verzweiflung empor. „Der gesunde Menschenverstand, mein guter Anastasios. Die Erde ist abgesehen von ein paar Bergen flach, sie ist vom Ozean umgeben und wird vom Firmament überwölbt. Das kann doch jeder erkennen, der mit offenen Augen durch die Welt geht."

Der Disput wurde von einem jungen Mann unterbrochen, der seitlich an das Becken trat und Ippokratis etwas zuflüsterte. Pomponius verbarg seine Überraschung, indem er mit den Händen Wasser aus dem Becken schöpfte und damit sein Gesicht abwusch. Es konnte keinen Zweifel geben, dass er Siculus vor sich hatte. Das deformierte Ohr war deutlich zu erkennen.

„Geh nur", sagte Ippokratis gütig zu Siculus, „und trachte danach, dass du morgen pünktlich zur Unterrichtsstunde unseres geliebten Cäsar Commodus wieder da bist. Er legt Wert auf deine Anwesenheit."

Siculus versicherte, er werde rechtzeitig da sein, und entfernte sich unter mehreren Verbeugungen.

„Die Jugend", sagte Ippokratis lächelnd, „Man muss ihr einen gewissen Freiraum gewähren."

„Gleich die ganze Nacht?", fragte Pomponius. „Da kann es sich nur um eine Frau handeln, denn der Junge sieht nicht nach einem Säufer aus."

„Du sagst es", bestätigte Ippokratis. Er beugte sich vor und flüsterte vertraulich: „Es handelt sich um eine gewisse Attica, die beim Circus zu finden ist. Er besucht sie einmal in der Woche und bucht sie für die ganze Nacht. Es kostet ein Heidengeld, aber er sagt, das wäre es wert. Manchmal frage ich mich, wo er das Geld hernimmt."

„Er geht also zu einer Hure", nörgelte Anastasios. „Du bist wahrhaft zu nachsichtig, mein lieber Ippokratis. Ich habe immer die Meinung vertreten, dass nur Enthaltsamkeit den Verstand schärft und der wissenschaftlichen Ausbildung zuträglich ist."

„Ah, pah", rief Priscinius. „Ein Mann muss sich regelmäßig erleichtern, denn wenn sich die Säfte stauen, wird er sauertöpfisch, verfällt auf die sonderbarsten Ideen und glaubt am Ende noch, dass die Erde eine Kugel ist. Was meinst du, Pomponius, du Rechtsverdreher?"

„Ich glaube zwar auch, dass die Erde eine Kugel ist", erklärte Pomponius, „aber im Übrigen bin ich geneigt, dir zuzustimmen."

„Da seht ihr es", wandte sich Priscinius an seine beiden Kollegen. „Unser Pomponius kennt sich aus. Er ist ja auch keiner, der unter einsamen Nächten zu leiden hat. Ist es nicht so, Pomponius? Du brauchst gar nicht so betreten zu schauen. Der ganze Palast weiß es doch längst. Du treibst es regelmäßig mit einem hübschen Senatorentöchterchen aus dem Gefolge der erhabenen Faustina. Recht so, mein Pomponius! Gelegentlich entdecke ich doch noch sympathische Züge an dir."

„Ich wollte, ich könnte dasselbe auch von dir sagen", erwiderte Pomponius wütend und stieg aus dem Becken.

Priscinius nahm ihm diese Bemerkung nicht übel, sondern klatschte sich auf die Schenkel, dass das Wasser nur so spritzte. Sein grölendes Gelächter verfolgte Pomponius, als dieser das Bad verließ und dabei versuchte Haltung zu bewahren.

„So ein Arschloch", murmelte Pomponius, sobald er sich außer Hörweite wähnte.

Ippokratis, der ihm in den Vorraum gefolgt war, hörte es trotzdem und sagte besänftigend. „So ist Priscinius eben: Ein derber Haudrauf, der weder von Höflichkeit noch von Anstand etwas hält. Er wäre besser bei den Legionen geblieben und hätte weiterhin Germanen erschlagen. Er hat nämlich gegen die Markomannen als Kommandant der Zweiten Italischen Legion, der Pia Fidelis, einige spektakuläre Erfolge erzielt. Der Kaiser fand daraufhin, er wäre der geeignete Mann, um aus Commodus einen Soldaten und künftigen Heerführer zu machen, und jetzt haben wir ihn auf dem Hals. Beachte seine Derbheiten gar nicht. So behandelt er jeden." Er klopfte Pomponius wohlwollend auf die Schulter und machte sich auf den Weg ins Sudatorium.

Pomponius blieb zurück. Er war kein Freund von Schwitzbädern. Stattdessen winkte er Demetrius, der sich bescheiden im Hintergrund gehalten hatte, zu sich und bat ihn, ihn zu rasieren.

„Hast du bemerkt, wer ins Caldarium gekommen ist?", fragte Demetrius, während er das Gesicht des Pomponius mit heißen Tüchern und warmem Wasser behandelte, um die Bartstoppeln dem Rasiermesser gefügig zu machen.

„Siculus", sagte Pomponius. „Ja, ich habe ihn gesehen."

Demetrius begann, das Rasiermesser mit ein paar Tropfen Öl auf einem Stein zu schärfen. Weil sich Pomponius nicht auskunftsfreudiger zeigte, wechselte er scheinbar das Thema. „Darf ich fragen, Herr, ob du heute noch ausgehen wirst?"

„Ja", antwortete Pomponius einsilbig.

„Ich frage nicht aus ungebührlicher Neugier, Herr", erklärte Demetrius und schabte probeweise mit der Klinge über seinen Arm. „Ich möchte nur wissen, was ich sagen soll, wenn sich die Dame Valeria nach dir erkundigt."

„Sag ihr, ich arbeite an meinem Fall und du weißt nicht, wann ich wieder zurückkomme. Ich weiß es nämlich auch noch nicht."

„Dann wird es gut sein, wenn ich alle Gegenstände wegräume, die ihr als Wurfgeschoss dienen können", murmelte Demetrius sorgenvoll und begann Pomponius zu rasieren.

Frisch gebadet, rasiert, mit wohlriechenden Ölen gesalbt und mit einer kräftigen Mahlzeit gestärkt, fand sich Pomponius einige Zeit später vor Scantillas Haus ein.

„Du schon wieder?", fragte Lycia. „Es tut mir leid, aber ich glaube, die Herrin ist nicht da."

„Deine Herrin ist da", erklärte Pomponius, der beschlossen hatte, sich von Lycia nicht mehr ärgern zu lassen, geduldig. „Sie hat mich nämlich herbestellt. Schau nicht so finster, sondern lass mich einfach ein."

Lycia trat beiseite und murmelte dabei unverständliches Zeug, von dem Pomponius lediglich die Worte ‚geiler Bock' und ‚aufdringlicher Weiberheld' zu verstehen glaubte.

Scantilla und Paulus saßen beisammen und hatten sich offenbar beraten. „Du kommst früh, Pomponius", sagte Scantilla. „Wir wissen noch nicht, wie wir am besten gegen Siculus vorgehen sollen. Wir haben nicht genug Informationen."

„Das war zu befürchten", antwortete Pomponius, der dachte, es könne nicht schaden, ein wenig anzugeben. „Deshalb bin ich etwas früher gekommen, um euch diese Informationen zu geben: Für einen Zugriff wäre heute Nacht ein guter Zeitpunkt. Siculus wird am Abend den Palast verlassen und sich zur Rennbahn begeben. Er beabsichtigt, die ganze Nacht mit einer Hure namens Attica, die dort ihrem Gewerbe nachgeht, zu verbringen. Ich kann euch genau beschreiben, wo das ist. In der Bude, die Attica als Arbeitsplatz dient, werden möglicherweise eine zweite Hure namens Euplia und ein alter Zuhälter anwesend sein. Möglicherweise werden aber Siculus und Attica die Bude für sich allein haben, weil Siculus bereit ist, dafür zu zahlen, oder sie haben eine andere Absteige, wo sie ungestört sind. Das müssen wir vor Ort klären. Auf jeden Fall wird sich eine gute Möglichkeit bieten, Siculus zu überwältigen, damit ich ihn ausquetschen kann. Ob er dann als Mörder der Gratia sofort zu bestrafen ist, werde ich danach entscheiden. Es kann sein, dass er vorerst als lebender Zeuge mehr wert ist als ein toter Übeltäter. Ich will bloß nicht, dass Attica oder sonstige Unbeteiligte bei dieser Aktion zu Schaden kommen."

Scantilla hatte mit wachsendem Erstaunen zugehört. „Du überrascht mich, Pomponius", sagte sie. „Wie bist du so rasch an diese Informationen gekommen?"

„Ein wenig mehr als du mir zutraust, bringe ich schon zustande." antwortete Pomponius mit falscher Bescheidenheit.

„Wahrscheinlich hast du bloß wieder einmal unverschämtes Glück gehabt", mutmaßte Scantilla.

Pomponius war nicht bereit, das zuzugeben und schüttelte nur bekümmert über ihre Unterstellung den Kopf. Dann beschrieb er Scantilla und Paulus genau, wo die Bude der Attica zu finden war. „Ich denke, ich suche euch am Abend auf und wir gehen noch vor Einbruch der Nacht dorthin", schloss er. „Wir warten ab, bis Siculus kommt, und entscheiden dann, wie wir am besten vorgehen."

Scantilla wechselte mit Paulus einen Blick. „Nein", entschied sie. „Ich will nicht, dass du heute noch einmal vor meiner Tür stehst. Die Leute reden schon. Du darfst nicht vergessen, dass ich eine ehrbare Witwe bin, oder wenigstens vorgebe eine zu sein. Eine Nachbarin, diese neugierige Ziege, hat mich schon ganz scheinheilig gefragt, ob du ein Verwandter bist, der in Rom zu Besuch weilt. Als ob sie nicht vermutet, dass du mein Liebhaber bist. Wir machen es anders. Wir treffen uns zu Beginn der zweiten Nachtstunde vor der Bude der Attica. Paulus und ich werden dann schon alles für einen Zugriff ausgekundschaftet haben. Die zweite Nachtstunde ist ein guter Zeitpunkt, um Siculus, wenn er am wenigsten damit rechnet, zu fassen."

Pomponius schien dies eine unnötige Komplizierung zu sein und er verstand nicht, weshalb er nicht von Anfang an dabei sein sollte. Auch hielt er den Hinweis auf neugierige Nachbarn für unglaubhaft. Scantilla würde sich einen Dreck darum scheren, was eine neugierige Ziege, wie sie es formuliert hatte, über sie dachte. Letztlich musste er dem Plan aber zustimmen, weil er wusste, dass er auf Scantillas Hilfe angewiesen war.

„Gut", sagte Scantilla. „Nachdem das geklärt ist, solltest du uns wieder verlassen, Pomponius. Ich habe noch einiges zu erledigen. Wir sehen uns dann in der Nacht beim Circus."

Lycia ließ ihn zur Tür hinaus.

„Das war aber ein kurzer Besuch", sagte sie voller Schadenfreude. „Hat dich die Herrin fortgeschickt? Hat sie sich endlich eines Besseren besonnen und dir gesagt, dass wir mit dir nichts mehr zu tun haben wollen?

Ich werde deine zweimaligen Besuche am Tag wirklich vermissen, Pomponius, aber ich werde mich damit abfinden." Sie kicherte und schlug die Tür hinter Pomponius zu.

XXIV

Natürlich hielt sich Pomponius nicht an den Plan, den Scantilla entwickelt hatte. Er hatte nämlich die Absicht, die Initiative zu behalten und nichts dem Zufall zu überlassen. Schon als es dämmerte, begab er sich daher zum Circus und schlenderte zu der Bude, in der Attica ihrem Gewerbe nachging. Er hatte sich verändert. Anstelle der guten Kleider, die ihm Demetrius beschafft hatte, trug er seine älteste Tunika, die trotz aller Reinigungs- und Reparaturversuche des Demetrius erbärmlich und ärmlich aussah. Den Kopf hatte er mit einem schäbigen Pileus, der Kappe eines Freigelassenen, bedeckt. Ein nicht minder schlechter Umhang mit Kapuze vervollständigte die Maskerade. Außerdem hatte sich Pomponius ganz gegen seine sonstigen Gewohnheiten bewaffnet. Er führte einen bleibesetzten Cestus, mit dem man knochenbrechende Schläge austeilen konnte, mit sich und einen Dolch, dessen kurze breite Klinge in eine scharfer Spitze auslief. Dieser robuste Dolch war kleiner und leichter als der übliche Armeedolch, aber anders als der Meuchelmörderdolch, den Scantilla verwendete, auch in der Hand eines ungeübten Kämpfers eine ernstzunehmende Waffe.

Von Scantilla und Paulus war nichts zu sehen. Entweder waren sie noch nicht da, oder sie hatten sich ebenfalls gut getarnt. Pomponius zog sich die Kapuze tief ins Gesicht und sah sich um. Auf der gegenüberliegenden Straßenseite war zwischen zwei Buden eine schmale Baulücke, die jedoch kein Durchkommen versprach, weil sich dort ein Abfallhaufen gebildet hatte. Davor saß ein Bettler und flehte die Vorübergehenden um eine milde Gabe an. Pomponius ging auf ihn zu, wobei er seine Tarnung weiter ausbaute, indem er seine Körperhaltung veränderte, sich zusammenkrümmte und den linken Fuß nachschleifte.

„Verschwinde von hier", sagte er zu dem Bettler. „Ich brauche deinen Platz."

„Was?", fragte dieser ungläubig und tastete nach der Krücke, die neben ihm lag, wohl nicht um wegzugehen, sondern um Pomponius eins überzuziehen. „Hast du nicht verstanden? Ich brauche deinen Platz." Pomponius warf einen

Denar in die Schale, die der Bettler vor sich stehen hatte und in der sich nur einige geringe Eisenmünzen befanden.

Der Bettler wusste nicht, was er davon halten sollte, und glotzte Pomponius verwirrt an.

„Mach schon", befahl Pomponius ungeduldig und warf zwei weitere Denare in die Schale. „Deine Schale brauche ich auch."

Drei Denare waren wahrscheinlich weit mehr als der ganze Wochenverdienst des armen Invaliden. Er räumte hurtig die Schale aus und sagte zu Pomponius: „Du wirst aber keine Freude mit diesem Platz haben. Es stinkt, weil die Leute ständig auf den Misthaufen hinter mir pissen und Geld geben sie auch keines."

„Ich bin nicht hier, um Freude zu haben", erklärte Pomponius grimmig, „sondern um mein Weib, dieses Luder, mit ihrem Liebhaber zu erwischen."

„Ach so ist das!", rief der Invalide zufrieden, weil sich ihm das Wunder dieser Nacht auf eine nachvollziehbare Weise erschloss. „Na dann viel Glück oder Unglück, wie man es nimmt." Er schenkte Pomponius ein schiefes Lächeln, klemmte sich seine Krücke unter den Arm und eilte beschwingten Schrittes davon.

Pomponius setzte sich auf den freigewordenen Platz, stellte die Schale vor sich hin und redete die Vorübergehenden unterwürfig an. Sein Vorgänger hatte recht gehabt. Die Freigiebigkeit der Passanten hielt sich in Grenzen. Pomponius versuchte es auf die verschiedenste Weise. Er bat mit demütig gesenktem Kopf, er rang die Hände und beklagte sein Schicksal, er rief den Segen der Götter auf mildtätige Menschen herab und erzählte den Vorübergehenden unter Tränen, er habe schon seit Tagen nichts mehr gegessen. Nichts nützte. Er bekam nur ein paar Münzen, die kaum etwas wert waren, und etliche Fußtritte. Andererseits drängten sich Nachtschwärmer an ihm vorbei und erleichterten sich auf dem Misthaufen hinter ihm. Geld gaben sie keines, wie sein Vorgänger schon festgestellt hatte. Schließlich gab Pomponius auf und begnügte sich damit, als Häufchen Elend dazusitzen, wobei er die bewusste Bude gegenüber gut im Auge behielt.

Es begann jetzt rasch dunkel zu werden. Die erste Stunde der Nacht war angebrochen. Laternen, Fackeln und Kohlebecken wurden entzündet und tauchten ihre Umgebung in ein flackerndes, rötliches Licht. Eine Patrouille der Vigiles kam vorbei, kontrollierte die Brandschutzmaßnahmen und ermahnte die Budenbesitzer zur größten Vorsicht. Die Zahl der Passanten wurde nicht geringer, aber ihre Art begann sich zu ändern. Paare, ehrbare Frauen oder Familien waren verschwunden. Jetzt sah man hauptsächlich erwartungsvolle Männer, die ihr Vergnügen suchten, sei es im Spiel, beim Wein, bei Frauen oder auch nur bei einer zünftigen Schlägerei. Das große Vergnügungsviertel erwachte zu nächtlichem Leben.

Nicht so die Bude gegenüber. Ein letzter Kunde kam heraus, rückte sich die Kleider zurecht und ging davon. Dann erschien der alte Zuhälter und räumte die Preistafel weg.

Pomponius musste nicht mehr lange warten. Siculus schlenderte die Straße entlang, sah sich kurz um und betrat die Bude. Kurz darauf kam der Alte heraus, zog den Vorhang fest zu und zerrte ein Holzgatter davor, um anzuzeigen, dass geschlossen sei. Dann entfernte er sich. Im Inneren des Liebesnestes wurde ein Licht entzündet, das vage durch den Vorhang schimmerte. Siculus und Attica waren jetzt offenbar allein.

Pomponius wurde unruhig, denn von Scantilla und Paulus war noch immer nichts zu sehen.

Eine junge Frau mit hochgeschürztem Kleid, die unschwer als Prostituierte zu erkennen war, kam des Weges, blieb vor Pomponius stehen und fragte: „Wo ist Umbrius, der sonst hier sitzt?"

„Er hat mir für heute Abend seinen Platz überlassen, weil er meint, ich hätte es nötiger als er", erklärte Pomponius.

Die Frau schüttelte mitleidig den Kopf. „Viel wirst du davon nicht haben. Das ist kein guter Platz. Das Pack, das hier vorbeikommt, ist nicht gerade mildtätig."

Sie kramte in einer Falte ihres Kleides und warf einige As in die Schale. Pomponius schätzte, dass es der ganze Liebeslohn war, den sie von einem Freier bekam. Wahrscheinlich durfte sie ihn gar nicht behalten, sondern musste das meiste ihrem Zuhälter abgeben. Diese ungewöhnliche Freigiebigkeit rührte ihn. „Ich danke dir, du Schönste unter den Schönen", sagte er. „Verrätst du mir deinen Namen?"

„Ich heiße Euplia."

„Euplia? Bist du die Euplia aus dem Laden dort drüben?" Pomponius deutete mit dem Kinn auf die gegenüberliegende Straßenseite. „Ich habe deinen Namen auf dem Schild gelesen."

„Ja, die bin ich." Sie lächelte melancholisch. „Ich bin die zweite Wahl für Sparsame. Trotzdem: Für vier As mache ich es besser als die meisten, so steht es auf dem Schild."

„Daran zweifle ich nicht. Arbeitest du heute nicht?"

„Ich bin auf dem Weg zur Arbeit."

„Der Alte hat doch schon geschlossen. Ich habe es selbst gesehen", wunderte sich Pomponius.

„Wir haben heute Nacht einen besonderen Gast, der viel dafür bezahlt, dass er Attica für sich allein haben kann."

„Was hast du damit zu tun?"

„Unser Gast wünscht, dass ich dabei assistiere, wenn du verstehst, was ich meine. Manche Männer mögen das so."

Pomponius, der nicht zu diesen Männern gehörte, versuchte sich vorzustellen, was sie mit assistieren meinte, wobei ihm verschiedene Möglichkeiten in den Sinn kamen. Dabei blickte er zwischen ihren hübschen Beinen durch und sah aus dieser guten Deckung Scantilla. Sie war schwarz gekleidet und kam wie ein Schatten aus der Dunkelheit. Sie war nicht allein. In ihrer Begleitung befanden sich zwei Männer, die er nicht kannte. Das Trio zwängte sich an dem Gatter vorbei und verschwand im Inneren des Verschlages.

„Ich muss gehen", sagte Euplia, die nicht bemerkt hatte, was sich hinter ihrem Rücken abspielte. „Sie warten sicher schon auf mich. Warum hältst du mein Bein fest?"

„Geh da jetzt nicht hinein", warnte Pomponius. „Geh einfach nach Hause, wenn du ein anderes Zuhause als diese Bude hast, aber geh da nicht hinein."

„Lass mich los", befahl Euplia unwillig. „Was soll denn das? Ist das der Dank dafür, dass ich dir etwas geschenkt habe? Ich bekomme zwei Denare für heute Nacht. Leichtverdientes Geld, das ich dringend brauche."

Im Inneren des Verschlages war ein leiser Schrei zu hören, der von den Vorübergehenden aber nicht als bedrohlich wahrgenommen wurde. Das Licht flackerte kurz und erlosch.

Pomponius war zutiefst beunruhigt und verwirrt. Was sollte dieser Alleingang Scantillas? Was ging in der Bude vor? Er entschied, um jede weitere Verkomplizierung der Ereignisse zu verhindern, vorerst Euplia loszuwerden.

„Beug dich zu mir herunter", sagte er zu ihr.

Widerstrebend gehorchte Euplia und blickte unter seine Kapuze. Sie sah in das Gesicht eines gut rasierten, gut aussehenden Mannes mittleren Alters, der leicht nach teurer Salbe roch.

„Wer bist du?", fragte sie verblüfft.

„Jemand, der es gut mit dir meint." Er ergriff ihre Hand und legte einen Aureus in ihre offene Handfläche. „Geh einfach weg und dreh dich nicht um."

„Was geht hier vor?", fragte Euplia und starrte ungläubig auf das Goldstück. Entweder war sie einfach schwer von Begriff, oder sie empfand eine ungesunde Neugier; wahrscheinlich beides.

Pomponius versuchte sich in Geduld zu üben. „Du bist ein gutes Mädchen, Euplia", sagte er salbungsvoll, „denn du hast mit einem armen Bettler Mitleid empfunden und ihm ein Almosen geschenkt, obwohl du selbst nur wenig hast. Dafür belohnt dich die Göttin jetzt. Du darfst diese eine Nacht nur nicht durch schnöde Unzucht entweihen, denn die Göttin verabscheut die herzlose Liebe. Sprich ein Gebet zur Diana Nemesis. Mehr wird von dir nicht verlangt." Er legte einen zweiten Aureus auf ihre Hand. „Geh jetzt, mein Kind, und tu, was ich dir gesagt habe!"

„Bist du ein Diener der gestrengen Herrin des Schicksals?", flüsterte Euplia ergriffen.

Pomponius trieb es nicht so weit, sich als Priester auszugeben, aber er legte ihr in einer segnenden Geste die Hand auf den Kopf.

Euplia schloss die Hand fest um die beiden Goldmünzen, flüsterte ein 'Danke' und rannte davon.

Bei der Bude drüben tat sich inzwischen etwas. Scantilla und die beiden Männer kamen heraus und sahen sich verstohlen um. Niemand nahm von ihnen

Notiz. Pomponius senkte tief den Kopf, das Gesicht unter seiner Kapuze verborgen. Unauffällig mischten sich Scantilla und ihre Begleiter unter die Passanten und verschwanden aus dem Gesichtsfeld des Pomponius.

Eines war gewiss: Ebenso wenig wie Pomponius hatte sich Scantilla an den vereinbarten Plan gehalten. Pomponius hatte ein mehr als ungutes Gefühl und erwog, zu der Bude hinüberzugehen und festzustellen, was dort vorgegangen war. Die Entscheidung wurde ihm abgenommen. Aus der Bude taumelte plötzlich eine nackte Frau, fiel halb über das Gatter und schrie aus Leibeskräften: „Mord! Mord! Zu Hilfe!" Auf der Stirn hatte sie eine Platzwunde und das Gesicht war blutverschmiert.

Die Passanten reagierten, wie sie es meist in solchen Fällen tun. Einige blieben zögernd stehen und sahen die schreiende Frau neugierig an, unsicher, was sie tun sollten. Andere gingen rasch weiter und beobachteten lieber aus der Ferne, was geschah. Pomponius stieß einen Fluch aus und eilte über die Straße. Der Frau, es handelte sich um Attika, war es inzwischen gelungen, an dem Gatter verbeizukommen. Sie wankte auf die Straße und schrie unausgesetzt. Pomponius vermutete, dass man sie bewusstlos geschlagen hatte und sie jetzt unter Schock stand. Er kümmerte sich nicht weiter um sie. Wenigstens war sie noch am Leben. Bei Siculus war er sich da nicht so sicher. Er schloss sich zwei beherzten Männern an, die das Gatter kurzerhand beiseite warfen und durch den Vorhang eintraten. Zunächst konnte Pomponius nichts erkennen. Dann kam ein dritter Bursche von der Bude nebenan mit einer Laterne.

Der blasse Lichtkegel erhellte den Raum, sodass Pomponius die Bescherung sofort sehen konnte. Siculus lag halbentkleidet auf dem Bett und hatte ein Messer in der Brust stecken. Er musste sehr rasch gestorben sein, denn es war kaum Blut geflossen.

„Der ist hin", bemerkte der Mann mit der Laterne sachkundig.

„Wahrscheinlich hat ihn die Hure umgebracht", mutmaßte der zweite. „Vielleicht hat er nicht zahlen wollen und sie stattdessen verprügelt. Da kann es schon vorkommen, dass einer an die Falsche gerät. So etwas passiert gelegentlich."

„So wird es gewesen sein", bestätigte der dritte. „Sie hat ja noch ihr Messer in ihm stecken lassen. Man muss jemanden verständigen: Die Stadtkohorte oder die Vigiles. Wer ist denn in so einem Fall zuständig?"

„Niemand, mit dem ich etwas zu tun haben will", verkündete der mit der Laterne. „Ich verschwinde lieber wieder. Machen kann man ohnehin nichts mehr."

„Du sagst es", stimmte ihm der zweite zu und schloss sich dem Laternenträger an.

Pomponius schaffte es, noch vor dem Dritten, der ebenfalls das Weite suchen wollte, aus dem Verschlag zu kommen. Attica hockte mitten auf der Straße, schluchzte krampfhaft und war zu keiner verständlichen Äußerung fähig. Eine Menschenmenge stand neugierig, im Grunde aber ratlos, um sie herum.

Pomponius ging wieder zu seinem Platz vor dem Pisshaufen und hockte sich nieder. Er blieb völlig unbeachtet. Vielleicht, so dachte er, lag das Geheimnis dieses Platzes und damit der Grund, warum es so wenig Almosen gab, einfach darin, dass man hier fast unsichtbar wurde.

Laufende Schritte waren zu hören. Jeder, der Bescheid wusste, erkannte den Tritt eisenbeschlagener Militärsandalen. Auf wundersame Weise, rasch und fast lautlos, leerte sich die Straße. Als ein Trupp Vigiles um die Ecke kam, hockte nur mehr die heulende Attica nackt und blutverschmiert auf der Straße.

„Was geht hier vor?", verlangte der Anführer der Vigiles mit lauter Stimme zu wissen. Es war Rutilus, der Pomponius wegen des umgeworfenen Feuerbeckens des Septimus festgenommen hatte. Pomponius senkte den Kopf noch tiefer und kam sich wie ein Kind vor, das darauf vertraut, unsichtbar zu werden, wenn es die Augen schließt. Immerhin, die sonderbare Magie des Platzes, an dem er saß, tat seine Wirkung. Möglicherweise verbarg aber auch nur der tiefe Schatten die Anwesenheit der dunklen Gestalt, die dort kauerte. Rutilus sah sich um und ließ seinen Blick auch über Pomponius gleiten, ohne auf dessen Anwesenheit zu reagieren. „Ich habe gefragt, was hier vorgeht!", brüllte er, ohne dass sich jemand bemüßigt fühlte, ihm zu antworten.

„Sie ist eine Hure und gehört in die Bude dort drüben", bemerkte schließlich einer der Soldaten, der Attica näher in Augenschein genommen hatte. „Ich kenne sie."

Rutilus machte eine gebieterische Handbewegung. Sogleich eilten zwei seiner Männer über die Straße und betraten den Verschlag. Kurz darauf kamen sie wieder zum Vorschein. „Sie hat ihren Freier abgestochen", meldete der eine. „Er liegt auf dem Bett und hat ihr Messer noch in der Brust", fügte der zweite hinzu.

Rutilus fluchte lang und anhaltend, wobei er vor allem sein Schicksal beklagte, das ihm diesen Fall aufgehalst hatte. Dann packte er Attica am Oberarm und riss sie brutal hoch. „Warum hast du das getan, du Miststück?", schrie er sie an.

Attica gab nur ein unverständliches Wimmern von sich.

Rutilus erwies sich trotz aller Vorbehalte, die man gegen ihn haben mochte, als umsichtiger Kommandeur.

„Ihr zwei bringt sie auf die Wache" befahl er. „Legt ihr einen Mantel um. Ihr wollt doch wohl nicht mit einer nackten Hure durch die Straßen laufen? Du bewachst die Bude, damit keine Neugierigen hineingehen. Und du verständigst die Stadtkohorte, damit sie sich um den Toten kümmern. Das ist wahrhaftig nicht unsere Aufgabe. Ihr anderen schwärmt aus und befragt die Nachbarn. Besonders der Bursche dort drüben mit der Laterne hat sicher etwas gesehen. Fasst ihn! Er versucht sich zu verdrücken!"

Die Soldaten eilten los, um die ihnen zugeteilten Aufgaben zu erfüllen. Das Verhalten der neugierigen Menge erinnerte Pomponius an Ebbe und Flut. Hatte sie sich beim Herannahen der Soldaten spontan zurückgezogen, so kehrte sie jetzt wieder zurück, um langsam immer näher an den Tatort heranzuschwappen.

Pomponius nutzte diesen Umstand. Er erhob sich und mischte sich unauffällig unter die Neugierigen. Dabei warf er einen prüfenden Blick zum Himmel. Wie die meisten seiner Zeitgenossen hatte er auch ohne Zeitmesser ein sehr gutes Zeitgefühl. Die zweite Stunde der Nacht war angebrochen und stand in ihrem ersten Viertel. Es war die Zeit, für die er mit Scantilla verabredet war. Nach all dem, was er beobachtet hatte, rechnete er aber nicht damit, dass sie die Verabredung einhalten werde. Es konnte für ihn keinem Zweifel unterliegen, dass sie Siculus umgebracht und ihn vorsätzlich ins Leere laufen hatte lassen. Sie hatte ihn schlicht und einfach ausgetrickst und sich dabei die Information zunutze gemacht, die er ihr gegeben hatte. Um Siculus tat ihm nicht leid. Der Mann hatte wegen des Anschlags auf Corinthus und der Ermordung der Gratia den Tod verdient und Pomponius war froh, dass nicht er es war, der das Urteil letztendlich vollstrecken musste. Die Frage war nur, warum ihm Scantilla diese Aufgabe abgenommen hatte. Darauf konnte es nur eine Antwort geben: Sie wollte nicht, dass er Siculus vorher verhörte und Dinge erfuhr, die er nicht erfahren sollte.

„Da bist du ja, Pomponius", sagte Scantilla dicht an seinem Ohr. „Fast hätte ich dich in deiner Verkleidung nicht erkannt. Wie es scheint, sind wir zu spät gekommen, oder besser gesagt, das Schicksal ist uns zuvorgekommen."

Pomponius ließ sich seine Überraschung nicht anmerken. „Seit wann bist du hier?"

„Paulus und ich sind schon länger hier. Die Situation war ausgesprochen günstig, weil Siculus mit dem Mädchen offenbar allein war. Wir haben aber trotzdem nichts unternommen, weil wir auf dich warten wollten. Wer konnte denn damit rechnen, dass die kleine Hure ihren besten Freier umbringt?"

„Nein", sagte Pomponius, „damit konnte niemand rechnen und – um ehrlich zu sein – ich glaube auch nicht, dass sie es war."

„Hast du etwa etwas beobachtet, das einen anderen Schluss zulässt?"

„Wie denn? Ich bin doch gerade erst gekommen, so wie es ausgemacht war."

Sie sahen einander lächelnd in die Augen und keiner traute dem anderen.

XXV

Als Pomponius – es mochte zu Beginn der vierten Nachtstunde sein – in den Palast zurückkehrte, fand er sein Bett leer vor. Valeria strafte ihn durch Abwesenheit und verbrachte die Nacht in ihrem eigenen Quartier. Sie hatte ihren Unmut aber unmissverständlich kundgetan, indem sie ihren – zum Glück noch unbenutzten – Nachttopf auf sein Kopfkissen gestellt hatte. Pomponius war trotzdem recht erleichtert, denn er fühlte sich nicht in der Verfassung, sein Ausbleiben in der vergangenen Nacht und sein spätes Heimkommen in dieser Nacht zu erklären und zu rechtfertigen. Valeria wurde in letzter Zeit immer besitzergreifender, ein Verhalten, das er früher in dieser ausgeprägten Form nicht an ihr bemerkt hatte. So sehr er anhängliche Frauen schätzte, schön langsam wurde es ihm zu viel. Aliqua hatte zwar auch gelegentlich Anflüge von Eifersucht gezeigt, geklammert hatte sie aber nie.

„Du bist ein Idiot", sagte Aliquas Stimme in seinem Kopf. „Hör endlich auf, bei jeder passenden und unpassenden Gelegenheit an mich zu denken. Hast du keine anderen Sorgen?"

Die hatte Pomponius, mehr als ihm lieb war. Er stellte Valerias Nachttopf an seinen Platz, warf sich aufs Bett und dachte nach. Viel Schlaf fand er in dieser Nacht nicht. Immer wieder ließ er die Ereignisse der vergangenen Stunden vor seinen inneren Augen Revue passieren, versuchte sie zu analysieren und sich sein weiteres Vorgehen zurechtzulegen. Scantilla hatte sich als fragwürdige Verbündete erwiesen. Er überlegte, ob und wie er sie mit seinem Wissen über die Rolle, die sie in dieser Nacht gespielt hatte, konfrontieren sollte.

„Du hast eine Menge Probleme mit deinen beiden Weibern", meldete sich Aliqua wieder zu Wort. Sie klang ein wenig boshaft. „Und das ist noch nicht alles. Jetzt musst du dich auch noch um Attica kümmern."

„Was muss ich?"

„Du musst dich um Attica kümmern. Man hält sie für die Mörderin des Siculus. Das ist für die Behörden die naheliegendste und einfachste Lösung. Man wird kurzen Prozess mit ihr machen und sie hinrichten."

„Spielst du jetzt auch noch die Rolle meines Gewissens, Aliqua?", fragte Pomponius erbittert. „Was geht mich diese Hure an?"

„So denkst du also? Sie ist nur eine Hure und deiner Beachtung gar nicht wert? Hast du schon vergessen, dass du auch mich in einem Bordell kennengelernt und für meine Liebe bezahlt hast? Schließlich ist Attica nur deswegen in dieser misslichen Lage, weil du die Kontrolle über den Einsatz verloren hast. Ich bin sehr enttäuscht von dir Pomponius."

„Vielleicht wäre die Aliqua, die ich gekannt habe, von mir enttäuscht, aber die ist in Wahrheit ja gar nicht hier", wehrte sich Pomponius. „Das sagst du mir doch ständig."

„Wenn du es nur einsiehst. Aber dann bist es doch nur du selbst, der ein schlechtes Gewissen hat. Denk darüber nach Pomponius!"

Aliquas Stimme ließ ihn los und Pomponius fiel in einen kurzen unruhigen Schlaf, aus dem ihn Demetrius mit dem Frühstück weckte.

„Die Dame Valeria war etwas ungehalten", berichtete er mit neutraler Stimme, „weil du auch am späten Abend noch nicht da warst."

„War es sehr schlimm?"

„Nicht so schlimm, wie es für dich heute Abend werden wird, Herr, wenn sie ausführt, was sie angekündigt hat."

Pomponius verzichtete darauf, nähere Auskünfte zu verlangen. Er kannte Valerias Temperament und er zweifelte nicht daran, dass sie sich sehr drastisch ausgedrückt hatte. Für Frauen wie Valeria war ein Sklave kaum mehr als ein Möbelstück und sie hatte sich vor Demetrius sicher kein Blatt vor den Mund genommen.

„Schick Corinthus zu mir", befahl er. „Ich werde ihm jetzt sagen, was mit Gratia geschehen ist."

„Wirst du ihm auch sagen, dass Siculus …?", fragte Demetrius besorgt. „Ich fürchte, er könnte sich Siculus gegenüber unbesonnen verhalten. Das würde für den Jungen sicher schlecht ausgehen."

„Siculus stellt kein Problem mehr dar", antwortete Pomponius mit unbewegter Miene. „Den Göttern hat es gefallen, ihn von uns zu nehmen. Er ist gestern Nacht plötzlich verstorben. Ich habe seine Leiche gesehen. Er hatte ein Messer in der Brust stecken."

Demetrius starrte Pomponius mit einer Mischung aus Bewunderung und Grauen an. „Hast du ihn ...?", fragte er und wagte nicht den Satz zu vollenden.

„Aber Demetrius", dementierte Pomponius mit milder Stimme. „Hältst du mich etwa für einen Meuchelmörder? Man vermutet, dass ihn eine Hure im Streit um ihren Lohn umgebracht hat. Mit mir hat sein Tod gar nichts zu tun."

Demetrius war ein kluger Mann und er glaubte keinen Augenblick, dass Pomponius am Tod des Siculus unschuldig war. Er wusste ja, dass Pomponius, obwohl er sich als Privatmann in Rom aufhielt, Angehöriger des militärischen Geheimdienstes war und welcher Ruf diesen Leuten vorauseilte. Aber gerade weil er ein kluger Mann war, äußerte er nicht den geringsten Zweifel an der Unschuldsbeteuerung des Pomponius.

Das Gespräch mit Corinthus war nicht ganz so schwierig, wie Pomponius befürchtet hatte. Corinthus hatte aus dem sonderbaren Verhalten von Pomponius und Demetrius schon geschlossen, dass etwas sehr Schlimmes geschehen sein musste und zeigte sich gefasst. Pomponius ersparte ihm die Details ihres Todes und sagte nur, dass jener Mann, der auch Corinthus töten hatte wollen, Gratia umgebracht hatte.

Corinthus wischte sich die Tränen aus dem Gesicht und wollte lediglich wissen, wer das getan hatte.

„Ein Mann namens Siculus", erklärte Pomponius. „Er ist Schüler und Assistent des ehrenwerten Ippokratis, der selbst aber sicher nichts mit diesen Ereignissen zu tun hat."

„Siculus", wiederholte Corinthus und sein Gesicht verhärtete sich. „Ich weiß, wer der Mann ist und wo ich ihn finden kann."

„Es gibt nichts mehr zu tun", sagte Pomponius besänftigend. „Siculus hat seine Strafe bekommen. Er ist gestern Nacht gestorben."

Es war naheliegend, dass Corinthus auf dieselbe Idee verfiel wie Demetrius. „Du bist gestern Nacht sehr spät zurückgekommen, Herr", sagte er und sah Pomponius fragend an.

„Ich hatte zu tun."

„Hast du Siculus getötet?", ließ Corinthus nicht locker und sprach aus, was Demetrius nicht zu fragen gewagt hatte.

„Corinthus", sagte Pomponius mit ernster Stimme. „Denk immer daran, was ich dir zu Beginn unserer Bekanntschaft über die Tugend der Diskretion gesagt habe. Es gibt Fragen, die nicht gestellt werden sollen und Antworten, die nicht gegeben werden dürfen. Begnüge dich mit dem Wissen, dass Gratia gerächt wurde. Bewahre die Erinnerung an sie in deinem Herzen, aber sprich zu niemand über deine Erlebnisse mit ihr, über Siculus oder gar über mich."

„Ja, Herr", sagte Corinthus, verbeugte sich und verließ das Zimmer. Pomponius konnte hören, wie er auf dem Flur bitterlich aufschluchzte.

„Es war ein Fehler, den Jungen für mich spionieren zu lassen", sagte Pomponius bekümmert zu Demetrius. „Kümmere dich um ihn. Ich muss jetzt versuchen, einen anderen Fehler auszubessern."

Pomponius begab sich zu jenem Stützpunkt der Vigiles, wo Calpurnianus das Kommando hatte.

Sein alter Bekannter Rutilus stand im Vorraum und stauchte zwei Männer zusammen, die seiner Meinung nach nicht ordnungsgemäß adjustiert waren. Als er des Pomponius ansichtig wurde, erstreckte sich sein Unmut sofort auch auf diesen ungebetenen Besucher.

„Was willst du?", schnauzte er Pomponius an. „Was hast du jetzt schon wieder angestellt?"

„Ich bin mir keiner Schuld bewusst", antwortete Pomponius. „Ich wünsche Calpurnianus zu sprechen. Ich komme in meiner Eigenschaft als Anwalt."

„Anwalt? Mir kommt das Frühstück hoch, wenn ich das Wort nur höre. Calpurnianus ist nicht zu sprechen. Verschwinde!"

Pomponius ließ sich nicht provozieren. „Ich denke nicht, dass du darüber zu entscheiden hast, wer deinen Kommandanten sprechen darf und wer nicht", sagte er mit ruhiger Stimme. „Ich kann mich aber gern bei eurem Oberkommando erkundigen, ob das so ist. Andernfalls melde mich einfach dem edlen Calpurnianus."

Rutilus knirschte hörbar mit den Zähnen, entließ seine beiden erleichterten Untergebenen mit einer Handbewegung und begab sich zum Zimmer seines Vorgesetzten.

Bald darauf kam er zurück und knurrte: „Du kannst hineingehen."

„Ich danke dir, Rutilus", sagte Pomponius höflich und betrat das Zimmer des Calpurnianus.

„Ich bin überrascht, dich wiederzusehen, Pomponius", sagte Calpurnianus und deutete auf den Besuchersessel. „Ich dachte, wir wollten unser Gespräch über die Morde des jungen Lucius möglichst vertraulich halten."

„Ich komme nicht wegen Lucius", erklärte Pomponius. „Es geht um einen Vorfall, der sich gestern Nacht ereignet hat. Soweit mir bekannt ist, wurde ein Mann beim Circus ermordet und eine Frau namens Attica als Mordverdächtige festgenommen. Ich nehme an, sie befindet sich noch in deiner Gewahrsame."

„Das stimmt", bestätigte Calpurnianus erstaunt. „Mein guter Rutilus hat sie einliefern lassen. Soweit ich sehe, ein klarer Fall. Was hast du damit zu tun?"

„Man hat mich beauftragt, ihre Verteidigung zu übernehmen. Sie ist unschuldig."

„Ein Mann wie du soll eine kleine Hure, die mit Sicherheit schuldig ist, verteidigen? Wer hat dich beauftragt?"

„Das darf ich dir nicht beantworten. Mein Auftraggeber legt Wert auf größte Diskretion. Weißt du schon, wer das Mordopfer ist?"

„Nein. Niemand kannte ihn. Der Budenbesitzer wusste es nicht. Er rühmte den Toten nur als zahlungskräftigen Kunden, der mit Marcus angesprochen werden wollte."

„So heißt er nicht. Sein richtiger Name ist Siculus. Er war Mitglied des kaiserlichen Haushaltes und wohnte im Palast. Er war Schüler des Ippokratis. Seine Aufgabe bestand darin, beim Unterricht des erhabenen Cäsar Commodus in den Fächern Staats- und Rechtskunde zu assistieren. Commodus hat ihn sehr geschätzt und wird über seinen Tod betrübt sein."

„Das klingt übel", murmelte Calpurnianus. „Er war also ein Mitglied des kaiserlichen Haushaltes, das von unserem erhabenen Commodus geschätzt wurde. Wenn ich da einen Fehler mache, kann es mich Kopf und Kragen oder zumindest meine Karriere kosten. Je eher ich diese Hure loswerde, umso besser wird es sein. Ich werde sie mit all unseren Erhebungsergebnissen in den Carcer Tullianus überstellen, damit sich der Stadtpräfekt ihrer annimmt und dafür sorgt, dass Anklage erhoben wird."

Der Carcer Tullianus war das berüchtigte Staatsgefängnis Roms. Wer dort einmal eingekerkert war, verließ es nur in den seltensten Fällen lebend.

„Steht sie einmal vor Gericht", fuhr Calpurnianus fort, „kannst du sie ja verteidigen. Mit mir hat das dann gar nichts mehr zu tun."

„Liegt es nicht in deinem Ermessen, ob du sie dem Gericht überstellst oder wegen erwiesener Unschuld freilässt?"

„Scherzt du Pomponius? Wie kommst du auf erwiesene Unschuld?"

„Du bist ein erfahrener Beamter, Calpurnianus. Du weißt ebenso gut wie ich, dass sie in Wahrheit kein Motiv hatte. Hast du sie schon verhört? Wie verantwortet sie sich?"

„Sie streitet alles ab. Sie behauptet, plötzlich seien Fremde im Raum gewesen und sie habe einen Schlag auf den Kopf bekommen. Ehe sie etwas erkennen konnte, sei sie bewusstlos geworden. Als sie wieder erwachte, sei der Tote neben ihr gelegen und sie sei schreiend auf die Straße gelaufen."

„Warum sollte das nicht stimmen? Hatte sie eine Kopfwunde, die von dem Schlag herrühren konnte?"

„Sie hatte eine Platzwunde an der Stirn, die ziemlich stark geblutet hat."

„Na also. Das passt doch zu ihrer Erzählung."

„Die Tatwaffe steckte noch in der Leiche. Jeder Meuchelmörder hätte seine Waffe mitgenommen."

„Hast du sie da?"

Calpurnianus griff in ein Regal und legte eine Klinge vor Pomponius auf den Tisch.

„Das ist nicht irgendein Messer", konstatierte Pomponius, ohne den Dolch zu berühren, „sondern ein Meisterwerk der Schmiedekunst, perfekt ausgewogen und absolut tödlich: Das ist das Handwerkszeug eines professionellen

Meuchelmörders. Der Griff ist mit Einlegearbeiten geschmückt, die wahrscheinlich aus Persien stammen. Schaut so das Messer einer armseligen Hure aus?"

„Schaut so ein Messer aus, das ein Meuchelmörder zurücklassen würde", setzte ihm Calpurnianus entgegen.

„Ein berechtigter Einwand", räumte Pomponius ein. „Sie hatten die Absicht, dem Mädchen den Mord anzuhängen, aber sie waren in Eile und mussten improvisieren. Daher haben sie die eigentliche Tatwaffe zurückgelassen. So professionell der Anschlag auch ausgeführt wurde, sie waren in einem wesentlichen Detail schlampig. Ich an ihrer Stelle hätte diesen verräterischen Dolch entfernt und dem Opfer ein billiges Messer in die Brust gesteckt, um das Mädchen zu belasten."

„Du sprichst immer von ‚sie'. Was meinst du damit?"

„Das ist doch offensichtlich, mein lieber Calpurnianus. Siculus wurde nicht von seiner Bettgefährtin umgebracht. Es war auch kein Raubüberfall. Es war ein sorgfältig geplanter, von mehreren Leuten ausgeführter Mordanschlag, der als solcher vertuscht werden sollte. Jemand hat weder Kosten noch Mühe gescheut, um sich des Siculus zu entledigen. Du musst nur einmal deinen Standpunkt wechseln, wenn du diesen Fall betrachtest. Geh davon aus, dass Attica die Wahrheit gesagt hat. Dann wirst du erkennen, dass sie keine Täterin sondern eine Zeugin ist."

„Du kannst sehr überzeugend sein, Pomponius", meinte Calpurnianus zögernd. „Sollte ich je in Schwierigkeiten kommen, werde ich dich als Verteidiger engagieren. Aber was erwartest du jetzt von mir?"

„Was ich gesagt habe. Betrachte Attica als Zeugin, lass sie frei, übergib sie mir und mach dich auf die Suche nach den wirklichen Tätern. Man wird dich wegen deiner Umsicht gewiss loben und nicht tadeln."

„Wollen wir's hoffen. Wie aber soll ich das anstellen?"

„Ich gebe dir einen letzten Hinweis. Bei dem Mordkommando handelte es sich um eine Frau und zwei Männer. Sie haben die Bude beobachtet, bevor sie zur Tat geschritten sind. Wahrscheinlich wirst du Zeugen finden, die sie gesehen haben, wenn du nur gezielt nachforschen lässt. Vielleicht, wenn du Glück hast, findest du sogar jemanden, der gesehen hat, wie sie die Bude betreten haben. Dein guter Rutilus, wie du ihn nennst, hat vor Ort nur sehr kursorisch nachfragen lassen, weil er von der Schuld des Mädchens überzeugt sein wollte."

„Woher weißt du das alles?", fragte Calpurnianus langsam. „Du hörst dich an, als ob du selbst dabei gewesen wärst."

„Es gab einen Zeugen", antwortete Pomponius. „Ein alter Bettler, der auf der gegenüberliegenden Straßenseite gesessen ist und alles beobachtet hat. Leider ist er nicht mehr auffindbar und ich fürchte, er hätte vor Gericht auch keine gute Figur gemacht. Vermutlich war er ein heruntergekommener Veteran. Trotzdem glaube ich, was er mir erzählt hat."

Calpurnianus dachte lange nach. Dann sagte er entschlossen: „Es sei. Ich will keine Unschuldige auf dem Gewissen haben, auch wenn es nur eine Hure ist. Also werde ich dir vertrauen, Pomponius und ich hoffe, ich muss es nicht bereuen." Er hob die Stimme: „Rutilus, her zu mir!"

Rutilus eilte herein und fragte hoffnungsvoll: „Soll ich ihn wegen Insubordination festnehmen, Herr?" Dabei deutete er auf Pomponius.

„Nein", antwortete Calpurnianus streng, „und du solltest versuchen, meinen Zorn nicht weiter anzufachen. Ich konnte mich nämlich durch die Zeugenaussage des ehrenwerten Pomponius, Anwalt und Gast der göttlichen Faustina, davon überzeugen, dass du die Ermittlungen in Sachen Attica nachlässig geführt hast. Darüber werden wir uns noch sehr ausführlich unterhalten. Durch deine Schuld ist es möglich, dass die wahren Täter ungeschoren davonkommen. Attica ist sofort freizulassen und Pomponius zu übergeben. Er wird sie mitnehmen."

Rutilus stierte fassungslos zuerst seinen Vorgesetzten und dann Pomponius an. „Das wird nicht gehen", wandte er dann ein, weil ihm nichts Besseres einfiel. „Sie war nackt, als wir sie festgenommen haben und das ist sie noch immer."

„Ist dieser Mann zuständig für den Arrest?", fragte Pomponius, so als ob es ihn etwas anginge. „Ist es üblich, weibliche Gefangene nackt in eine Zelle zu sperren, sodass sie der Willkür ihrer Bewacher ausgeliefert sind? Rutilus, Rutilus! Ich muss mich sehr über dich wundern."

Rutilus gab in seiner Empörung ein gurgelndes Geräusch von sich. Pomponius kramte in seiner Umhängtasche. „Wie es der Zufall will", verkündete er, „habe ich hier ein paar Kleidungsstücke, die zur Not passen werden. Gib ihr das, Rutilus und dann bring sie her, wie es dein Kommandant befohlen hat."

Begleitet von Attica und verfolgt von den giftigen Blicken des Rutilus verließ Pomponius wenig später die Wachstube. Attica bot in den alten Kleidungsstücken des Pomponius einen sonderbaren Anblick. Zusätzlich zu ihrer Kopfwunde hatte sie ein blaues Auge. Sie klammerte sich an den Arm des Pomponius und konnte es noch immer nicht fassen, dass sie frei war. „Wer bist du, guter Herr?", fragte sie mit zitternder Stimme.

„Jemand, der es gut mit dir meint. Wo hast du das blaue Auge her?"

„Der Mann, der Rutilus heißt, hat mich geschlagen."

„Hat man dich sonst ordentlich behandelt?"

„Wie man's nimmt. Ich musste den Wachen in der Nacht zu Willen sein."

„Diese Schweine", murmelte Pomponius.

Attica zuckte mit den Schultern. „Halb so schlimm. Mir ist nichts passiert, was mir nicht auch in anderen Nächten passiert. Sie haben bloß nicht dafür bezahlt."

„Gibt es einen Ort, wo du hingehen kannst?"

„Ich habe eine kleine Kammer unter dem Dach eines Mietshauses."

„Sehr gut. Du wirst in nächster Zeit dort bleiben und nicht mehr an deinen Arbeitsplatz zurückkehren. Wie heißt der alte Schurke, für den du arbeitest, übrigens?"

„Man nennt ihn Urinatius."

„Der Name passt zu ihm. Hast du Geld?"

„Einige Sesterzen, wenn sie meine Nachbarn nicht wieder gestohlen haben."

Pomponius zog seinen Geldbeutel hervor und gab ihr zwei Aurei.

Der Beutel war fast leer. Pomponius pflegte mit Spesengeldern nicht sparsam umzugehen, wenn er an einem Fall arbeitete. In Carnuntum sorgte sein fluchender Kommandant für ständigen Nachschub. Aber Carnuntum war weit weg, und obwohl er sich reichlich mit Geld versehen hatte, war es ihm in Rom zwischen den Fingern zerronnen.

„Das dürfte eine Weile reichen", sagte er zu dem Mädchen, das ungläubig die beiden Goldmünzen anstarrte. „Hier wohnst du?"

„Ja", sagte Attica und deutete auf ein Zinshaus.

„Nun gut", meinte Pomponius. „Dann besorg dir etwas zu essen, und schlaf dich aus."

Attica haschte nach seiner Hand und küsste sie. „Wie kann ich dir nur danken, guter Herr? Ich habe nichts, das ich dir geben kann, außer meinen Körper."

„Du bist ein gutes Kind, Attica", sagte Pomponius, der begann, an der Rolle des frommen Priesters Gefallen zu finden. „Sprich ein Gebet zur Diana Nemesis, mehr wird von dir nicht verlangt. Und pass auf, dass man dir dein Geld nicht wieder stiehlt."

Attica stieg die Treppe zu ihrer Unterkunft hoch. Je höher sie kam, umso ärmlicher wurden die Quartiere und umso schlechter wurden die Stiegen. Unter das Dach, wo sie wohnte, kam man überhaupt nur über eine Leiter. Sie kletterte hoch, und öffnete die Tür zu ihrer Kammer. Die Tür bestand nur aus ein paar Brettern, die in Lederschlaufen hingen. Absperren konnte man sie nicht. Das wäre anders als in den untersten Etagen, wo sich die Nobelquartiere befanden, auch sinnlos gewesen und hätte sofort Nachbarn dazu animiert, einzubrechen. Die Türöffnung war so niedrig, dass sich Attica bücken musste, um einzutreten. Durch einige Ritzen im Dach fielen ein paar Lichtstrahlen. Auf ihrem Bett, das aus einem Strohsack und etlichen Decken bestand, die man dringend waschen sollte, lag eine Gestalt.

„Was machst du da?", schrie Attica empört. „Das ist mein Zimmer!"

Die Gestalt fuhr hoch. „Euplia!" rief Attica erstaunt. „Wo kommst du denn her?"

„O Attica!" Euplia umarmte ihre Gefährtin. „Ich wusste nicht, wo ich sonst hingehen soll und ich bin so froh, dich zu sehen. Beim Circus haben sie gesagt, du seist verhaftet worden, weil du den Marcus, oder wie immer er auch geheißen hat, umgebracht hast."

„Ich habe niemanden umgebracht, aber verhaftet haben sie mich schon, weil sie dachten ich sei es gewesen. Dann hat mich aber ein nobler Mann aus dem Gefängnis befreit und mir zwei Aurei geschenkt."

„Zwei Aurei?", staunte Euplia. „Mir ist etwas ganz Ähnliches geschehen. Ein Bettler, der aber sicher kein Bettler war, hat auch mir zwei Aurei geschenkt, nur damit ich in dieser Nacht nicht in die Bude des Urinatius gehe. Er hat mir befohlen, ein Gebet zur Diana Nemesis zu sprechen."

„Das hat mein Wohltäter auch mir befohlen", rief Attica. „Wer das wohl gewesen sein mag?"

„Ich weiß es", verkündete Euplia voller Überzeugung. „Dieser Mann ist ein heiliger Diener der Göttin. Lass uns tun, was er uns befohlen hat."

Die beiden Mädchen knieten auf dem dreckigen Fußboden nieder und beteten inbrünstig zur Diana Nemesis. Wir sind uns sicher, dass die Göttin diese Gebete wohlwollend zur Kenntnis nahm, auch wenn sie Pomponius, nicht gerade als ihren heiligen Diener betrachtete.

XXVI

Pomponius überdachte die Ereignisse dieses Vormittags, der seiner Meinung nach recht zufriedenstellend verlaufen war. Er hatte das Gespräch mit Corinthus hinter sich gebracht und Attica aus den Klauen der Justiz befreit. Abgesehen davon befand er sich aber in einer Zwickmühle. Er überlegte, wie er sich jetzt Scantilla gegenüber verhalten sollte. Es gab zwei Möglichkeiten: Er konnte so tun, als wisse er von nichts, oder er konnte sie mit seinem Wissen über die Ereignisse der vergangenen Nacht konfrontieren und sehen, wo das hinführte. Jetzt wäre der richtige Zeitpunkt gewesen, sich mit seinen Mitarbeitern, vor allem mit Aliqua und dem getreuen Ballbilus zu beraten. Er hätte seinen vorlauten Sklaven Krixus gescholten, der ihn mit unerbetenen Kommentaren und Ratschlägen versorgte, von denen manche ausgesprochen nützlich waren, was Pomponius nie zugegeben hätte, und er wäre zu seinem Kommandanten Masculinius gegangen, um ihm Bericht zu erstatten. Einer von diesen Leuten hätte sicher etwas getan oder gesagt, das ihn wieder auf die Spur gebracht hätte. Wenigstens hätte er Masculinius, nachdem er dessen Unmut über sich ergehen hatte lassen, einen weiteren Beutel mit Spesengeldern abgeluchst. Nur leider war niemand da, dem er sich wirklich anvertrauen, dessen Rat er einholen konnte. Nachdem er mit seinen Überlegungen so weit gekommen war, verbot er sich selbst, noch einmal an Aliqua zu denken. Indem er sie nachdrücklich aus seinen Gedanken verbannte, dachte er aber besonders intensiv an sie, anders ging es ja gar nicht, und sofort war sie da, als ob er sie gerufen hätte.

„Was willst du, Pomponius?", fragte ihre Stimme in seinem Kopf.

„Nicht mit dir reden", wehrte sich Pomponius. „Ich weiß, dass du gar nicht hier bist, sondern nur meine Erinnerung an dich. Also kannst du mir gar keinen Rat geben, den ich mir nicht auch selbst geben könnte."

„Du kennst mich so gut", sagte Aliqua, „dass du meist weißt, was ich sagen werde, noch bevor ich es tue. Du hast ja auch meinen Rat befolgt und dich um Attica gekümmert. Also frag mich ruhig."

„Was soll ich tun, wie soll ich weiter vorgehen?"

„Wie ich Scantilla einschätze, ahnt sie ohnehin bereits, dass du über die Ereignisse der vergangenen Nacht Bescheid weißt. Also rede mit ihr darüber und versuche herauszubekommen, weshalb sie sich so verhalten hat."

„Ich traue ihr nicht, jetzt weniger als zuvor."

„Trotzdem hast du ihr deine Liebe gestanden, obwohl du mit Valeria zusammen bist. War das nur Kalkül oder empfindest du wirklich etwas für sie? Nicht, dass ich dir deswegen einen Vorwurf machen möchte. Ich bin die Letzte, die dazu ein Recht hätte."

„Ich weiß nicht", antwortete Pomponius zögernd. „Liebe hat nicht unbedingt etwas mit Vertrauen zu tun."

„Eine interessante Einstellung. Sind das deine Erfahrungen mit Frauen? Nun ja. Wenn ich an unsere Beziehung denke ..."

„Wenn du es nur einsiehst."

„Ich sehe gar nichts ein. Aber natürlich kannst du Scantilla nicht trauen. Du kannst niemandem trauen, der in dieser Geschichte eine Rolle spielt."

„Welche Optionen habe ich dann noch?"

„Wenige. Durch den Tod Gratias und des Siculus sind jene Ermittlungslinien abgeschnitten worden, auf die du deine größten Hoffnungen gesetzt hast. Jetzt bleibt dir eigentlich nur mehr Lycius. Er ist noch immer dort draußen und er wartet nur auf eine günstige Gelegenheit, um dich abzumurksen."

„Ich bin auf der Hut. So leicht erwischt er mich nicht wieder."

„Das habe ich nicht gemeint. Es wird nicht genügen, wenn du ihm aus dem Weg gehst. Du musst ihn erwischen und zum Reden bringen. Er muss dir verraten, wer sein Auftraggeber ist. Tut er es, hast du wahrscheinlich auch des Rätsels Lösung."

„Und wie glaubst du, soll ich das machen?"

„Du musst ihm eine Falle stellen. Der Köder in dieser Falle bist du selbst."

„Und dann?", fragte Pomponius, der sich keine Illusionen über seine Chancen bei einer tätlichen Auseinandersetzung mit einem professionellen Meuchelmörder machte.

„Du musst es mit List versuchen oder du suchst dir Hilfe."

„Denkst du etwa an Scantilla? Sie wird mir nicht wieder helfen und wenn doch, bringt sie wahrscheinlich auch Lycius um, bevor ich ihn verhören kann."

„Vielleicht, vielleicht aber auch nicht. Eine andere Möglichkeit sehe ich nicht, wenn du dir nicht zutraust, diese Aktion allein durchzuführen. Du hast bei deinen bisherigen Fällen immer auf die Hilfe kompetenter Leute vertraut, wenn es hart auf hart gegangen ist. Jetzt bist du ganz auf dich allein gestellt und musst dir Unterstützung besorgen, wo immer du sie kriegen kannst."

Pomponius seufzte.

„Noch etwas", sagte Aliqua.

„Ja?"

„Lucius Cäcilius. Obwohl er die eigentliche Hauptperson ist, hat er in dieser Geschichte bisher überhaupt keine Rolle gespielt. Glaubst du nicht, dass es höchste Zeit wäre, ihn stellig zu machen und ein Gespräch mit ihm zu führen?"

„Du hast recht", stimmte Pomponius zu. „Ich muss dir auch gestehen, dass ich mir Gedanken wegen Valeria mache. Sie verhält sich in letzter Zeit eigenartig. Was hältst du davon? Aliqua? Bist du noch da? Aliqua!"

Aber Aliqua antwortete nicht. Sie hatte sich aus ihrer imaginären Präsenz zurückgezogen, ganz so, als lehne sie es ab, mit ihm über Valeria zu sprechen.

Während Pomponius solcherart Selbstgespräche führte, dies aber wohlweislich im Stillen tat, um nicht ständig von Passanten für verrückt gehalten zu werden, war er bis vor Scantillas Haus gekommen.

Lycia, die ihm öffnete, verzichtete auf ihre üblichen Schmähungen, sondern meldete nur mit mürrischer Miene, die Herrin erwarte ihn bereits, wo er denn so lange gewesen sei?

„Ich bin gekommen, so rasch ich konnte", entschuldigte sich Pomponius bei Scantilla. „Du siehst heute ganz bezaubernd aus."

„Und wie sehe ich sonst aus?", fragte Scantilla. „Lass das Geplänkel, Pomponius. Ich nehme an, du kommst wegen vergangener Nacht."

„In der Tat, meine Liebe, in der Tat. Es gibt da einige Fragen, die mich quälen."

„Und die wären?" Scantilla schenkte einen Becher Wein ein und reichte ihn Pomponius. „Du schaust erschöpft und hungrig aus. Hast du schon zu Mittag gegessen?"

Pomponius ließ sich nicht ablenken und kam gleich zur Sache: „Ich frage mich, warum du Siculus umgebracht hast."

„Du glaubst, ich hätte Siculus getötet?", wunderte sich Scantilla und machte große Augen.

„Ich weiß es. Ich war dort und ich habe gesehen, wie du mit zwei Komplizen in die Bude geschlichen bist, in der Siculus mit einer Hure zugange war."

„Habe ich es doch geahnt", murmelte Scantilla. „Du bist ein schlauer Bursche, Pomponius. Dabei haben wir überall nach dir Ausschau gehalten, damit du uns nicht in die Quere kommst. Wo warst du?"

„Direkt vor eurer Nase. Ich war der Bettler, der gegenüber vor einem Misthaufen gesessen ist."

„Deswegen hast du so streng gerochen, als du plötzlich aufgetaucht bist." Scantilla lachte.

„Ich wüsste nicht, was es da zu lachen gibt", sagte Pomponius böse. „Warum hast du ihn umgebracht?"

„Aber das wolltest du doch. Die Gelegenheit war einfach so günstig, dass ich nicht auf dich warten wollte. Worüber beschwerst du dich?"

„Darüber, dass du mir die Gelegenheit genommen hast, die Wahrheit aus ihm herauszuprügeln, die Wahrheit darüber, wer ihn mit den Morden an Gratia und Corinthus beauftragt hat. Warum hast du dich nicht an unseren Plan gehalten?"

Scantilla trank einen Schluck Wein und dachte über ihre Antwort nach. Dann sagte sie ruhig: „Weil es mir so befohlen wurde."

„Was?"

„Es wurde mir befohlen", wiederholte Scantilla. „Du erinnerst dich sicher an den Brief, der mir vom Hauptquartier gebracht wurde, als wir beim Frühstück saßen. Er enthielt den Befehl, Siculus unverzüglich zu liquidieren und zwar bevor du Gelegenheit hast, mit ihm zu sprechen. Dieser Befehl war von meinem Kommandanten, Marcus Oclatinius Adventus, persönlich gezeichnet. Ich hatte gar keine andere Möglichkeit, als ihn wortwörtlich zu befolgen. Denn für diese Aktion wurden mir zwei unserer Agenten zugeteilt, die es sicher berichtet hätten, wenn ich auch nur den Versuch unternommen hätte, dir ein Gespräch mit Siculus zu ermöglichen. Marcus Oclatinius Adventus versteht in diesen Dingen keinen Spaß und hätte mich sofort verhaften lassen."

„Jetzt begreife ich", sagte Pomponius erbittert. „Deswegen warst du auf einmal bereit, mir zu helfen. Deswegen hast du dich von mir verführen lassen, wohl um mich in Sicherheit zu wiegen. Und ich ahnungsloser Tor habe dir die notwendigen Informationen gegeben, wo du Siculus finden und umbringen kannst."

„So ahnungslos warst du ja gar nicht", entgegnete Scantilla. „Hättest du dich nämlich an unsere Abmachung gehalten, so könnten wir uns dieses unangenehme Gespräch ersparen. Aber du warst misstrauisch und bist früher hingekommen. Im Übrigen verstehe ich nicht, weshalb du so undankbar bist. Letztendlich hast du ja bekommen was du wolltest. Du hast vor mir gekniet, hast meine Beine geküsst und um meine Liebe gefleht. Ich habe dich erhört, dir eine Liebesnacht geschenkt und, wenn ich mich recht erinnere, auch den Morgen danach. Du hast mich gebeten dir zu helfen, Siculus zu bestrafen, und auch das habe ich getan. Du wirst schon noch eine andere Möglichkeit finden, den Mädchenmörder aufzuspüren. Außerdem habe ich dich nicht wirklich hintergangen. Denn habe ich dich nicht ausdrücklich gewarnt, dass ich eine kalte, verschlagene Person bin, die zu Gewalttätigkeiten neigt und der man nicht trauen kann?"

„War es wirklich nötig, die Hure, die mit Siculus beisammen war, Attica heißt sie, in die Sache hineinzuziehen, sodass sie der Tat verdächtigt wurde?", fragte Pomponius streng.

Scantilla zuckte mit den Schultern. „Es war die Idee eines meiner Begleiter, um unsere Spuren zu verwischen. Bei solchen Aktionen kommen bisweilen Unbeteiligte zu Schaden. Ich hoffe aufrichtig, sie kann sich herausreden."

„Das wird nicht nötig sein. Ich habe sie heute aus dem Gefängnis geholt und den zuständigen Beamten davon überzeugt, dass sie unschuldig ist. Jetzt wird nach einer Mörderbande, bestehend aus einer Frau und zwei Männern gesucht, obwohl das wahrscheinlich aussichtslos ist."

Scantilla, die bisher so gelassen gewesen war, starrte Pomponius ungläubig und ein wenig fassungslos an. „Du hast dich um die kleine Hure angenommen und sie in Sicherheit gebracht?"

„Was blieb mir denn anderes übrig. Ich habe mich für sie verantwortlich gefühlt, weil ich nicht in der Lage war, deinen perfiden Plan zu verhindern."

Scantilla starrte Pomponius weiterhin an und schüttelte den Kopf. „Manchmal denke ich, dass ich dich ganz leicht durchschauen kann, Pomponius, aber du überrascht mich dann doch immer wieder und glaube mir, es gibt nur ganz wenige Menschen, die mich noch überraschen können."

Pomponius nickte nur, schenkte sich Wein nach und leerte den Becher auf einen Zug.

„Was ist jetzt wieder", fragte Scantilla irritiert. „An dieser Stelle solltest du würdevoll aufstehen, mir deine ganze Verachtung ins Gesicht schleudern, fortgehen und die Tür hinter dir zuschlagen. Stattdessen sitzt du ruhig da, trinkst meinen Wein und schaust mich nachdenklich an. Willst du mich etwa erwürgen? Versuch das ja nicht, Pomponius. Es würde dir nicht gut bekommen."

„Ich brauche deine Hilfe, Scantilla", sagte Pomponius.

„Was?", rief Scantilla. „Du überraschst mich heute zum zweiten Mal, Pomponius. Du willst meine Hilfe? Hast du denn noch nicht genug von meinen Hilfeleistungen, und warum glaubst du, dass ich dir schon wieder helfen werde?"

„Ich weiß auch nicht", entgegnete Pomponius. „Vielleicht, weil du mich magst oder sogar liebst?"

„Das ganz sicher nicht."

„Weil du mir noch etwas schuldig bist, nachdem du mich so hineingelegt hast?"

„Du hast dich hineinlegen lassen und ich bin dir gar nichts schuldig."

„Weil du mir schon früher geholfen hast?"

„Das bereue ich inzwischen zutiefst."

„Weil ich dich damals in Carnuntum am Leben gelassen habe?"

„Dachte ich es mir doch, dass du zum Schluss damit anfangen wirst. Nun gut. Ich bin jemand, der seine Schulden begleicht. Was willst du?"

„Es geht um Lycius, den Meuchelmörder, der auf mich angesetzt wurde."

„Soll ich Personenschutz für dich organisieren? Paulus kennt ein paar zuverlässige Leute, die das übernehmen können."

„Nein. Ich will Lycius befragen, foltern, wenn es sein muss, um zu erfahren, wer ihn auf mich angesetzt hat. Das ist jemand, der meine Ermittlungen verhindern will. Kenne ich seinen Namen, werde ich der Wahrheit in den Mädchenmorden ein gutes Stück näher sein. Ich weiß, dass Lycius mit euch, mit den Frumentarii, nichts zu tun hat. Also wirst du auch in keinen Interessenskonflikt kommen."

„Da irrst du dich. Die Frumentarii wollen grundsätzlich nicht, dass du in dieser Sache herumschnüffelst. Das habe ich dir schon gesagt und das muss dir besonders nach der Sache mit Siculus doch auch klar sein. Trotzdem werde ich dir helfen und zwar aus alter Freundschaft."

„Ich danke dir, Scantilla", sagte Pomponius erfreut. „Wirst du ihn auch nicht umbringen, bevor ich mit ihm geredet habe?"

„Nicht wenn es sich vermeiden lässt. Gib mir zwei oder drei Tage Zeit, damit ich mit Paulus und seinen Freunden etwas organisieren kann. Sobald ich Lycius habe, lasse ich dich verständigen. Du kannst jetzt gehen, Pomponius. Oder hast du noch eine dritte Überraschung für mich parat? Heraus damit! Was ist es?"

„Ich würde gern mit dir schlafen", sagte Pomponius kühn und rechnete fest damit, mit Hohn und Spott abgewiesen zu werden.

„Jetzt enttäuschst du mich aber, Pomponius", sagte Scantilla. „Ich habe eine Überraschung erwartet und das ist wahrhaftig nicht überraschend. Glaubst du, ich habe nicht bemerkt, wie du ständig auf meine Beine gestarrt hast? Mir scheint, du bist ein Beintyp. Das ist mir schon unlängst aufgefallen, als du vor mir gekniet bist und mich abgeschmust hast. Es gibt Männer, die stehen ganz besonders auf Brüste, andere auf den Hintern einer Frau oder ihr hübsches Gesicht, ja ich habe sogar einen gekannt, den hat ein kleiner Sprachfehler seiner Geliebten, ein charmantes Lispeln, zur Ekstase getrieben. Du bist einer, der auf hübsche Frauenbeine abfährt. Dabei hast du ständig deinen Mund an Stellen, wo ihn eine sittsame Frau nicht dulden sollte. Weißt du, was das über deinen verqueren Charakter aussagt? Es wird dir gar nicht gefallen!"

„Zum Glück bist du nicht besonders sittsam und ich liebe alles an dir, nicht nur deine Beine", versicherte Pomponius und begann ihr seine umfassende Bewunderung mit vielfältigen Zärtlichkeiten zu beweisen. Scantilla duldete das eine Weile, dann nahm sie ihn bei der Hand und führte ihn in ihr Schlafzimmer, wo die beiden für geraume Zeit aus unserem Blickfeld verschwinden.

Pomponius erreichte sein Quartier im Palast erst bei Einbruch der Dämmerung und machte sich auf die letzte Prüfung dieses Tages, die Auseinandersetzung mit Valeria gefasst. Sie fiel bei weitem nicht so schlimm aus, wie Demetrius prophezeit hatte. Valeria schmollte zwar ein wenig, zeigte sich aber im Großen und Ganzen versöhnlich. Sie hatte aber keine Lust auf eine Liebesnacht, was Pomponius üblicherweise enttäuscht hätte, nach seinem Aufenthalt bei Scantilla jedoch mit Erleichterung erfüllte, weil er die Grenzen seiner Leistungsfähigkeit deutlich vor Augen hatte. Valeria kuschelte sich an ihn und hörte sich seine Erklärungen an, weshalb er die Nacht über nicht zu Hause gewesen war. „Du betrügst mich doch nicht etwa?", fragte sie plötzlich.

„Mit wem denn?", wollte Pomponius empört wissen. „Ich kenne hier in Rom doch niemand, mit dem ich dich betrügen könnte."

„Ich habe es auch nicht im Ernst angenommen", murmelte Valeria, schon im Halbschlaf. „Du bist nicht der Mann für heimliche Liebesabenteuer. Dazu bist du viel zu langweilig. Mir war nur einen Augenblick, als hättest du nach Scantilla gerochen." Damit schlief sie ein.

Pomponius lag neben ihr und es war ihm, als hätte man ihm einen Kübel mit kaltem Wasser über den Kopf gestülpt. Valeria konnte von Scantilla nichts wissen, nicht einmal, dass es sie überhaupt gab. Er hatte ihr gegenüber Scantilla nie erwähnt. Und dennoch kannte sie Scantilla, und zwar gut genug, um zu wissen, wie sie roch; ein leichter, kaum wahrnehmbarer Geruch nach Moschus, Sandelholz und Rosenblüten.

XXVII

Das mittlere Becken im Caldarium war unbesetzt, wie Pomponius am nächsten Morgen erfreut feststellte. Die Damen im rechten Becken, zwei Matronen, waren in ein ernsthaftes Gespräch vertieft und blickten nur flüchtig hoch, als ihm Demetrius den Bademantel abnahm. Sie waren an Alter und Erfahrung so reich, dass sie der Anblick eines nackten Mannes, der nicht gerade ein Adonis war, unberührt ließ. Die Damen im linken Becken hingegen musterten ihn interessiert, steckten die Köpfe zusammen, flüsterten und kicherten. Pomponius glaubte mehrmals den Namen ‚Valeria' zu hören. Er ignorierte sie, stieg in das mittlere Becken und tauchte in dem warmen Wasser unter, bis nur mehr sein Kopf herausschaute und er sich vor den Blicken dieser neugierigen Gänse sicher fühlte.

Er wälzte einen Gedanken, der ihm vergangene Nacht gekommen war. Wie hatte es eigentlich geschehen können, dass der Befehl zur Beseitigung des Siculus so rasch erteilt worden war, nachdem er den Mann identifiziert hatte? Wenn er es sich recht überlegte, wussten nur vier Menschen, dass er sich auf die Spur des Siculus gesetzt hatte: Postumus Lanatus, der ehemalige Verlobte Annias, dessen Sklave Rufus, der Annia und Siculus beobachtet hatte, Demetrius, der ihm den Namen des Siculus genannt hatte und natürlich Scantilla. Scantilla! Sie war seine Hauptverdächtige. Er sah die Szene deutlich vor sich. Sie hatte einen Brief geschrieben, nachdem er sie um Hilfe gebeten hatte, und Lycia damit weggeschickt. Er hatte angenommen, dies sei geschehen, weil sie mit ihm allein sein wollte. Weit gefehlt. Er war jetzt davon überzeugt, dass sie sofort ihren Kommandanten informiert hatte, dessen Antwort mit dem Mordbefehl am nächsten Morgen eingetroffen war. Dies alles war vor seinen Augen geschehen und er hatte ihr Spiel nicht durchschaut.

Die Frumentarii von Rom legten ihm bei seinen Ermittlungen wahrhaftig Steine in den Weg, wo es nur ging. Dennoch ließen sie ihn persönlich unbehelligt. Pomponius fragte sich zum wiederholten Mal, warum. Ein Mann wie Marcus Oclatinius Adventus, den sogar Scantilla fürchtete, brauchte doch bloß mit den

Fingern zu schnippen, um ihn auszuschalten. Es hätte sogar genügt, ihn zusammenzuschlagen und ihm ein paar Knochen zu brechen, um ihn nachhaltig aus dem Spiel zu nehmen. Warum tat es Adventus nicht, sondern wählte den komplizierteren Weg, einen potentiellen Zeugen auszuschalten? Wollte er nicht direkt gegen Pomponius vorgehen, oder wagte er es nicht, etwa gar, weil er den Zorn Faustinas fürchtete?

Scantillas Verhalten gab ihm auch in anderer Hinsicht zu denken. Sie befolgte zwar getreulich die Befehle ihres Vorgesetzten, aber bisweilen, wo es ihr möglich schien, unterstützte sie ihn heimlich. Warum tat sie das? Warum spielte sie ein gefährliches doppeltes Spiel? Aus alter Freundschaft und Dankbarkeit hatte sie gesagt. Pomponius glaubte kein Wort davon. Sie verfolgte mit ihm eigene Ziele und sie gewährte ihm sicher nur deswegen ihre Gunst, um ihn blind gegen ihre Umtriebe zu machen. Persönliche Zuneigung war für Scantilla kein Motiv, das ihr Handeln entscheidend beeinflusste. „Ich muss der Sache ein Ende machen", entschied er. „Meine Vernarrtheit in sie trübt nur meinen klaren Blick für die wahre Scantilla." Gleichzeitig begriff er aber, wie sehr er ihr bereits verfallen war, und er kam sich vor wie die Fliege, die im Spinnennetz sitzt und – weil sie es noch nicht versucht hat – denkt, sie könne jederzeit wieder davonfliegen.

Schließlich war da noch das Problem Valeria. Er betrachtete Valeria inzwischen als Problem, nicht nur weil sie ihm wegen Scantilla ein permanent schlechtes Gewissen verursachte, woraus man ihr keinen Vorwurf machen konnte, sondern weil sie keineswegs belanglose Geheimnisse vor ihm hatte, was er ihr durchaus zum Vorwurf machte. Er musste ehestens herausfinden, welche Beziehung zwischen ihr und Scantilla bestand. Fragen über Fragen!

Pomponius tauchte noch tiefer unter und ließ die Luft blubbernd aus seinem Mund entweichen.

Als er wieder auftauchte, sah er das nackte Professorenkollegium vor sich stehen. Nackte Professoren, insbesondere ältere, nicht die jungen Sportlehrer mit ihren flachen Bäuchen und schwelenden Muskelpaketen, wirken selten würdevoll oder imposant. Diese drei schafften es aber trotzdem, weil sie gleichsam eine dreifache Aura respektgebietender Kompetenz umgab.

„Ave Pomponius", grüßte Ippokratis freundlich und kletterte in das Becken. Priscinius folgte ihm nach und schlug Pomponius, der glaubte, eine Bärenpranke habe ihn getroffen, leutselig auf die Schulter.

„Junger Mann", sagte Anastasios mit neutraler Stimme. Das konnte als Gruß verstanden werden, oder auch nur eine Beschreibung dessen sein, was der Philosoph vor sich sah oder zu sehen glaubte.

„Ich grüße die gelehrten Herren", erwiderte Pomponius höflich.

„Wie ich schon ausgeführt habe", setzte Anastasios ein Gespräch fort, das offenbar schon früher begonnen und nur durch die Begrüßung des Pomponius unterbrochen worden war, „beeinträchtigen erotische Begierden die verstandesmäßige Entwicklung des Individuums und lassen es in einem animalischen Zustand der Kritiklosigkeit verharren. Wo das hinführen kann, hat uns dieser unglückliche Vorfall wieder einmal deutlich vor Augen geführt."

„Welcher unglückliche Vorfall?", wollte Pomponius wissen, der über die Gefahren solcher erotischen Begierden eben nachgedacht hatte.

„Hast du es noch nicht gehört", fragte Ippokratis mit tragisch verhangener Stimme. „Mein guter Siculus ist ins Elysium entrückt worden."

„Ganz sicher nicht ins Elysium", warf Priscinius ein. „Was sollte ein Lümmel wie Siculus auf der Insel der Helden? Der Junge ist in die Unterwelt gefahren, weil ihn eine Hure abgestochen hat, als er hechelnd neben ihr gelegen ist."

„Das ist ja schrecklich!", rief Pomponius. „Wie konnte das nur geschehen?"

„Ganz einfach", erklärte Priscinius. „Er war unvorsichtig. Wenn du dich mit Weibern einlässt, ist das nicht anders, als wenn du eine Legion ins Barbaricum führst. Du musst ständig auf der Hut sein. Schon hinter der nächsten Wegbiegung kann ein Hinterhalt lauern und du musst immer damit rechnen, von jemandem, der dir Treue geschworen hat, verraten zu werden."

„Weiber verraten und betrügen vielleicht, das kann schon vorkommen, aber sie bringen einen doch nicht gleich um", protestierte Pomponius, „jedenfalls nicht im Allgemeinen."

„Glaub du das nur", sagte Priscinius grimmig. „Wenn das Gift deine Eingeweide zerfrisst oder du den Dolch zwischen den Rippen spürst, dann erinnere dich an meine Worte. Mit mir treibt jedenfalls keine ihre Spielchen, ich bin immer auf der Hut. Erkenne ich den Verrat und die Gefahr, so schlage ich zu. Die Markomannen können ein Lied davon singen." Seine Stimme wurde immer heftiger und er atmete schwer. Ein derart intensiver Hauch von Weinfusel erreichte Pomponius, dass es ihm fast den Atem verschlug. „Im Zentrum geht die schwere Infanterie in Stellung", keuchte Priscinius. „Dann schwenkt die Reiterei aus und umfasst den Gegner in raschem Vorstoß an den Flanken. Schließlich ..."

„Was jetzt!", unterbrach ihn Ippokratis irritiert. „Sprechen wir über Frauen oder erzählst du uns von deinen Abenteuern im Krieg?"

Priscinius verstummte. Er wusch sich das Gesicht ab und sagte dann mit beherrschter Stimme: „Verzeiht meinen Ausbruch. Mir fehlt meine Legion. Ich weiß auch gar nicht, ob ich ein guter Lehrer für den erhabenen Commodus bin. Was kann ich ihm schon beibringen? Wie man eine Legion führt? Wie man eine Schlacht schlägt? Das lernt man nur, wenn man selbst dabei ist, wenn man es selbst erlebt. Und sonst? Erziehe ich ihn zu weiser Vorsicht, damit er sich vor Verrätern hütet, oder säe ich dabei den Keim giftigen Misstrauens in sein Herz? Ein Misstrauen, das sich dereinst gegen alle wenden muss, die ihm nahestehen? Ich weiß es selbst nicht."

Priscinius stand abrupt auf und verließ schwankenden Schrittes den Raum. Eine Weile herrschte Schweigen. Dann fragte Pomponius vorsichtig: „Was war denn das?"

„Der Tod des Siculus hat ihn etwas aus dem Gleichgewicht gebracht", erklärte Ippokratis. „Man sollte es nicht glauben, weil ihm ein gewaltsamer Tod sicher nicht fremd ist. Trotzdem ist es so. Manchmal entdecke ich überraschend menschliche Züge an ihm."

„Oder unmenschliche Züge", murmelte Anastasios. „Es kommt darauf an, wie man sein Verhalten deutet."

Pomponius dachte daran, wie Priscinius den Commodus dazu angehalten hatte, einen kleinen, wehrlosen Hund zu Tode zu prügeln. „Er war schwer betrunken", sagte er. „Habt ihr es nicht auch gerochen? Im Rausch hat er erkannt, dass er ein Unmensch ist und er hat darunter gelitten. Ob ihn das aber schon menschlich macht?"

„Oh weh", rief Anastasios. „Wenn ein Jurist anfängt, zu philosophieren und dabei mit Worten spielt, endet das meist schlecht, mein lieber Pomponius." Es war das erste Mal, dass er ihn bei seinem Namen und nicht nur ‚junger Mann' nannte.

„Du hast recht, verehrter Anastasios", gab Pomponius zu. „Es war nur so ein unausgegorener Gedanke. Ich bitte die Herren, mich zu entschuldigen."

Pomponius stieg aus dem Wasser und ging zur Tür. Als er das Becken mit den munteren Mädchen im Rücken hatte, rief eine halblaute Stimme: „Lass Valeria schön grüßen!"

Da wollte doch tatsächlich jemand seinen Spaß mit ihm treiben.

Pomponius drehte sich um, ging gelassen zurück und setzte den Fuß auf den Beckenrand. Die Damen verstummten, kreuzten züchtig die Arme über der Brust und sahen ihn erwartungsvoll an. „Das will ich gern tun", verkündete Pomponius freundlich. „Von wem kommen denn die Grüße?"

Zuerst meldete sich niemand, dann sagte eine Rothaarige, die sich bis zum Kinn im Wasser versteckte, trotzig: „Von mir."

„Hat der hübsche Rotschopf mit der Stupsnase auch einen Namen?", fragte Pomponius unverändert freundlich.

„Priscilla."

„Ich danke dir, Priscilla. Valeria wird sich über deine Grüße sicher sehr freuen."

Pomponius strebte neuerlich der Tür zu und diesmal blieb es still hinter ihm.

Eingehüllt in seinen Bademantel begab sich Pomponius ins Tepidarium, das er zu dieser frühen Stunde ganz für sich allein hatte. Die Luft war trocken, warm und mit dezenten Wohlgerüchen geschwängert, die wahrscheinlich eher dem Geschmack der weiblichen Badegäste entsprachen. Er ließ sich auf einer beheizten Marmorbank nieder, deren hochgezogene Lehne Mulden aufwies, in die man bequem den Kopf legen konnte.

Ehe er sich einem entspannenden Dämmerschlaf hingeben konnte, erhielt er Gesellschaft. Priscilla schaute zur Tür herein und kam vorsichtig näher, wie eine Katze, die nicht genau weiß, ob man sie streicheln oder mit Fußtritten wegjagen wird. Sie setzte sich ans andere Ende der Bank, zog ihren Bademantel fest um sich zusammen und sah Pomponius an.

„Führt dich der Zufall her, oder willst du etwas von mir, Priscilla", erkundigte sich Pomponius freundlich.

„Ich will mich für meine Ungezogenheit entschuldigen", sagte Priscilla. „Es war ungehörig und indiskret, dir den Namen Valerias nachzurufen."

„Halb so schlimm", meinte Pomponius. „Das habe ich schon vergessen."

„Dann wirst du, bitte, auch vergessen, sie von mir grüßen zu lassen?"

„Welche Bedenken hast du?", fragte Pomponius amüsiert.

Priscilla war nicht amüsiert, sondern sehr verlegen. „Valeria könnte mir mein Verhalten übelnehmen", bekannte sie. „Sie ist eine liebenswerte Person, aber manchmal auch sehr nachtragend und zornmütig."

Sie sah Pomponius abwartend an, als warte sie auf eine Bestätigung.

„Ich habe gehört, dass sie gelegentlich mit harten Dingen wirft", lächelte Pomponius. „Aber man muss sich keine Sorgen machen, sie ist nicht sehr treffsicher."

„Sie genießt auch die Freundschaft der erhabenen Faustina und mir wurde erst vor kurzem die Ehre zuteil, der Kaiserin dienen zu dürfen, ein Privileg, das ich nicht verlieren möchte."

„Ich verstehe schon", beruhigte sie Pomponius. „Sei ohne Sorge, ich habe auch schon vergessen, dass ich Valeria von dir grüßen lassen soll."

„Danke, Herr. Ich werde mein vorlautes Mundwerk in Zukunft besser im Zaum halten. Es war nur so, dass ich eure Unterhaltung mitangehört habe, ganz besonders, was dieser schreckliche Priscinius über Frauen gesagt hat und wie sehr man sich vor ihnen hüten muss. Da wollte ich dich wegen deiner Liebesgeschichte mit Valeria necken." Sie schlug erschrocken die Hände vor den Mund. „Jetzt habe ich wahrscheinlich schon wieder etwas gesagt, das ich nicht sagen hätte sollen."

Pomponius lachte. „Du musst wirklich schweigsamer werden, wenn du hier im Palast zurechtkommen willst, Priscilla. Über Priscinius mach dir lieber keine Gedanken. Der Mann war sturzbetrunken und wusste nicht, was er sagte."

„Wahrscheinlich bereitet ihm der Tod des Siculus Kummer und es hat ihn betroffen gemacht, dass er ausgerechnet von einer Frau umgebracht wurde."

„Warum sollte er wegen Siculus Kummer empfinden? So zartbesaitet ist er gewiss nicht. Die beiden haben sich doch kaum gekannt!"

„Oh, sie haben sich sogar recht gut gekannt", berichtete der geschwätzige Rotschopf. „Ich habe sie öfter im Park gesehen, wie sie sich intensiv unterhalten haben."

„Eigenartig", wunderte sich Pomponius. „Ich kann mir nicht vorstellen, was diese beiden so unterschiedlichen Männer gemeinsam gehabt haben können."

„Das kann ich dir sagen", plauderte Priscilla munter weiter. „Priscinius unterrichtet den erhabenen Commodus nicht nur theoretisch, sondern er unterweist ihn auch im Gebrauch der Waffen. Siculus war dabei der Trainingspartner des Commodus und er wurde vom jungen Cäsar sehr geschätzt. Commodus pflegte Siculus als seinen lieben Gefährten zu bezeichnen. Wahrscheinlich, weil ihn Siculus am Ende immer gewinnen ließ. Er wird über dessen Tod sehr traurig sein."

„Was du alles weißt", staunte Pomponius.

„Ich rede viel mit Leuten und ich halte die Augen offen", bekannte Priscilla.

„Du bist eine neugierige, vorlaute Klatschbase, junge Dame."

„Ich werde mich bessern", versprach Priscilla.

„Du bist ein gutes Kind", sagte Pomponius. „Pass gut auf dich auf und lass mich jetzt allein. Ich möchte ein wenig ruhen."

Während Priscilla hinaushuschte, dachte Pomponius: „Ich muss aufhören, junge Frauen als ‚gutes Kind' zu bezeichnen. So alt bin ich doch noch gar nicht."

Er schloss die Augen und überdachte, was ihm Priscilla erzählt hatte. Er war überrascht über die enge Verbindung zwischen Priscinius, Siculus und Commodus. „Commodus!", dachte er. „Immer wieder stoße ich bei meinen Ermittlungen auf den Namen Commodus, ohne festmachen zu können, welcher Zusammenhang da besteht. Commodus ist doch noch ein Junge von dreizehn Jahren, mehr als ein Jahr jünger als Corinthus. Vor einem Jahr, als die Mädchenmorde geschahen, war er zwölf. Unvorstellbar, dass er persönlich damit etwas zu tun hat. Hätte er mich durch Priscinius nicht warnen lassen, die Schuld des jungen Lucius in Frage zu stellen, so würde ich ja versuchen, mit ihm zu reden. Aber ich schätze, das würde mir nicht gut bekommen. Seine Möglichkeiten, gegen mich vorzugehen, sind derzeit sicher beschränkt, aber in einigen Jahren wird er seinem Vater in die Herrschaft folgen und dann wäre es fatal, wenn er mich in schlechter Erinnerung hätte. Denn er gilt als nachtragend und von der verzeihenden Milde des Imperators, die man bei seinem Vater so rühmt, ist bei ihm keine Spur zu entdecken.“

Eben begann Pomponius in einem angenehmen Halbschlaf zu versinken, als er durch Ippokratis und Anastasios aufgeschreckt wurde, die hereinkamen und lautstark diskutierten. Pomponius hatte absolut keine Lust, sich an dem Gespräch zu beteiligen. Ehe ihn die beiden Professoren entdeckten und sich zu ihm setzen konnten, winkte er Demetrius, der sich die ganze Zeit über diskret im Hintergrund gehalten hatte, zu sich und verließ mit einem freundlichen Gruß das Bad.

XXVIII

„Ich werde am Nachmittag ausgehen und neuerlich Tiberius Cäcilius aufsuchen", verkündete Pomponius und schob den Teller von sich. „Das Essen war vorzüglich, mein lieber Demetrius. Ich danke dir."

„Wirst du Corinthus mitnehmen?", fragte Demetrius.

„Ganz gewiss nicht", lehnte Pomponius ab. „Der Junge hat eine ungesunde Neugier an meiner Arbeit gezeigt und einen schmerzhaften Preis dafür gezahlt, nicht zuletzt wegen meiner Sorglosigkeit. Ich werde ihn nicht noch einmal einer solchen Gefahr aussetzen."

„Er bewundert dich", antwortete Demetrius, „und es wird ihn kränken, wenn du ihn jetzt beiseiteschiebst. Ein Besuch bei dem ehrenwerten Tiberius Cäcilius birgt doch sicher keine Gefahren in sich und würde ihn von trüben Gedanken ablenken."

Pomponius ließ sich überzeugen und begab sich wenig später gemeinsam mit Corinthus zum Haus des Tiberius Cäcilius.

Erwartungsgemäß wurde er sofort vorgelassen, obwohl er nicht angemeldet war. Corinthus wurde abermals der Obhut des Mädchens Sabina anvertraut, weil die beiden Männer unter vier Augen sprechen wollten.

„Schau nicht so traurig", sagte Sabina und strich Corinthus über die Wange. „Komm mit, ich zeig dir unseren Pfau, den wir unlängst bekommen haben. Wenn wir Glück haben, schlägt er sogar ein Rad für uns."

Pomponius sah den beiden stirnrunzelnd nach. „Nettes Mädchen", bemerkte er beiläufig zu Tiberius Cäcilius.

„Sie ist meine Tochter", bekannte Tiberius freimütig. „Ihre Mutter war eine Sklavin, die ich sehr geschätzt habe. Leider ist sie vor drei Jahren gestorben. Die Pest, die damals auch in Rom aufgetreten ist, hat sie erwischt. Ich freue mich über deinen Besuch, Pomponius. Darf ich fragen, ob du in meiner Angelegenheit etwas ausrichten konntest?"

„Ich habe einige interessante Erkenntnisse gewonnen", antwortete Pomponius ausweichend. „Es ist jetzt aber unbedingt notwendig, dass ich mit deinem Neffen spreche. Es mutet sehr sonderbar an, dass er für mich bisher nicht erreichbar war. Wenn ich dir helfen soll, mein verehrter Tiberius Cäcilius, so sorge dafür, dass er sofort Verbindung mit mir aufnimmt."

„Je nun", murmelte Tiberius und sah verlegen zu Boden.

„Was soll das heißen?"

„Ich weiß nicht, wo Lucius ist", antwortete Tiberius bedrückt. „Ich habe selbst schon vergebens versucht, ihn zu erreichen. Als ich ihn verständigt habe, dass er nach Rom kommen soll, weil du mit ihm sprechen willst, hat er mein Landgut überstürzt verlassen und ist seither unbekannten Aufenthaltes. Ich weiß nicht, warum er sich so verhält."

„Das ist mehr als bedenklich", sagte Pomponius enttäuscht. „Er steht im Mittelpunkt der Affäre und ohne seine Aussage kann ich kaum etwas für dich tun."

„Aber es geht doch in erster Linie gar nicht um Lucius", wandte Tiberius ein, sondern um die Klage, die Marcus Caecilianus Placidus gegen mich vorbringen will."

„Ich glaube nicht, dass man das eine vom anderen trennen kann", erklärte Pomponius. „Hat Placidus seit meinem letzten Besuch etwas unternommen?"

„Nein, nichts von dem ich wüsste. Es scheint, er verhält sich abwartend."

„Wahrscheinlich, weil er noch nicht genug Beweise in der Hand hat", überlegte Pomponius. Er dachte daran, dass Scantilla diese Beweise beischaffen sollte, und fragte sich, was sie hinter seinem Rücken trieb. „Ich muss ihr diesbezüglich auf den Zahn fühlen", überlegte er, und obwohl er nicht bereit war, sich das einzugestehen, hatte er bereits wieder Sehnsucht nach ihr. „Hast du meinen Rat befolgt und alles verborgen, was als Beweis gegen dich dienen kann?", fragte er Tiberius.

„Alles wurde dem Feuer übergeben. Nichts davon ist mehr übrig, außer in meinen Gedanken und Erinnerungen."

„Sehr gut. Etwas anderes, verehrter Tiberius: Es war notwendig einige Ausgaben für Auskünfte, die ich eingeholt habe, zu tätigen. Meine Barmittel sind erschöpft. Wenn ich weiter mit Aussicht auf Erfolg an deinem Fall arbeiten soll, muss mein Spesenkonto wieder gefüllt werden."

„Selbstverständlich", rief Tiberius. „Verzeih, dass ich nicht gleich darauf gekommen bin. Ich dachte nur ... weil du doch ..."

„Ich selbst begehre keine Belohnung", erklärte Pomponius würdevoll. „Mir genügen die Zufriedenheit meines Kommandanten und mein kärglicher Sold, von dem ich hoffe, dass er nicht zwischenzeitig ruhend gestellt wurde. Aber die Leute, auf deren Hilfe ich angewiesen bin, denken leider nicht so. Zweitausend Sesterzen werden ausreichen."

„Zweitausend Sesterzen? Zweitausend?"

„Ist das ein Problem, mein lieber Tiberius?", fragte Pomponius freundlich.

„Natürlich nicht", antwortete Tiberius hastig. Er rief nach einem Sklaven und flüsterte ihm etwas ins Ohr.

Pomponius lehnte sich zurück und betrachtete sein Gegenüber. „Ich bitte dich jetzt, in deinen Erinnerungen zu kramen und mir einige Auskünfte zu geben. Kehren wir zurück an jenen Tag, wo die Gunst der Götter eine Vestalin den Weg des zum Tode verurteilten Lucius kreuzen ließen. Warst du dabei oder in der Nähe?"

Tiberius schaute sehr unbehaglich, bequemte sich dann aber zu einer Antwort. „Ich war mit der Vestalin Aemilia zusammen, als wir auf den Hinrichtungszug gewartet haben."

„Wer war noch dabei? Wer könnte das bezeugen?"

„Die Novizin Tuccia, eine Vertraute Aemilias. Sie hat den Hinrichtungszug beobachtet und Aemilia verständigt, sobald die Situation für ein Zusammentreffen, das zufällig wirken sollte, günstig war."

„Wer noch?"

„Ein Liktor, der Aemilia begleitet hat."

„Und sonst?"

„Zwei Sklaven, die den Sessel Aemilias getragen haben."

„Das sind eine Menge Zeugen", bemerkte Pomponius, „die dir gefährlich werden können."

„Ich glaube nicht, dass von dieser Seite Gefahr droht. Aemilia ist – den Göttern sei's geklagt – verstorben und Tuccia wird schweigen, weil ihr sonst der Tod droht. Sie wird bald selbst in den Rang einer Vestalin aufsteigen. Die beiden Sklaven waren Aemilias persönliches Eigentum. Sie hat sie freigelassen und reich beschenkt. Die zwei haben unmittelbar darauf Rom verlassen. Niemand weiß, wo sie sind. Der Liktor, sein Name ist Tricostus, steht noch immer im Dienst der Vestalinnen. Hätte er eine Beschuldigung erheben wollen, so hätte er es längst getan."

„Trotzdem", sagte Pomponius, „halte ich Tuccia für eine Schwachstelle und den Liktor für eine permanente Bedrohung. Es wundert mich, dass die Gegenseite diesbezüglich noch nichts unternommen hat. Aber vielleicht hat sie es ja schon und wir wissen bloß nichts davon. Ich muss mich ehestens darum kümmern."

Der Sklave trat wiederum ein und reichte Tiberius einen prall gefüllten Lederbeutel, den Tiberius sogleich an Pomponius weitergab.

„Ich danke dir", sagte Pomponius und steckte den Beutel zu sich.

„Willst du nicht nachzählen?", fragte Tiberius.

„Wozu?", antwortete Pomponius leichthin. „Sobald dieser Beutel leer ist, werde ich dich einfach wieder aufsuchen."

Pomponius verließ Tiberius Cäcilius, zwar nicht an Erkenntnissen, aber doch an Geld reicher.

Corinthus, den Pomponius nach Sabina fragte, erwies sich als ungewöhnlich schweigsam und wollte bloß wissen, was Pomponius jetzt vorhabe.

„Ich muss etwas tun, das ich schon die längste Zeit vor mir herschiebe. Ich muss mich mit meinem juristischen Widersacher Marcus Caecilianus Placidus unterhalten. Du wirst dich an ihn erinnern. Wir haben ihn unlängst auf dem Forum getroffen. Ich denke, ich werde dort auch erfahren, wo er zu finden ist."

„Darf ich dich weiterhin begleiten?"

Pomponius dachte daran, dass Lycius wahrscheinlich noch immer hinter ihm her war. „Meinetwegen", stimmte er zögernd zu. „Aber halte die Augen offen. Wenn du bemerkst, dass uns jemand nachschleicht, insbesondere ein Mann mit einer Narbe im Gesicht, so sage es mir sofort."

„Und dann?"

„Dann rennst du los, so schnell du kannst und kehrst auf dem kürzesten Weg in den Palast zurück. Ich kann schon auf mich aufpassen, aber wenn ich zusätzlich noch auf dich aufpassen muss, wird es schwierig. Hast du verstanden?"

Man sagte, wer in Rom eine bestimmte Person treffen wolle, der brauche sich nur lange genug am Forum aufhalten und der Betreffende werde früher oder später vorbeikommen. Pomponius traf zwar nicht Marcus Caecilianus Placidus, aber Postumus Quadratus war da, unermüdlich auf der Suche nach Klienten.

„Sei gegrüßt, verehrter Quadratus", sagte Pomponius.

Der Anwalt sah ihn missmutig an. „Du schon wieder? Seit ich dich kennengelernt habe, verfolgt mich das Missgeschick. Unlängst erst hat mich ein sehr unangenehmer Mensch aufgesucht und wollte wissen, was ich mit dir zu tun habe. Ich hatte schon Angst, er werde mich schlagen. Nur mit Mühe konnte ich ihn davon überzeugen, dass ich dich kaum kenne."

„Das wird mein guter Bekannter Lycius gewesen sein", erklärte Pomponius. „Er hat mich beim Circus aus den Augen verloren und dachte, ich sei auf dem Weg zu dir."

„Seit unserer letzten Begegnung habe ich keinen einzigen Klienten mehr gewonnen", klagte Quadratus weiter.

„Dafür kannst du schwerlich mich verantwortlich machen."

„Du bist ein Unglücksbringer, ein wandelndes böses Omen", behauptete Quadratus.

„So etwas Ähnliches habe ich in letzter Zeit öfter gehört. Deshalb wird es dir sicher recht sein, wenn ich bald wieder aus deinem Leben verschwinde und einen anderen heimsuche. Ich bin auf der Suche nach Marcus Caecilianus Placidus. Weißt du, wo ich ihn finden kann?"

„Er ist heute nicht bei Gericht. Er wird zu Hause sein."

„Und wo ist das?" Wie immer, wenn Pomponius einen wohlgefüllten Beutel mit Spesengeld hatte, knauserte er nicht. Er nestelte einen Aureus hervor und drückte die Goldmünze dem überraschten Quadratus in die Hand. „Erweise mir die Ehre, dieses bescheidene Geschenk für deine Mühe anzunehmen. Möge es ein Zeichen dafür sein, dass deine Pechsträhne zu Ende geht."

Quadratus war von dieser unerwarteten Großzügigkeit überwältigt. Er steckte die Münze hastig zu sich, erging sich in Dankesworten und gab Pomponius eine genaue Wegbeschreibung.

Unter der kompetenten Führung des Corinthus, der die Gegend bestens kannte, erreichte Pomponius ohne Umwege und kaum eine viertel Stunde später die angegebene Adresse.

Das Haus des Placidus strahlte Seriosität aus. Es war schlicht, aber von gediegener Bauart, die auf unnötigen Zierrat verzichtete. Eine Sklavin öffnete die Tür und sah Pomponius fragend an. „Ich bin der Anwalt Spurius Pomponius", erklärte dieser, „und bitte den Kollegen Marcus Caecilianus Placidus um eine Unterredung."

Pomponius und Corinthus wurden in ein Besucherzimmer geführt, wo sie zu warten hatten. Auch das Innere des Hauses war darauf angelegt, Besuchern den Eindruck von Sachlichkeit und unaufdringlichem Wohlstand zu vermitteln. Die Möbel waren von ausgezeichneter Qualität und die Wände waren mit Malereien geschmückt, die mythologische Gerichtsszenen zeigten.

„Was ist das?", flüsterte Corinthus schaudernd und deutete auf eines der Bilder.

„Das ist der Richter Sisamnes", flüsterte Pomponius zurück. „Weil er korrupt war, hat ihn König Kambyses häuten und mit seiner gegerbten Haut den Richterstuhl bespannen lassen. So hat es zumindest Herodot berichtet. Das ist aber schon lange her. Heutzutage macht man das nicht mehr. Korrupte Richter werden schlimmstenfalls in die Verbannung geschickt."

Die Sklavin kam zurück und bat Pomponius, ihr zu folgen. Corinthus musste zurückbleiben und durfte weiter das detailreich dargestellte Martyrium des unglücklichen Sisamnes bestaunen.

Placidus empfing Pomponius in seinem Arbeitszimmer und begrüßte ihn wie einen lange nicht mehr gesehenen Freund. „Wie schön, dass du mich besuchst, mein lieber Pomponius", rief er und rückte einen Stuhl für seinen Besucher zurecht. „Bitte nimm doch Platz und sag, was dich zu mir führt."

Pomponius setzte sich, lehnte einen Pokal mit Wein ab und begann ohne Umschweife: „Uns beschäftigt ein gemeinsamer Fall, verehrter Placidus. Es handelt sich um den Prozess, den du gegen meinen Mandanten, den Senator Tiberius Cäcilius, vorbereitest. Als wir uns unlängst trafen, hatte ich den Eindruck, du wünschst mit mir darüber zu reden."

„In der Tat", bestätigte Placidus und schaute sorgenvoll. „Es ist dies eine unangenehme Sache."

„Unangenehm für wen, Herr Kollege? Was wirfst du meinem Mandanten vor?"

„Das weißt du doch längst. Er hat in jungen Jahren ein freventliches Verhältnis mit der Vestalin Aemilia gehabt und sie im vorigen Jahr dazu gebracht, durch einen Meineid seinen wegen Mordes verurteilten Neffen vor dem Schwert des Henkers zu bewahren. Aemilia wurde bei diesem neuerlichen Frevel von der jungen Vestalin Tuccia unterstützt."

„Du hast recht, lieber Kollege. Das ist eine unangenehme Angelegenheit. Nicht nur für meinen Mandanten, sondern auch für seinen Ankläger. Es ist keine geringe Sache, gegen eine angesehene Vestalin, die noch dazu bereits verstorben ist, eine solche Beschuldigung zu erheben. Schlägt die Anklage fehl, so kann das für den Ankläger sehr kritisch werden. Im besten Fall hätte er mit Verbannung zu rechnen. Du hast auch gar keine stichhaltigen Beweise in Händen. Sollte es je welche gegeben haben, so existieren sie nicht mehr."

„Ich nehme an, dafür hast du gesorgt", bemerkte Placidus. „Aber da ist noch immer das verräterische Testament der Aemilia."

„Ich kenne seinen Inhalt. Nichts darin bietet einen überzeugenden Anhaltspunkt für deine Behauptungen. Im Übrigen bin ich auch nicht von der Schuld des jungen Lucius überzeugt, dessen Verurteilungen du erreicht hast. Ich glaube, ich kann sehr bald seine Unschuld beweisen."

„Ich habe mich über dich erkundigt", erklärte Placidus überraschend und ohne auf die letzte Behauptung des Pomponius einzugehen.

„Das dürfte nicht schwer gewesen sein. Unsere gemeinsame Bekannte, Scantilla, weiß recht gut über mich Bescheid."

Placidus bestritt das gar nicht. „Du bist ein Offizier der Frumentarii", sagte er, „und du kommst eigens aus dem kaiserlichen Hauptquartier nach Rom, um meine Kreise zu stören. In wessen Auftrag handelst du?"

„Ich halte mich als Privatmann in Rom auf", entgegnete Pomponius. „Um den Fall der Familie Cäcilius kümmere ich mich lediglich als Anwalt. Inwieweit dies auf Wunsch hochgestellter Persönlichkeiten geschieht, darf ich dir nicht beantworten."

„Also agierst du – wenngleich inoffiziell – in höherem Auftrag", mutmaßte Placidus.

Pomponius begnügte sich damit, mit den Schultern zu zucken. „Die gleiche Frage darf ich dir stellen, verehrter Placidus. Wer hat dich beauftragt? Ich nehme nicht an, dass du auf eigene Rechnung handelst."

„Das will ich nicht sagen."

„Natürlich nicht, verehrter Placidus. Aber du solltest dir darüber im Klaren sein, dass du auf sehr dünnem Eis wandelst. Es scheint mir, dass eine Anklage gegen meine Mandanten für den Ankläger weit mehr Gefahren in sich birgt als für den Beklagten. Wäre es nicht für alle Beteiligten am besten, du würdest deine Bemühungen einstellen und meine Mandanten nicht weiter verfolgen?"

„Das könnte ich tun, mein lieber Pomponius, und mein Auftraggeber wäre sogar damit einverstanden, allerdings unter einer Bedingung."

„Und die wäre?"

„Du stellst deine Ermittlungen sofort ein und verlässt sehr bald wieder Rom. Dein Ziel, den alten Tiberius Cäcilius vor einer Anklage zu bewahren, hättest du dann ja ohnehin erreicht und auch der junge Lucius wäre dadurch außer Gefahr."

Pomponius war überrascht, dass sich Placidus zu so einem Zugeständnis bereitfand. Sein Vorschlag hatte tatsächlich viel für sich. Aber Pomponius hatte ein ungutes Gefühl und er beschloss, etwas Zeit zu gewinnen. „Ich bin dir für deine Kompromissbereitschaft dankbar", sagte er zu Placidus, „und ich will mir deinen Vorschlag gut überlegen. Ich werde dir ehestens Bescheid geben, ob wir uns auf dieser Basis einigen können."

„Lass dir nicht zu lange Zeit", mahnte Placidus zum Abschied, „damit nicht unvorhergesehene Ereignisse unseren Bemühungen, der Sache zum Wohle aller Beteiligten ein Ende zu machen, in die Quere kommen."

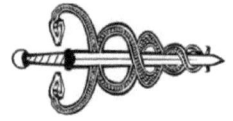

XXIX

Die neunte Stunde des Tages war angebrochen. Die Sonne begann zu sinken und färbte die Wolken über der blassen Silhouette der Albaner Berge rot. Pomponius hatte Corinthus mit der Nachricht in den Palast zurückgeschickt, er werde möglicherweise erst spät zurückkommen. Jetzt befand er sich auf dem Weg zu Scantilla.

Der unerwartete Vorschlag des Marcus Caecilianus Placidus gab ihm zu denken.

„Ich würde zu gern wissen, was wirklich dahintersteckt", murmelte er.

„Das ist doch wohl offensichtlich", meldete sich eine wohlbekannte Stimme in seinem Kopf. „Du musst mit deinen Nachforschungen dem Mädchenmörder schon sehr nahegekommen sein, auch wenn du es selbst noch nicht erkennst. Allein darum geht es. Man wünscht nicht, dass du den wahren Mörder findest. Im Gegenzug bietet man dir an, Tiberius Cäcilius und Lucius künftig in Frieden zu lassen."

„Mir ist noch immer unklar, weshalb man überhaupt gegen Tiberius Cäcilius vorgehen wollte."

„Wo bleibt dein Scharfsinn, Pomponius? Sieh genau hin, dann wird das Bild deutlicher. Es geht um Eifersucht und Rache. Der unbekannte Liebhaber der Annia ist dahintergekommen, dass ihn Annia mit Lucius betrügt und er hat das Mädchen deswegen umgebracht. Nicht genug damit, er wollte auch Lucius vernichten und hat dafür gesorgt, dass Lucius wegen dieses Mordes und auch wegen dem an Bruttia verurteilt wurde. Weshalb Bruttia sterben musste, ist noch unklar, ihr Tod steht aber sicher im Zusammenhang mit jenem der Annia. Lucius ist dem Tod durch die Intervention der Aemilia aber entgangen. Der Mörder wollte sich nicht damit zufriedengeben und versuchte, Lucius im Umweg über die Anklage gegen seinen Onkel Tiberius zu Fall zu bringen. Jetzt aber ist ihm der Boden unter den Füßen durch deine Umtriebe zu heiß geworden. Da es ihm bisher nicht gelungen ist, dich auszuschalten, hat er dir durch Marcus Caecilianus Placidus das bewusste Angebot unterbreiten lassen."

„So wie ich den Mörder einschätze, kann ich mir nicht vorstellen, dass er seine Rachepläne gegen Lucius so ohne weiteres fallenlässt, bloß um mich loszuwerden.“

„Das wird er auch nicht. Er wird sich etwas anderes einfallen lassen.“

„Was soll ich tun, Aliqua?“

„Nenn mich vor allem nicht ständig Aliqua. Wir waren uns doch schon darüber einig, dass ich in dieser Geschichte keine Rolle spiele und nur eine vage Erinnerung bin, die dir hilft, deine Gedanken zu ordnen.“

„Du fehlst mir, Aliqua.“

„Dann nimm das Angebot des Marcus Caecilianus Placidus an und komm nach Carnuntum zurück. Vielleicht bin ich noch da und vielleicht bin ich sogar bereit, wieder persönlich mit dir zu reden.“

„Ich muss mich vorher mit Scantilla beraten.“

„Wozu fragst du mich dann überhaupt? Aber nur zu. Sie wird dir Lügengeschichten erzählen, und wenn du Glück hast, mit dir ins Bett gehen, um dich von unerwünschten Gedanken abzulenken.“

Die Stimme in seinem Kopf verstummte und ließ ihn mit seinen Zweifeln allein.

Scantilla war über seinen Besuch weder überrascht, noch schien sie besonders erfreut zu sein.

„Du warst doch erst gestern Abend da, Pomponius“, sagte sie tadelnd, „und kaum beginnt die Sonne zu sinken, stehst du schon wieder unangekündigt vor mir. Selbst für einen ständigen Liebhaber – was du nicht bist – wäre das ein wenig aufdringlich. Was willst du? Ich hatte vor, heute früher zu Bett zu gehen. Also mach es kurz und dann schau, dass du zu deiner Valeria kommst, wenn du mit einer Frau schlafen willst.“

Pomponius hatte sich inzwischen an ihre provokante Art gewöhnt und reagierte gelassen auf ihre – wie er fand – ungehörige Schlussbemerkung.

Er ließ sich in einen Sessel sinken und sagte: „Es hat sich eine unerwartete Wendung ergeben.“

„Und die wäre? Hast du endlich eingesehen, wie schnöde es ist, Valeria ständig mit mir betrügen zu wollen?“

Pomponius schüttelte bloß den Kopf und erzählte ihr von dem Angebot des Marcus Caecilianus Placidus und seinen Überlegungen dazu.

„Das ist freilich eine überraschende Entwicklung", meinte Scantilla. „Ich nehme an, du wirst seinen Vorschlag annehmen. Das würde eine Menge Leute einschließlich meines Kommandanten glücklich machen."

„Ich traue dem Ganzen nicht. Ich fürchte um die Sicherheit des jungen Lucius, wenn ich mich darauf einlasse."

Scantilla schwieg eine Weile, dann trat sie an ihren Schreibtisch, nahm ein Schriftstück und reichte es Pomponius.

„Was ist das?", fragte Pomponius.

„Eine Nachricht aus unserem Hauptquartier. Der verschwundene Lucius Cäcilius, nach dem auch unsere Leute gesucht haben, wurde bereits vor zwei Tagen in den Albaner Bergen, am Seeufer, direkt unter dem Heiligtum der Diana Nemorensis gefunden. Er ist ertrunken."

Pomponius fuhr entsetzt in die Höhe. „Lucius ist tot, sagst du? Ermordet?"

„Wer kann das schon sagen? Vielleicht hat er sich selbst ertränkt, vielleicht war es ein Unfall, vielleicht wurde er ermordet. Man weiß es nicht."

„Hatte Marcus Caecilianus Placidus Kenntnis von dieser Nachricht?"

„Ja. Ich habe ihn gestern unterrichtet."

Pomponius rang um Fassung. „Und mir hast du nichts gesagt? Das erklärt natürlich seine überraschende Konzessionsbereitschaft. Der Mörder hat sein Ziel erreicht. Sein verhasster Nebenbuhler, wie auch immer er gestorben sein mag, ist tot. An dessen Onkel, Tiberius Cäcilius, hat er kein persönliches Interesse mehr. Wurde Tiberius bereits verständigt?"

„Das wird morgen geschehen."

„Es widerstrebt mir zwar, den Mädchenmörder ungestraft davonkommen zu lassen", grübelte Pomponius, „aber mein Auftrag ist tatsächlich erfüllt. Tiberius Cäcilius hat nichts mehr zu befürchten."

Scantilla trat an das Feuerbecken, welches dem Raum Licht und Wärme spendete, und rieb sich die Hände. Ihr Gesicht wurde durch die Glut rot überstrahlt und gewann in all seiner Schönheit einen dämonischen Ausdruck.

„Was war denn eigentlich deine Mission?", fragte sie leise. „Hat man dir das überhaupt genau gesagt? Ist es tatsächlich nur um Tiberius Cäcilius gegangen, oder will jemand in Wahrheit, dass die Mädchenmorde aufgeklärt werden?"

„Ich bin davon ausgegangen, dass beides nicht zu trennen ist."

„Davon ist wahrscheinlich auch dein Kommandant ausgegangen, als er dich losgeschickt hat. Jetzt aber wurde beides getrennt und du musst eine Entscheidung treffen."

„Verdammter Masculinius", sagte Pomponius wütend. „Immer dann, wenn es heikel wird, vermeidet er es, mir konkrete Anweisungen zu geben."

„Du kennst doch unser Geschäft", erwiderte Scantilla. „Es gibt Befehle, die nicht ausgesprochen werden und die doch verstanden und befolgt werden müssen."

Pomponius betrachtete Scantilla aufmerksam. „Diesmal überraschst du mich, Scantilla", sagte er. „Hast du nicht erst vor kurzem versucht, mich von der Schuld des jungen Lucius zu überzeugen? Hast du nicht den Befehl erhalten, mich von weiteren Ermittlungen abzuhalten? Und jetzt deutest du trotzdem an, ich wäre verpflichtet, den wahren Mädchenmörder aufzuspüren? Welches Spiel treibst du mit mir?"

Scantilla lächelte und schwieg.

„Etwas anderes will ich noch von dir wissen", fuhr Pomponius fort, der erkannte, dass sie auf dieses Thema nicht weiter eingehen wollte. „Wie gut kennst du Valeria?"

„Valeria? Ich weiß natürlich wer sie ist. Sie ist die Tochter des Senators Quintus Cäcilius Avitus, sie ist eine enge Vertraute Faustinas und sie ist deine Geliebte, das ist allgemein bekannt."

„Ich meine, ob du sie persönlich kennst."

„Wie käme ich dazu?"

„Weil sie dich sehr gut zu kennen scheint. Sie hat dich unlängst erwähnt, obwohl ich ihr nie von dir erzählt habe und sie meinte sogar, deinen Geruch an mir wahrzunehmen."

„Wie kurios", antwortete Scantilla. „Ich weiß nicht, woher sie das hat. Frag sie doch am besten selber."

„Scantilla! Belügst du mich?"

„Manchmal belüge ich dich, manchmal sage ich dir die Wahrheit. Von mir kannst du nichts anderes erwarten, das solltest du doch schon wissen. Man kann mir einfach nicht trauen."

Sie schenkte Pomponius einen Becher Wein ein. „Stärke dich, ehe du dich auf den nächtlichen Heimweg machst."

„Du trägst das Kettchen nicht mehr, das ich dir geschenkt habe", bemerkte Pomponius enttäuscht.

„Tu ich doch", erwiderte Scantilla lächelnd und stellte ihren nackten Fuß auf sein Knie, ohne darauf zu achten, dass ihr Kleid dadurch weit auseinanderfiel. „Ich dachte, wenn mein Liebhaber wieder zu Besuch kommt, sollte ich sein Sklavenkettchen um den Knöchel tragen."

Wohin das führte, wird niemanden überraschen, auch nicht die Tatsache, dass Pomponius der nächtliche Heimweg erspart blieb, wenngleich er in dieser Nacht nur wenig Schlaf fand.

Der nächste Tag war kühl und es begann leicht zu regnen. Für Pomponius war es wie ein Déjà-vu. Er saß mit Scantilla in geradezu familiärer Weise am Frühstückstisch und ließ es sich gutgehen. Lycia, die ebenso wie Paulus die Nacht außer Haus verbracht hatte, war am Morgen zurückgekehrt und hatte frische Brötchen mitgebracht. Wie nicht anders zu erwarten gewesen, nahm sie die Anwesenheit des Pomponius mit deutlichen Zeichen der Missbilligung zur Kenntnis, verzichtete aber auf anzügliche Bemerkungen.

„Hast du dich entschieden?", fragte Scantilla und reichte Pomponius ein mit Honig bestrichenes Brötchen. „Wirst du das Angebot unseres Freundes Placidus annehmen, oder wirst du weiter auf Mörderjagd gehen?"

„Placidus ist vielleicht dein Freund, aber nicht meiner", entgegnete Pomponius. „Ich habe mich entschieden: Ich will den Mädchenmörder nicht ungeschoren davonkommen lassen."

Scantilla seufzte. „Das wird meinem Kommandanten sehr missfallen. Hoffentlich gibt er mir nicht am Ende den Befehl, dich umzubringen. Ich werde es vermutlich mit Gift machen, wenn es so weit ist. Dir meinen Dolch in die Rippen zu stoßen, brächte ich nicht übers Herz. Darf ich dir etwas Wein nachschenken?"

„Du scherzt", sagte Pomponius und betrachtete nachdenklich den Pokal, den sie ihm reichte.

„Natürlich scherze ich", antwortete Scantilla. „Was denn sonst? Du kannst ruhig über meinen Scherz lachen, wenn dir danach zu Mute ist."

„Hat sich an deiner Bereitschaft, mir mit Lycius zu helfen, etwas geändert?"

„Nein. Obwohl es mir lieber wäre, er würde dich umbringen, als dass ich es tun muss. Einen talentierten Liebhaber um die Ecke zu bringen stimmt mich immer tagelang traurig."

„Hör auf, so zu reden", ärgerte sich Pomponius. „Ich glaube dir kein Wort. Du versuchst nur wieder einmal, mich zu verunsichern. Du würdest mir nie etwas antun."

„Denkst du?", fragte Scantilla versonnen. „Dann brauchst du dir ja keine Sorgen zu machen." Sie lauschte auf das Prasseln des Regens, das stärker geworden war. „Du wirst auf dem Heimweg gründlich nass werden. Hast du dir schon überlegt, wie du Valeria deine nächtliche Abwesenheit erklären wirst?"

„Weshalb fängst du jetzt mit Valeria an?", fragte Pomponius unangenehm berührt.

„Weil wir gestern Abend über sie gesprochen haben." Es wäre nicht Scantilla gewesen, wenn sie nicht einen letzten Pfeil im Köcher gehabt hätte, den sie auf Pomponius abschießen konnte. „Ich glaube, sie wird zwar verärgert sein", fuhr sie fort, „aber sie wird nicht allzu genau nachfragen. Immerhin wird sie sich ohnehin bald verloben."

„Ich habe nicht die Absicht", erklärte Pomponius entschieden.

„Wer redet denn von dir? Sie hat vorgestern eine neuerliche Aussprache mit ihrem Vater gehabt und seinem Drängen endlich nachgegeben. Sie wird den Sohn eines angesehenen Senators heiraten. Das darf dich nicht wundern. Was hast du schon einer Frau wie Valeria zu bieten? Du bist ein Niemand, hast kein Vermögen und führst ein Leben, das sie wahrscheinlich vorzeitig zur Witwe machen wird. Valeria ist das inzwischen auch klar geworden, ganz abgesehen davon, dass du ohnehin keine Heiratsabsichten gezeigt hast."

„Das glaube ich dir nicht", rief Pomponius empört. „Sie hätte es mir sicher gesagt, wenn sie sich so entschieden hätte. Woher willst du das überhaupt wissen?"

„Ich habe meine Quellen, sehr zuverlässige Quellen. Und wozu soll sie sich das Drama einer persönlichen Trennung antun? Sie wird sich mit dir vergnügen, solange du in Rom bist und dir ihren Entschluss brieflich mitteilen, sobald du wieder nach Carnuntum zurückgekehrt bist, was wahrscheinlich sehr bald der Fall sein wird, wenn man dich nicht vorher umbringt."

„Ich dachte, sie liebt mich", sagte Pomponius erschüttert.

„Liebe ist eine sonderbare Sache", antwortete Scantilla. „Man kann eigentlich gar nicht genau sagen, was das ist, obwohl jedermann eine bestimmte Vorstellung davon hat. Sicher liebt dich Valeria auf ihre Art, aber nicht so bedingungslos und selbstverständlich, wie du vielleicht geglaubt hast. Sie hat dich schon einmal verlassen, weil sie mit dir nicht in die Verbannung gehen wollte, und sie wird es wieder tun."

„Hast du eigentlich schon viele Männer unglücklich gemacht", fragte Pomponius verbittert.

„Einige. Weißt du, um einen Mann richtig unglücklich machen zu können, muss man ihn vorher sehr glücklich machen. Das ist das ganze Geheimnis. In deinem Fall arbeite ich noch daran. Jetzt geh und versuche, am Leben zu bleiben. Sobald ich weiß, wie wir bezüglich Lycius vorgehen, lasse ich dich verständigen. Bis dahin bleib mir besser fern, wenn dir am Rest deines Seelenfriedens etwas liegt."

XXX

Das Wetter passte zur Stimmung des Pomponius. Der Himmel war wolkenverhangen und sandte heftige Regenschauer auf die Erde. Über den Albaner Bergen hing das schwarze Gewölk so tief, dass man nicht erkennen konnte, wo die flachen Gipfel endeten und der Himmel begann. Von Zeit zu Zeit war ein fernes Donnergrollen zu hören und gelegentlich erhellte ein fahles Wetterleuchten den Himmel, ohne dass man sagen konnte, von wo es herkam. Wer konnte, vermied es, ins Freie zu gehen. Auf der Straße waren nur wenige Menschen zu sehen. Die Fassaden der Häuser und die Dächer glänzten im Regen. Gelegentliche Windstöße, die einmal aus dieser und dann aus einer anderen Richtung kamen, peitschten den Regen vor sich her und ließen ein herannahendes Gewitter erahnen. Ein Gutes hatte die Sache: Regen und Wind vertrieben den ständigen Mief und den rußigen Geruch unzähliger Feuerstellen aus der Luft, die jetzt würzig und frisch schmeckte.

Es half nicht viel, dass Pomponius die Kapuze seines Umhanges tief über den Kopf gezogen hatte. Die Windböen schlugen ihm immer wieder das Wasser ins Gesicht und auch sonst war er nach kurzer Zeit bis auf die Haut durchnässt. Die Luft, die zu Beginn des Regens noch schwül gewesen war, begann merklich kühler zu werden und Pomponius fröstelte.

Er beschleunigte seine Schritte und verspürte ein dringendes Verlangen nach der wohligen Wärme des Caldariums im palasteigenen Bad.

Während seine Beine automatisch den Heimweg fanden, hing er, eingehüllt in einen Kokon aus düsterer Nässe, seinen Gedanken nach. Das ambivalente Verhalten Scantillas, das zwischen Zärtlichkeit und grausamem Spott, zwischen sachlicher Hilfsbereitschaft und unverhohlenen Drohungen schwankte, beunruhigte ihn schon nicht mehr. „So ist sie eben", dachte er, „und mein Verhältnis zu ihr kann ohnehin nicht dauerhaft sein. Sobald ich Rom verlasse, wird auch Scantilla der Vergangenheit angehören und ich werde sie vergessen." Ganz sicher war er sich dessen aber nicht. Weit mehr irritierte ihn die Absicht Valerias, ihn zu verlassen. Obwohl ihn – auch das gestand er sich ein – die

Aussicht auf eine bevorstehende Trennung weniger belastete als er selbst erwartet hatte. „Mit einer wieder aufgenommenen Liebesbeziehung ist es oft wie mit einem erlöschenden Feuer", dachte er. „Neuerlich angefacht, lodert es hell empor, nur um dann umso rascher in sich zusammenzufallen. So scheint es jetzt zwischen Valeria und mir zu gehen." Er beschloss, Valeria in dieser Sache die Initiative zu überlassen. „Ich werde nichts dergleichen tun und wieder um ihre Liebe betteln", entschied er. „Denn wenn sie sich neuerlich von mir trennen will, so kann ich sie heute ebenso wenig wie damals daran hindern. In diesem Punkt hat Scantilla völlig recht."

Eine andere Frage drängte sich in sein Bewusstsein. Woher hatte Scantilla von den mit ihrem Vater vereinbarten Verlobungsplänen Valerias überhaupt gewusst?

Wenn man bedachte, dass es sich dabei um eine höchst private Aussprache zwischen Valeria und ihrem Vater gehandelt hatte, so gab es eigentlich nur eine vernünftige Möglichkeit: Valeria hatte es im Vertrauen Scantilla erzählt. Sein Verdacht, dass sich die beiden Frauen sehr viel besser kannten, als sie ihm gegenüber zugaben, schien sich dadurch zu bestätigen. Ob ihm Scantilla durch eine bewusste Indiskretion indirekt die Frage beantwortet hatte, ob sie Valeria kenne? Zuzutrauen war es ihr.

„Valeria, Scantilla und wahrscheinlich Faustina", überlegte Pomponius. „Drei Frauen, die sichtlich unter einer Decke stecken und versuchen, mich zu manipulieren, mich in eine bestimmte Richtung zu drängen, nämlich den wahren Mädchenmörder zu entdecken. Auf der anderen Seite Commodus, der Anwalt Marcus Caecilianus Placidus und die Frumentarii von Rom, wiederum mit Scantilla, die offenbar ein doppeltes Spiel spielt, die versuchen, mich daran zu hindern. Das also sind die Fronten, zwischen denen ich mich bewege."

Das Gewitter war inzwischen von den Albaner Bergen herabgekommen und hatte Rom erreicht. Wind und Regen nahmen zu. Plötzlich erschütterten Donnerschläge die Atmosphäre und Blitze zuckten in rascher Folge auf. Pomponius duckte sich noch tiefer in seinen regenschweren Umhang. Es war ihm, als ob die grellen Lichter auch Licht in seinen Verstand gebracht hätten. Ein höchst beunruhigender Einfall kam ihm. Alle diese Leute mussten wissen, wer der Mörder war, die einen, die seine Entdeckung wollten und die anderen, die ihn zu schützen versuchten. Aber alle hielten ihr Wissen vor ihm verborgen. Weshalb? Das führte zu einer weiteren noch viel heikleren Frage. Was sollte er tun, wenn er die Identität des Täters herausgefunden hatte? Was erwartete man von ihm? Eines war klar: Was immer er auch tat, es würde allein an ihm hängen bleiben. Niemand anderer würde die Verantwortung dafür übernehmen. Er sah das Gesicht seines Kommandanten vor sich, der einmal zu ihm gesagt hatte: „Ich erwarte, dass meine Agenten bedingungslos meinen Befehlen gehorchen, ich erwarte aber auch, dass sie in bestimmten Situationen das Richtige tun, ohne dass man es ihnen eigens befehlen muss, weil es Befehle gibt, die nicht erteilt werden können."

„Verfluchter Masculinius", dachte Pomponius. „Du hast gewusst, was auf mich zukommen wird, du hast mich auf eine Mission geschickt, die sehr gut eine Mission ohne Wiederkehr werden kann. So viel zum Thema Vergnügungsreise nach Rom, verbunden mit einer kleinen Gefälligkeit für einen alten Bekannten."

Das Gewitter war rasch vorübergezogen. Als Pomponius den Palast erreichte, regnete es nur mehr leicht und die Sonne guckte hie und da bereits wieder durch die Wolken. Es begann unangenehm dunstig zu werden.

„Du bist aber sehr nass geworden, Herr", bemerkte Demetrius, der Pomponius in seinem Quartier erwartet hatte, völlig unnötig.

Pomponius streifte seine nassen Sachen ab, ließ sich von Demetrius mit einem Tuch trockenreiben und fragte: „Wie geht es der Dame Valeria? Ich hoffe, du hast nicht unter ihrem Unmut zu leiden gehabt."

Demetrius schüttelte den Kopf. „Die Dame Valeria ist gestern Nacht nicht hergekommen, um dich aufzusuchen, Herr. Die Gründe kenne ich nicht."

„Ich schon", murmelte Pomponius. „Begleite mich ins Bad, mein guter Demetrius. Mir ist nach warmem Wasser zumute und ausgiebig gefrühstückt habe ich schon."

Demetrius hätte gerne gewusst, wo das gewesen war, aber traute sich nicht zu fragen.

Wie es seine Gewohnheit war, ignorierte Pomponius das Frigidarium, den Kaltbaderaum, weil er kein Freund von kaltem Wasser war, und begab sich sogleich ins Caldarium.

Die Becken links und rechts waren gut besetzt, im mittleren saß lediglich Priscinius. Anscheinend mied man seine Gesellschaft, was wegen seines unleidlichen Verhaltens kein Wunder war. Außerdem hatte er wieder sein Holzschiffchen, in dem ein Messer verborgen war, vor sich schwimmen.

Pomponius zögerte und sah sich nach einem freien Platz um. Zu spät. Priscinius hatte ihn entdeckt und rief: „Pomponius, mein Lieber, komm und leiste mir Gesellschaft!"

Wohl oder übel kletterte Pomponius in das mittlere Becken und setzte sich Priscinius gegenüber.

„Es tut mir leid", sagte Priscinius, „wenn ich dich durch mein Verhalten unlängst erschreckt haben sollte."

Pomponius winkte ab. „Der Wein", antwortete er, „spielt uns gelegentlich einen Streich. Da muss man nicht ernst nehmen, was einer sagt. Ich habe es praktisch schon vergessen. Gibt es Neuigkeiten bezüglich Siculus? Weiß man inzwischen, wer für diese Untat verantwortlich ist?"

Priscinius schüttelte den Kopf. „Ursprünglich ist man davon ausgegangen, dass es die Hure war, mit der er sich vergnügt hat. Das war aber wohl doch nicht der Fall. Wie ich höre, hat man sie freigelassen und fahndet jetzt nach drei Leuten, zwei Männern und einer Frau, die dabei beobachtet wurden, wie sie sich zum mutmaßlichen Tatzeitpunkt in die Bude schlichen. Also kannst du es wohl auch nicht gewesen sein."

„Ich?", rief Pomponius empört. „Du beliebst zu scherzen, verehrter Priscinius. Wofür hältst du mich? Und welchen Grund sollte ich wohl gehabt haben? Ich habe den Jungen doch gar nicht gekannt!"

„Sei nicht so empfindlich. Natürlich habe ich nur gescherzt. Das ist mein Problem: Die Leute bekommen meine Späße meist in die falsche Kehle. Obwohl, zum Spaßen besteht ja eigentlich gar kein Grund. Der erhabene Commodus ist über den Tod des Siculus sehr betrübt und zornig, sehr zornig. Er hat mich gefragt, ob du wohl in der Lage wärst, seinen Mörder zu finden, denn es eilt dir ja ein gewisser Ruf als Ermittler voraus. Er würde dich reich belohnen, wenn du ihm den Namen nennen könntest."

Priscinius sah Pomponius abwartend an.

Pomponius war wie der Fuchs, der mit eingezogenem Schwanz vor dem vergifteten Köder zurückweicht. „Sosehr ich dem verehrten Sohn unseres Princeps auch dienlich sein möchte", sagte er, „so ist es doch nicht möglich, denn meine Abreise steht bevor. Verpflichtungen, denen ich mich nicht entziehen kann, rufen mich auf allerhöchsten Wunsch nach Carnuntum zurück."

„Wie bedauerlich", meinte Priscinius. „Wir werden dich vermissen. So hast du also deine Bemühungen, den jungen Lucius vom Vorwurf des Mordes reinzuwaschen, endgültig aufgegeben?"

„Das war doch der Wunsch des erhabenen Commodus, wenn ich dich recht verstanden habe. Abgesehen davon ist mir ein Gerücht zu Ohren gekommen, dass Lucius in den Albaner Bergen den Tod gefunden hat, womit sich die Angelegenheit ohnehin erledigt hätte"

„Du bist gut informiert, mein Pomponius. Das Gerücht stimmt. Lucius ist tatsächlich tot und damit wurden seine Taten am Ende doch noch gesühnt."

„Die Götter sind in ihrem Zorn gerecht", sagte Pomponius salbungsvoll.

„Ich denke nicht, dass die Götter etwas damit zu tun haben", antwortete Priscinius. „Es war wohl eher ein Bote der Unterwelt. Seit du in Rom bist, Pomponius, hat es einige rätselhafte Todesfälle gegeben."

Pomponius hob abwehrend die Hände. „Dafür kannst du sicher nicht mich verantwortlich machen, verehrter Priscinius. Ich nehme an, das ist wieder einer deiner Späße, die so leicht missverstanden werden können."

„Diesmal nicht", sagte Priscinius ernst. „Wie auch immer, Pomponius, reise bald ab, damit dir nicht zu unser aller Kummer selbst ein Unheil widerfährt."

„Bald", versprach Pomponius. „Leb wohl, Priscinius, es war wie immer sehr anregend, mit dir zu reden." Er erhob sich eilig und verließ das Caldarium.

Priscinius sah ihm versonnen nach und befingerte das Messer, das in seinem Holzschiffchen lag.

Pomponius hatte bemerkt, dass auch Priscilla anwesend war und sich eben ins Tepidarium begab, wobei sie ihm kurz zuzwinkerte. Er hatte den unbestimmten Eindruck, dass sie seine Gesellschaft suchte. Also folgte er ihr und fand sie wohlig in der Ecke einer Bank hingekauert. Er ging zu ihr und sagte freundlich: „Sei gegrüßt Priscilla."

„Sei auch du gegrüßt, Pomponius", antwortete sie und rückte etwas beiseite, um ihm Platz zu machen. „Bist du mir nachgegangen?"

„Ich hoffe, du fühlst dich nicht belästigt", entschuldigte sich Pomponius. „Aber es macht mir Freude, mit dir zu plaudern. Du bist über alles so gut informiert."

„Aha", machte sie und sah ihn fragend an.

„Wir haben doch unlängst über Siculus geredet. Kannst du mir etwas mehr über ihn erzählen? Sein trauriges Schicksal, das uns allen eine Warnung sein muss, berührt mich."

„Was willst du denn wissen?"

„Nun zum Beispiel, ob er Frauenbekanntschaften hatte."

„Er ist regelmäßig, einmal die Woche, zu dieser Hure gegangen, die ihn dann angeblich umgebracht hat, das ist allgemein bekannt."

„Das habe ich nicht gemeint. Ich dachte an die Zeit davor. Hatte er, bevor er sich entschloss, einfach dafür zu bezahlen, eine Beziehung zu einer Frau?"

Priscilla schüttelte den Kopf. „Nicht dass ich wüsste. Ich habe ihn einmal unten bei den Lagerhäusern am Tiber mit einem Mädchen gesehen, aber das ist schon mehr als ein Jahr her und daraus ist wohl nichts geworden."

Pomponius wurde hellhörig. „Unten bei den Lagerhäusern? In der Nähe des Scherbenberges, den man Testaceus nennt?"

„Ich glaube schon."

„Weißt du, wer das Mädchen war?"

„Nein."

„Kannst du sie beschreiben? Du bist doch eine gute Beobachterin!"

„Sie war sicher eine Tochter aus gutem Haus", erzählte Priscilla und schloss die Augen, um sich besser erinnern zu können. „Sie war gut gekleidet und hübsch, aber nichts Besonderes."

„Das trifft auf viele Frauen zu", sagte Pomponius enttäuscht.

„Ich glaube, ihr Name war Bruttia."

Pomponius verschlug es den Atem. „Bruttia? Bist du dir da sicher?"

„Ich denke schon. Ich habe gehört, wie er sie so genannt hat."

Pomponius betrachtete lang und nachdenklich seine Gesprächspartnerin. Ihr Bademantel war ein wenig auseinandergeglitten und gab einen flüchtigen Blick auf zwei wohlgeformte Brüste mit großen rosigen Warzen frei. „Sie versucht mich von weiteren Fragen abzulenken", dachte Pomponius, „und sie macht es auf Weiberart gar nicht ungeschickt."

„Du bist ein sehr hübsches Mädchen, Priscilla", sagte er. Sie errötete und schlug die Augen nieder. Ihr Bademantel öffnete sich wie unbeabsichtigt noch ein Stück weiter. „Und du lügst wie ein Kreter", fuhr Pomponius fort.

„Weshalb sagst du das?", fragte Priscilla, die sich etwas anderes erwartet hatte, empört und raffte ihren Mantel vor der Brust zusammen.

„Ich glaube zwar an glückliche Zufälle, Priscilla, aber ich glaube nicht an Wunder. Es ist doch allzu unwahrscheinlich, dass du damals zufällig bei den Lagerhäusern gewesen bist – was hättest du denn dort zu suchen gehabt? – und zufällig gehört hast, dass Siculus seine Begleiterin Bruttia nannte. Und es ist noch unwahrscheinlicher, dass du mir ganz unbefangen, so als ob du nur ein hirnloses Plappermäulchen wärst, gerade im rechten Moment diese Information gibst. Wer hat dich damit beauftragt?"

„Du bist garstig zu mir", beklagte sich Priscilla und schniefte. „Ich wollte dir doch nur einen Gefallen tun und ich dachte, du magst mich."

„Ich mag dich, Priscilla, aber ich bin es schön langsam leid, von den Frauen meiner Bekanntschaft für dumm verkauft zu werden. Also heraus mit der Sprache: Wer schickt mir diese Botschaft!"

„Das will ich dir nicht sagen."

„Es wird dir nichts anderes übrigbleiben, wenn du dich weiterhin des Wohlwollens der erhabenen Faustina erfreuen willst. Oder soll ich mit Valeria über dich sprechen?"

Priscilla schwieg eine Weile, dann sagte sie trotzig: „Calpurnianus."

„Calpurnianus von den Vigiles? Was hast du mit dem zu tun?"

„Er ist mein Vetter. Ich habe ihm unlängst von dir erzählt. Er kannte dich schon und er war sehr daran interessiert, mehr von dir und deinem Verhältnis zur erhabenen Faustina zu erfahren."

Jetzt war es an Pomponius, überrascht zu sein. „Das hätte ich nicht gedacht", staunte er. „Rom ist wahrhaftig nur ein Dorf. Jeder scheint jeden zu kennen oder ist mit ihm verwandt. Erzähl mir mehr."

„Ich weiß nur, was mir mein Vetter anvertraut hat. Er hat dir Informationen über die Mädchenmorde gegeben, die er seinerzeit untersucht hat, aber er hat dir nicht alles gesagt. Einer seiner Leute hat nämlich nach dem Tod der Annia bei den Lagerhäusern herumgeschnüffelt und die Beobachtung gemacht, von der ich dir erzählt habe. Nur hat man dem keine Bedeutung zugemessen, weil Bruttia damals ja noch am Leben war. Man wusste auch nicht, wer der Begleiter der Bruttia war. Nach deren Tod musste mein Vetter aber die Ermittlungen abgeben. Nun hast du ihn unlängst aufgesucht und wegen der kleinen Hure, die des Mordes an Siculus verdächtigt wurde, interveniert und ihm den Namen des Mordopfers genannt. Anhand der Leiche wurde Siculus als der Mann identifiziert, der damals mit Bruttia gesehen wurde. Mein Vetter dachte, du solltest das erfahren und hat mich gebeten, dich unauffällig zu informieren. Er selbst wollte keinen Kontakt mit dir aufnehmen, weil er lieber im Hintergrund bleiben will."

„Und warum hast du mir das nicht gleich gesagt?"

„Ich dachte, es wäre interessanter wenn ich vorgebe, selbst dabei gewesen zu sein."

„Verrücktes Mädchen", sagte Pomponius.

„Stimmt es, dass du ein Geheimagent bist?"

„Wo hast du denn das wieder her?"

„Mein Vetter sagt es. Er sagt auch, ich soll mich vor dir in Acht nehmen. Er meint, du wärst einer, der naive Mädchen, wie ich eines bin, verführt."

„Dann solltest du auf deinen Vetter hören", lächelte Pomponius. Er beugte sich vor und küsste Priscilla auf die Stirn. „Lauf jetzt, bring dich vor mir in Sicherheit und sag Calpurnianus Dank. Vor allem aber Priscilla, bitte ich dich, halte den Mund und verrate niemandem etwas über unser Gespräch."

„Nur keine Sorge", sagte Priscilla und stand auf. „Ich bin nur dann naiv und geschwätzig, wenn es mir passt. Ansonsten bin ich ziemlich verschwiegen und schlau. Wenn du mich doch noch verführen willst – es könnte ja sein –, dann weißt du ja, wo du mich findest." Sie beugte sich vor, küsste den überraschten Pomponius auf den Mund und verließ mit wiegenden Schritten den Raum.

„Was sagt man dazu!", rief Priscinius, der unbemerkt den Raum betreten hatte. „Du lässt wahrhaftig nichts anbrennen, mein Pomponius. Was wird wohl die gute Valeria sagen, wenn sie erfährt, was du hinter ihrem Rücken mit der kleinen Rothaarigen treibst?"

„Oh, ihr Götter" stöhnte Pomponius, der sich ertappt fühlte, obwohl er doch gar nichts getan hatte.

„Die werden dir auch nicht helfen können", lachte Priscinius. „Die Weiber werden noch einmal dein Verderben sein, mein lieber Pomponius, das kann ich dir schon jetzt prophezeien. Denk an meine Worte, wenn es so weit ist."

XXXI

Pomponius lag auf seinem Bett und stellte sich vor, er erörtere mit seiner früheren Partnerin Aliqua das Ergebnis seiner bisherigen Ermittlungen. „Ich vermute, dass es Siculus war, der Bruttia umgebracht hat", erklärte er. „Warum, kann ich nicht sagen, wahrscheinlich aber, weil sie wusste oder zumindest ahnte, wer der Mörder der Annia war. Zuzutrauen wäre es ihm, denn er hat ja auch mit Gratia eine potenzielle Zeugin beseitigt."

„Es könnte aber sein, dass er auch Annia getötet hat", warf die imaginäre Aliqua ein. „Wenn das zutrifft, so wäre der Fall praktisch gelöst. Alle Beteiligten, die Unschuldigen und die Schuldigen sind tot. Du müsstest dich nur noch mit Marcus Caecilianus Placidus arrangieren, damit Tiberius Cäcilius außer Gefahr ist. Dann könntest du zu mir nach Carnuntum zurückkehren."

Die letzte Bemerkung störte Pomponius. „Wir wollen den Fall streng sachlich erörtern", mahnte er. „Ich habe nicht die Absicht, zu dir zurückzukehren. Wenn überhaupt, so bist du es, die zu mir zurückkommen müsste. Bitte unterlass es, persönlich zu werden."

„Warum willst du dann ständig mit mir reden?"

„Damit sich meine Gedanken klären. In deinen Überlegungen steckt ein Fehler. Das Angebot des Marcus Caecilianus Placidus würde nämlich keinen Sinn machen, wenn der Mörder der Annia tot ist. Nach wie vor ist man bemüht, mich an weiteren Nachforschungen zu hindern. Wir haben es daher mit zwei Tätern zu tun. Der eine ist der unbekannte Liebhaber der Annia, der das Mädchen aus Eifersucht und gekränkter Eitelkeit getötet hat und der andere war Siculus, der mit Bruttia und später mit Gratia zwei mögliche Zeuginnen beseitigt hat."

„Das würde aber voraussetzen, dass zwischen Siculus und dem mörderischen Liebhaber der Annia eine enge Verbindung bestand. So eng, dass sich Siculus bereitfand, zwei Morde zu begehen und einen dritten, nämlich an Corinthus, zu versuchen. Hast du schon mehr über den Hintergrund des Siculus herausbekommen?"

„Nein", gestand Pomponius zögernd. „Ich könnte versuchen, Priscinius auszuhorchen. Vielleicht weiß er mehr. Der Mann scheint mich aus einem unerfindlichen Grund sympathisch zu finden; ein Gefühl, das ich überhaupt nicht erwidere."

„Das würde ich nicht tun. Priscinius könnte misstrauisch werden und er hat Angst, auch wenn man sich das bei einem so erprobten Krieger nur schwer vorstellen kann. Er fürchtet einen Anschlag auf sich, anders kann man nicht erklären, warum er selbst das Bad mit einer Waffe aufsucht. Man weiß nicht, wie er beziehungsweise Commodus auf heikle Fragen reagieren werden. Halte dich lieber an den Mentor des Siculus, Ippokratis, der weiß sicher besser Bescheid."

„Du hast recht", stimmte Pomponius zu. „Wir waren uns ja schon darüber einig, dass der Mörder der Annia ursprünglich versucht hat, dem jungen Lucius den Mord an Bruttia und in weiterer Folge auch an Annia in die Schuhe zu schieben, um seine Rache zu vollenden. Nun ist es uns möglich, den Mord an Bruttia mit einiger Gewissheit zu rekonstruieren. Bruttia wurde von Siculus vermutlich in dem Lagerhaus des Titus Crispinus getötet. Erinnere dich daran, was mir Calpurnianus über die Durchsuchung dieses Lagerhauses und die Spuren, die er dort gefunden hat, erzählt hat. Wie es Siculus gelungen ist, Bruttia dorthin zu locken, kann ich nicht sagen, und wir werden es vielleicht nie erfahren, weil beide tot sind. Etwa zur selben Zeit, zu der Bruttia starb, saß der junge Lucius bei Tertius und blies Trübsal, während sich seine beiden Freunde dem Wein und den Weibern hingaben. Erinnere dich, was mir der Wirt Tertius erzählt hat: Zwei Stunden vor Tagesanbruch wurde Lucius von einem Mann abgeholt, auf den die Beschreibung des Lycius passt. Ich nehme an, Lycius lockte den Lucius unter einem Vorwand zum Testaceus, wo der Leichnam der Bruttia von Siculus inzwischen abgelegt worden war. Lucius beging wahrscheinlich in Panik den Fehler, die Leiche anzufassen und sich mit Blut zu besudeln. Als er voller Entsetzen flüchtete, wurde er von Scantilla beobachtet, die eigens zu diesem Zweck hinbeordert worden war."

„Dir ist bewusst, was du da sagst? Dann hätten Siculus, Lycius und die Frumentarii den Mord an Bruttia und die Falle für Lucius im gemeinsamen

Zusammenwirken organisiert und durchgeführt. Das ist eine sehr ungewöhnliche Allianz, die nur mit dem Ziel handelt, den Mörder zu schützen. Was sagt uns das über dessen Person?"

„Er muss eine wichtige Person sein", entgegnete Pomponius. „Wichtig genug, dass selbst Faustina nicht offen gegen ihn vorgehen will. Er ist sehr gut vernetzt, grausam, egozentrisch, leicht gekränkt, rachsüchtig und er versteht es, planmäßig zu handeln."

Er verstummte plötzlich.

„Was ist, Pomponius? Warum schweigst du?"

„Ich weiß jetzt, wer der Mörder ist", flüsterte Pomponius. „Es kann gar nicht anders sein, und ich habe nicht die geringste Ahnung, was ich gegen ihn unternehmen könnte."

„Entschuldige die Störung, Herr", sagte Demetrius, der das Zimmer betreten hatte, „ich wollte deine Selbstgespräche nicht stören. Aber diese Nachricht ist soeben für dich abgegeben worden."

Er reichte Pomponius einen zusammengerollten und versiegelten Papyrus.

Pomponius betrachtete das Siegel und wurde blass. Das Siegel zeigte ein ihm nur zu gut bekanntes Symbol: Ein Schwert, um das sich zwei Schlangen wanden. „Jetzt wird es knapp", murmelte er, brach das Siegel auf und begann zu lesen.

„Schlechte Nachricht?", wagte Demetrius zu fragen.

„Ich weiß nicht", antwortete Pomponius. „Der Kommandant der in Rom stationierten Frumentarii, Marcus Oclatinius Adventus, bittet mich zu einer Aussprache. Eigentlich ist es eine höflich formulierte Vorladung, die mir nicht viel Spielraum lässt. Ich soll zur achten Stunde bei ihm erscheinen."

„Wirst du hingehen?"

„Natürlich werde ich hingehen. Eine solche Einladung kann man nicht ablehnen, ohne dass es unangenehme Folgen hat. Leg mir gute Kleider heraus und verrate mir, wo ich eine Sänfte herbekomme. Wenn schon, dann will ich wenigstens standesgemäß auftreten."

„Ich kann dafür sorgen, dass dir eine palasteigene Sänfte mit vier Trägern zur Verfügung steht", erklärte Demetrius.

„Das kannst du?", staunte Pomponius.

„Aber ja. Die erhabene Faustina hat mich ermächtigt, deinen Wünschen so weit wie nur möglich entgegenzukommen."

So kam es, dass Pomponius wenig später in einer Sänfte durch die Straßen Roms getragen wurde. Sein Ziel, der Caelus, war einer der sieben Hügel Roms und lag südöstlich des Palatins zwischen dem Esquilin und der Senke, der die Via Appia folgt. Das große Aqua Claudia Aquädukt führte über den ganzen Hügel bis hin zum Palatin. Das Gelände war nach dem großen Brand unter Tiberius und dem folgenden Wiederaufbau zu einer beliebten Wohngegend wohlhabender Römer geworden. Der Kasernenkomplex, der Castra Peregrini genannt wurde und in welchem die Frumentarii ihr Quartier hatten, befand sich zwischen dem Tempel des Claudius und dem von Nero errichteten Macellum, einem Rundbau, der das Zentrum eines beliebten Marktes bildete. Gleich daneben war das Quartier der fünften Kohorte der Vigiles, ein großes rechteckiges Gebäude, errichtet worden.

Die Ausdehnung der Kaserne machte Pomponius deutlich, dass er aus einem Provinznest kam. Während in Carnuntum das Quartier der Frumentarii nur ein Anhängsel zum Statthalterpalast bildete und kaum eine Zenturie beherbergte, waren hier ganze Truppenkontingente stationiert, deren Angehörige bei Bedarf in die verschiedensten Teile des Reiches in Marsch gesetzt werden konnten.

Vor dem Tor ließ Pomponius seine Sänfte halten, stieg aus und ging auf den Torposten zu. „Mein Name ist Spurius Pomponius", sagte er selbstbewusst zu dem Mann, der ihm den Weg vertrat. Gleichzeitig schlug er seinen Umhang zurück und ließ sein silbernes Abzeichen sehen, das ihn als Offizier der Frumentarii auswies. „Lass mich zu deinem Kommandanten bringen."

Der Posten salutierte zwar, wich aber nicht zur Seite und sagte: „Ich kenne dich nicht, Herr, und ich kenne alle Offiziere, die hier stationiert sind."

„Ich komme aus der Provinz und ich bin hier, weil mich dein Kommandant zu sprechen wünscht." Pomponius wies den Papyrus, den man ihm geschickt hatte, vor.

Der Posten studierte das Schriftstück, salutierte neuerlich und rief einen Kameraden, der Pomponius ins Innere der Anlage führte. Neben

Mannschaftsunterkünften und Lagerräumen beherbergte die Kaserne auch ein großes Gefängnis, wie Pomponius mit einigem Unbehagen registrierte. Abgesehen davon entsprach die Kaserne aber dem traditionellen Plan eines römischen Militärlagers, so wie man sie überall im Reich finden konnte.

Man führte Pomponius ins Kommandogebäude, direkt ins Arbeitszimmer des Kommandanten, wo man ihn zu warten hieß. Pomponius sah sich um. Der Raum machte einen kalten, nüchternen Eindruck. Anders als das Arbeitszimmer des Masculinius, wo stets alle möglichen Schriftstücke, Bücher und Karten herumlagen, herrschte hier peinliche, geradezu unpersönliche Ordnung. Vor der Tür war eine barsche Stimme zu hören und die zackige Antwort des Postens, der davor stand. Dann flog die Tür auf und Marcus Oclatinius Adventus trat ein. Der Mann war etwa im selben Alter wie Pomponius und trug militärische Kleidung, die sein gebieterisches Auftreten unterstrich. Adventus führte den Titel eines Princeps castrorum perigrinorum und stand ebenso wie Masculinius im Rang eines Legionscenturios der ersten Ordnung. Man sagte ihm nach, dass er aus einfachsten Verhältnissen stammte und nur wenig gebildet war. Dennoch war es ihm gelungen, mit Ausdauer und Härte in der Armee Karriere zu machen. Noch stand er am Anfang seiner Laufbahn. Seine große Zeit sollte erst unter Kaiser Septimius Severus kommen, dem er als Chef des Geheimdienstes so gut diente, dass er schließlich zum Präfekten der Prätorianergarde ernannt wurde. Pomponius konnte sich gut vorstellen, dass er tatsächliches oder auch nur vermeintliches Fehlverhalten seiner Agenten, so wie es Scantilla erzählt hatte, mit Peitschenhieben strafen ließ. Seine Sprache war einfach und abgehackt, ganz so, als wolle er dadurch seine mangelnde Bildung kaschieren.

„Du also bist Spurius Pomponius", sagte er unter Verzicht auf Höflichkeitsformeln. Er lud Pomponius nicht ein Platz zu nehmen und zog es vor, auch seinerseits das Gespräch im Stehen zu führen.

Pomponius verbeugte sich. „Zu deinen Diensten, edler Marcus Oclatinius Adventus."

„Du bist Offizier der Frumentarii, aber ich habe deinen Namen nicht in unseren Stammrollen gefunden."

„Ich wurde vor Ort rekrutiert, Herr. Ich diene unter dem edlen Masculus Masculinius in Carnuntum."

„Warum hast du dich nicht bei mir gemeldet, als du in Rom eingetroffen bist?"

„Ich bin vorübergehend vom Dienst freigestellt und halte mich als Privatmann in Rom auf, Herr."

„Ein Frumentarius ist nie Privatmann, solange er nicht gänzlich aus dem Dienst entlassen wurde. Ich lege Wert darauf, unterrichtet zu werden, wenn sich ein Angehöriger unserer Organisation, der unter einem anderen Kommando steht, in meinem Zuständigkeitsbereich aufhält. Was machst du in Rom?"

„Erinnerungen nachgehen, edler Adventus, und mich an die glückliche Zeit erinnern, als ich hier noch als Anwalt tätig sein durfte."

„Hüte dich, deinen Spott mit mir zu treiben, Pomponius. Du schwelgst keineswegs nur in Erinnerungen, sondern versucht den Fall des Lucius Cäcilius wieder aufzurollen."

„Es hat sich so ergeben, edler Adventus. Die Sache hat mein juristisches Interesse geweckt."

„Und wie weit bist du mit deinen Nachforschungen gekommen?"

„Nicht sehr weit. Man hat mir von verschiedenen Seiten nachdrücklich zu verstehen gegeben, dass dies unangemessen sei. Ich konnte mich dem nicht verschließen."

„Ich hoffe, du sagst die Wahrheit. Der Fall ist abgeschlossen und ich wünsche nicht, dass unberechtigte Zweifel an unserer Ermittlungsarbeit und dem Urteilsspruch der Richter geweckt werden. Marcus Bassianus, dessen Tochter Annia eines der Opfer des Lucius wurde, hat sich über dich beschwert, weil du offenbar den überführten Mörder von Schuld reinwaschen willst."

„Marcus Bassianus?", murmelte Pomponius. „Ich wusste nicht, dass er Kontakt zu den Frumentarii hat."

„Ich habe gemeinsam mit Marcus bei den Legionen gedient und bin mit der Familie befreundet", antwortete Adventus schroff. „Hast du das noch nicht herausgefunden? Es ist kein Geheimnis und diese persönliche Bekanntschaft tut meiner Objektivität keinen Abbruch."

Pomponius antwortete nicht, verbeugte sich aber neuerlich und dachte dabei: „Du abgefeimter Schurke, warum hast du dann in aller Objektivität Siculus töten lassen? Siculus, mit dem du wahrscheinlich selbst die Ermordung Bruttias und die Belastung des Lucius geplant hast? Wahrhaftig, du hast keine Skrupel, auch deine eigenen Komplizen umzubringen, wenn es dir in den Kram passt."

„Wie ich höre, hat sich dein unbegründeter Verdacht zuletzt gegen einen Mann namens Siculus gerichtet", fuhr Adventus fort, als ob er die Gedanken des Pomponius erraten hätte.

Pomponius ging davon aus, dass Adventus von Scantilla sehr gut unterrichtet worden war und er wollte sich keine Blöße geben, indem er etwas abstritt, das Adventus wusste. „Es stimmt, edler Adventus. Ich hatte den Verdacht, dass Siculus an der Ermordung der Bruttia beteiligt war. Wahrscheinlich, weil sie als Freundin der Annia zumindest eine Ahnung davon hatte, wer deren Mörder war. Leider hat Siculus den Tod gefunden, ehe ich ihn diesbezüglich befragen konnte."

„Und du behauptest, du hättest deine Ermittlungen eingestellt", fragte Adventus zornig. „Siculus wurde im Streit von einer Hure erstochen, die durch deine Intervention freigekommen ist. Ja, Pomponius, auch darüber bin ich informiert."

„Ich habe meine Ermittlungen inzwischen tatsächlich eingestellt, edler Adventus", beeilte sich Pomponius zu versichern. „Sie würden auch gar keinen Sinn mehr machen, denn Lucius ist tot, wie ich erfahren habe, und wo immer seine Seele jetzt auch weilt, irdische Probleme berühren sie nicht mehr."

„Ja, Lucius ist tot. Wie ich weiter höre, hat dir der Anwalt Marcus Caecilianus Placidus ein Vergleichsangebot unterbreitet. Wirst du es annehmen? Ich rate dir dazu. Bisher war ich sehr geduldig und nachsichtig mit dir, weil du einer von uns bist. Ich bin aber nicht gesonnen, deine Umtriebe in meinem Zuständigkeitsbereich weiter zu dulden. Unterschätze nicht meine Entschlossenheit in dieser Sache; es könnte dir schlecht bekommen."

„Ich werde das Angebot meines Kollegen annehmen", erklärte Pomponius und verbeugte sich zum dritten Mal.

„Es wird gut sein, gut vor allem für dich und den alten Tiberius Cäcilius. Jetzt sag mir nur noch eines: Mit welchen Befehlen hat man dich nach Rom geschickt?

Ich glaube keinen Augenblick daran, dass du nur als Privatmann hier bist, dem man einfach so im Palast Quartier gewährt hat und der nur zufällig auf den Fall des Lucius Cäcilius gestoßen ist."

„Das also macht dir Sorgen", dachte Pomponius. „Du weißt nicht, wer hinter mir steht und was es auslöst, wenn du mich verhaften lässt. Noch sitzt du nicht fest genug im Sattel, um für den Kaiser unentbehrlich zu sein."

„Ich habe keine speziellen Befehle", antwortete Pomponius und verbeugte sich, diesmal schon zum vierten Mal.

Adventus machte eine unwillige Handbewegung. „Wie du meinst! Ich gehe davon aus, dass du Rom sehr bald verlassen wirst. Überbringe meinem Kollegen Masculus Masculinius meine besten Grüße. Du kannst gehen."

Adventus drehte sich abrupt um und verließ grußlos den Raum.

Während Pomponius wieder vor das Tor geführt wurde, dachte er: „Er glaubt mir kein Wort, aber er wird es nicht wagen, offiziell gegen mich vorzugehen. Wenn ich aber nicht sehr rasch aus Rom verschwinde, wird sich Lycius meiner annehmen. Jetzt kommt es nur mehr darauf an, wer wen zuerst erwischt, Lycius mich oder ich ihn."

Auf dem Heimweg beugte sich Pomponius mehrmals aus seiner Sänfte und blickte hinter sich. Aber niemand schien ihm zu folgen.

XXXII

Die Nacht war ruhig verlaufen. Valeria hatte Pomponius am Abend aufgesucht und ihm für ihre Verhältnisse eine nur sehr maßvolle Szene wegen seiner nächtlichen Abwesenheiten gemacht. Danach zeigte sie sich versöhnlich und seinen zärtlichen Annäherungsbemühungen nicht abgeneigt. Von ihren heimlichen Heiratsplänen erwähnte sie nichts und Pomponius stellte sie deswegen auch nicht zur Rede. „Solange es dauert, will sie sich mit mir vergnügen, so wie es Scantilla gesagt hat", dachte er verbittert, „und ich lasse mich auf dieses zynische Spiel ein. Aber wenn ich es jetzt auf einen offenen Bruch ankommen lasse, würde das nur eine zusätzliche Komplikation bedeuten, die ich nicht brauchen kann."

Nach dem Frühstück, Valeria war bereits zu ihrem Dienst bei Faustina gegangen, rief er Demetrius zu sich und bat ihn auszukundschaften, wie er am besten und unauffällig mit Ippokratis ins Gespräch kommen könne.

Als ihm Demetrius kurz darauf meldete, dass Ippokratis das Bad aufgesucht habe, wohl um sich seelisch auf die bevorstehende Unterrichtsstunde mit Commodus vorzubereiten, eilte Pomponius ungesäumt in die Badeanlage, wo er zu seiner Freude Ippokratis allein im mittleren Becken des Caldariums vorfand.

„Sei gegrüßt, geschätzter Ippokratis", sagte Pomponius, während er in das wohlig warme Wasser stieg. „Darf ich dir Gesellschaft leisten?"

„Auch dir meine Grüße, Pomponius", antwortete Ippokratis. „Es tut gut, ein freundliches Gesicht zu sehen. Sosehr ich meinen Kollegen Anastasios auch schätze, seine moralisierende Gelehrsamkeit geht mir bisweilen auf die Nerven und Priscinius ist ohnehin schwer auszuhalten, gleichgültig ob betrunken oder nüchtern. Zum Glück taucht er zu so früher Stunde meist nicht im Bad auf und behelligt uns mit seinem sonderbaren Messerschiffchen. Du kennst ihn ja."

„Ja, ich kenne ihn", bestätigte Pomponius lächelnd. „Darf ich fragen, ob du den Tod deines Schülers schon überwunden hast?"

„Siculus? Nun ja, sein Tod hat mich natürlich sehr betroffen gemacht und er fehlt mir, weil er mir bei unserem erhabenen Commodus nicht mehr assistieren kann. Der junge Cäsar ist bisweilen recht schwierig, aber Siculus ist gut mit ihm zurechtgekommen, auch wenn das dazu geführt hat, dass die beiden alberne Späße mit mir getrieben haben. Abgesehen davon habe ich kein besonderes Naheverhältnis zu ihm gehabt."

„Wie ist er denn überhaupt zu dir gekommen?"

„Das war vor etwa zwei Jahren. Er ist gemeinsam mit Priscinius nach Rom gekommen. Siculus hat nämlich unter Priscinius in der Zweiten Italischen Legion gedient, nicht unmittelbar bei der Truppe, sondern als Speculator, als Späher. Priscinius hat ihn mir empfohlen, weil er selbst keinen weiteren Schüler ausbilden wollte. Ich habe Siculus geprüft und festgestellt, dass er über erstaunlich gute juristische Kenntnisse verfügte. Also habe ich ihn unter meine Fittiche genommen und ihm im Laufe der beiden Jahre, die er bei mir war, auch eine Menge beigebracht. Ich denke, er hätte später gute Chancen als Anwalt gehabt."

„Was für eine Verschwendung an Talent und Möglichkeiten. Alles wegen seiner Vernarrtheit in eine Hure", heuchelte Pomponius. „Wie ich gehört habe, hat sich Priscinius aber dann doch der Dienste des Siculus bedient?"

„Ja, bei den Waffenübungen des erhabenen Commodus. Priscinius brauchte einen Trainingspartner für Commodus und dieser mochte Siculus, wie ich bereits erwähnt habe. So bestand wenigstens nicht die Gefahr, dass Commodus seinen Trainingspartner in einem plötzlichen Wutanfall erschlägt. Auch wenn Siculus allein schon durch seine Ausbildung beim Militär im Gebrauch der Waffen erfahren war, so hat er es stets auf sehr geschickte Weise verstanden, Commodus ein Gefühl der Überlegenheit zu vermitteln."

„Hatten Priscinius und Siculus darüber hinaus auch private Kontakte? Priscinius schien mir nämlich über den Tod des Jungen sehr betroffen zu sein, weit mehr als du."

„Ich denke schon, obwohl es mich nicht sehr interessiert hat. Aber ich erinnere mich, das Priscinius den Siculus gelegentlich zu Besuchen bei einer befreundeten Familie, nämlich zu jener des Marcus Bassianus mitgenommen hat. Du erinnerst dich vielleicht des Namens. Wir haben bei unserer ersten Begegnung darüber gesprochen. Die Tochter des Hauses ist auf tragische Weise ums Leben gekommen."

Pomponius bekam ein Schwapp Wasser in die Kehle und verkutzte sich.

„Marcus Bassianus?", keuchte er. „Dann müssen Priscinius und Siculus auch den Marcus Oclatinius Adventus gekannt haben, der ebenfalls im Hause Bassianus verkehrte."

„Wer?", fragte Ippokratis erstaunt.

„Marcus Oclatinius Adventus. Der Name wird dir nichts sagen. Er ist der Kommandant der in Rom stationierten Frumentarii."

„Aber ja doch", antwortete Ippokratis nachdenklich. „Priscinius hat ihn einmal erwähnt. Adventus ist ungefähr zur gleichen Zeit wie Priscinius nach Rom gekommen. Ich glaube, die beiden haben sich vom Truppendienst an der Donaufront gekannt."

Ippokratis rappelte sich auf und kletterte aus dem Bassin. „Ich muss dich jetzt verlassen, mein Pomponius. Die Pflicht ruft."

„Was steht heute auf dem Unterrichtsplan", erkundigte sich Pomponius höflich.

„Rechte und Pflichten des Senates und sein Verhältnis zum regierenden Imperator", erklärte Ippokratis.

„Ein interessantes Thema."

„Nicht für den erhabenen Commodus. Er sagt, er scheißt auf den Senat." Ippokratis seufzte abgrundtief und entfernte sich.

Pomponius blieb allein zurück und überdachte das Gehörte. „So einfach ist es", sagte er zu sich selbst, „wenn man nur die richtigen Leute fragt. Das hätte ich gleich zu Anfang tun sollen. Aber jetzt weiß ich es: Marcus Oclatinius Adventus, Priscinius und Siculus, alle drei Männer haben im Haus des Marcus Bassianus verkehrt und alle drei müssen Annia gekannt haben. Er dachte daran, was Rutilus, der Freund des Lucius zu ihm gesagt hatte, als er von ihm wissen wollte, wie Annia ihren unbekannten Liebhaber kennengelernt haben konnte: „Ich denke eher, er ist ein Bekannter der Familie", hatte Rutilus gemeint. „Denn es ist für ein behütetes Mädchen aus guter Familie gar nicht so einfach,

Männerbekanntschaften zu machen, selbst wenn sie darauf aus ist. Dass es zwischen Annia und Lucius geklappt hat, ist eher eine Ausnahme."

„Mein Verdacht bestätigt sich", dachte Pomponius. „Wenn ich jetzt nur wüsste, wie ich weiter vorgehen soll."

Er tauchte tief in das Wasser ein und während kleine Wellen um sein Gesicht spülten, nahm in seinem Kopf ein verwegener Plan Gestalt an. Jetzt kam alles darauf an, ob Scantilla bereit war, mitzuspielen.

Während er an Scantilla dachte, rückte fast von selbst ein weiterer Puzzlestein an seinen Platz. Pomponius erinnerte sich an seine Begegnung mit ihr in Carnuntum. Sie hatte als Geheimkurier einen – wäre er in die falschen Hände geraten – höchst gefährlichen, an Faustina gerichteten Brief des Statthalters von Syrien befördert. Wie hatte er das nur aus den Augen verlieren können! Sie musste ungeachtet ihres Dienstes bei den Frumentarii eine Vertraute Faustinas sein, sonst hätte sie diese nicht für eine so heikle Mission herangezogen. Das erklärte auch ihr ambivalentes Verhalten. Einerseits vermied sie es, den Unmut ihres Kommandanten, Marcus Oclatinius Adventus, auf sich zu ziehen, andererseits unterstützte sie Pomponius, soweit es ihr möglich war, bei seinen Ermittlungen und folgte damit gewiss Faustinas Wünschen. So gefährlich es war, Pomponius vermutete, dass sie dieses Doppelspiel genoss. Es entsprach ihrem Charakter und Pomponius schöpfte Hoffnung, dass sie ihn auch bei der finalen Auseinandersetzung mit dem Mörder unterstützen werde.

In sein Quartier zurückgekehrt, erwartete Pomponius eine Nachricht des Tiberius Cäcilius, der ihn dringend um seinen Besuch bat. Pomponius vermutete, dass der alte Senator inzwischen vom Tod seines Neffen erfahren hatte, und er wollte diesen Kondolenzbesuch möglichst rasch hinter sich bringen. Corinthus, der seit dem Tod Gratias das Interesse an der Tätigkeit des Pomponius verloren zu haben schien, bat mitgenommen zu werden und Pomponius schlug ihm diese Bitte nicht ab, obwohl er argwöhnte, das Mädchen Sabina habe etwas damit zu tun.

Das Haus des Tiberius Cäcilius hatte sich in ein Trauerhaus verwandelt. Die Frauen hatten das Gesicht mit dem traditionellen Schal verhüllt und vor dem Hausaltar rauchten die Opfergaben. Eine mit Blumen geschmückte Bahre stand im Atrium, war aber leer, offenbar weil der Leichnam des Lucius noch nicht den Weg nach Hause gefunden hatte. An der leeren Bahre kauerten vier professionelle Klageweiber und jammerten in einem gleichbleibenden Singsang, der deutlich an Lautstärke zunahm, als Besucher eintrafen. Pomponius eilte mit ausgestreckten Armen auf Tiberius zu und bekundete in tief bewegten Worten seine Anteilnahme.

Tiberius führte Pomponius in sein Arbeitszimmer und klagte: „Ich war wie vom Blitz getroffen, als ich die Nachricht vom Tod des Lucius erhielt; ein tragischer Unfall, wie man mir gesagt hat. Lucius war mein einziger lebender Verwandter. Jetzt ist alles vergebens, was ich zu seiner Rettung unternommen habe. Mit mir wird die Familie der Cäcilier erlöschen."

„Das stimmt doch gar nicht", wandte Pomponius ein. „Du hast eine Tochter."

„Du meinst Sabina? Sie ist nur eine Sklavin, Tochter einer Sklavin."

„Hast du ihre Mutter geliebt? Hast du um sie getrauert, als sie gestorben ist?"

„Ich habe drei Tage und drei Nächte um sie geweint", gestand Tiberius. „Dann habe ich sie in unserem Familiengrab an der Via Appia beigesetzt."

„Und liebst du Sabina?"

„Mehr noch, als ich ihre Mutter geliebt habe."

„Dann verstehe ich zwar deine Trauer um Lucius, aber ich verstehe deine Resignation nicht", sprach Pomponius. „Eines kann ich dir versprechen: Marcus Caecilianus Placidus wird dich nicht länger mit einer Anklage bedrängen. Das kann ich erwirken und du kannst den Blick ohne Sorgen in die Zukunft richten. Diese Zukunft heißt Sabina. Du bist doch ein reicher Mann! Du hast Einfluss und du kannst dir die besten Anwälte der Stadt leisten. Du kannst, wenn es nötig ist, Dokumente fälschen lassen und sogar Beamte und Richter bestechen! Sorge dafür, dass Sabina dereinst als freie Frau unangefochten dein Erbe antreten kann, auf dass dein ruhmreiches Geschlecht in ihr und ihren Kindern weiterlebt."

In der Tiefe des Hauses hörte man ein Mädchen und einen Jungen lachen, was so gar nicht zu der Trauerstimmung passte. Dennoch schien es Tiberius neuen Mut zu geben und die Verzweiflung, in der er erstarrt war, aufzulösen. „Du hast recht", sagte er, während ihm die Tränen in die Augen traten. „Wie konnte ich nur dem Naheliegenden gegenüber so blind sein? Willst du mir mit deinem juristischen Sachverstand nicht bei der Umsetzung dieses Plans beistehen?"

„Ich muss Rom bald verlassen und es gibt Bessere für diese Aufgabe. Ich an deiner Stelle würde sogar in Erwägung ziehen, Marcus Caecilianus Placidus beizuziehen. Der Mann ist zwar ein gewissenloser Schurke, aber der gerissenste Anwalt, den ich kenne. Wenn du ihm genug bezahlst, weist er wahrscheinlich sogar nach, dass Sabina deine eheliche Tochter ist, obwohl ich mir als einfacher Hausjurist nicht vorstellen kann, wie das gehen soll." Pomponius erhob sich. „Ich muss dich jetzt verlassen, Tiberius Cäcilius, und wir werden uns wahrscheinlich nicht wiedersehen. Trotz der Trauer, die du wegen Lucius empfindest, wage ich es, dir für die Zukunft mit deiner Tochter Glück und den Segen der Götter zu wünschen. Nochmals: Wegen Marcus Caecilianus Placidus brauchst du dir keine Sorgen mehr zu machen."

„Wie kann ich dir nur danken", rief Tiberius und umarmte Pomponius. „Bitte übermittle auch meinem alten Freund Masculinius meinen Dank dafür, dass er dich zu mir geschickt hat."

Pomponius war zwar der Meinung, dass dem verschlagenen Masculinius kein besonderer Dank gebührte, er versprach aber, auch das zu tun.

Corinthus musste erst gesucht werden. Man fand ihn schließlich in einer Ecke des Gartens, wo er mit Sabina beisammensaß und ihr Unsinnigkeiten erzählte, die sie zu entzücken schienen. Widerwillig trennte sich Corinthus von Sabina und versprach ihr flüsternd, sie bald wieder zu besuchen. Pomponius verzichtete darauf, ihm zu erzählen, dass sie die Tochter des Tiberius und wahrscheinlich dessen Erbin sei, sondern hielt ihm nur einen allgemeinen Vortrag über die Unstatthaftigkeit einer nicht standesgemäßen Verbindung, was von Corinthus verständnislos angehört wurde.

Daraufhin schickte Pomponius seinen jungen Begleiter nach Hause und begab sich zu Scantilla. Er hatte ein langes Gespräch mit ihr, das zu seiner Enttäuschung nicht mit einer Liebesnacht endete. Scantilla wirkte angespannt und nervös, sagte ihm aber ihre Hilfe bei seinem Anschlag auf Lycius zu. Dann wies sie seine Annäherungsversuche nachdrücklich zurück und schickte ihn weg.

„Ich bin froh, dass meine Herrin endlich zur Vernunft gekommen ist und nichts mehr mit dir zu tun haben will", kicherte Lycia voller boshafter Befriedigung, als sie Pomponius aus dem Haus ließ, und schlug die Tür hinter ihm zu.

An diesem Tag geschah nichts Bemerkenswertes mehr. Pomponius kehrte in sein Quartier zurück und holte die versäumten Mahlzeiten nach.

Er wartete bis spät in die Nacht auf Valeria, sie revanchierte sich aber scheinbar für seine nächtlichen Absenzen und kam nicht. Pomponius nahm schließlich zur Kenntnis, dass die Frauen in dieser Nacht kein Interesse an ihm hatten und begab sich allein zu Bett.

XXXIII

Am nächsten Morgen ließ sich Pomponius von Demetrius Schreibzeug bringen und verfasste im besten Juristenlatein einen Brief an seinen Anwaltskollegen Marcus Caecilianus Placidus. Er erklärte förmlich, dass er keine Zweifel mehr an der Schuld des verstorbenen Lucius Cäcilius hege und er es bedaure, wenn er durch seine gelegentlich geäußerten Zweifel den Opferfamilien oder auch anderen betroffenen Personen Kummer bereitet habe. Aus seiner Sicht bestünde daher keine Notwendigkeit mehr, gleichsam als Gegenreaktion auf seine Versuche, Zweifel an der Schuld des Lucius zu wecken, weil es solche Zweifel nicht mehr gäbe, mit einem Prozess gegen Tiberius Cäcilius vorzugehen. Er erlaube sich den Hinweis, dass der Ausgang eines solchen Prozesses ohnehin höchst ungewiss sei und auch ein erhebliches Risiko für den Ankläger in sich berge. Daher schlage er vor, die Sache einverständlich auf sich beruhen zu lassen, so wie bereits mündlich besprochen.

Corinthus wurde losgeschickt, um den Brief zuzustellen.

Überraschenderweise traf noch am Vormittag die Antwort des Placidus ein. Er bedankte sich für das Schreiben des Pomponius und erklärte sich verbindlich damit einverstanden, jede weitere juristischen Schritte gegen Tiberius Cäcilius zu unterlassen. Pomponius glaubte zwischen den Zeilen eine gewisse Erleichterung herauszuhören. Es schien, dass Placidus kein gutes Gefühl gehabt hatte und froh war, aus der ganzen Sache heraus zu sein.

Pomponius verfasste einen weiteren Brief, diesmal an Tiberius Cäcilius, und legte das Schreiben des Marcus Caecilianus Placidus bei, zum Beweis dafür, dass er sein Versprechen eingehalten und Tiberius von der Sorge eines drohenden Gerichtsverfahrens befreit hatte.

Mit der Zustellung dieses Briefes wurde abermals Corinthus beauftragt, den die Aussicht, vielleicht Sabina wiedersehen zu können, mit unverhüllter Freude erfüllte. Pomponius merkte das sehr wohl und er schwankte, ob er Corinthus sagen solle, dass dieses Mädchen nichts für ihn sei. Dann entschied er sich dagegen. „Ich bekomme ja nicht einmal meine eigenen Beziehungsprobleme in den Griff", so dachte er. „Wer bin ich denn, dass ich anderen in solchen Angelegenheiten einen Rat geben könnte."

Weil er sich aber trotzdem für Corinthus verantwortlich fühlte und meinte, man müsse gelegentlich unangenehme Aufgaben auch delegieren, zog er Demetrius ins Vertrauen. Er erzählte ihm, dass Sabina die leibliche Tochter des Tiberius und wahrscheinlich dessen Erbin sei, weshalb eine Beziehung zu einem Sklavenjungen, so unschuldig sie zunächst auch sein mochte, eine gesellschaftliche und auch rechtliche Unmöglichkeit darstelle. Er riet Demetrius, seinem Schützling diesbezüglich ehestens die Augen zu öffnen, damit dem Jungen größerer Kummer und auch Unannehmlichkeiten und Demütigungen erspart blieben.

Nachdem Pomponius auch dieses Problem zu seiner Zufriedenheit, nicht unbedingt zu der des Demetrius, gelöst hatte, blieb ihm nichts anderes übrig, als auf Nachricht von Scantilla zu warten.

Der Nachmittag verstrich und die neunte Stunde des Tages brach an; noch drei Stunden bis zum Einbruch der Nacht. Pomponius begann langsam zu zweifeln, dass sein Plan noch an diesem Tag funktionieren werde. Dann brachte ihm Demetrius ein Wachstäfelchen, das am Tor für ihn abgegeben worden war. Er brach das Siegel auf und las die Nachricht. Sie bestand nur aus einem einzigen Wort: „Jetzt." Unterzeichnet war mit ‚Penelope', dem Namen, den Scantilla in Carnuntum benutzt hatte. Scantilla kannte sehr wohl die Gefahr, die von schriftlichen Aufzeichnungen und Briefen ausgehen konnte und war stets bemüht, sich bedeckt zu halten. Eine Einsicht, die Faustina nicht beherzigt, wie Pomponius schon zu seinem Leidwesen erfahren hatt, und die gerne Briefe schrieb, auch solche, die besser ungeschrieben geblieben wären.

Pomponius löschte die Nachricht mit dem flachen Ende seines Stilus, stand auf und steckte seine Waffen zu sich. Demetrius beobachtete ihn mit Sorge und dachte an die Nacht, in der Siculus den Tod gefunden hatte. Er zweifelte nicht daran, dass auch in dieser Nacht Ähnliches geschehen werde. „Viel Glück, Herr", sagte er leise.

Pomponius nickte ihm zu. „Du brauchst nicht auf mich zu warten, mein getreuer Demetrius. Sollte ich morgen noch nicht zurück sein, verständige die erhabene Faustina."

Pomponius verließ den Palast und begab sich zielstrebig zu den Lagerhäusern am Tiber, dort wo man die beiden toten Mädchen gefunden hatte. Er ließ jede Vorsicht außer Acht und drehte sich kein einziges Mal um. Scantillas Nachricht bedeutete, dass sie Lycius ausgemacht hatte, der in der Nähe des Palastes lauerte, offenbar in der Hoffnung, Pomponius werde ausgehen. Pomponius hatte mit seinem Verdacht recht gehabt. Sein Einverständnis mit Marcus Caecilianus Placidus hatte dem Anwalt zwar die Möglichkeit geboten, sich unter Wahrung seines Gesichtes aus dieser heiklen Sache zurückzuziehen, es hatte aber nicht ausgereicht, den Mörder zu beruhigen. Das war ihm spätestens seit seinem Gespräch mit Marcus Oclatinius Adventus klar geworden. Der Mordbefehl gegen ihn musste nachdrücklich erneuert worden sein und jetzt schlich ihm Lycius hinterher. Wäre es anders gewesen, so hätte ihn Scantilla bereits kontaktiert.

Pomponius erreichte das Hafengelände um die zehnte Stunde und betrat ohne zu zögern die Falle, die Scantilla und Paulus vorbereitet hatten. Es war das Lagerhaus des Titus Crispinus. Das Tor war nur angelehnt, die Halle zur Hälfte mit Getreide gefüllt. Pomponius sah sich um, entdeckte den Verschlag, den Calpurnianus erwähnt hatte, und stieß die unversperrte Tür auf. Obwohl seither mehr als ein Jahr vergangen war, fand er alles so vor, wie es ihm Calpurnianus beschrieben hatte. Wenigstens hatte man die Bettlaken gewechselt. Sie sahen leidlich frisch und unbenutzt aus. Ein muffiger Geruch, der teils von dem draußen gelagerten Getreide kam, teils dem Raum selbst eigentümlich war, hing in der Luft. Durch ein kleines vergittertes Fenster fiel Licht herein. Hier war also Bruttia gestorben. Pomponius kniete am Boden nieder und fand vor dem Bett die dunklen Flecken, die schon Calpurnianus aufgefallen waren. Er zweifelte nicht daran, dass es sich um Blutspuren handelte.

Pomponius setzte sich so, dass er die Tür im Auge behalten konnte, und legte seinen Dolch vor sich auf den Tisch. Dann wartete er und kam sich vor, wie das Lamm, das als Köder in einer Raubtierfalle dient.

Lycius war vorsichtig. Er eilte Pomponius nicht blindlings nach, sondern sah sich vorher gründlich um. Es dauerte gut eine halbe Stunde, bis er schließlich doch kam. Die Tür schwang auf und Pomponius sah eine dunkle Gestalt mit dem blanken Schwert in der Faust im Türrahmen stehen.

„Wer bist du, was willst du von mir?", rief Pomponius.

„Du weißt es. Mein Name ist Lycius und ich bin hier, um dich zu töten."

Pomponius fasste seinen Dolch.

„Glaubst du wirklich, du kannst mit diesem lächerlichen Messer etwas gegen mich und mein Schwert ausrichten?", fragte Lycius und trat in den Raum.

„Warum willst du mich töten", stieß Pomponius hervor. Dabei dachte er: „Wenn mich Scantilla jetzt hängen lässt, bin ich selbst in die Falle gelaufen. Das war von Anfang an das Risiko dabei."

„Warum du getötet werden sollst, musst du selbst wissen", antwortete Lycius. „Was mich anlangt, so töte ich dich, weil ich dafür bezahlt werde."

Er zückte sein Schwert und machte einen weiteren Schritt auf Pomponius zu.

Pomponius sprang auf und wich bis an die Wand zurück. Dabei hielt er seinen Dolch stoßbereit vor sich. Lycius machte Anstalten, ihm nachzusetzen.

„Einen Schritt noch, Lycius, und du fährst auf der Stelle in die Unterwelt", sagte eine drohende Stimme.

Lycius fuhr überrascht herum. Hinter ihm stand groß und breit Paulus und zielte mit seinem Schwert auf den Hals des Meuchelmörders.

„Leg dein Schwert auf den Boden", befahl eine andere Stimme. Scantilla war ebenfalls eingetreten und hielt ein langes schmales Messer in der Hand.

Lycius sah gehetzt um sich und versuchte seine Möglichkeiten abzuschätzen. Hinter ihm stand ein schwarzbärtiger Hüne, der ihn mit einem Schwert bedrohte, seitlich eine Frau, die ein Messer in der Hand hielt, wie es von professionellen Mördern verwendet wurde. Lycius kannte sich damit aus. Die Frau konnte mit dieser Waffe sicher umgehen und sie war gefährlich wie eine Giftschlange. Vor ihm stand Pomponius mit einem Dolch in der Hand und war zu allem bereit. Das war zu viel, dagegen hatte er keine Chance. Lycius kapitulierte und legte sein Schwert auf den Boden.

„So ist es gut", sagte Paulus. „Er gehört dir, Pomponius."

Pomponius setzte sich wieder an den Tisch und sah Lycius an. „Es freut mich, mein Lycius, dass wir endlich Gelegenheit haben, in Ruhe miteinander zu reden. Unsere bisherigen Begegnungen waren ja von einer gewissen Hektik und Feindseligkeit überschattet."

„Verrecken sollst du, du Hundsfott", fauchte Lycius.

„Lycius, Lycius", ermahnte ihn Pomponius unverändert freundlich. „So solltest du nicht mit mir reden. Hoffst du eigentlich, diesen Raum lebend zu verlassen?"

„Nein", antwortete Lycius. „Nicht wenn stimmt, was man mir über dich erzählt hat. Du hast ja auch Siculus erstochen."

„Das stimmt nicht", erklärte Pomponius. „Ich hätte Siculus zwar umgebracht, wenn er mir in die Hände gefallen wäre, aber man ist mir zuvorgekommen. Es waren die Leute, mit denen du gemeinsame Sache machst, Lycius. Sie haben ihn getötet, weil sie ihn für ein Sicherheitsrisiko hielten. Gibt dir das nicht zu denken?"

„Das glaube ich nicht", stieß Lycius hervor.

„Du armer Tor!", war alles, was Pomponius sagte.

Lycius sah Pomponius an und schwankte zwischen Hoffnung und Resignation. „Was willst du von mir?", fragte er schließlich. „Wenn du mich töten willst, so tu es, aber erspar mir deine Klugscheißereien."

„Was ich von dir will, mein Lycius? Ich will dir helfen, damit dir nicht dasselbe widerfährt wie Siculus. Du musst mir nur sagen, wer dein Auftraggeber ist."

„Das sage ich dir nicht. Das wäre ja gegen alle Ehre."

„So gefällst du mir, Lycius. Du bist ein Schurke mit Ehrgefühl. Du bist sogar bereit Qualen und Tod zu erdulden, nur um deinen Auftraggeber zu schützen. Siehst du meine Freundin dort? Du kannst dir gar nicht vorstellen, was sie mit ihrem Messer alles anfangen kann. Wir haben die ganze Nacht Zeit und wenn sie mit dir fertig ist, wirst du mir alles gesagt haben, was ich wissen will und dankbar für den Todesstoß sein."

Lycius wandte sich um und sah Scantilla an. Sie lächelte bösartig und ließ ihr Messer um das Handgelenk wirbeln, ein guter Trick, der sehr bedrohlich wirkte.

„Aber ich will deine Ehre schonen", fuhr Pomponius fort, „damit du siehst, dass ich es gut mit dir meine. Er trat an Lycius heran, setzt ihm seinen Dolch an die Kehle und flüsterte ihm etwas ins Ohr.

„Du weißt es", rief Lycius verstört.

„Natürlich weiß ich es", antwortete Pomponius und nahm wieder hinter dem Tisch Platz. „Und jetzt lass uns endlich vernünftig reden. Wie viel hat er dir für meine Ermordung bezahlt?"

„Fünfhundert Sesterzen", gestand Lycius. „Zweihundertfünfzig im Voraus habe ich schon erhalten."

„Du verkaufst dich zu billig", sagte Pomponius. Er zog ein Tuch beiseite, das vor ihm auf dem Tisch lag. Darunter waren zehn Goldmünzen aufgeschichtet. „Weißt du, wieviel das ist?"

„Tausend Sesterzen."

„Ja, tausend Sesterzen, die dir gehören können."

„Das geht nicht", protestierte Lycius. „Du kannst mich zwar töten, aber du kannst mir den Mordauftrag gegen dich nicht abkaufen. Das wäre ja gegen Treu und Glauben meinem Auftraggeber gegenüber und ich bin ein ehrlicher Mann."

„Das verlange ich auch gar nicht, du ehrlicher Schurke. Meinetwegen kannst du ruhig weiter versuchen mich umzubringen, wenn das dein Gewissen beruhigt. Nein, diese tausend Sesterzen sind für einen anderen Auftrag, den du für mich übernehmen sollst."

„Du willst, dass ich jemanden für dich töte?", fragte Lycius ungläubig.

„Ja, das will ich. Ich will, dass du den Mann tötest, der dich beauftragt hat, mich zu beseitigen. Ich sehe keinen Grund, warum das nicht möglich sein sollte: Ein anderer Auftrag, ein anderes Geschäft und kein Verstoß gegen Treu und Glauben."

Lycius war durch diese Spitzfindigkeiten sichtlich überfordert. Er starrte Pomponius an und versuchte den Haken an der Sache zu finden. Pomponius lächelte und legte fünf weitere Goldmünzen auf den Tisch. „Letztes Angebot", sagte er. „Tausendfünfhundert Sesterzen. Gleich jetzt und hier, oder du stirbst, ebenfalls gleich jetzt und hier."

„Einverstanden", keuchte Lycius.

„Sehr gut", sagte Pomponius. „Du siehst, es ist besser miteinander zu reden, als gleich aufeinander loszugehen. Eines wäre aber zu beachten: Es darf nicht wie ein Mord aussehen, sondern es soll wie ein Unfall oder meinetwegen ein Selbstmord wirken. Bekommst du das hin? So wie bei dem jungen Lucius? Ich nehme an das warst auch du?"

„Natürlich bekomme ich das hin", versicherte Lycius, ohne zu bestreiten, dass er Lucius in den Albaner Bergen ersäuft hatte.

Mit vor Gier zitternden Händen streifte er die Münzen ein, die ihm Pomponius über den Tisch schob.

„Du hast mir bewiesen, dass du ein ehrlicher Mann bist und ich dir vertrauen kann", verkündete Pomponius. „Dennoch will ich dir auch das sagen: Solltest du mit dem Geld hier hinausgehen und einfach vergessen, was wir vereinbart haben, so werde ich deinen Auftraggeber wissen lassen, dass du mir seinen Namen verraten hast. Wie lange, glaubst du, bleibst du dann noch am Leben? Denk an Siculus! Jetzt heb dein Schwert auf, Lycius, und geh. Du hast viel zu tun und ich erwarte schon bald ein Ergebnis."

„Ich begreife immer mehr, wie du deine Fälle löst, Pomponius", meinte Scantilla, nachdem Lycius fortgeeilt war. „Du bist ein sehr gefährlicher Mann, gefährlicher als ich bisher gedacht habe."

„Und du bist eine sehr begehrenswerte Frau", lächelte Pomponius, „an deren Gefährlichkeit ich nie gezweifelt habe." Er küsste sie unvermutet auf den Mund.

„Das darfst du nie so überraschend tun", rügte ihn Scantilla „besonders nicht, wenn ich ein Messer in der Hand habe. Was hast du dir dabei nur gedacht?"

„Ich wollte dich nur zärtlich darauf vorbereiten, dass es für dich noch eine kleine Unannehmlichkeit zu erledigen gibt."

„Ich habe schon befürchtet, dass es an mir hängenbleibt", stöhnte Scantilla. „Lycius kennt jetzt mein Gesicht und stellt für mich ein Problem dar. Meine Dienststelle darf nie erfahren, dass ich an dieser Aktion beteiligt war. Sobald er getan hat, wofür du ihn bezahlt hast, werde ich dieses Risiko beseitigen müssen."

„Nichts anderes verdient er", erklärte Pomponius zufrieden. „Dass er versucht hat, mich umzubringen, könnte ich ihm ja noch nachsehen, nicht aber, was er dem armen Lucius angetan hat."

Einträchtig wanderte das Trio durch die anbrechende Nacht zu Scantillas Haus, das ja nicht allzu weit entfernt war. Dort angelangt, verabschiedete sich Paulus und niemand begehrte zu wissen, wo beziehungsweise bei wem er die Nacht zu verbringen gedachte. Ebenso wenig braucht es uns zu interessieren, wo Pomponius diese Nacht verbrachte, weil das auf den Fortgang unserer Geschichte keinen Einfluss hat. Dennoch soll der guten Ordnung halber und auch um die Chronologie aufrechtzuerhalten angemerkt werden, dass ihn Scantilla überraschend ins Haus bat, um mit ihm noch etwas zu besprechen, wie sie sagte. Wie sich herausstellte, dauerte diese Besprechung recht lange, weshalb Pomponius erst am nächsten Morgen in den Palast zurückkehrte, gerade noch rechtzeitig, bevor Demetrius begann, sich ernsthafte Sorgen um ihn zu machen.

XXXIV

In den nächsten beiden Tagen geschah nichts, das es wert wäre, berichtet zu werden. Scantilla hatte Pomponius befohlen, ihr fernzubleiben, weil sie zu beschäftigt sei, um sich mit ihm abzugeben. Pomponius wartete ab und vertrieb sich die Zeit damit, dass er auf das Forum ging und dort bei verschiedenen Gerichtsverhandlungen zuhörte. Abgesehen von Quadratus, der unverdrossen auf der Suche nach Mandanten war, traf er dort keine Bekannten.

Am Morgen des dritten Tages wurde Pomponius durch laute Stimmen und laufende Schritte vor seiner Tür geweckt. Valeria hatte ihn bereits verlassen und ihm seinen Morgenschlaf gegönnt.

Pomponius rappelte sich auf und warf sich seinen Bademantel über. Ehe er die Tür öffnen und sich über den Lärm beschweren konnte, stürmte Demetrius herein.

„Hast du schon gehört, Herr?", fragte er aufgeregt.

„Ich höre nur Geschrei und Lärm zu nachtschlafender Zeit", entgegnete Pomponius. „Was ist geschehen?"

„Priscinius hat sich umgebracht!"

Pomponius atmete tief ein. „Es ist geschehen", dachte er erleichtert. „Lycius hat seinen Auftrag ausgeführt und, wie es scheint, sehr geschickt."

„Wie tragisch!", rief er. „Berichte mir Näheres, Demetrius."

Man hatte Priscinius am Morgen im Bad gefunden. Er saß im mittleren Becken des Caldariums, so wie er es zu Lebzeiten gern getan hatte, und war tot. Das Wasser hatte sich in eine rote Brühe verwandelt, weil sich Priscinius die Pulsadern aufgeschnitten hatte und verblutet war. Als Werkzeug hatte ihm das kleine Messer gedient, das er stets in einem Holzschiffchen verborgen ins Bad mitnahm. Spuren von Fremdeinwirkung waren nicht bemerkt worden und man hatte auch nicht danach gesucht. Es war allzu offensichtlich, dass Priscinius diese Welt auf eigenen Wunsch verlassen hatte.

Pomponius bekundete in angemessenen Worten seine Betroffenheit. Dann ließ er sich sein Frühstück bringen, das er mit bestem Appetit verzehrte.

Um die vierte Stunde wurde er zu Faustina gerufen. Es war das erste Mal, seit er in Rom weilte, dass sie ihn zu sprechen wünschte. Pomponius legte sein bestes Gewand an und eilte, um die Erhabene nicht warten zu lassen.

Faustina residierte in ihrem Audienzzimmer im ersten Stock des Palastes. Es waren etliche ihrer Damen, darunter auch Valeria, und einige Höflinge anwesend.

Pomponius sank auf die Knie. „Du hast mich rufen lassen, Erhabene?"

Faustina saß auf einem thronähnlichen Stuhl und studierte ein Schriftstück, das ihr einer ihrer Höflinge gereicht hatte. Sie hob den Kopf und sagte fast gleichgültig: „Da bist du ja, Pomponius. Ich habe mit dir zu reden. Mir sind Beschwerden über dein unmoralisches Verhalten zu Ohren gekommen. Es wird notwendig sein, dass du deinen Lebenswandel änderst, wenn du weiter mein Wohlwollen genießen willst." Sie machte eine gebieterische Handbewegung. „Lasst uns allein. Was ich diesem Sittenstrolch zu sagen habe, ist nicht für eure Ohren bestimmt."

Sogleich verließen alle anderen Anwesenden den Raum.

Als sie allein waren, sagte Faustina. „Du kannst jetzt aufstehen und aufhören den reuigen Sünder zu spielen. Das war nur für dieses neugierige Pack gedacht. Dein Lebenswandel ist mir höchst gleichgültig. Wir haben Wichtigeres zu besprechen. Du darfst dich auf diesen Schemel dort setzen."

Es war eine ungewöhnliche Ehre in Gegenwart der Kaiserin sitzen zu dürfen und ein Zeichen dafür, dass eine sehr ernsthafte Unterredung bevorstand.

„Wie ich höre", begann Faustina, „ist vergangene Nacht unser gute Priscinius aus dem Leben geschieden. Kannst du dir vorstellen, was ihn dazu veranlasst haben könnte?"

„Das ist schwer zu sagen, Erhabene. Vielleicht hat er so eine Schuld gesühnt, die ihm unerträgliche Gewissensqualen verursacht hat."

„Von seiner Schuld bin ich überzeugt, aber nicht davon, dass er deswegen Gewissensqualen gelitten hat." Faustina sah Pomponius ernst an. „Auch wenn ich nicht alle Einzelheiten kenne, so weiß ich doch, was er getan hat."

„Davon bin ich stets ausgegangen, Erhabene", sagte Pomponius und senkte demütig das Haupt.

„Hast du ihn umgebracht?"

„Nicht persönlich, Erhabene!"

„Erzähl mir, was vorgefallen ist", befahl Faustina, „und sei ohne Furcht. Ich werde nichts von dem, was du getan hast, missbilligen."

„Es hat vor etwa zwei Jahren begonnen", berichtete Pomponius. „Damals sind drei Männer nach Rom gekommen, die einander von ihrem Einsatz an der Donaufront sehr gut gekannt haben: Priscinius, sein Vertrauter Siculus und der jetzige Kommandant der Frumentarii Marcus Oclatinius Adventus. Priscinius war von deinem erhabenen Gemahl als Lehrer für den Cäsar Commodus bestimmt worden. Nach einiger Zeit fanden Priscinius und in seinem Gefolge Siculus Anschluss an die römische Gesellschaft. Gemeinsam verkehrten sie im Hause des Marcus Bassianus und lernten dabei auch dessen Tochter Annia kennen. Zwischen Priscinius und Annia entwickelte sich ein Liebesverhältnis, das die beiden aber geheim hielten, weil Annia ja schon verlobt war. Siculus seinerseits lernte Bruttia, die Freundin Annias, kennen. Ich kann nicht sagen, ob auch diese beiden etwas miteinander hatten, gute Bekannte waren sie sicher. Wie gesagt, waren Priscinius und Annia sehr vorsichtig, weshalb oft Siculus den Boten machen musste, wenn sie sich verabreden wollten. Dabei wurden sie von einem Sklaven beobachtet, den Annias misstrauischer Verlobter seiner Zukünftigen nachgeschickt hatte.

Dann lernte Annia den jungen Lucius Cäcilius kennen und fing auch mit ihm eine Affäre an. Als Priscinius dahinterkam, raste er vor Wut und Eifersucht und brachte Annia auf bestialische Weise um. Der Truppendienst hat diesen Mann, der schon von Natur aus herrschsüchtig und gewalttätig war, gänzlich verrohen lassen. Er konnte es einfach nicht ertragen, von einer Frau betrogen oder vielleicht sogar verlassen zu werden. Er hat sie auf eine Weise bestraft, die ihm angemessen schien. Bruttia, die über die Verhältnisse der Annia informiert war, musste ihn von Anfang an im Verdacht gehabt haben und sie vertraute sich Siculus an, der sofort Priscinius informierte.

Jetzt fasste Priscinius einen ungeheuerlichen Plan und fühlte sich dabei wohl wie ein Stratege, der mit seiner Legion den Feind in einen Hinterhalt lockt. Er beschloss, auch seinen Nebenbuhler Lucius zu vernichten und gleichzeitig eine gefährliche Zeugin zum Schweigen zu bringen. Es gelang ihm, Siculus der ihm ergeben war und dem wahrscheinlich auch nicht viel an Bruttia lag, dazu zu bringen, Bruttia zu ermorden. Um Lucius diesen Mord in die Schuhe zu schieben bediente sich Priscinius der Unterstützung eines Subjektes namens Lycius, der Lucius an jenen Ort lockte, an dem die Leiche Bruttias lag, und seines alten Freundes Marcus Oclatinius Adventus, der seine Agentin Scantilla an diesen Ort beorderte, damit sie die Täterschaft des Lucius bezeugen konnte.

Priscinius beauftragte daraufhin den Anwalt Marcus Caecilianus Placidus mit der Anklage gegen Lucius und zunächst schien der Plan auch aufzugehen. Lucius wurde sowohl wegen des Mordes an Annia als auch wegen jenem an Bruttia zum Tode verurteilt.

Es muss für Priscinius ein herber Rückschlag gewesen sein, dass Lucius der Hinrichtung durch das Dazwischentreten einer Vestalin entging. Wie es seinem rachsüchtigen und nachtragenden Charakter entsprach, wollte er sich nicht damit begnügen, dass Lucius nun als Geächteter galt. Er wollte nach wie vor seinen Tod und er glaubte wohl besonders schlau zu handeln, als er den Anwalt Marcus Caecilianus Placidus beauftragte, nunmehr gegen den Onkel des Lucius, Tiberius Cäcilius, vorzugehen und ihm ein frevelhaftes Verhältnis mit einer Vestalin, die sich bereitfand, für Lucius einen Meineid zu schwören, vorzuwerfen.

Meine Ankunft in Rom und meine Nachforschungen störten diese Umtriebe erheblich. Letztlich gab Priscinius seine Pläne, die er für so raffiniert gehalten hatte, auf und griff zu weniger subtilen Mitteln. Er ließ Lucius einfach durch den genannten Lycius umbringen.

Nachdem ich Lycius auf die Spur gekommen war, erwies Marcus Oclatinius Adventus seinem Kumpanen Priscinius einen weiteren Dienst, indem er Siculus töten ließ, damit ich nicht die Wahrheit aus ihm heraushole.

Obwohl ich mehrfach versichert hatte, dass ich meine Untersuchungen im Falle der Mädchenmorde aufgegeben hätte, glaubte mir Priscinius nicht. Er befahl daher dem Lycius, auch mich zu töten. Dadurch wurde es mir mit Hilfe Scantillas möglich, mich des Lycius zu bemächtigen. Ich stellte ihn vor die Wahl zu sterben, oder für viel Geld den Mann, der meine Ermordung angeordnet hatte, zu töten. Er wählte das Geld und sein Leben. Das sind in aller Kürze die Ereignisse, so wie sie sich mir darstellen. Ich nehme aber an, es gibt noch einen Teil der Geschichte, den ich nicht kenne." Pomponius sah Faustina abwartend an.

„Ja, den gibt es", bestätigte Faustina, „und ich will dir meinen Teil erzählen. Ich war von Anfang an darüber unglücklich, dass mein Gemahl Priscinius zum Lehrer für unseren Sohn bestimmt hat. Ich verabscheute den Mann wegen seines brutalen und engstirnigen Charakters. Nun darfst du nicht glauben, Pomponius, dass ich über eine große Machtfülle verfüge. Mein Gemahl liebt mich zwar, aber ich konnte ihn in entscheidenden Dingen nie beeinflussen und er duldet es auch gar nicht, dass ich mich in seine Aufgaben einmische. Er hielt wegen dessen militärischer Erfolge große Stücke auf Priscinius und nichts, was ich gesagt hätte, hätte daran etwas geändert.

Dann ereignete sich aber ein verstörender Vorfall. Nach dem Tod der Annia brüstete sich Priscinius im Rausch meinem Sohn gegenüber mit seiner Tat und stellte sie ihm als Lehrbeispiel dafür hin, wie mit Verrätern zu verfahren sei. Commodus, der sonst nie viel mit mir redet, hat mir davon erzählt. Was mich aber am meisten erschüttert hat, war die Tatsache, dass Commodus das Verhalten seines Lehrers billigte und guthieß. Für mich war klar, dass Priscinius einen unheilvollen Einfluss auf meinen Sohn ausübte und dass er aus dessen Umfeld entfernt werden musste. Mich an meinen Gatten zu wenden, hielt ich nach wie vor für aussichtslos. Marc Aurel hat alle Hände voll mit dem Germanenkrieg zu tun und würde solche Vorwürfe einfach als unglaubwürdig abtun. Mein Gatte ist ein weitblickender Mann, aber er kann sich einfach nicht vorstellen, dass ein guter und loyaler Truppenführer im Privatleben eine Bestie ist.

In meiner Not wandte ich mich an deinen Kommandanten, Masculinius. Der wusste zunächst auch keinen Rat, aber dann kam der Brief aus Rom, in dem ihn sein alter Bekannter Tiberius Cäcilius um Hilfe bat. Masculinius erkannte sofort die Zusammenhänge mit meinem Problem und entschloss sich, dich nach Rom zu schicken, um Tiberius beizustehen.

So kam es, dass du mich nach Rom begleitet hast. Ich und Valeria haben dich im Palast untergebracht und dafür gesorgt, dass du in Demetrius einen klugen und bestens informierten Diener bekommst. Scantilla, die ich ebenfalls zu meinen Vertrauten zähle, war der Meinung, dass du sehr bald Kontakt mit ihr aufnehmen werdest. Also habe ich auch Scantilla gebeten, dich nach Möglichkeit zu unterstützen, was sie ja auch getan hat. Den Kontakt zwischen mir und Scantilla hat ausschließlich Valeria aufrechterhalten, um Scantilla nicht zu gefährden."

„Und alle haben gewusst, worum es wirklich geht", warf Pomponius bitter ein, während ich zunächst dachte, es handle sich bloß um ein juristisches Problem. Wäre es nicht klüger gewesen, mir von Anfang an reinen Wein einzuschenken?"

„Das hatte ich auch vor, versicherte Faustina, „aber Masculinius riet mir davon ab. Er meinte, du würdest dann am besten arbeiten, wenn du in einen Fall geworfen wirst, wie in kaltes Wasser, und selbst dahinterkommen musst, worum es wirklich geht und was zu tun ist. Wie sich gezeigt hat, hatte er damit recht."

„Ich will meinen Kommandanten nicht kritisieren", sagte Pomponius, „aber ich sehe das anders. Hätte ich Bescheid gewusst, so hätte ich das Problem rasch und unauffällig gelöst und unschuldige Menschen wären nicht gestorben." Er dachte an Gratia und Lucius.

„Wie auch immer", meinte Faustina besänftigend. „Jetzt ist es vorbei. Alle Schuldigen sind tot."

„Bis auf Marcus Oclatinius Adventus", wandte Pomponius ein.

Faustina wiegte den Kopf. „Marcus Oclatinius Adventus ist ein Mann, den vor allem Ehrgeiz antreibt. Ich vermute, er hat Priscinius deswegen geholfen, weil er ihn sich für die Zukunft verpflichten wollte. Mein Gemahl hält auch von Adventus große Stücke, und was die Frumentarii tun, entzieht sich ohnehin meist rechtlichen und moralischen Maßstäben. Du weißt das am besten. Ich denke, wir lassen Adventus unbehelligt. Er wird froh sein, unbeschadet aus der Angelegenheit herauszukommen und keine Schwierigkeiten bereiten."

„Wenn du meinst, Erhabene."

„Ja, das meine ich, Pomponius, und ich bin dir einmal mehr zu Dank verpflichtet."

„Es ist mir stets eine Ehre, dir dienen zu dürfen", erklärte Pomponius höflich.

Faustina lächelte. „Dann lass uns auf das ursprüngliche Thema dieser Audienz zurückkommen, nämlich deinen liederlichen Lebenswandel. Stimmt es, dass du trotz deiner Beziehung zu Valeria auch mit Scantilla ein Liebesverhältnis begonnen hast? Man hat mir Derartiges zugetragen."

„Es trifft zu", gestand Pomponius, „obwohl ich mir nicht ganz sicher bin, ob man es wirklich als Liebesverhältnis bezeichnen kann. Scantilla verhält sich bisweilen gar nicht danach."

„Nimm einen Rat von mir entgegen", sagte Faustina. „Ich kenne Scantilla recht gut. Ich weiß: Sie ist schön, begehrenswert und klug. Ich kann verstehen, dass du von ihr fasziniert bist. Aber ich weiß auch, dass sie nicht in der Lage ist, sich gänzlich einem Mann anzuvertrauen, weil sie zu sehr um ihre Unabhängigkeit und Freiheit fürchtet. Sollte es dir gelingen, vielleicht ist es ja schon geschehen, ihr Herz zu berühren, dann wird sie früher oder später in Panik verfallen und um sich schlagen und beißen, wie eine Löwin, die von den Jägern gefangen werden soll. Du bist nicht der Mann, der damit umgehen könnte. Zieh dich von ihr zurück, solange noch Zeit ist, und bevor ihr einander wehtut. Kümmere dich lieber um deine Beziehung zu Valeria."

„Valeria will mich verlassen und heiraten", erwiderte Pomponius bedrückt.

„Das ist keineswegs sicher", tröstete ihn Faustina. „Sie hat ihrem Vater zwar nachgegeben, um von seinen ständigen Vorwürfen verschont zu werden, aber ich bezweifle sehr, dass es ihr damit ernst ist. Du musst dich nur mehr um sie bemühen und die Finger von anderen Frauen lassen. Bleib doch noch eine Weile als mein Gast in Rom und genieße deinen Aufenthalt mit Valeria. Ich will ihr dazu auch gerne mehr Freizeit geben."

Als Pomponius den Audienzsaal verließ, sahen ihn die draußen Wartenden erwartungsvoll an. Pomponius senkte den Kopf und versuchte den Eindruck eines gescholtenen Sünders zu vermitteln. Es wurde getuschelt und gekichert und Valeria grinste ihn schelmisch an.

XXXV

Pomponius war durchaus bereit, das Angebot Faustinas anzunehmen und sich mit Valeria einige schöne Tage in Rom zu gönnen. Es war einer dieser Wendepunkte im Leben, die unserer Zukunft eine ganz andere Richtung geben können, und wer weiß, wie das künftige Leben des Pomponius verlaufen wäre, wenn er sein Verhältnis zu Valeria gefestigt und sie vielleicht sogar trotz aller Widerstände des alten Senators geheiratet hätte.

Es war ohne Zweifel die von Pomponius verehrte Diana Nemesis, die Göttin des Schicksals, als deren Diener sich Pomponius so leichtfertig ausgegeben hatte, die anders entschied.

Schon am nächsten Morgen brachte ihm Demetrius einen Brief, der mit der kaiserlichen Kurierpost befördert worden war und aus Carnuntum kam.

Er war mit ungelenker Hand geschrieben und lautete wie folgt:

Diesen Brief schreibt Krixus seinem geliebten Herrn Pomponius.

Wenn du gesund bist, so ist es gut. Deine Sklaven Krixus und Mara sind es. Auch deinem Hund Ferrox geht es gut. Dein Haus ist wohl bestellt und die Geschäfte gehen gut.

Mit großem Kummer haben wir ein Gerücht vernommen, dass du in Rom gestorben bist. Wir haben alle sehr geweint. Auch Aliqua hat sehr geweint.

Wir waren glücklich, als sich herausgestellt hat, dass alles nur ein Irrtum war und du noch am Leben bist.

Umso größer war unser Kummer wegen eines Ereignisses, das mich jetzt veranlasst, dir zu schreiben. Dank eines großzügigen Geschenkes an den Boten wird dieser Brief mit der Kurierpost befördert, denn die Sache eilt.

Aliqua ist auf Befehl des Statthalters Basseus Rufus von Angehörigen seiner Garde verhaftet worden. Man weiß nicht, was ihr vorgeworfen wird. Masculus Masculinius hat entschieden protestiert und ihre Freilassung gefordert, aber er konnte nichts ausrichten. Basseus Rufus ist nämlich während der Abwesenheit des Kaisers sein Vorgesetzter und der Kaiser steht mit den Legionen tief im

Barbaricum, um die Germanen zu züchtigen. Du musst rasch zurückkommen. Aliqua braucht deine Hilfe. Wenn du sie noch liebst, was du sicher tust, so zögere nicht. Weil du nicht hier bist, um es eigenhändig zu tun, habe ich mir wegen dieser ungehörigen Bemerkung selbst eine Ohrfeige verpasst.

Sorge dafür, dass du gesund bleibst und eile dich!

Geschrieben am vierten Tag vor den Iden des Juni
Dein getreuer Krixus

Pomponius zögerte keinen Augenblick. Noch zur selben Stunde ersuchte er um eine Unterredung mit Faustina, zeigte ihr den Brief und bat sie, abreisen zu dürfen. Faustina wusste, dass dies nur eine Höflichkeitsgeste war und sie ihn ohnehin nicht zurückhalten konnte, es sei denn mit Gewalt. Sie wollte sich aber für den Dienst, den er ihr erwiesen hatte, dankbar zeigen und stellte ihm einen Reisewagen und eine berittene Eskorte zur Verfügung. Auf den Staatsstraßen und weil es ihm so möglich war, regelmäßig an den Stationen die Pferde zu tauschen, konnte er Carnuntum in zehn Tagen, vielleicht sogar noch früher erreichen, wenn er sich und seine Begleiter nicht schonte.

Am Tag darauf reiste Pomponius ab.

Sein Aufenthalt in Rom hatte Spuren hinterlassen und das Leben anderer Menschen verändert. Manches davon erfuhr Pomponius später, manches blieb ihm verborgen. Nicht so dem Chronisten, der sehr gut Bescheid weiß und der die geneigte Leserin über den Fortgang der Ereignisse nicht im Unklaren lassen will.

Kurz nach der Abreise des Pomponius fand man am Fuße der Gemonischen Treppe die Leiche des Lycius, eines berüchtigten Banditen, der sich das Genick gebrochen hatte. Sein Tod zog keine Ermittlungen nach sich und wurde von der Obrigkeit mit Gleichgültigkeit registriert.

Scantilla war wegen der überhasteten Abreise des Pomponius, von der er sie nur in einem kurzen Brief informiert hatte, verletzt und traurig, empfand aber gleichzeitig ein sonderbares Gefühl der Erleichterung. Wenig später verließ auch sie mit Paulus und Lycia Rom. Trotz aller Bemühungen haben wir nicht herausgefunden, wohin sie gegangen ist, es würde uns aber nicht wundern, wenn wir ihr später wieder begegnen sollten.

Valeria verlobte sich zwar drei Monate später mit dem Sohn eines Senators, zögerte die Hochzeit aber mit List und Tücke hinaus, hauptsächlich mit dem Argument, sie sei derzeit für die erhabene Faustina unentbehrlich, sodass sie, soweit wir wissen, noch immer unverheiratet ist.

Der Wunsch des Demetrius wurde erfüllt. In den Tagen der Ludi Apollonaris schenkte im Faustina die Freiheit. Demetrius war darüber überglücklich, zog es aber vor, nunmehr als freier Mann in kaiserlichen Diensten zu bleiben und sich weiter um die Ausbildung des Corinthus zu kümmern.

Corinthus hatte seinen Wunsch, es Pomponius als Geheimagent gleichzutun, aufgegeben und fühlte sich im kaiserlichen Palast recht wohl. Das mag auch mit einem dort beschäftigten Mädchen zu tun haben, das für den späteren Dienst bei Faustina ausgebildet wurde. Seine Besuche bei Sabina hatte er eingestellt, ohne dass ihn Sabina wirklich vermisste.

Für Sabina hatte nämlich ein ganz neuer Lebensabschnitt begonnen. Ihr Vater entließ sie in die Freiheit, anerkannte sie förmlich als seine Tochter und bereitete sie darauf vor, dereinst sein Erbe anzutreten. Dabei unterstützte ihn zur allgemeinen Überraschung sein einstiger Widersacher Marcus Caecilianus Placidus tatkräftig und listenreich.

Den alten Zuhälter Urinatius traf der Schlag, worüber niemand traurig war, denn er war ein unangenehmer Mensch und ohnehin schon alt gewesen. Dadurch gewannen Attica und Euplia überraschend ihre Unabhängigkeit zurück. Sie taten sich zusammen und eröffneten in der Nähe des Amphitheaters einen Imbissstand, der sehr gut florierte und ihnen einen bescheidenen Wohlstand bescherte. Bei den Nachbarn waren sie wohl gelitten und für ihre Frömmigkeit bekannt. Sie beteten nämlich häufig zur Diana Nemesis, die ihnen sichtlich gewogen war.

Tuccia wurde zur Priesterin der Vesta geweiht. Entgegen ihren Befürchtungen wurde die Zeremonie durch keine unheilvollen Vorzeichen überschattet. Es schien, dass ihr die Göttin verziehen hatte und Tuccia übte ihren Dienst in Hinkunft mit der größten Hingabe aus.

Marcus Oclatinius Adventus kam ungeschoren davon. So wie es Faustina vorhergesagt hatte, verfolgte er weiter seine Karriere, indem er sich die richtigen Leute verpflichtete und ihnen ohne Skrupel dienlich war. So überstand er unbeschadet die Herrschaft mehrerer Kaiser und stieg zum Präfekten der Prätorianergarde auf, eine der mächtigsten und einflussreichsten Positionen in jener Zeit. Nachdem Kaiser Caracalla ermordet worden war, bot man Adventus sogar die Kaiserwürde an. Er lehnte unter dem Vorwand ab, er fühle sich zu alt dafür, und überließ seinem Kollegen Macrinus den Vortritt. Wiederum hatte er die richtige Entscheidung getroffen. Zum Dank für seine Zurückhaltung wurde er zum Stadtpräfekten von Rom ernannt, während der unglückliche Macrinus im Jahr darauf im Zuge einer Militärrevolte den Tod fand.

Was Commodus anlangt, so erübrigt es sich, im Einzelnen über sein weiteres Schicksal zu berichten, denn die Geschichtsbücher geben hinlänglich Auskunft darüber. Der verderbliche Einfluss des Priscinius hatte in der Seele des ohnehin labilen Knaben Wurzeln geschlagen und trug Jahre später, als Commodus Kaiser geworden war, unheilvolle Früchte. Ganz so, wie es ihn Priscinius gelehrt hatte, beschloss er am Ende seiner Schreckensherrschaft, auch seine Konkubine Marcia töten zu lassen, weil sie ihm unehrerbietig widersprochen hatte. Als Marcia davon erfuhr, kam sie ihm zuvor und ließ Commodus von einem gedungenen Mörder im Bad umbringen. So fand Commodus ein ähnliches Ende wie sein Lehrer Priscinius, der Frauen zwar stets missachtet, gleichzeitig aber auch gefürchtet und gesagt hatte, dass man sich vor den Weibern in Acht nehmen müsse.

Epilog

Weit entfernt von Rom senkte sich die Nacht über Carnuntum. Masculus Masculinius saß an seinem Schreibtisch und studierte einen Brief, der mit der Kurierpost eingelangt war.

Sein Sekretär Apollonaris trat leise ein und meldete: „Ich habe deinen Schlaftrunk ans Bett gestellt, Herr. Hast du noch Befehle für mich?"

Masculinius schüttelte den Kopf und deutete auf den Brief, der vor ihm lag. „Pomponius ist auf dem Weg nach Carnuntum und zwar mit dem kaiserlichen Reisedienst und begleitet von einer Eskorte. Was sagt man dazu! Er muss in Rom höchst erfolgreich gewesen sein, sonst hätte man ihm diese Vergünstigung nicht gewährt. Ich nehme an, dass mir Faustina bald schreiben und darüber berichten wird."

„Hast du ihn verständigen lassen, Herr?"

„Nein, das war sein Sklave Krixus, aber ich habe davon gewusst und ihm sogar dazu geraten, weil ich mich selbst bedeckt halten wollte. Pomponius muss unmittelbar nach Erhalt des Briefes aufgebrochen sein. Der Kurierdienst hat ihn überholt, aber wir können damit rechnen, dass Pomponius schon morgen eintrifft."

„Haben wir neue Nachricht von Aliqua?"

„Unsere Spione berichten, dass es ihr gut geht und man sie ordentlich behandelt. Aber sie sitzt noch immer in Einzelhaft. Das Verhalten des Basseus Rufus ist mir unerklärlich. Er weiß, dass der Kaiser große Stücke auf Aliqua hält und er muss doch damit rechnen, dass ich mich ihretwegen sofort an den Kaiser wende, sobald dieser von seinem Feldzug zurückkehrt. Bisher hat er sich auch nicht erklärt, was ihr eigentlich vorgeworfen wird."

„Auch ich habe mich bei ein paar Angehörigen der Garde umgehört", sagte Apollonaris. „Es geht sogar das Gerücht, dass man beabsichtigt, Aliqua der Folter zu unterwerfen."

„Das wagt Basseus Rufus nicht!", rief Masculinius empört. „Ist er denn verrückt geworden, sich mit dem Geheimdienst so offen anzulegen?"

„Nun ja", meinte Apollonaris. „Der Kaiser ist weit weg und niemand kann sagen, wann er zurückkommt, wenn er denn überhaupt zurückkommt. Basseus Rufus kann sich auf seine Garde stützen, die unseren Leuten zahlenmäßig um ein Vielfaches überlegen ist. Basseus Rufus hat ja schon im letzten Fall, den Pomponius bearbeitet hat, eine sehr undurchsichtige Rolle gespielt und gegen Faustina intrigiert. Wer weiß, was er diesmal wieder vor hat. Ich nehme an, er will Aliqua eine bestimmte Information abpressen, und wir können offiziell gar nichts tun, um ihn daran zu hindern."

„Pomponius kann aber schon etwas tun, und das ganz inoffiziell, so wie ich ihn ohnehin gerne einsetze", sagte Masculinius versonnen. „Wenn Aliqua in Gefahr ist, wird Pomponius alle Dämonen der Unterwelt heraufbeschwören, um sie zu retten. Ich möchte nicht in der Haut von Basseus Rufus stecken, sollte ihr auch nur ein Haar gekrümmt werden. Du kannst dich zurückziehen, mein getreuer Apollonarius. Es ist spät und ich muss mich ausruhen. Sei guten Mutes! Morgen kommt Pomponius."

Ende

Vom selben Autor sind bisher erschienen

Carnuntum 172 n. Chr.

Der Anwalt Spurius Pomponius gehört zu den kommenden Männern Roms, als ihn der Zorn des Imperators an die Grenze des Reiches verbannt. Auch in Carnuntum, der Hauptstadt der Provinz Oberpannoniens, ließe es sich gut leben, wären nur die Germanen jenseits der Donau nicht so kriegslüstern. Die Situation am Limes wird schließlich so bedrohlich, dass Kaiser Mark Aurel persönlich an die Grenze eilt und ausgerechnet in Carnuntum sein Hauptquartier aufschlägt. In seiner Begleitung befindet sich seine Frau Faustina, die den Kopf des Pomponius am liebsten auf eine Lanze gespießt sehen möchte. Zu allem Überfluss wird Pomponius vom neu ernannten Leiter der Frumentarii, dem militärischen Geheimdienst der Legionen, zwangsrekrutiert und soll einen verdächtigen Todesfall aufklären. Unterstützt von seinem vorlauten Sklaven und einer jungen Frau mit zweifelhaftem Ruf macht er sich ans Werk. Nach kurzer Zeit erkennt Pomponius, dass er mit seinen Ermittlungen in ein Wespennest von Verschwörern gestochen hat. Es bleibt ihm nur mehr wenig Zeit, um seinen eigenen Hals zu retten.

Verlag: Books on Demand
ISBN-10: 3743191229
ISBN-13: 978-3743191228

Carnuntum 173 n. Chr.

Zwei Jahre sind seit dem verheerenden Germanensturm vergangen. Nun ist Rom bereit zurückzuschlagen. Kaiser Marc Aurel hat in den Donauprovinzen Legionen zusammengezogen und bereitet eine Invasion des Barbaricums jenseits des Flusses vor. Aber ein unerwarteter Schlechtwettereinbruch verzögert den Beginn des Feldzuges und ungünstige Vorzeichen mehren sich. Eine Serie rätselhafter Morde beunruhigt die Bevölkerung. Es kommt das Gerücht auf, die Getöteten seien den Lamien zum Opfer gefallen, blutsaufenden Dämonen, die von den Göttern gesandt wurden, um ihren Unmut über das Vorhaben des Kaisers zu bekunden. Abergläubische Furcht beginnt sich auszubreiten und droht auf die Truppen überzugreifen. In dieser Situation bekommt Spurius Pomponius, unfreiwilliger Mitarbeiter des militärischen Geheimdienstes, den Auftrag, die Morde aufzuklären und den Mörder ehestens zur Strecke zu bringen. Schon bald nachdem er seine Ermittlungen aufgenommen hat, wird er selbst von nächtlichen Spukgestalten gejagt und beginnt daran zu zweifeln, dass er es bloß mit einem menschlichen Serientäter zu tun hat.

Verlag: Books on Demand
ISBN-10: 3746069122
ISBN-13: 978-3746069128

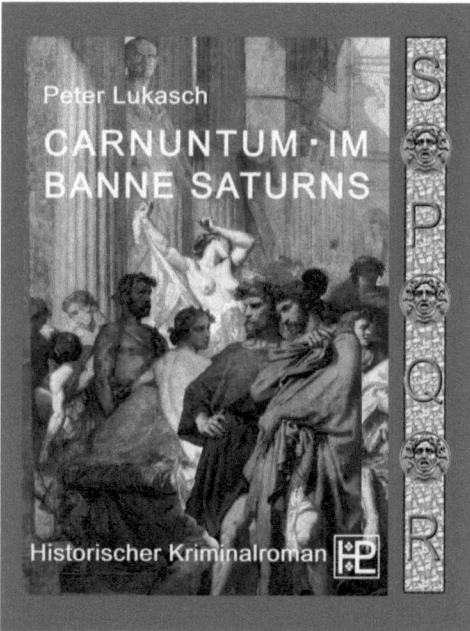

Carnuntum 173 n. Chr. (Spätherbst)
Der Krieg am Limes ist vorübergehend zum Stillstand gekommen. Kaiser Marc Aurel hat die unruhigen Germanenstämme jenseits der Donau weit ins Landesinnere zurückgeworfen. Die Bewohner von Carnuntum genießen den trügerischen Frieden und feiern ausgelassen die unlängst ausgerufenen Saturnalien, als der Sohn eines wichtigen Legionskommandanten ermordet aufgefunden wird. Die rätselhaften Umstände seines Todes veranlassen den Kaiser persönlich, eine genaue Untersuchung anzuordnen. Spurius Pomponius, unfreiwilliger Mitarbeiter des militärischen Geheimdienstes, erhält den Auftrag, gemeinsam mit seiner Partnerin Aliqua diesen Mord aufzuklären. Unter dem Vorwand, als Anwalt des Toten dessen Vermächtnis zu verwalten, beginnt Pomponius mit verdeckten Ermittlungen. Bald darauf wird er zum Ziel von Mordanschlägen. Es scheint, dass er mit seinen Fragen die Kreise eines Spionagenetzes gestört hat, welches die Germanen mit brisanten Informationen über die vom Kaiser geplante Frühjahrsoffensive versorgt. Dennoch wird Pomponius den Verdacht nicht los, dass der junge Mann gar nicht von diesen Verschwörern ermordet wurde, sondern dass hinter seinem Tod noch etwas ganz anderes steckt.

Verlag: Books on Demand
ISBN- 10: 3735760635
ISBN- 13: 978-3735760630

An einer Universität in den USA existiert eine geheime Gruppe von Mentoren, die ausgewählte Studenten in der Kunst des Zeitreisens unterweisen.
Der Zeitreiseschüler Francis macht die Erfahrung, dass das höchst eigenwillige Zeitportal nicht nur über einen skurrilen Humor verfügt, sondern auch komplizierte Regeln und Hindernisse bereithält, um Zeitreisende daran zu hindern, an der Vergangenheit herumzupfuschen.
Als sich Francis auf die Suche nach einer Mitschülerin machen will, die auf einer Zeitreise verschollen ist, warnt ihn das Portal, dass er dabei ums Leben kommen könnte. Trotzdem geht er das Wagnis ein und strandet im römischen Pompeji, einen Tag vor dem großen Ausbruch des Vesuvs. Er muss erkennen, dass ihn das Portal manipuliert hat, um diese Situation herbeizuführen und ihn zu prüfen.

Verlag: Books on Demand
ISBN-10: 3746097541
ISBN-13: 978-3746097541

Chefinspektor Hagenberg vom Landeskriminalamt wird an den Ort eines bedenklichen Leichenfundes im Stadtgebiet von Hainburg beordert. Schatzgräber haben ein Skelett aus der Völkerwanderungszeit freigelegt, aber einer von ihnen ist mit eingeschlagenem Schädel zurückgeblieben.

Was Hagenberg zunächst für eine simple Auseinandersetzung im Raubgräbermilieu hält, entpuppt sich als historisches Rätsel, das auf die Spur einer verschollenen Delegation des Burgunderkönigs Gundahar führt, die im Jahre 436 n. Chr. versucht hat, den Hof des Hunnenkönigs Attila zu erreichen.

Hagenberg gerät bei seinen Ermittlungen in das Visier einer international agierenden Bande, die sich auf Kunstdiebstahl spezialisiert hat und vor keinem Mittel zurückschreckt; auch nicht vor Mord.

Beunruhigenderweise ist diese Bande über jeden seiner Schritte informiert und vermutet offenbar, dass Hagenberg auf Informationen gestoßen ist, die einen konkreten Hinweis auf den Verbleib des sagenhaften Nibelungenschatzes geben könnten.

Plötzlich ist Hagenberg selbst vom Jäger zum Gejagten geworden.

Verlag: Books on Demand
ISBN-10: 3734769647
ISBN-13: 978-3734769641

Zu Beginn des Dreißigjährigen Krieges verhilft ein kaiserlicher Offizier einem wegen Hexerei angeklagten Mädchen zur Flucht aus der von den aufständischen Ungarn bedrohten Grenzfestung Hainburg.

Sobald es ihm möglich ist, folgt er ihr nach Paris. Im Gepäck hat er ein Zauberbuch, dessen bloßer Besitz ausreichen würde, ihn auf den Scheiterhaufen zu bringen.

Fast drei Jahrhunderte später taucht dieses Buch wieder in Hainburg auf. Es hat sich im Besitz einer jungen Französin befunden, die gemeinsam mit ihrem Begleiter am Schlossberg ermordet aufgefunden wird.

Chefinspektor Hagenberg vom Landeskriminalamt wird mit den Ermittlungen beauftragt und sieht sich bald mit weiteren rätselhaften Mordanschlägen konfrontiert, denen auch einer seiner Mitarbeiter zum Opfer fällt.

Als Hagenberg schließlich die Wahrheit hinter diesen Ereignissen erkennt, kommt er zu der Auffassung, dass so manche Fakten des Falles in der Öffentlichkeit besser nicht bekannt werden sollten.

Verlag: Books on Demand
ISBN-10: 3734770432
ISBN-13: 978-3734770432

Weil Flaute im Morddezernat herrscht, bekommen Chefinspektor Hagenberg und seine neue Partnerin den Auftrag, einen alten Fall aufzuarbeiten. Sie sollen klären, was mit einem Mädchen geschehen ist, das vor fast dreißig Jahren bei der Besetzung der Hainburger Au durch Umweltaktivisten spurlos verschwunden ist. Ihre Ermittlungen führen sie in die Pornoszene und ins Rotlichtmilieu und kreuzen sich schließlich mit den Spuren eines alten, längst vergessenen Mordfalls, der sich im Jahre 1908 in Hainburg ereignet hat, und der im Zusammenhang mit dem Brand des Ringtheaters in Wien steht.

Verlag: Books on Demand
ISBN-10: 3842381069
ISBN-13: 978-3842381063

Im Jahre des Herrn 1697, vierzehn Jahre nach dem großen Türkensturm, entsendet der kaiserliche Feldmarschall Prinz Eugen von Savoyen einen Kundschafter nach dem von den Türken verwüsteten Hainburg, um den Verbleib eines seither verschollenen Mädchens, das im Besitz eines Staatsgeheimnisses sein soll, zu klären.

Freiherr von Hegenbarth, ein hochbezahlter Spion in kaiserlichen Diensten, kehrt in jene Stadt zurück, in der Jahrzehnte zuvor sein Großvater einem wegen Hexerei angeklagten Mädchen zur Flucht verholfen hat (Peter Lukasch: 'Teufelsliebchen') und zeichnet genau alle Stationen seiner gefährlichen Mission auf.

Mehr als dreihundert Jahre später geraten seine Erinnerungen in die Hände von Chefinspektor Hagenberg und erweisen sich als Schlüssel zur Lösung eines aufsehenerregenden Mordes, der sich in der Blutgasse in Hainburg ereignet hat.

Verlag: Books on Demand
ISBN-10: 3746061393
ISBN-13: 9783746061399

In der Nacht hatte er von ihr geträumt. Das hatte er schon lange nicht mehr getan, seit Jahren nicht mehr. Er konnte sich kaum mehr an ihr Gesicht erinnern. Im Traum war es überdeutlich gewesen, aber auch der Traum wurde rasch zu einem Schemen und drohte aus seiner Erinnerung zu verschwinden. Lediglich das Ende, das ihn aus dem Schlaf gerissen hatte, stand ihm noch deutlich vor Augen: Ein dunkler Keller, ein Geruch nach Moder und Verwesung und Schreie, Schreie, die nicht aufhören wollten.

Ein Brief aus der Vergangenheit erreicht den Versicherungsdetektiv Amadeus Heinrich. Lisa, seine Jugendliebe, hat nach vielen Jahren ihr Schweigen gebrochen. Er folgt ihrem Ruf und ist bald in einen alten und in einen neuen Mordfall verwickelt. Die Wurzeln für diese turbulenten Ereignisse liegen weit zurück, in jener Zeit, in der er selber als zwölfjähriger Junge mit Lisa unvergessliche Ferien in dem kleinen Dorf Grafenhotter verlebt hat.

Verlag: Books on Demand
ISBN-10: 3738639268
ISBN-13: 978-3738639261

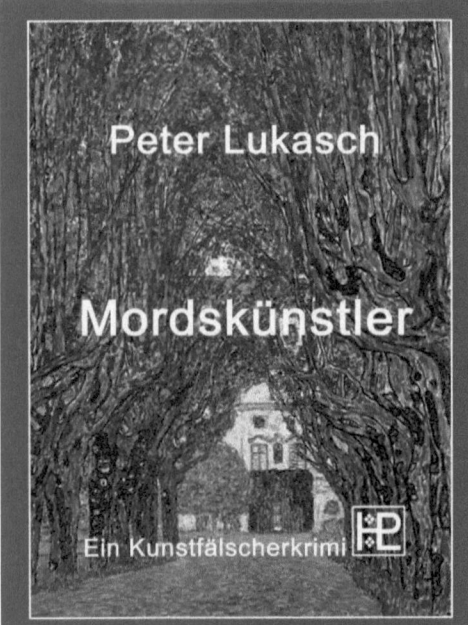

Sie betrachtete den Toten und versuchte, das Zittern in ihrer Stimme zu unterdrücken und kaltblütig zu wirken. „Was für eine Schweinerei! Hättest du ihn nicht einfach erwürgen können, wie den anderen auch?"

„Ich habe daran gedacht", gestand der Meister, aber dann konnte ich nicht widerstehen. Frisches Blut hat so eine wunderbare Farbe. Es lässt sich mit nichts anderem vergleichen, es ist so inspirierend, findest du nicht auch?"

Die Sensation ist perfekt, als ein bisher unbekanntes Portrait aus der Hand von Gustav Klimt entdeckt wird. Noch während die Fachwelt über dessen Echtheit diskutiert, wird es aus der Galerie geraubt, in der es ausgestellt werden sollte. An Stelle des Bildes wird von den Tätern der tote Galeriebesitzer an die Wand gehängt. Der Privatdetektiv Amadeus Heinrich erhält von der Versicherung den Auftrag, das Bild wieder zu beschaffen. Dabei bekommt er es nicht nur mit einem Meisterfälscher, sondern auch mit einem meisterhaften Mörder zu tun.

Verlag: Books on Demand
ISBN-10: 3739241578
ISBN-13: 978-3739241579

Kinderbücher, so wie wir sie kennen und unseren Kindern gerne zum Lesen geben, sind heiter, bunt, manchmal geheimnisvoll und abenteuerlich und vermitteln das Bild einer heilen Welt. Wenn wir aber den Spuren der Kinderliteratur durch die Jahrhunderte folgen, geraten wir bisweilen in beängstigende Bereiche, in denen die Kriegstrommel dröhnt und der Tod zum allgegenwärtigen Begleiter wird, manchmal in der Maske eines munteren Gesellen, der Abenteuer verspricht, manchmal die Fahne des Vaterlandes schwingend und ewigen Ruhm und Ehre dem versprechend, der ihm folgt.

Diesen dunklen Unterströmungen folgt der Autor und spannt den Bogen von der Kinder- und Jugendliteratur der späten Aufklärung bis in unsere Zeit, wobei seine Darstellung über weite Strecken auch zu einem Abriss der deutschen Geschichte wird. Nicht nur Kinder- und Jugendliteratur im engeren Sinn werden behandelt, sondern auch Filme und Spiele, bis hin zu den Kriegsspielen am Computer, denen das abschließende Kapitel gewidmet ist.

Zahlreiche, teils farbige Abbildungen ergänzen den Text und machen das Thema anschaulich.

Verlag: Books on Demand
ISBN-10: 3842372736
ISBN-13: 978-3842372733

Seit dem letzten Viertel des 18. Jahrhunderts gibt es sie: Zeitschriften, die sich direkt an Kinder und Jugendliche wenden. Seither haben sie eine zentrale Rolle in der Kinderliteratur gespielt und das Leseverhalten und die kindliche Vorstellungswelt von Generationen beeinflusst. Der Autor umreißt vor dem Hintergrund der wechselvollen Zeitläufe die Geschichte dieser speziellen Printmedien, stellt sie in den Gesamtkontext der Jugendliteratur und zeigt Entwicklungslinien und Problemstellungen auf, die nicht nur heute intensiv diskutiert werden, sondern schon vor Jahrhunderten erkannt wurden und schon damals Streitpunkte waren. So wird der Bogen gespannt von den periodischen Jugendschriften des 18. Jahrhunderts, die "zur Aufklärung des Verstandes und Bildung des Herzens der Jugend" dienen sollten, über Comics bis hin zu jenen, die "coolen Megaspaß" versprechen oder Ratschläge für den ersten Sex geben.

Zahlreiche, teils farbige Abbildungen ergänzen den Text und machen das Thema anschaulich.

Verlag: Books on Demand
ISBN-10: 3839170052
ISBN-13: 978-3839170052

Von einem Buch, das millionenfach verkauft wurde, in dutzenden Sprachen erschienen ist, hundertfach fortgeschrieben, variiert, parodiert und kommentiert wurde und das sich nach mehr als 150 Jahren noch immer großer Bekanntheit und Beliebtheit erfreut, lässt sich mit Fug und Recht behaupten, dass es nicht nur ein Bestseller ist, sondern auch der Weltliteratur zugerechnet werden darf. Diesen Anspruch kann neben Werken der Hochliteratur auch ein schlichtes Bilderbuch von knapp zwanzig Seiten, der Struwwelpeter von Heinrich Hoffmann, erheben. Der Autor bietet in einer Reihe von Beiträgen einen Überblick über die Geschichte des Struwwelpeter und seine Wirkung durch die wechselvollen Zeitläufe, von den Warn- und Straf-geschichten der Aufklärung über die Nachfolger des Struwwelpeter, den sogenannten Struwwelpeteriaden, bis hin zu den politischen Satiren, die sich den Struwwelpeter zum Vorbild nehmen, vom revolutionären Struwwelpeter des Jahres 1848 bis ins 20. Jahrhundert. Besondere Aufmerksamkeit widmet der Autor der seit Erscheinen des Buches nie abgerissenen Diskussion um die pädagogische Wertigkeit des Struwwelpeter und seine psychologische Deutung und bricht dabei eine Lanze für den Struwwelpeter. So mag für den Struwwelpeter frei nach einem Zitat von Goethe gelten:
„Bewundert viel und viel gescholten: Der Struwwelpeter."

Verlag: Books on Demand
ISBN-10: 3734744040
ISBN-13: 978-3734744044

Wien im Jahre 1905. Die Kaiserstadt erlebt eine letzte glanzvolle Hochblüte, aber der große Krieg, der eine Epoche beenden sollte, wirft seine Schatten bereits voraus. Wien ist zu einem Zentrum innenpolitischer Unruhen und internationaler Militärspionage geworden.
Während die Donaumonarchie von Nationalitäten-konflikten zerrüttet wird, ist der Prater mit seinen zahlreichen Vergnügungsstätten ein beliebter Treffpunkt der lebenslustigen Residenzstadt. Eines Nachts wird dort eine junge Frau ermordet. Kurz vor ihrem Tod hat sie versucht, mit dem ehemaligen Rittmeister Manfred Hagenberg, der den Armeedienst unehrenhaft quittieren musste, Kontakt aufzunehmen. Hagenberg fühlt sich trotz des Widerstandes der Polizei und einflussreicher Armeekreise verpflichtet, die Hintergründe ihres Todes aufzuklären.

Verlag: Books on Demand
ISBN-10: 3738633499
ISBN-13: 978-3738633498

Carnuntum 174 n. Chr. (Frühjahr)

Während der Aufführung des Theaterstückes 'Die Versuchung des Actaeon' kommt es im Amphitheater der Stadt Carnuntum zu einem aufsehenerregenden Zwischenfall. Auf den Statthalter der Provinz Oberpannonien wird ein Anschlag verübt. Spurius Pomponius, Agent des militärischen Geheimdienstes, wird zu seinem Verdruss aus dem Genesungsurlaub zurückberufen und mit der Aufklärung dieses Falles betraut. Mit seinen offiziellen Ermittlungen kommt Pomponius nicht recht voran. Er hat den Eindruck, auf eine Mauer des Schweigens zu stoßen. Zeugen und Verdächtige verschwinden spurlos oder werden umgebracht. Selbst das Opfer des Anschlages, der Statthalter, scheint einiges vor ihm zu verbergen.

Pomponius entschließt sich daher, in den Reihen der Theatergruppe, zu der eine Spur geführt hat, verdeckt zu ermitteln, und es gelingt ihm, als Statist aufgenommen zu werden. Dabei lernt Pomponius nicht nur die Mühen des Schauspielerlebens, sondern auch die schöne, aber undurchsichtige Tänzerin Penelope kennen.

Verlag: Books on Demand
ISBN-10: 3751982043
ISBN-13: 978-3751982047

Im 5. Jahrhundert brach die römische Herrschaft in der Provinz Britannien zusammen. Angelsächsische Invasoren errichteten im Osten Königreiche und bedrängten die romanisierte keltische Bevölkerung, die ihnen unter ihrem König Artus einen erbitterten Abwehrkampf lieferte.

In jener dunklen Zeit, über die es kaum gesicherte historische Quellen gibt, dafür aber Legenden voller Heldentaten und Magie, spielt diese Geschichte. Sie erzählt von den wundersamen Abenteuern des jungen Königssohns Dagonet, der aus seiner Heimat vertrieben wurde und ausgestattet mit einem magischen Schwert zweifelhafter Art in die Welt hinauszog.

Begleitet von einem übellaunigen Dämon macht sich Dagonet auf die Suche nach seiner verlorenen Liebe. Er gerät in das Feldlager von König Artus, der ihn zu seinem Hofnarren machen möchte. Er wird in undurchsichtige Intrigen verwickelt und macht die Bekanntschaft von Lady Morgana, die ihren Halbbruder Artus ins Verderben stürzen will. Er wird von einem Lord gejagt, der fünf mörderische Dämonen in seinen Diensten hat und begegnet einer geheimnisvollen Dame, die bereit ist, ihm zu helfen, dafür aber seine Seele verlangt.

Verlag: Books on Demand
ISBN-10: 3752629746
ISBN-13: 978-3752629743